2016中国年度精短散文

葛一敏　乔叶　选编

漓江出版社

目录

contents

说给月亮听［情感类］

窗外 [札记类]

海棠花未眠 [自然类]

说给月亮听 [情感类]

让每个日子都看见欢喜

丁立梅

深　情

写下“深情”这个词时，我想到浓酽如酒的夜；想到冬霜在玻璃上开了花；想到香郁的咖啡；想到雨后的池塘，一池的莲花，笑微微的。

想到地广天阔的野外，一棵树对着另一棵树。

一只鸟对着另一只鸟。

一只羊跟着一只蝴蝶跑。

想到雨打芭蕉，秋风对枯荷。想到黛玉说：“我只为我的心。”

想到凤凰古城，沱江边的埙。轻轻一吹响，远古的气息，就风尘仆仆赶来。愿得一心人，白头不相离。

想到4444米之上的羊卓雍错，那蓝玉一样的蓝。

多像一滴千年的眼泪，掉在上面。

是断桥边，白素贞那肝肠寸断的一声叫：“相公哪！”千年的蛇精，也难逃一个“情”字。

是金岳霖得知林徽因离世，一个人关在办公室里号啕。而她的生辰，他给牢牢记住，每年都替她庆贺。记者登门采访，亦得不到他对她的任何话，他说，我所有的话，都应该同她自己说，我不能说。最后，却像个孩子似的，贪恋地看着记者手里林徽因的放大照片，请求道：“你能把这个，送给我吗？”

这世上，最深的情，最真的爱，不是朝夕厮守，而是在距离之外，为你守望。

在一条巷子里，也总是会遇到一对老夫妇。

巷子是条老巷子，我上下班必经之路。巷道两旁植有石榴树和七里香，是我喜欢的。花开时节，石榴树上像悬着无数盏小红灯笼，一路挂过去。而七里香碎碎的小白花，像极满天星，把花香洒得密密麻麻，绊住了人的脚。这个时候的巷道，看上去有点世外桃源的意思，人人脸上都是和善静好的样子。

这对老夫妇，出来散步了。在黄昏时分。

老妇人坐在轮椅里，鹤发童颜。尤其是她的一双眼睛，饱满且亮，孩童般地欢欢喜喜着。她身后的老先生，清瘦矍铄，温文儒雅，推着她缓缓而行。他们仿佛是从杏花暖阳中走出来的。巷道两边都是他们的老熟人了，他们不停地跟这个打招呼、跟那个打招呼。一样的笑容，一样的语调，是花开并蒂莲。

一个数字足以说明一切，她瘫痪，三十余年。他守着，三十余年。

听闻的人，先是发一回愣，看着他们，半天，才冒出一句："不容易哪。"

情起容易，难的是，一往情深。

她爱他，是那种偷偷藏在心里的。罗敷未嫁，然使君却有妇。她与他之间，注定隔着一水盈盈。

可是，不能忘啊。过尽千帆，他还是她心中的唯一。

她去他住过的乡下，走他曾走过的路。在他出生的那个偏远小镇，她坐在邮局门口的石阶上，看两个稚童追逐着玩耍。想他也曾是其中的一个，她笑出两眶的泪来。

她去他念过书的小学，趴在铁栅栏上朝里望。守门的大爷问："姑娘，你找谁？"我找谁呢？她在心里问。茫然半天，她只得笑着摇摇头，说："我不找谁。"走过的每一个少年，都是他的曾经啊。

她后来去了他的老家。那个石头垒成院墙的小院子，她在他拍的照片上见过。小院子里有灯光渗出，他爹娘的声音，喁喁地响在院墙内。她多想敲门进去，终究没。她把一朵小野花，插在他家的院门上。对着看一看，再看一看。天空暗下来。星星们出来了。凉薄的露，打湿了衣。她该走了。

该走了。她转身，在心里默念着他的名字，一遍，一遍。她说，我走了。

今生今世，也就这样了，能想念多久，就想念多久。他永远也不会知道。

电影《情书》里，渡边博子给天堂里的藤井树写信："亲爱的藤井树，你好吗？我很好。"

我的窗外，雪开始飘了，一朵一朵，似茉莉花开。是等了很久的雪。

渡边博子在雪地里跑，一边跑，一边撕心裂肺地喊叫，你好吗？你好吗？你好吗？

我紧紧身上的衣，真冷。起身找一件毛毯，覆在膝上。绿蚁新醅酒，红泥小火炉——此刻，真想有啊。还有，陪伴着共饮的那一个。

一个人的信息适时抵达："下雪了，你还好吗？"隔着夜幕沉沉，我怔怔地看着这一句，胸口突然一阵发热。

你还好吗？

只这一句问，便顶过世上千言万语。

见字如面

我给一个女孩回信。

女孩远在武汉，是我的读者。她喜在纸上一笔一画，向我倾诉小心思。

我去楼下的报纸箱里取报纸，就看到躺在其中的牛皮纸信封。这样的信封，我也常见到，里面多半塞着样刊样报，编辑给寄来的。但这一封不一样，撕开封口，里面掉出的，是两只粉色的“千纸鹤”和两朵风干的水仙花。

女孩很用心，她把她的信折成千纸鹤了。又纯真，又美好。

展开，看她可爱的字，一个一个，落在纸上。每一个字，都像是春塘里的小蝌蚪，带着温度，带着春的好意。让人看着心里暖，暖到生出绿的藤蔓来。

这种感觉久违了。

是高中时，与要好的同学暑假分别，竟也信来信往不断。说些什么呢？无非是今天的心情好不好，今天吃了什么、做了什么。屋后的凤仙花开满墙脚。厨房顶上的丝瓜又结了两条。却在信末，煞有介事写上一句：见字如面。

彼时，一字一字，落在纸上，都是欢笑，都是快乐。

大学时，离家远了，填补虚空与思念的最好办法就是写信。最喜夜深人静，蚊帐放下，钢丝床上那一小块天地，都是自己的。这个时候，摊开信纸，伏在枕上，任由文字带着自己的思、自己的想，满世界飞去。给父母写，给兄弟姐妹写，给亲戚朋友写，给同学写，甚至给老家的邻居写。能想到的人，都给写了信去，连家里养的猫啊狗的，都给问候到了。是那样的万分诚恳，是那样的热情似火，说着爱，说着好，说着感激，说着想念。在信末往往会很认真地写上：见字如面。

见字如面。见字如面。每一个字，都那么深情款款、可触可摸。世界美好得很纯粹。

那会儿，穷学生没多少钱，但还是从生活费里克扣下一些来，去买了漂亮的邮票和信纸。集邮也成了很多年轻人的爱好，来往信件多，花花绿绿的邮票自然也多。把信封上的邮票小心剪下来，放水里稍稍泡一泡，邮票上面涂着的一层胶水就会自动脱落。我有一本厚厚的集邮册，就是那时攒下的。

每日也必去校门口，为的是，等那绿色的邮车驶过，想着那里面或许正躺着自己的信，倍觉亲切。一俟看到收发室门前的小黑板上，写上自己的名字，总忍不住一阵耳热心跳。赶紧跳着去取了信，捂在胸口，生怕它像蝴蝶似的给飞了。一路小跑，找个没人的地方，坐下来，慢慢读。这时，头顶上若有一树的花撑着，那是十分应景的。若是没有，也不要紧。风吹着，那信纸上的每一个字，都似花开。心情也跟着芬芳起来，如栀子。

那时，最富有的收藏是信件。宿舍里有女同学，专门用一只红漆小木箱装她的信件。她每每打开小木箱，脸上的表情都是又温柔又甜蜜。她大多数的信件，都来自一个瘦瘦高高的男生，同一个校园住着，却仍喜写了信来，字字都是道不尽的爱、说不尽的情。毕业后，他们没能牵手走下去，可那些信件，却成了一个青春最丰盈的记忆。

很可惜的是，我的一堆旧信件，在数次的辗转迁移中，大多遗失了。一同遗失的，还有那栀子一般的心情。在睽别多年后，我终于重新拾起笔，坐在台灯下写信，我的手底下，温情迭起。见字如面。见字如面。想到收信的女孩，该是怎样地快乐，眉目含笑。我也变得十分十分地快乐了。

光阴慢

我坐在桌边，安静地看着书的时候，突然想到“静好”这个词。

这是仲秋的上午，有一窗子的阳光。天上的云，是难得一见的纯白，挤挤挨挨着，跟瀑布跌落在岩石上似的，溅起一大朵一大朵雪白的浪花儿。楼下小径旁的栾树，开了大捧的细花，浅翠的，淡黄的。我心里有雀跃，用不了多久，它们又将擎着一簇簇红灯笼似的果了，亮丽闪耀，不分白天黑夜地照着。我出门或是回家，便都有好颜色相送相迎。

草地上的几棵桂花树，也开始播着香了。别看这花模样细小，文静着、害羞着，甚至有些怯弱，像未曾见过世面的小女子，一颦一笑里，都藏着小心。事实上，才不是呢，它的性子猛烈得很，能量也大得惊人，是那种随时随地都能捋起袖子，豪气得敢跟男人拼酒的角色。它一旦香起来，那是想收也收不住的，气势磅礴得很有些撒泼的意思了。却撒泼得不惹人厌烦，反倒叫人满心欢喜，宠着、爱着，不知拿它怎么办才好。一棵树，十里香。谁能拒绝它的甜与香呢？再多一些，再再多一些，也不嫌多的啊。是恨不得和它一起撒泼，和它一起醉过去。

虫鸣声也还有。吱吱，吱吱吱，吱吱吱吱，曲调明快、嘹亮。是秋蝉。人替它忧愁着，秋别离、秋别离，生命就要离去了呀。它却一点儿也不愁，照旧叫得响亮亮的。该来的，总归会来。愁是一天，乐也是一天，干脆还是唱着过得好。它知道，有限的生命，实在容不得浪费。

孩子的笑声跑进耳里来。是他，还是她？每次下楼，我也总见几个咿呀学语的小孩，由家里的老人带着，蹒跚着在空地上玩耍。他们和一朵花能玩上大半天。和一棵草也能玩上大半天。他们专注地看着地上的蚂蚁散步。专注地仰头望着天上的鸟雀飞翔。黑葡萄似的眼睛里，汪着清泉。看到他们，我的心总会变得特别柔软，忍不住要微笑起来。他们是生长在这个世上的童话，是世界最初的模样。

我看一会儿书，看一会儿窗外的云，任思绪就这样漫无目的地策马奔腾着，时光便缓慢得很像从前的光阴了。从前的光阴，没有网络年代的光阴，都是这么缓慢而静好的。我和姐姐蹲在屋后的河边洗碗，看小鱼争食碗里的食物碎屑，看它们在水里面比赛着吹小泡泡。一朵一朵的小泡泡，撒落的珍珠似的，在水面上跳跃着、滚动着，四散开来。那是一个一个的小快乐吧。我们总要看得呆过去，看得心里面也泛起一朵一朵的小泡泡。圆的菱叶浮在水面上。叶下面，有细白的小花。我们等着那些小花结出菱角来呢，等得好焦急呀。今日去看，花还是花。明日去看，花依然是花。哎呀呀，菱角怎么还没结出来呢？祖母又挥着笤帚，在赶偷食玉米粒的鸡。她颠着小脚，绕着场边跑着、怒斥着，像怒斥不听话的我们。鸡却不长记性，一会儿又跑来偷食。厨房的餐桌上，搁着新摘下来的茄子和丝瓜。中午饭又要吃蒸茄子了，还有丝瓜汤，百吃不厌。弟弟坐在屋门前的桃树下，在翻一本连环画。那本连环画，已被我们翻得缺了角、卷了边。桃树底下，凤仙花天真烂漫地开了一大片。我们扯上一大把，红黄白紫都有，捣鼓捣鼓，留着晚上包红指甲。

那些光阴真是慢啊，慢得像荡上天空的一丝柳絮，忽忽悠悠，天空远得很啊。村庄很像一支古老的歌谣，日复一日，弹唱着同样的曲调。熟悉的人，熟悉的物事，天天都能见着。简单的心，简单的欲求，世事莫不静好，真真叫我怀念得有些心碎。

（选自作家出版社 2016 年 9 月《让每个日子都看见欢喜》）

平凡的母亲

于全兴

再苦也要让娃念书

我第二次去甘肃，到了会宁。和第一次不同，我带了用于捐助贫困母亲的8000元钱。这是北方网网友义卖所得，幸福工程组委会托我带给贫困母亲。

和上次一样，我一到就赶上了变天，大雪漫天，不知是我的运气格外差，还是那里的天气就这样。

道路不通，下去采访就不可能了，只能在会宁县城周边转转。

我去了马玉梅家，她31岁，是新添堡乡道口村下坝社人。家里有1.8亩水浇地和14.2亩旱山地，一年的收成仅够全家5个月的口粮。2002年5月，她的丈夫因病去世，家里只剩下她和两个女儿，女儿都在上学。

我见过太多因贫辍学的孩子，马玉梅家里只有她一个劳力，如何支撑两个孩子的学费呢？

“搬砖。”她说。

当地有砖瓦厂，烧好了就需要人搬。可砖瓦厂不是天天烧砖，烧时要人，不烧就不要。砖瓦厂的老板知道马玉梅的家境，很照顾这位两个孩子的母亲，只要去得早，她总能干上活。

搬一天砖，9个小时，12块钱。而两个孩子的学费是360元，虽然政府已经减免了100元，但还有260元要交。2005年，她的收入是500元，债务是3000元。

不搬砖的时候，马玉梅要照顾地里的庄稼，家里家外全靠她一个人操持。

我问过她，只30来岁，为什么不再嫁，至少能多个劳力，生活也有人帮衬。她说，当地的青壮年不会要结过婚的女人，再嫁，除非是老人，可那样就又要抽出精力照顾他了。

“我再苦也要让娃念书。”马玉梅说，“我没念过书，受苦。娃念了书，就不苦了。”她话很简单，眼睛闪着光，好像已经看到了“不受苦”的明天。马玉梅的愿望是开个小卖部，能赚钱，又好照管庄稼。

我带了8000元钱，捐款人计划帮扶4位母亲，每人只能得到2000元。而2000元实在开不起一个小卖部。我问她还有什么想法，她说希望养头牛。我了解了一下，2000元能买一头不错的秦川母牛，当年就能产犊。我告诉她，让她过两天到乡里领牛。

她哭了。

一头牛，不能马上带来效益，但却是一个可依靠的希望。

儿子偷了母亲的猪

红崖组的组长叫马猫，一位40多岁的汉子。他家里有4亩地，人均口粮100公斤，仅够维持八九个月。

他家所有的现金都是靠儿子每天到镇上打零工赚来的。情况好的时候，一天能够赚到5块钱。但去镇上干活，午饭就得在镇上吃，一般是一碗面条，晚上带回家的就只剩两三块钱。情况不好的时候，分文没有，只能饿着肚子回家。

马猫大小算个干部，村里的事总要靠他张罗，自己的家则由他的妻子和儿媳操持。马猫告诉我，全村人穿的衣服，基本都是外省市捐赠的，他穿的也是。

马猫领我到村头坡下一处人家，说是有故事。

在那里，我看到一座快要完工的土坯房，墙、房顶都建好了，只是门窗之类的东西还没有装。

53岁的马成翠见我们来，激动地用双手比画着。

"她是个哑巴。"马猫介绍。

家里只有马成翠和儿子，丈夫12年前就死了，她一人拉扯大一对儿女，日子艰难，可想而知。我们到时，19岁的女儿到镇上打工去了。全家3亩土地，2000年的人均月收入只有50元。

她家的新房毕竟要盖好了，我想。

"她儿子要娶婆娘。"马猫似乎猜出了我的心思。

当地的风俗，南方娶亲必须有房子，没房，连相亲都不可能。

忽然，马成翠冲过来，一只手抓住马猫的胳膊，一只手在空中比画着，嘴里发出"啊啊"的声音，拉着他往猪圈去。

马猫被她拽着，边走边回头对我说："又要说那件事哩。"

猪圈里没有猪。

“原来是有猪的。”马猫在马成翠“啊啊”的焦急声中给我解释，“猪是去年赊养的，准备过年时打打牙祭，再卖些钱买粮食，可让人给偷了。”

“找着小偷了吗？”

“找着了，但治不了。”

“怎么呢？”

“她儿子偷的，偷着卖了，卖了500块钱。”

“儿子偷母亲的猪？”

“还不是为了盖房娶婆娘。”

母亲开始不知道是儿子偷的，看见儿子盖房，不知哪里来的钱，问也没细说。后来，是女儿听哥哥无意中说起卖猪，告诉母亲，她才知道，哭闹了好几天。马成翠有话说不出，只能“啊啊”地喊，比画着没有多少人能看懂的手势，用力地揩着泪水。

母亲的猪给儿子卖了娶亲，也不能算大悖理的事情，儿子不小了，也是该娶亲的时候了。可房子快盖好的时候，钱花完了，材料没钱买了，帮工的虽说关系不错，也知道他家困难，但也都要顾自己的生活。猪没了，赊账的钱还没还，土坯房半拉拉地立在那里，不知还能不能最终盖完。

（选自人民文学出版社2015年5月《平凡的母亲》）

故乡 故人 故事

王迎春

夜深，思绪常常带我回到过去，沿着时光的河道回流，打捞已沉入河底的往事，寻找我生命的故乡。记忆中的细节是缓缓流淌的河流，那里的村庄傍河而居，河流就是我们慈祥的先祖，它的源头就是生命的起点。

城市如村庄的天空，从村庄出来的人就像天空中的星星，遥远闪亮……小时候我就认为城里的二姑是有本事的人，她给了村里人许多向往，小学读完便离开了湖畔的村庄，成为第一颗天空中的星星。一晃荡，举家进城整整 30 年过去了。时光荏苒，如今的我也是天空中的星星，我没有因此而庆幸。相反，渐行渐远的村庄却成了我时常仰望的天空。

30 年间，村庄上的人们进进出出生生死死。城里的二姑离开我们已快 15 周年，如流星陨落，没有人还记得当年她耀眼的光芒。就连二姑家的老式宅子连同屋旁的酒厂也被拆了建、建了拆，如同收割庄稼已经连续两茬。

今天我回到了村庄，见到了故人，回到了旧时光。那天，中饭时分老人非留下我陪他小饮几杯，只见他不紧不慢地弯下身，朝着略显昏暗的角落摸索了几下，带出来的是一瓶不知哪年的老酒了。看那已然斑驳的招牌，我一眼认出就是我童年在乡下曾经见过的“大肚子”洋河，飞天敦煌图案虽已不再鲜艳仍一下子勾起了我陈年往事的怀想，岁月在这里变成了经年陈酿，我怎舍得打开？但又忍不住品味一口的冲动。拧开经久岁月的瓶塞，顿时满屋酒香，不醉自醉。

从前，我曾一度想做个奔走乡里的厨子，就像村里的小李子，两把菜刀闹革命，耳朵两边各夹着一支甚至两支香烟，红光满面。四邻八舍做红白喜事都离不了他。我还艳羡他挥动菜刀的格局和气势，真是有声有色。热气蒸腾之下，看到肥头大耳的小李子一次又一次地抓起大勺，接二连三地尝着即将起锅的肉膘或虾米羹汤时，我真是羡慕嫉妒恨。我不知道大厨还可以拿工钱，只以为忙乎半天混个嘴，混个酒足饭饱就是一件合算得要命的差事。类似厨子，村子里总有叫得出名字或叫不出名字的、入流或不入流的混饭碗的手艺人，木匠、瓦匠、石匠、厨师等等。

杰坤二爷在我心目中肚里是有些墨水的，因为他会讲《水浒传》里的人物故事。一天他到我家串门，家里没有大人，他便与我们讲起了古戏。记得第一次讲的是《武松打虎》，他讲到扣人心弦处，就停下来了，说口渴。我连忙倒水，二爷又说加些糖就更好了。糖家里是有些的，我们都舍不得吃，但想要把古戏听下去，忙不迭地用小勺子放两下子，二爷一咕噜就喝下去了。又继续卖劲讲《武松打虎》的故事。一会儿二爷又停顿下来了，这次又说记忆力不行了，需要弄根烟接接力。听故事心切啊，我只好又把父亲放在柜里的香烟拆下来，递上一根又帮二爷点上。就这样，一个下午，家里的白糖都下二爷的肚了，香烟变成烟又散去了，我们把故事也听饱了。甚至有时奶奶留在锅头晚上用来煮粥的半碗饭，都被二爷一段《鲁提辖拳打镇关西》换下肚了。

那时候乡村的秩序和诗意，常常用炊烟来意象。直到今天我可以理解为乡村农耕气象的全部要义就是填饱肚皮，炊烟是人间烟火旺盛的表征和延伸。吃了吗，吃过了，吃的啥，要不，乡间的全部寒暄都带吃字呢！

如今的我满怀惆怅，噼里啪啦地敲打着办公桌上的键盘，我不知我是否如当年的二姑一样成为天空中的那颗闪亮的星星，但村庄成了我时常仰望的天空。

（选自2015年11月17日《人民日报·海外版》）

鲈乡笔记

陈鹏举

雨　夜

陪九旬老母养病，住松江华亭湖边，转眼已过两周。

这里的空气好，没有市声。除了些许人烟，更多的是草木、流水，还有远山。利于养病，也养人。夜很深，雨下得很大，竟然很宁静。清早还是没被闹醒，还是渐渐地脱离梦境。这真是写诗的状态。突然想到了李商隐的“如何四纪为天子”这句诗。他说的是唐玄宗，做了四十八年的帝王。随即想到我自己。已是过了“五纪”之人了，没别的，还有母亲可以侍奉，很感恩。

于是先有了“落拓江湖五纪人”这一句。之后，在全部醒来前，写完了一首《雨夜》：

可是渔樵耕读身，当时缘溯旧时因。
寂寥风雨三更夜，落拓江湖五纪人。
堕马红妆妍女子，传书黄耳锦麒麟。

年华万古冰笺薄，才读数行双泪频。

在这里，轻易可以想到“渔樵耕读”四个字。窗外有邻家的老者垂钓。远处有着九峰，自然可以念叨樵夫。种田呢？离开了都市，祖上农耕的景象，甚至可以感觉很真切。还有一个“读”字，是应在自己身上了。百无聊赖，怯怯地指认自己是个读书人，也是件没胆气又心向往之的做法。“渔樵耕读”四个字，四件事，前三件是温饱，活下来的必要，最后一件是奢侈。前三件事做了，人其实已经是人了，还有书可读，这就是人生的大好景象了。流离了这么多年月，在松江，才感觉原先离自己很远，还很平凡的“渔樵耕读”四个字美，很惭愧。

我怎么会在松江？松江是我外婆的家乡，可外婆的老屋已然不在，外婆家乡的亲眷已然难寻。我是普陀山那边的人，我外公是中山翠亨村人。可我陪母亲还是住到了松江。“渔樵耕读”，都差不多。如“读”这件事，吴越的书、楚的书，“读”起来都差不多。

在都市，我的生命，像一张船票，每天都在船上，行驶的船上，没有归属感。在这个雨夜，我睡得很安稳。这就是家吧？家的感觉。度过了六十年，才明白家其实是这样的。

翻开尘封了三十年的《资治通鉴》，开始读起来。自然是随手抽出一本，随手翻到哪一页，这么读的。命定不是个学者，不必做学者的本事，读得快活就好。天底下所有的书里，写的无非是声色犬马，无非是人所思所为的那些事。所有的书，都只是写人。读所有的书，都是读人。人无非分两种，男人和女人。

女人怎么样？妍丽到了极致，也就是盛唐女子的那种妆。极致的美都是病态的。有美女从马背上跌下来，脸磕破了，沁出鲜艳的血，美得妍丽。于是，京华的美女都临摹起来，有了堕马妆。美成这样了，美成病了，还美不美呢？到今天，大概还是一头雾水的一件事。

男人在干什么呢？松江人陆机，去洛阳做官，他给家里写信，是由一条名叫“黄耳”的犬送的。千里路途，这黄耳好辛苦，它是有一种信守的心气的。陆机有封被后人称为“平复帖”的最著名的信，是不是黄耳送的，无从知道。可陆机的信和黄耳一直被后人念叨，该是没有尽期了。犬是这样，它的主人怎么样呢？他后来是自个儿换上一身白衣，赴死的。他的家在小昆山的南面，面山而居。我到过那里，不知怎的，总感觉他家容易出烈士。

再回到“读”这个意思上来。人为什么要“读”呢？只是“渔樵耕”三件事，人其实活得很快活。就是这个“读”字，“读”出了五花八门的道理、五花八门的人来，“读”得改天换地，“读”得人人沧桑，“读”得人心和人心相距遥远。

有什么好“读”的？一些页的纸，无数页的纸，常常是没读几页，就感觉很悲哀。

小 卧

老母可以下楼，在院子里慢步了。后来坐上轮椅，在湖边浏览了。一连几天推轮椅，竟然腰腿俱酸，还痛了。我才明白平时缺乏运动和有点年纪的苦处了，也就卧床静养，也就有了这首感慨之作：

小卧江村未觉哀，壁前书剑蓄惊雷。
老无为我望梅止，少不如人醉酒来。
但有崔家黄鹤句，终成太白凤凰台。
旧时风雨顷时甚，此处诗情几处栽。

陆游“僵卧孤村不自哀”的句子，童年就读到，读到了就喜欢。特别是和下一句“尚思为国戍轮台”连在一起读，心里竟然有了点悲凉的感觉。童年能体会老人的心绪，现在想来感觉惊愕。只是记忆还真是这样的。这回写诗，第一句就从陆游的那句来，就是心底里有的证据。

再想想，有点明白了。这世上，英雄气生来动人，会打动所有的人。陆游的句子里，即使有“僵”“孤”“哀”这些字，仍然是英雄气。或者说，正是有了“僵”“孤”“哀”这样萧瑟和落寞的字，才有了英雄气。老病在床，觉得自己不悲哀，只想着披坚执锐上前线。我现在也是老人了，却依然养不成英雄气，写不出陆游那样的好句子，写出来的只是“小卧江村未觉哀”，连同下一句，也只是“壁前书剑蓄惊雷”，哪有陆游的英雄气？

卧床静养，给了思维以机会。人老了，又给了回忆以机会。也就想到了“老无为我”和“少不如人”的这辈子了。古书里有一句“臣之壮也，犹不如人。今老矣，无能为也已”，我以为我就是。人和人没法比，可以一比的是，我还能把我的以为说出来。

我渴望成长。后来我发现，成长的一头是青涩，那一头呢？竟然还是青涩。从此，我渴望青涩了。也看重醉酒。不是天生酒徒，后天也不是，只是发现酩酊可以忘情，就看重了。忘情真好。这世上，有什么大不了的宏论要背诵？除了堂前的亲人，心中的道德，还有什么大事值得不忘记？

换了个卧姿又睡下。接下来就在想，这辈子做过些什么事？想了想，想出了冷汗来。这辈子什么事都做不了，也就作了诗文了。生在这么个琐碎奇异的时代，活脱是个呆人。

诗文作得好不好呢？又是不敢在意的。诗文的光阴和水面都无边际，给予所有人都是无限可能。以至古往今来无数喜欢诗文的人，一辈子不愿回到岸上去。李白到了黄鹤楼，原本想写诗。他看到了崔颢的诗，前两联，四句，黄鹤来来回回飞了三回，白云停留了千年，还生生把一首七律铺成了古风的调子。真的好生猛，他李白的想法和写法，崔颢还都有。李白被吓到了，哪里还敢写。后来又不甘心，写了《登金陵凤凰台》。可叹这诗还是不如崔颢的黄鹤楼。白云悠悠的黄鹤楼，崔颢用李白的方式击败了李白。

“但有崔家黄鹤句，终成太白凤凰台。”我的诗文怎么样？这句做了个跛足的比喻。我是想说，在这个语境里，我只是李白。天才的李白只失败过这一次，而我的全部诗文加起来，就像李白失败的这一次。

这会儿又下雨了，下得很大，但很安宁。上苍所赐，给我老母安度晚年的雨，和许多年里经历的雨不一样。联想到我的诗文。我现在的诗文和许多年里写过的诗文是不是一样呢？诗文里下雨吗，雨都大吗，都安宁吗？我不知道。我难以知道。我怎么能知道啊。

搊搊

又是下雨。雨天读苏东坡的词，又读到他的《满庭芳》，起句是“三十三年，今谁存者，算只君与长江”的那首，感觉世上有苏词真好。还有这首词里，“搊搊”“逢逢”这样的连绵象声词。前一个是雨声，后一个是鼓声，好神采。李清照有很出名的“寻寻觅觅、冷冷清清”那串连绵词，声声实下，感觉没东坡这个象由虚生的好。

苏东坡的才情，不能说是无与伦比。即使在唐宋八大家里，也不是一枝独秀。

只是就这个苏东坡，被历来的文人视为知己。文人怎么回事？文人多存天地之思、家国之念。文人在红尘深处，即使遍体鳞伤了，还会在那里。文人不是山野隐士。文人从来不通脱，只是在受伤的时候表示通脱。苏东坡老是在表示很通脱，非常动人地表示很通脱。只是真正通脱的人，还需要表达吗？还需要这么锲而不舍地表达吗？可见，苏东坡正是个并不通脱的大文人。还有，苏东坡还是个留下最多最美的神采和情趣的大文人。他是一株古椿，大而无用。神采和情趣，实在是无用的东西。而这无用的东西，正是穿透天下文人之心的那支箭。

苏东坡的这首《满庭芳》，有个小序：

有王长官者，弃官三十三年，黄人谓之王先生。因送陈慥来过余，因为赋此。

原词全文为：

三十三年，今谁存者？算只君与长江。凛然苍桧，霜干苦难双。闻道司州古县，云溪上，竹坞松窗。江南岸，不因送子，宁肯过吾邦。

扨扨。疏雨过，风林舞破，烟盖云幢。愿持此邀君，一饮空缸。居士先生老矣，真梦里、相对残釭。歌声断，行人未起，船鼓已逢逢。

这首词里，苏东坡这样对姓王的长官说，三十三年了，有谁还不改初心呢？也就你和东流的长江了。你像苍桧一样凛然，承受了难以承受的风霜。听说你在武汉黄陂，云溪之上，住处是松竹建成的。如不是送陈慥路过黄冈，不会来见我。

扨扨的雨声。疏雨飘过，满眼是风林烟云。请喝酒吧，今夜一起喝醉。我已老了，真像是在梦里，对着残灯。歌舞忽然不见了，你还没醒，船鼓已经逢逢响起了。

这首词，苏东坡写在谪居时的黄州。那时他一人湖海，很少有人问讯。小序里提到的陈慥是常来看他的，还带来一个王姓的好朋友，自然让他很高兴。王姓的朋友，说是长官，史书不传，不见酬唱，想来也不是当时的大文人。苏东坡在词里，倾注了自己的深情。其一，自然是天涯逢知己的感动。其二，官阶和才华，和人格相比，他更感佩饱满的人格。其三，也可能是最紧要的，是对自家身世的伤感。这一点，晚清郑文焯是看出来了，他评说这首词时，有句："字字苍寒。"

沉浸在苏词的"苍寒"里，雨声扨扨。于是填成一首步东坡韵的《满庭芳》：

何必秋风，终生归绪，猛忆鲈脍淞江。小昆山麓，听鹤唳成双。九鹿回头有我，此清夜，明月盈窗。萧条甚，纵然客子，吴楚是乡邦。

扨扨。花雨下，西林道树，天宝经幢。料菩叶朱砂，钵水成缸。深入红尘久矣，凝眉处，如豆残釭。凭谁问，今宵无寐，更鼓数逢逢。

不必等待秋风，这辈子的归处，想起了也就这莼鲈之乡了。小昆山那边，曾听见双鹤清唳传说中的十鹿九回头，其中有一头就是我吧？一个夜晚，明月照进了窗口。一个人不免萧条。纵然是游子，吴楚之地，毕竟是我出生、成长、到老的地方。扨扨的雨声。散花也成了雨，雨中宋代西林寺，还有唐代的经幢。菩提叶上有朱砂的经文，僧人的钵里清水汪洋。在红尘经历了很久，定一定眼神，但见一灯如豆。有谁问我呢？这一夜，我失眠了，数着逢逢的更声。

（选自 2015 年第 11 期《散文》）

船闸［外一篇］

庞培

我的童年时光，耳边充满了三两座船闸大声而愤怒、同时模糊不清的叫骂声，无论是在酷热的夏天，还是严寒的冬季，河里面开闸、关闸的声音，都响彻我们这个苏南小县城的偏北一带。因为那里有一条临近长江的支流，流经城北，径直通往京杭大运河。每天有数不清的民用船只和小型拖驳船驶经这里，把货物运往南北各地。在那些年代里，河面上船只寥寥。船闸上工作人员的吆喝声也无精打采，开闸的水流声催人入眠。通常是一个男人夜间值班，午夜十二时或者凌晨四点，开一次闸，其间伴有民用船上柴油机马达的发动声、闸门初启的声音和值班男人凶恶的呵责声。一阵忙乱之后，船闸又恢复了平静——一种失望、疲惫的成年人的平静。我长这么大，三十多年来，那个船闸上的值班男人（不知换过多少轮了）的声音，听上去从未有过比较长的愉快的心情，总是那么暴怒、尖刻、恨铁不成钢的坏脾气声音（他对每只过路的船骂上几句），仿佛说话人是在一个饭烧煳了、家里被愚笨的妻子弄得一塌糊涂的房间里。三十多年，我从未见过这位犹如深夜的恺撒大帝般的播音员的脸。三十多年，他几乎就在我房顶上吆喝。从我刚降临人世那会儿，一直到今天，其间夹杂几次大的洪水（他的声音自然变成真正的暴跳如雷）。三十年来，我已经学会了在他的坏心情、在他震耳欲聋的声音中入睡——在某个不知名的男人的愤怒、仇恨里静静地读书。我曾想象过他阴郁的面容，想象在大街上，在船闸附近塔楼的旋梯与他相遇，但也可能看见完全不同的另一张脸，在中年老练的倦怠中微笑。而渐渐地，随着岁月的流逝，这船闸上不知名的男人声音也在我安宁的视听中，变成了世上另一种潺潺的水流。夜深人静时，它几乎成了一个人孤独时某种和夜空、星星相关联的甜蜜的安慰——凌晨时分的蒙蒙细雨，使这个声音变为柔和感伤的男中音，在透过朝向河道的窗口眺望中，在那挂有历年政治运动标语的高高的水泥塔楼内部，一个声音和我相处了三十年，三十年来他一直在不停地说话，却从未和我交谈（他只是痛恨那些拨错了舵向，容易使狭窄的河道乱作一团的船的航行）。而我终于将他看作一种交谈：发怒、自言自语和隐蔽的歌唱，对熟睡的劝慰和一个人在他时间坐标上的准时到达。小时候，他常常像敲碎一粒核桃那样把我从睡意蒙眬中惊醒（伴有上涨的水位、恶劣的天气）。当我做过几次大的旅行，分别在这个国家的西北、东北、沿海地带，我发觉我开始有点想念起他了（那在深夜旁若无人的咆哮声跟这个苏南偏僻的小县城是何等不相谐！）。我喜欢上了这个阴郁（因为他）的船闸，在落雨天的夜里几乎说不上是风景的堤坝，那些主要以水泥为原料的建筑物外层，甚至那些政治标语。远远地站着，我也不再十分反感它了——一切都在一个宁静的夜空下存在。而我挟带着一本诗集，几乎也变成阴郁、秘密的男播音员本人了。我也长期不友好地（我不得不如此）对着一个河道、一名读者说话。月夜和乌云使我的职业带上几分诡秘，使我说话的口吻越来越艰难——或者，船闸值班人员（播音员）三十年来的声音使我变成一个在生活的闸门附近晕头转向、激动得脑子一片“嗡嗡”声的船民，不能不在他严厉的呵责声里拾回掉落的靠球、竹篙，赤脚冲到船的左舷，在尘世“突突”的煤烟声中，在世纪无情的船闸下顺流而下。

散 步

我去散步时，从不大注意看那架风车。我要看，只看那些弯腰在麦垄上割草的人。其中一个是年老的妇女，我从她偶尔直起身来喘息的姿势上看出，她是所有母亲中的母亲。甚至在她竖立时，她的身躯仍有些弯曲。她一定是很累了，抬起手臂到颈弯去揩汗。天空一片静谧，风橙黄橙黄吹过青蓝的水面。在这午后的旷原上，除了炎热、枯萎的草，蜻蜓，朦朦胧胧的土块的颜色，还有什么？我说不出我的苦恼，我那过于清闲的头脑来自何处？只是一片片地看着麦地和河岸在愁闷、清新的暑气里蒸腾。燕子飞过了，转眼间，它飞行的路线像一个人的生平那样恍惚、短促。我下意识地夹紧裤袋里的一册诗集；我想轻声念几句，但除了我，谁又能听见？这满世界的寂静，我甚至怀疑连我自己也听不见。但声音发出了，总得有人听见——那听见它的耳朵，是什么样子的呢？诗太复杂了。连最简洁的诗句，在这大地的静谧、万物的安眠中，也显得过于工整、突出、费解。一阵风吹过，水面动了动，这就是它们的“听”！相对人的听觉而言，自然界的山峦、土地、森林，是多么的懵然！一只飞鸟，甚至在它飞的时候也是静止的。它的圆睁的双眼从未睁开过，或者说，在我们所熟知的那个巨大空间里，它的眼睛睁开过；但是，会不会另外有一个空间，里面所有的，则全部是紧闭的瞳孔？那些去海边旅行过的人，他们在我的记忆里，也成了神幻莫测的海的一部分。想到海，我就联想到他们，想到他们在路上走路时古怪的眼神、忧郁的举止——这是否跟那些我从未见过的海水有关呢？跟它们苍凉的声音有关呢？一个人的拖鞋，他所嗜好的书籍、暴风雨、海图和罗盘，是否超然于他个人的生死之外呢？一定会有什么东西留下来，在人死之后，在大地沉寂天完全黑下来之前，比方说：一些陌生、工整的诗句，为什么我们以后读它们，会感到如此的亲切，感到一种强烈的欢乐、叹息、肃然的认可？究竟谁站在我的背后？在我身体之外，还有什么是我的心脏？我的“突突”跳动的血管？

月亮升起来了。茫茫夜空中，它像农家少女的一声甜蜜的笑声。那笑声，我在什么时候、什么地方具体听见过？会不会附近有一片微风的竹叶，“簌簌”地抖动着宛如秋后的霜冻的嘴唇？她用镜子照照她那张发白的脸。她也许在想：屋里怎么会没有别人呢？我去更远的草甸上散步，对于那些看不见我的人，我像风一样，既是真实，也是虚妄，而我怎么可能是虚妄呢？在这个下午，我走的路、看的风景、动的脑筋，难道一天天就这样过去了、消失了，变成了空虚？那些看到大地上景物的人，能否看到我的思想？严格说来，一个人是不存在爱的。他没有机会，也没有能力去显现爱。他有什么资格说爱呢？他那么世俗，那么灵巧，那么会说话；他的身子那么重！他如果接近爱，他身上的一切都将成为负担。爱是另一种存在物，另一个空间。比起人，其他动物也许反而更挨近这个空间，这很大部分要归功于它们不说话，它们用它们沉默的躯体穿透阻隔着我们的那堵空间的墙。或许，一只猫，一只小鸟，比人更懂得在无声中说话，跟宇宙间浩大的事物相熟识？在空虚中一个人那么快地就容易软弱下来；而一只猫，它整个自身就等于空虚。它不需要再去抗争、搏斗，它生下来就博得了在自然中哞叫、蹦蹦跳跳的权利，可是人啊！他们那么轻易地想到爱，竭力想当它为一件简单、真切的事，可是他们中间有哪个配这么说，配像一棵树那样在静止的风中伫立？

“沙沙沙”，一阵风吹过林中的干树叶。四下里，黑夜仿佛在对每一块嶙峋的山岩悄声低语：人，一个谎言。

——我又看见了那个风车。旷原上，我的视线被风车下面的一片波光粼粼的河水久久地吸引。我认出了那个穿花衣服的少女，她尖叫着，蹦跳着，向开了花的山坡草地上奔去。她像一枚红色的浆果，消失在落叶堆里——她尖叫着，而这一切现在听起来，竟是无声。黑暗中，我不再有任何疑问。

（选自 2015 年第 9 期《青海湖》）

村 庄

白庆国

村庄的路

那条路，不知有多长时间了，也许与村庄的历史一样长，村庄多长时间了，这得查看村志。反正我在村子里生活了近五十年了，没有听到一个人提到这条路多长时间了。每个人都有自己具体的事情要做，谁也不关心路的年龄。这是大家的事情，大家的事情可以不管，可以放着，有时间了让大家去管。我也只是问问，我当然也管不了。

一条路，只要它存在着，就有人走。无论它多么泥泞，多么坎坷，多么窄小，多么宽阔。只要它存在就有人走。当然，难走时，肯定避免不了人们的牢骚。

一条路就那么安然地在村庄的田野里放着，春夏秋冬，任人们随便走。你不走是你个人的事，路不管。路，从来没有给村庄里的人发过脾气。路只跟城市人发过一次脾气，那是一个到村庄相姑爷的人，他不知哪根筋错位了，非要把他的独生闺女嫁到我们村庄，他还哀叹着自言自语说，下辈子再也不生在城市里了，听他的语气好像城市有多么可恶。他开着小轿车来的，因为刚下过雨，路实在泥泞，小轿车的轮子转得跟飞一样，就是不往前走。他也许生气了，只说了一句这路真不好走，后来路就把他与车翻到了路沟里。但是，他依然没有改变初衷，最后还是把闺女嫁给了我们村。后来他几次来，路就好走多了。

我来回在那条路上走着，从来没有嫌弃过它难走。二十年前父亲一直在它上面走，我只是跟着父亲偶尔走一次。现在，我一直在它上面走着，父亲偶尔走一次。父亲年龄实在大了，走在路上摇摇晃晃。路，实在受不了他这样的速度，路就不欢迎父亲了，但允许父亲站在村口瞭望。这都是我在路上时，路悄悄告诉我的。但是，我总不能把原话告诉父亲，我只是转弯抹角地给父亲说，父亲还是察觉了这话背后的意思。父亲急了，父亲把院子里的一把锄摔得震响。我小心地给父亲解释，父亲还是怒火不息。我从来没有见父亲发过这么大的脾气。父亲说，我一辈子走它，我对得起它了。可它，低着头想一想，它对得起我吗？几十年了它给我使过多少磕绊，有一次我拉着一车麦子往家走，我已经用了最大的力气，它还是不让车往前走半步。有一次夜里浇地，浇完地已经是深夜两点钟，天上也没有星星，我一个人深一脚、浅一脚往回走，走到半路它把我整个人都摔倒了，而且还把我的一枚门牙摔断了，可我听到了它在暗处偷笑。我计较过它吗？父亲说到这里故意把牙龇了一下，好像是证实。其实我早就知道父亲的门牙掉了一颗，是摔断的，下半截牙根还存在着。可我也没有办法，我总不能跟路说，我父亲太犟了，你看着办吧。路不让父亲走，肯定有路的道理。我声音很低地给父亲说，我给路讲讲情。其实父亲是理解路的意思的，他只不过当着我的面显示着做父亲的尊严。

以后的日子，父亲明显走在这条路上的次数减少了。而我越加宽敞地行走着，父亲只是在收割的季节，从路上走来看我种的庄稼怎么样。我的性格父亲知道，做事情不严格，他怕荒了土地，哪怕是一棵小苗的地方。如果我种得完好，父亲就满意地微笑。父亲不知道，我做别的事情不严谨，种地毫不马虎。现在算起来，我已经正式种了三十年地，可以说是一个合格的农人了。

种地三十多年，每天走在路上，对路有了感情，这是必然的。了解了路的情趣，它的爱好，它的执着，它喜欢什么样的走路姿势，什么时候走在上面，心情最佳。

每次走在路上时，我都小心翼翼，生怕对路有什么不利因素。锄在我肩上扛得端庄，左脚刚刚落地，右脚紧跟着抬起，一般情况下，不出现半步。每次走在路上我都有好心情，因为太阳从东方刚刚升起，靓丽的光线照耀着我要走的路。路一直向前方安稳地延伸着，路基结实，没有突然的塌陷，我每次都是放心地走在上面。如果是我往田里用人力车送粪土，我就把粪土用锹拍得方圆，不让粪土掉在路上，低着头一直用力拉车。路最恨一个人干活不是干活，玩不是玩。有的人走路，一边走，一边嗑瓜子。还有的人一边走，一边打闹，这样的人最后都没有好结果。还有的人两口子打架了，就在路上发威，用脚跺路，这更使不得。

走路要有走路的姿势，也要有走路的心情，要面带微笑，这样你的日子就会顺畅。你的日子顺畅了，别人就会嫉妒，他们不知道你的日子顺畅的原因，还以为你命好，其实你的日子顺畅是因为几十年走路走得好，积来的福气。走好路是有好运气的，你不止一次地给别人说，他们根本不相信，他们不相信世界上还有这个理，他们只知道一元钱买四个馒头是确实的。

知道了走好路的好处，我每天走十几遍我们村庄的路。没事的时候我就扛一把锹，哪里坑了洼了，我就马上补上新土。哪里有一块石头、烂砖，我就把它装在口袋里带到沙滩里扔掉。几十年了，我都是这样，也没有感觉累，反而觉得心情舒畅。有时在路上我还哼唱流行歌曲。

我知道人生短暂，在有限的人生，我尽量多走我的路，希望多收获一些人生的快乐。我还知道我像父亲那般年龄时，路也得嫌弃我。我也会同样与自己的儿子争吵，现在我所能做到的就是加快走路的步伐。

村庄的雪

我不知道下雪了，是母亲把我喊醒的，我正在酣睡。

母亲喊声落下去，我抬头看了一眼窗子，窗纸非常明亮，这都是外面有雪的缘故。我重新合上了眼睛，想再睡一会儿。

刚合实眼皮，母亲又喊了。这次我不得不起床了。窗纸有一孔被麻雀撞破了，冷风从那里钻进来，棉衣被吹得冰凉。

我一手按棉衣的扣子，一手打开房门。满院子的白雪，从小狗窝那里看，雪有一拃厚。院子里的所有的东西都被雪覆盖了。雪已经停止了，好像一个干完活的小工等待老板验工。非常安静，麻雀们也在乘机睡懒觉。

我抬头看了一眼邻居家的房顶，积雪足有十厘米。有邻居真好，我好几次都是通过观察邻居而了解我们家的情况。比如说，我看到他们家的房顶的积雪厚度就提前知道了我们家房顶的雪有多厚。再比如，炎炎夏日我在屋子里乘凉，而房顶摊晒着刚刚从田野里收回家的麦子，突然我看到邻居家急匆匆地在房顶堆麦子，就知道天气不好了，我也就急忙爬上房顶行动起来。有邻居真好，有事能相互照应。

此刻邻居家还没有动静，也许晚上睡迟了；也许早醒了，躺在炕上想事。日子中的一些事，过一段时间是需要捋一捋，这就是老百姓常说的，清楚。邻居也许趁这个不匆忙的时刻正在捋。

我一手拿着扫帚，一手爬梯子。梯子的踏面上都有雪，我一边清理一边慢慢往上爬。在雪天干活处处要小心，我们队里王雨就是那年冬天在房顶上扫雪，不小心摔下来了，把腰折了，几十年干不了活。本来王雨是一个非常勤劳的人，看着别人爽爽地干活，而自己却一动不能动，心里着急，后来妻子劝说也就想开了。可是因为腰一直恢复不好，一直就不能参加劳动。孩子们大了，需要盖房，需要娶媳妇，靠一个女人去完成这些本来是男人的事就非常艰难了。妻子开始闹情绪，开始对王雨冷淡，到最后日子实在没法过了，妻子就离开了王雨。这是非常没办法的事，人生苦短，谁不愿意找幸福的日子过？好端端的家庭，就被一场事故拆解了，而引起这场事故的原因就是雪，雪是自然事物，最终还是因为自己不注意。

我小心地爬上了房顶，看到了村庄的所有房顶都被白雪覆盖了，与我家院子里的白雪一样安静。人们都在酣睡，或者贪恋热炕头，如果不是母亲喊我，我也会多躺一会儿，那是一种难得的享受，没有农活的紧迫，你完全可以把心放在最平静的位置。

此刻我的乡亲们就浸淫在这样的时刻。白雪安静地盖着房顶，人们安静地在房顶下休息，那些高出房顶的树木也在安静中。

我开始了劳作，我尽量把扫雪的动作压低，不发出很大的声响，但那些雪落下房顶时还是发出了“砰”的一声闷响。这次下的雪是软雪，好扫，不用费很大的力气。有时候下的雪是硬雪，扎实，非常难扫。扫下一座房顶的雪，要先脱下棉袄，过一会儿要脱下秋衣只穿一件衬衫，好像过夏天，满额的汗水。

一房顶的雪快要扫完了，可是人们还在房顶下安静地享受，我嫉妒了，心里不平衡，故意把扫雪的动作弄大，故意弄出声响，提醒他们该行动了。过了一会儿还是那么平静，没有人影出现在房顶，我急了，就故意地大声咳嗽。又过了一会儿，果然出现了人头，他们缓慢地从下面升上来，我故意不看他们，可是有的人故意戏弄我似的说，小果，扫完了，挺快的。我还是不抬头地回答，扫完了。并讽刺地说，享受够了？对方马上辩解，享受什么？不注意一觉睡到天亮了。

房顶上的人多了，扫雪的声音此起彼伏，有时铁锹碰撞房顶的声音传得很远。人们一边扫，一边隔着房顶说着日子中的事情。有的人耐不住用铁锹冲撞高出房顶的树枝，“哗”的一下树枝上的雪全落在了地上。有的人笨，劳动了一辈子，也找不到劳动的窍门，在房顶上被妻子数落。当着许多人的面，男人脸上搁不住，就反击说，你行你自己扫。男人做出扔扫帚的样子，这下真把妻子惹急了，声音猛地提高了八度。怎么了，蹬鼻子上脸了，说你几句不言语是了，还急。男人立马蔫了，重新握起扫帚干起来，动作比先前加快了，男人想，赶快干完下房，不在这上面丢人现眼。

全村的人都上房顶了，都在房顶上扫雪，同一天早晨干着同样的活，呼吸着同样的清新的空气，肯定有着同样的心情。“瑞雪兆丰年”这样的话语在每个人的心底甜蜜地流淌。

村庄的土地

一九八七年我有了土地。当几个人手里拿着尺子、锤子、白灰面，在一块土地前丈量时，我的心就开始澎湃——我将拥有自己的一块土地了，我将是这块土地的主人了！抑制着激动的心情，等他们把木桩深深楔进土里，我才松了口气。我看着眼前这块方正的土壤，平平整整。当我把目光收回时，又谨慎地把目光投向那一群刚刚离开的人。他们的背影逐渐消失，直至彻底看不见时，我才大声地吆喝了一声。这是我人生最痛快的一次吆喝。

这块土地将属于我了，我要在它的上面劳作，完成我人生最后的旅程。

地是东西走向，我从西走向东，查看着土地的每一处，有没有病情。这是一块健康的土地，没有沙化，是完完全全的好地。分土地时，老队长站在队院的石碾上面，用沙哑的声音告诉大家，要用心想着自己的地……最后，老队长还加了一句话：从今天起，我就不是队长了，我跟你们一样是普通的社员，明天早上你们也就不必来队院问活儿了，可以睡一个安稳觉，然后在自己的土地里操持了，想种啥就种啥，根据你们自己的爱好，不喜欢种地的人也可以闲着。

猛一下子，这种单干的形式让我们好像有接受不了的心理。但毕竟有了种植的自由，心也就踏实了。

我从西走到东，又从东走到西，我分析了它的受光情况以及风的走向、排水情况。最后我确定这是我们队里最好的一块土地。此刻我的心，又一次澎湃起来。

几十年了我从没有敷衍过一次土地，总是认真地去耕种，春天撒籽，秋天收获。连野风见了我的地，也总是绕道而去。驮肥，驮水，土壤肥厚。好多人从我的地边走过，都露出殷羡的目光，也有几个人露出嫉妒的表情。我已经不管他们了，这块地已经真正属于我了，谁也无权从我手里夺走。

我没有马，翻地时找二愣的马。二愣的马是一匹英俊的枣红色的马，那匹马走在地里时，姿势漂亮极了，好像找到了纵横驰骋的疆场，好像它的心情因一直找不到疆场而压抑。它在我的土地上奔驰，尽情地发挥，舒展的身体好像一匹丝绸。二愣也因一次痛快的劳作而欣喜。二愣不止一次地骂我，你小子好福气，全队就这块好地被你占了。我只是嘿嘿笑两声算是回答。我知道自己捡了一个天大的便宜，捡了便宜不能卖乖。这是我的人生理念。

开始那一阵，我担心这块好地会不翼而飞，每每睡到半夜就起床到地里转一圈，看看地还在不在；下雨了，到地里转一圈，看看地被雨水淋得怎么样。几十年了，我总是认真地耕种，很怕地因我的一次懒惰而变得荒芜。

庄稼长得憨实，玉米浓绿，小麦金黄，大豆饱满，高粱沉重。我总是变着样地种植，种什么长什么，种什么庄稼都有人叫好。

我的大部分时间都用在了这里，有时忙种，忙收，我就让媳妇把饭送到地头上。我一边吃饭，一边目光还不停地朝地里张望。刚刚翻新的土地还有一种油光，满地油光油光的，好像洒淋了一层花生油。每一块土都是松散的，没有块垒，土地上没有一棵野草，有一棵也是我故意留下来的好草。我拔草时总愿意把好草的根留下，让它们来年继续生长。实际上每一棵好草都是懂事理的，它能预知天气的情况，能为一只小虫子遮蔽风雨，一只努力向前爬动的虫子，中途突然遭遇风雨了，好草的叶子就做了虫子的雨伞。

我知道留住好草对一户农家意味着什么，它是吉祥的表征，是一个人心理修为的表征，一个不爱草的人，一个不爱蚂蚁的人都是人格不完整的。爱蚂蚁，爱草就是爱自然，就是与自然融合在一起。只有与大地、自然巧妙地相融合才是人生的真谛，自然有真气。只有与真气结合，人才能健康。

土地拾掇得好，小动物也愿意靠近，那些鸟没事的时候也在我的田里飞舞。几十年了，我总是认真地劳作着，不怕累、不怕脏、不怕苦。累了就坐在田埂上休息，旁边放着一壶水，渴了拿起来就喝，滚落的水珠滴在我的胸前，我挽起的裤管时常沾着泥块。我叉着腿，坐在我的田埂上，脸上淌着汗水，燕子们在周围忙碌地飞舞。

有时间时，我就用手机与我的朋友联系，告诉他们我的生活状况，让他们不要牵挂，同时我也祝福他们生活得更加美好。这就是我的日常生活，没有杂念，没有好高骛远。没有远大的理想，更没有幻想。我的唯一的一个想法就是：我老了，有一个人能把这块地经营好，让土地尽其所能，不要荒芜了。

自古无地难为家，土能生万物，地可发千祥。

（选自 2015 年第 11 期《文学港》）

我母亲的孤独

闫文盛

那一天，我先是听闻了一位老太太无法忍受孤独的事情，然后才想起了母亲的孤独。母亲的孤独是早多少年前就开始存在的，但很久以来，我坚决地抵制类似的记忆。不要轻易尝试，不要去触碰它——我狠狠地命令过自己。的确需要发言，说出声来，否则我会难受得要命。因为，直到今天，我才不再相信自己还有能力可以改造母亲的孤独。在母亲生活的乡下，像她这样的还有很多，但并不为我所见。在这些年，我回乡下，主要是去看她。随着时间的流逝，我心里的宿命感越来越深的时刻，我才想到像母亲一样的孤独多么可怕。因为不停地争吵，父亲一次次地抛下母亲离开家门。

在我们的乡下，宿命和虚无感一般无人认同。他们相信扎实生活之真理大过一切孤独。

这时的母亲已经六十出头，儿孙满堂，但她的儿女们各自过活，她的身边，再无他人。

那一天，我先是听闻了一位老太太无法忍受孤独的事情，然后才想起了母亲的孤独。我觉得母亲并不适合独自生活。她同年迈的人一样，需要有人同她说话。她还同年迈的人一样，需要将自己的世界同外在性的整体连接。但，一道院门使这种孤独加重了。在冬季寒冷萧瑟的日子里，我总在担心母亲。我无法将自己的心稳定地置于故土之外的城市不去想她。我想将母亲接到我所居住的城市，但经过尝试后并不成功。陌生的生活使她的痛苦更重。我给父亲打去电话，希望他能时常回到家中。尽管他们没有相濡以沫的一生，但我知道父亲的存在会使母亲的孤独感适度减轻。他们毕竟已经携手度过了半生。我却并不知道，在整日无人守候的迫近苍老的生命内部，会有怎样惊心动魄的事件发生。他们会孤单软弱如一个孩童？

我所能确知的只是，孤独曾经怎样残忍地吞噬我心中的温情，使我陷入周期性的忧愁。不错，我比现在还年轻的时候，有更多的勇气去尝试生活。那些无情的击打，并非我孤寂生活中的全部。但母亲开始老了。如果她再老上几岁，步履蹒跚，难以自理，我不相信她还有勇气可以独居一处。

还是在听故事的时候，我知道了一个年迈之人的思维会受损，恋世的成分会加重。还是在听故事的时候，我知道生存之艰困会如蛛丝一般缠绕我们。我已经看到了自己的老境。我们无数人，都注定要陷入这样的宿命。孤单单来到这个世间，然后在成长和衰老的负重中走向命定之虚无……我似乎从未这样郑重地谈论衰老之人的孤独。直到今天，我却仍然想不明白在父亲母亲终老的时候会是什么景象。他们最终会只剩一个人，百般纠缠，至此方休。

我们终归只是俗世浮尘。那些飞扬的万物中，富含着我们的灵魂。

母亲终归要老了，但她的思想愈加坚固，牢不可破。我用了很多力气，始终无法说服她离开故土。我不知道为什么以我们的母子之爱，却仍无法冲破人世的一切阻碍。我不知道她为什么那么决然地拒绝，不可以和我们生活在一起。在我的人生诸问题中，这是迄今仍让我百思不解的一个难题。迄今我方相信我们并不是相同的人，尽管她生下了我们。我，我的弟弟与妹妹，我们都不是相同的人，尽管我们拥有同一个生命的源头。不错，我总在心灵深处举目四顾，怅望星空，如此，我才可以变得释然和宁静一些。

我孤独的母亲肯定不知道我的忧愁。她并不喜欢但仍在承受着她的孤独。

（选自 2015 年第 12 期《红豆》）

总有些东西长在土地上

范泽木

失去土地是件残忍的事，就像作家失去笔和稿纸，画家失去笔和画架。

如果希望没了生长的地方，那是不是比绝望更绝望？

当思绪像经风后的水面一样平静下来时，故乡黑黝黝的土地就像岛屿一般冒出我的脑海。

故乡的土地静默不语，在晨曦里如此，在黄昏里如此。只有劳作的人们进入它，它才像突然醒过来似的充满生机。

到底是人们给它生机，还是它给了人们无尽的惊喜？

一

我外公是和土地捆绑了一辈子的农民。房前屋后的土地遍布他的气息，他的身上也留下土地的痕迹。他的指甲嵌着黑色的泥土，他的手因泥土而龟裂。

除了冬天，每当下地干活，外公总是把鞋子脱在地头。他用脚亲近每一寸土地。小时候，我也会下地干活，但永远无法赤足亲近土地。外公看着我说："穿着鞋子多难过。脱掉鞋子，你的脚会像浸在水里一样舒服。"我摇头，表示无法理解。

如今，我依然无法理解，更无法体验这种感觉。没有岁月的铺垫，没有和土地亲近的交流，哪能有这样的感觉？正如你初见一个陌生人，他怎会向你和盘托出心事？

外公赤着脚翻土，任泥土漫过他的脚踝，甚至盖过他的小腿。

干活累了，外公就拽一些草铺在地上，躺下休息。他的上方是纵横交错的玉米叶，脑袋上方是嘴里冒出的青烟。

他叫我也躺下休息，我说不，我怕泥巴脏。

你还太小，不懂事。还怕脏呢，人老了还不是埋进土里。他吐了口烟，自言自语地说。

二

屋子的左边有个小坡，坡上长满灌木。不知道为什么，坡上一直只长灌木。有一天，外公突然心血来潮，砍掉所有灌木。经过几天阳光的洗礼，灌木变得蓬蓬松松。外公把灌木捆回家，后者理所当然成了灶肚里的柴火。

外公眉毛一挑，计上心来。他披着晨光，一锄一锄把那个小坡变成了一块地。末了，用草木灰把荒凉的土地肥了肥。

不久，原先长满灌木的小坡成了南瓜苗的地盘。

外公的笑容和晨曦里的瓜苗一样舒展。

我已经不太清楚，他已经有几次把一块无人问津的土地变成日日精心打理的田地。

在外公手下，瓦砾堆能变成茄子地，悬崖边的一小片泥土能变成番茄地。

每次酒后，外公都为自己是个农活好手自鸣得意。"这些被人废弃的土地，在我看来真是可惜，可不，我这么一折腾，弃地就变成肥沃的土地了。我们餐桌上也不缺蔬菜了。"

在农活上，外公的确有一双魔术手。他先后征服了很多这样小块小块的土地，它们就像一枚枚勋章，闪耀在外公平凡的日子里。

每一块经过外公打理的土地，事实上都散发着他的气息，流淌着他的生命。

土地很好地诠释了外公的生命，对他来说，如果没有土地，生命会不会很单薄？

三

外公和村里的许多人一样，随着节气马不停蹄地在田里埋下希望。

大地刚从冬天的沉睡中苏醒过来，外公便翻土，种下土豆。他对待土地从来不会马虎，翻了土，理去石块，用草木灰给土地增肥，再挖出坑埋下土豆，盖上土。把地打理完毕，他会把地周围也收拾干净，把柴火拿回家做燃料，把杂草烧成灰去肥别处的地。

种下了土豆，就该种玉米了。同样是整理土地，播种，清理土地。同样的精心，外公在每一块土地上演绎。

收成好了，他喜上眉梢，收成不好，他喝口酒告诉我们："人只能负责认真耕作，其他是天的事。"

外公从不会因为这一季的收成不好而怪罪田地，或者沮丧得自暴自弃。他只会马上寄希望给下一季。

刚忙完春耕，他已在准备初夏的播种；刚忙完夏天的收获，他已在准备秋天的播种。

家乡的土地永远不会有停歇的时候，外公和其他人一样，也不会有得空的时候。他们一次接着一次地播种、收获，播种、收获。外公说："土是越种越肥。"人生，似乎也是越折腾越有劲。

在酒桌上，外公和他的朋友们聊得最多的就是土地、庄稼。他们的精力在土地里，希望亦是。

我不知道，如果没在地里埋下一季一季的希望，他们的生命该怎样前行。

对他们来说，失去土地是件残忍的事，就像作家失去笔和稿纸，画家失去笔和画架。

如果希望没了生长的地方，那是不是比绝望更绝望？

四

外公年纪越来越大，但依旧闲不住。他种的地远没有以前多，但他还是把所有气力花在土地上。

他种的圈子越来越小，先是放弃了较远的田地，再是放弃了较次的地。他种的东西也越来越少，以前五谷杂粮果蔬都种，如今只剩蔬菜稻子玉米。

儿女们都说，年纪大了，不要操劳了，况且如今也不愁温饱。

外公低头不语，默默给自己一口又一口酒。

他经常会到那些废弃的土地转转。那些曾经写满风华的地方，如今只有野草茁壮成长。外公指着土地，跟我说当年它们是什么模样，话语里不无伤感。

他折了根茅草含在嘴里说，你看这么多地荒着，多可惜，可是现在种地又挣不了钱。其实外出的许多人还是最适合种地，他们在家里种地时各个生龙活虎，现在到外面打工，都无精打采。

我不禁想起从前，土地温润饱满，地里的庄稼迎风招展。人们在地里挥汗如雨，把每一块地打理得井井有条，把每一季庄稼照顾得细致周到。

那时，所有的土地、作物，都是人们自豪的资本。那些在晨曦里，在夕阳下，在月光里，在风中猎猎作响的庄稼，何尝不是飘在人们脸上的笑容。

而如今，这些人都不得不弃田进城。他们在朝九晚五的框子里无精打采，在朝九晚五的框子外无所事事。

儿女们经常叫外公到城里住，但外公从来不去，去了也很少过夜。他的理由是待不惯，早晨醒来看不到土地不习惯，摸不着农具不习惯。不能像过田里的日子那样过城里的日子不习惯，不能像熟悉田间地头的东西一样熟悉城里的东西不习惯。

我能理解，半路夫妻总比原配更难，何况外公早已过完人生大半。

外公的土地圈子越来越小，这让他无所适从，但他说，有力气总要种。

土地是外公的恋人，从相知到相伴，一路风风雨雨，相濡以沫。外公曾经给了土地无限的生机，土地也成就了外公坚实的岁月。

只要还和土地打着照面，外公到底还是幸福的。

（选自 2016 年第 1 期《浙江散文》）

奶 奶

胡烟

奶奶是个老实人。老实到什么程度呢？

爷爷刚结婚那会儿，刮大风停海的空当，在海沿上跟一帮渔民唠嗑。说自己在家啥都说了算，只要是他定的事儿，甭管对与不对，老婆子屁都不敢放。渔民们不信，说他吹牛，就打了赌。怎么赌呢？爷爷带着几个人，当着奶奶面儿，到自家厢房的麻袋里舀一瓢麦子出门，看奶奶作声不作声。要是奶奶问一句，你舀麦子做啥用？爷爷就输了。那会儿粮食金贵，舀一瓢麦子可不是小事儿。结果呢，爷爷带着一伙人进院子时，狗叫得厉害，奶奶正在里屋炕上做针线活儿，她抬头朝窗外瞅，瞅见了爷爷，又低头缝她的衣裳了。爷爷赌赢了。那以后，奶奶老实的名声就传开了。

我小时候住在奶奶家，从没见奶奶和爷爷拌过嘴。爷爷说啥她都听着，有时候爷爷叮嘱的她没听见，爷爷火儿了，奶奶小声嘟囔着，再说一遍不就行了吗？有什么好着急的呢？脸上还挂着笑。有一次不知为啥，爷爷发了大火，推搡了奶奶一把，把她推了一个趔趄，她就原地不紧不慢地爬起来，拍打拍打身上，小声叮嘱我说，你去喊你胡本侯家的奶奶来吧，说和说和你爷爷，怎么生那么大的气呢？

我爸和我妈也吵架，我家分南屋北屋，中间隔着院子。那年年根底下了，我爸和我妈又吵架，吵得凶，一个住南屋，一个住北屋，谁也不搭理谁，成天在炕上躺着生闷气，也没人给我和弟弟做饭了。我把奶奶喊来了，奶奶进到南屋，叫我爸开门，我爸不应承。奶奶说，你不开，你妈就在外头站着不走了。奶奶垂着手，一直在门口站着，站了一个钟头，我爸开了门，跟我妈和好了。

奶奶有耐性。我家经常有择不开的网。我爸出海的网叫海泥糊住了，一张网滚成了黄酱色的一条绳。我妈说，这网还能要吗？谁有工夫去弄呢？都忙着呢，扔了吧。我奶奶不叫扔，拿回去晒了，一点点把泥敲打下来，搓了，再把缠在上头的小海马、螃蟹夹子挨个摘出来，重新捋成条，然后拿到方塘冲干净，冲了再晒，晒完就跟新网一样的，亮闪着银光。我家补网的聚乙烯线乱了，也叫我奶奶择干净。那会儿聚乙烯线套在四角的线撑子上，梭子缠快了，线撑子反应不过来，柱子掉下两根来，线就乱了。越细的线越容易乱，跟一堆毛海菜似的，没法子要了。没法子要的东西，到了奶奶手里，半天的工夫，又成了新的。

那会儿，奶奶天天在照壁底下坐着，手里拾掇着什么。有时候是爸爸船上的旧网，有时候是爷爷赶海捡回来的麻绳子，有时候是人家扔的旧渔网，她用剪子把上头的铅槌子剪下来，留着给我爸补新网用。我问奶奶，你怎么老干活呢？奶奶说，闲着做什么呢？

我不爱回爸妈家，我妈来喊我回家的时候，我就躲起来，叫她找不着。我躲在半间子的地窖里。听见我妈的声儿问，小杰出去了吗？奶奶应着："出去了。"我妈就走了。她走了，我又出来了。

我妈嫌奶奶惯着我。我一放学，奶奶正一手拉着风箱一手往灶台里添火呢。"上炕躺会儿吧，上学累了。"我装作没听见，把书包往炕上一扔，就奔方塘了。有时候是跟几个伙伴逗青蛙捉蝌蚪，回家湿了鞋，叫奶奶给刷。有时候是一个人，望着太阳快落山时那几棵歪脖子松安静地站着，有时也盯着密密的芦苇荡子发呆，突然"腾"一声飞出一只翠鸟，吓我一跳。有一回是冬天，我看见方塘当间儿有一只胶皮靴子，底朝上，被冻住了。我想。会不会底下有个人呢？会是半岛的人吗？半岛这两天有没有谁丢了呢？怎么掉进方塘了呢？是喝醉了跌进去了，还是叫人害了，扔进来了？就这么胡思乱想着，就听见奶奶叫我吃饭。

奶奶一天不落地来叫我。方塘找不见我，准在南海沿看别人赶小海，最远是跑到西海沿的石头礁上抓小蟹子。其实我早就闻见饭熟的味儿了，完全可以自己跑回去的。我偏不，就等着奶奶来唤我。我在前头走，奶奶在后头跟着，随手拾着路边的干树枝子，烧火用。一进门，昏黄的暗影里，爷爷正小口抿着酒。"爷爷，开灯吧，天黑了。""开灯干啥？饭还能吃进鼻子里吗？"奶奶开了灯。吃到八成饱，笑眯眯地从锅底的小灶台洞掏出煨好的地瓜说，别撑着。

每天晚上的武打片儿，我跟爷爷奶奶一边嗑着瓜子儿一边看。《雪山飞狐》连播两集，中间插广告的工夫，我困了，睡了，等到第二集开演了，奶奶赶紧摇晃我：快起来，又演一集了。

夏天，半岛海蜇丰收了。傍晚船一来，几万斤几十万斤的海蜇就从二鬼子抬着的筐里晃荡着跌进鱼贩子垒的水泥池子里。从齐腰的海水抬到海沿上，一筐200

多斤的海蜇，掉个小草帽（个头小的海蜇），或者断几个海蜇爪子下来，是常有的事儿。暑假了，跟我这么大的小孩儿满海滩去捡海蜇爪子了。回来叫大人拿白矾腌在缸子里，做海蜇皮卖。我妈说，你也去捡吧，别光满山跑。我不理这茬，海蜇爪子掉在脚跟儿底下都不哈腰。两个月工夫，邻居家闺女捡海蜇爪子卖了好几千块钱。问奶奶，你孙女咋不去捡海蜇爪子呢？奶奶说，俺孙女不是干活儿的料，你看她的手就知道了，细长细长的，俺孙女是念书的料。

我爸常有滚网的时候。滚网就是网叫海泥给裹了，不但没收成，回来还得把网全都抖搂一遍，费工夫。傍晚，大人们都帮着我爸拾掇网，姑姑、姨、邻居都来帮忙。我爸妈嗓子都冒着火呢，眼见着天就黑了，天黑了就看不见拾掇网了。拾掇不好第二天就没法子出海了。我不急，不爱帮他们拾掇网，在一旁沙滩上挖贝壳。各种形状的挖了一堆，想找个家什装起来，大人们都没工夫搭理我。我爸嫌我不帮着干活，拿白眼瞪我。还是我奶奶，回家找了塑料袋，叫我把贝壳装起来。

那会儿，我满山捡树根，做根雕，各种形状的根雕，摆了半个院子。其实哪是什么根雕呢，就是些模样周正的树根罢了。我跟奶奶说，别给我当柴火烧了。奶奶记下了，专门腾出地方，给我归置到东南角上去了。

我画画，拿铅笔，照着堂木箱子上的松树画，照着年画上的胖娃娃画，照着毛巾被上的老寿星画。奶奶看不懂，画得好不好的，都给我收着。

我到了外地上学，奶奶高兴了。逢人就说，俺就说了，俺孙女不是干活儿的料。

2009 年 4 月，半岛搬迁。搬进了楼房，爷爷奶奶都住不惯。他们不会打理木地板，新式的拖把也不会使唤。我放假回去，帮他们拖拖地吧，奶奶说，快别干活儿了，上炕躺会儿吧。

奶奶絮叨着说，不爱住楼，没法子，还想回半岛那小院子里住。种葡萄、晒衣裳、养狗都方便。我嘴上说，不定哪天还能搬回去呢。心里说，奶奶呀，回不去了，咱村儿早叫人家填平了。

去年冬天，奶奶走了。爷爷先走的，过了半个月，奶奶发了高烧，烧不退，继而昏迷了，后来就没再醒。医生也查不出病因。我爸说，你奶奶一辈子听你爷爷的话，临了，还叫你爷爷给领走了。

奶奶一辈子没打骂过孩子。想起奶奶，不管多冷，我的心就暖和起来。

奶奶走的时候，我没哭出声。去年过年准备回老家，突然想起来，这辈子再也不能给爷爷奶奶买礼物了，就痛哭起来。

（选自2015年第11期《山花》下半月）

照相

郑毅

前年腊月初九，在一场漫天飞雪中，我送走了八十多岁高龄的奶奶。

元旦时，我回老家看望奶奶。奶奶愈发显得瘦了。孱弱的她已说不出话，只是眼神里充满着莫名的渴望，紧紧拉住我的手不放。没想到，这竟成了诀别。

雪花飞舞，冷风刺骨。洁白的田野上留下了一行行歪歪扭扭杂乱无章的脚印。黄土高原上，老奶、爷爷、奶奶一排紧挨着，周围是漫天的白。时光的潜流奔涌着，往昔的一切如梦而来。

照片上的奶奶，柔和的轮廓，安静的眼神仿佛洞悉了世间的所有，一如平日般那样亲切。这是奶奶六十多岁时照的相片，照相时的情景依然历历在目。

从记事起，每年大年初一，我们姐妹三个都要早早穿好新衣，在家门口焦急等待摄影师的到来。父亲已提前和做摄影师的同学约好了，要来给我们照全家福。那时的全家福真是壮观。三个姑姑，一个叔叔，加上老奶、爷爷、奶奶、父母，还有我们姐妹三个，总共十几口人。先照全家福，然后给老奶、爷爷、奶奶单独拍。给奶奶拍的时候，很少照相的奶奶把头发梳得一丝不乱，衣襟整齐，端端正正地坐在太师椅上，显得很拘谨，好像这是一场无比隆重的仪式。半天她手不知该放在什么地方，最后只好规规矩矩地把手平放在腿面上，一只手里还捏着叠得整齐的手绢。摄影师很有经验，这时，他并没急于拍照，而是边调焦距边和奶奶拉着家常，在奶奶神情最自然的状态下，趁机“咔嚓”一下就好了。奶奶的笑容就永远被定格在胶片上。

后来，全家福上的人就渐渐不断变换着，先是几个姑姑出嫁退出了，接着老奶走了，但又多添了婶婶。再接着，又多了堂妹、堂弟。再后来，爷爷、奶奶相继而去，弟媳和侄女又加入了全家福。时光就是这样，晃来晃去，一声声“咔嚓，咔嚓”，四世同堂的幸福就镶嵌在镜框里，它见证着我们家族的光荣，多少人生的故事与艰辛，都被全家福上的笑所消融。

我家的堂屋中间，一直摆放着一张冲洗放大的黑白照片。照片上是一个年轻英俊的小伙子，脸部棱角分明，刚毅又不乏清秀。老奶告诉我说，这是我大爷（爷爷的哥哥），当飞行员的。

当年，老爷（指曾祖父）去世得早，就留下了老奶拉扯着两个儿子过日子。日子过得极其艰难，这些自不必说。有一年，因为家里交不起公粮，为了抵债，大爷被拉到县里当了人质。谁知，大爷因祸得福，正好被县上的某个官员遇见，他见到大爷眉目清秀，聪明乖巧，甚是喜欢，于是就把大爷认作了干儿子。从此，大爷有了读书的机会，聪慧的大爷读书刻苦又勤奋，后来去了部队当兵，接着就进了黄埔军校，当了飞行员。“文革”期间，大爷又因福得祸，不能避免地遭受迫害，说他是国民党潜伏特务，日夜批斗。大爷不能忍受屈辱，写了封遗书，把衣服整整齐齐地叠好放在黄河岸边，便跳进了黄河。后来家里不管怎么找，也没找到大爷的尸体。也有人说，他去了台湾。但最终怎么样，谁也不知晓了。后来，含冤跳河的大爷，最终也平了反，洗清了冤屈。大爷的一生让人唏嘘不已。

生活如此的突变，老奶一个妇道人家，又能怎么样。这成了她心头最痛的伤疤，从来没人敢在她面前提这事。之后，老奶拉扯着爷爷，颠着一双小脚，辛苦地经营着每一天，把日子过到现在十几口人的大家庭，其中的艰难与不易又有谁能体会与知晓？老奶泡脚的时候，我见到过她的那双因裹脚而变形的小脚，脚也只有三寸多长，小指与无名指的骨头已完全折断变形，朝里贴着脚心，凹了进去，惨不忍睹。泡完脚，老奶总喜欢用剪刀仔细地剪去脚底那厚厚一层老茧，仿佛剪去了岁月留下的所有沉疴。每年一到大爷的忌日，老奶都要独自拄着拐，去村子前的沟底，悲怆地大哭一场才回来。也许只有到了这一天，老奶才能找到理由把内心积压的委屈全部释放。后来，哭得多了，老奶眼睛不好使了，常常让我给她拔眼睫毛。

大爷在世最疼父亲，父亲也想念大爷，有次，父亲去郑州出差，碰见有一个人的背影特像大爷，就一直紧跟在那人后面，结果差点被人家误解成坏人要报警。

看到照片里英俊的大爷，平时从老奶、父亲的嘴里零星地知道关于大爷的一些情况。我从未见过大爷的面，却常以大爷是飞行员，而在小伙伴面前多了一份炫耀的资本。当别人问及大爷后来怎么样，我总是很神气地回答，现在在台湾呢。是啊，一家人的心中何尝不是期冀着大爷好好的呢?

一张张薄薄的胶卷照片，禁不住时光的冲蚀。那时，难得去照相馆一趟，寻常的日子里也没有照相的条件与理由。哪像现在，手机“啪啪”一拍，传上微信微博，晒晒秀秀，自得其乐。从小记事起，我就一直以为照相是过年很隆重的一个节目。因为，作为长房长子的父亲，把照相当成了一种仪式。

春节时，我去看望父母。姐姐一家，还有弟弟一家都难得聚在了一起。父亲就对我们几个说:“今天咱们家人最全，就照个全家福吧？”父亲征求我们的意见。他的话刚一出口，姐姐就知晓了父亲的心思，赶忙说现在照相这么方便，以后随便什么时候都成。听母亲说，奶奶走了后，父亲的心思就更重了。我晓得父亲在想什么了。爷爷奶奶走了，长辈在世，就好比挡在生命最外围的一堵墙，即使再破败不经风雨，但只要他们挡着，子女心里就觉得踏实，觉得一切都还很遥远。对于父亲是这样，对于我们更是这样。这才发现，时光原来就是生命的最大预谋者。

时光一定是有脚的，我依然这样固执地认为。不然，昨日的父母年轻美丽，而今天额头不知何时已爬满了皱纹，脚步开始蹒跚;我还没顾得体味青春年华的甜美，就仓促促促地迈进了中年；昨日儿子还在襁褓之中嗷嗷待哺，如今个头却已高出我许多；昔日门前的柳树细弱得不经风雨，现在却高大得绿荫葱茏……这一切的一切，或许都是时光赐予我们的印痕，成长或衰老，艰辛或苦难；同时它又不会空手而归的，它要带走一些什么，幸福或青春，生命或财产。生命从来都是这样残酷而公平。人最终可选择的，或许就是在对时间不断地无效抵抗中，渐渐参悟人生的真谛，在生命面前俯首倾听，在漫长修行中逐渐抵达人生的圆满。

不管岁月如何蹉跎，我想对父母说声，你们一定要好好的，好看着我们幸福。也想对儿子说，我们一定会好好的，因为要看着你幸福。

（选自 2016 年第 3 期《洛神》）

姐姐，今夜我在千岛湖想你

苏沧桑

姐姐，今夜我在千岛湖。在千岛湖的这一头，想千岛湖那一头的你。如果湖水愿意，我在这头轻轻叫一声“姐姐”，思念会贴着如镜的水面，一直滑进你的梦里。

刚才，你放下电话，十五瓦的灯光照在你六十岁的白发上，失落的眼神掩藏在白发下的阴影里。你笑着跟村里邻居说：她说千岛湖太大了，行程太匆忙了，他们要去的地方，和这里是两个方向，来不了了。

送走邻居，你抬眼望望漆黑一片的湖水尽头，关灯，上楼，躺下，侧脸看见窗外的星星时，你多看了一眼，替我。

而此刻，我正走上酒店房间的阳台，面朝湖水，开始想你。

千岛湖安详如一方古墨、一盘棋局。它和我白天看到的大不相同。阳光下，它像一个女子静立的侧影，无须看清眉眼，便能深深感觉到出奇的静美。属于它的天空、阳光、云朵、湖面，安静如丝绸，如古籍，如月色，却又流动着无比灵动的韵律。而夜里的千岛湖，如一位睿智的老者，似乎已经洞悉阳台上这个来自杭州的女子，和这一方水土有着怎样深的长达二十三年的缘分——自我做母亲起，“千岛湖”便以各种形式抵达我生活全部的细枝末节，在我的生命里绵延不绝。

而这一切，是因为姐姐你。

它先是以你的名字抵达——“初莲”。在杭州笕桥机场荷塘深处的一间平房里，刚刚怀孕的我遇见了跟着丈夫从千岛湖出来打工的你，矮小、清秀的你。你三十八岁，我二十五岁。然后，你成了我女儿的保姆、我无话不谈的姐姐、我家不可或缺的一员，风雨同舟，整整二十三年。

然后，它以更多的地名抵达，威坪，梓桐，南赋，汾口，凤联，中联，窄尔……有的是你娘家，有的是你婆家，有的是亲戚家，有的是嫁出去的妹妹家。回乡的日子里，你的足迹在山路上疾行，在湖面上漂，然后，连同你鞋底的泥，带回杭州的家。有时带进千岛湖的一场雨、一次渔舟晚归；有时是一两个乡音浓重的老乡；有时是听来的一段趣事，一个个关于“锦山秀水、文献名邦”的传说……让远离故土的我，让对乡村一无所知的孩子，闻到了一千座岛屿、一千条“金腰带”、一万朵橘子花的气味，触摸到了淹没在千岛湖底狮城、鹤城的神秘古老……

然后，它以四季不同香味的美食浩浩荡荡抵达。茶，来自村里最高那座山的云雾里，品相朴实如姐夫阿仁，喝一口，才知道什么叫“甘甜”，多年后我才知道它叫鸠坑茶，是名茶。露水没有香味，云雾也没有，水也没有，你爬山出汗了，你炒茶叶时汗滴进茶叶了，你怀揣着茶辗转五六个小时的长途车、公交车，可是，茶仍是香的。香的，还有你公婆养的、过年时杀的猪，肉配上后山上挖的笋，炖一下午。还有你自家橘园里的甜橘、笋干、溪鱼干、番薯干、蕨菜干、柿饼、银杏果、豆腐、玉米饼、桐叶菜包、豆粽、炒南瓜子、冻米糖……咀嚼着这些来路分明的粮食时，能看到油菜花间的舞草龙、跳竹马，你一家子除夕围坐火塘，能闻到烤土豆的香，能听到热闹的赛猪头和淳安睦剧、老人的咳嗽、留守女儿不舍的嘤嘤啼哭……我们不由分说爱上了千岛湖这个地方，如同爱上你。

它还以一排排细密的针脚抵达。就着我看书的台灯，你用土布给我们全家老小做棉拖鞋，平整的针脚、软和的脚感里，一个千岛湖女儿的勤劳聪慧无处不在。后来，妞爸去境外工作了，妞去外地读书了，只有你一直陪着我，像湖水一样宠溺我，让亲人们得以放心，让我一直远离人间烟火，却又让我一直接着你的地气，关注着、热爱着、书写着和你一样平凡而高贵的人们。

在城里的二十三年，你一直是千岛湖水般纯净的你。而我和城市回报你的，是微薄的佣金，偶尔的体贴，对你子女的一点帮助；你得到的，是半头白发、满脸皱纹，是累弯了的腰，长期的多梦失眠，与亲人的一次次别离，一个又一个老人的逝去，甚至来不及见最后一面。

终于，腰痛和健忘一次次提醒你，再下去怕拖累我们。临走前，你忍着腰痛去菜场买鱼，说再给你做一顿好吃的吧。

姐姐，你走的前夜，我偷偷哭了。我从来没叫过你一声姐姐，可是，两个女人的小半辈子，就这么在一起厮守着过了，这是怎样的宿缘？

姐姐，此刻，我在回杭州的路上想你。今天上午，在古村芹川的廊桥上，我好像看见了你，当然不是你。也是矮小的身材，也是枣红的衣裳，脚下一字排开着她要卖的土特产，都是你曾带来过的。我买了一包炒南瓜子，在车上一粒一粒仔细啃着。你在电话里说，没关系没关系，等我把山上的事忙完，就去看你，给你们带茶叶喝。一百公里的路，大雨滂沱，我的心里也下着雨。此刻的我正与你背道而驰，与曾经一起走过的岁月背道而驰，今后，即使再见，彼此生命的轨迹终会越离越远。

姐姐，今后，我还会想你，在钱塘江边你熟悉的家里。钱塘江其实就是千岛湖啊，在最上游，它叫千岛湖或新安江水库，然后，它叫新安江，然后叫富春江，最后就变成了我家门前的钱塘江，滋养着它遇见的每一寸土地和土地上的每一个人，就像你。

姐姐，共饮着一江水，我会想你，想比记忆中更高大的你。如果我是西湖，你则是比西湖大一百零四倍的千岛湖。我想千岛湖，则会想比千岛湖大亿万倍的天空和大地——天空抵达我们，以阳光的方式，以月光以雨水和雪花的方式；大地抵达我们，以粮食以花朵以美景的方式，像母亲哺育我们，像姐姐呵护我们。而人，可曾以平等的方式抵达你们？回馈你们？

姐姐，如果有一天我不想你了，一定是因为羞愧。因此，我不会再把“感恩”“珍惜”之类的词挂在嘴上，而是把“平等”“善待”这些词放在心里，让它们继续链接我和你的缘分，缝合作为一个人与天地万物之间的关系，修正我伸向这个世界的每一个动作。

姐姐，一直忘了问你，就像鱼回到水里，你在老家的稻花香和溪流声里，睡得踏实些了吧？你在梦里，收到我的思念了吗？

（选自 2016 年 5 月 27 日《江西日报》）

苕事

王雄

我也是最近几年才发现，很多城里人把我们乡下地里种出来的苕叫作红薯，对像父亲一样上了年纪的、大脑反应有些迟钝的老年人却用一个“苕”字来形容。一个名词和一个形容词之间，便有了父亲的苕事。

父亲的苕卖到城里去是三年前的事。三年以前，或者说从我记事起父亲就种苕，但那个时候种出来的苕基本上都是喂了年猪，人很少吃，更别说卖了。三年前，家中的年猪从以前的两三头减少到一头，传统方式喂年猪的苕便多了出来。父亲偶然进城遇到个烤红薯的老头和父亲差不多年纪，就问其要不要苕，老头说让父亲带几个苕样去看看是什么品种。父亲的苕样被老头定性为本地品种，淀粉较多，不适宜烤着吃。父亲对老头说："家里还有很多，都打成粉也吃不完，放着会烂掉，三角两角的都给你算了！"老头见父亲只要烤红薯苕价的两三成，便动了心，对父亲说："好吧！你全都拖来吧，我权当做好事，一天掺杂个几斤烤着卖吧！"

运输是后来我的事。交易完成后，老头见父亲的苕看相很好，便断定父亲很会种苕，末了送给父亲几斤烤红薯的苕种，离别时一再交代父亲隔年一定要把种出来的苕卖给他。父亲说："我试试吧！"

第二年父亲的苕种得很好，年猪因为喂养远不如市场购买划算，也就没有再喂。往年喂猪剩下的苕都被放进了地下的苕窖，而这一年苕窖显然是放不下了的。父亲把苕装了袋放在附属房里，因为天冷坏了许多，春季烤红薯的老头来电话时，能够烤的好苕实在不多，也因为天冷，烤红薯的苕价格比上一年高出了四五成。父亲的苕卖下来，够买两头年猪的。父亲第一次尝到了甜头。

尝到甜头以后，父亲把种植面积扩大了好几倍，不仅仅是在沟边、坡处新开了荒田，还把房屋后面的流沙地也种上了苕。种苕的地有黄土田、黑土田、流沙田，这样种出来的苕形态上有圆形的、长形的；口感上有低糖型的、高糖型的；水分上有少水分型的、多水分型的。收获的时候分类装袋，然后存放到父亲用泡沫板加木夹板加硬纸板"装饰"四面墙壁和"天花板"的库房里过冬，春季再卖个好价钱。库房里的泡沫板保温，木夹板增加强度、力度，硬纸板吸收水分，如此一来，最大限度地让苕保鲜。分类的最大好处是按需售卖。种类齐全、品质新鲜让父亲的苕大受欢迎。父亲让我送货上门，自己在家先挑选一遍，到需要者那里让其再挑选一遍，如此几次，父亲便知道了这家的挑选标准、那家的喜好，再上门的时候便不再一一挑选，甚至连秤都不过了，需求者们都相信父亲标在每个包装袋子上的斤两数字。他（她）们相信父亲办的苕事，比其老实的长相更可靠。

今年，父亲的苕事有些不利。一是今年春季不太冷，吃烤红薯的人便不怎么嘴馋；二是春雨绵绵无尽期，烤红薯的摊位无法摆；三是父亲的苕种有些跟不上形势了，今年的烤苕都是河南的红芯苕，而父亲的还是沙市的“南瓜苕”。即便如此，父亲也不愿贱卖自己的苕。有时候为了一毛两毛和需求者谈不到一块儿，需求者对父亲说：“你那么这么苕的啊，少个一毛两毛我一哈给你买完，免得你到处跑，几轻松的事！不晓得你那么想的？”父亲呵呵一笑：“我不是个苕，城里不像以前，烤红薯的就那么一两个，现在烤红薯的多得很，你不愿意出钱，有人愿意。你们都不愿意，我就到菜场门口、堤边上零售。我的苕在我的库房里又不会坏，我现在又没得事搞，一天卖个两百斤，卖个个把月我又找了个事搞。”话语一出，需求者对父亲另眼相看起来，赶忙递烟，语调也缓和了许多。

父亲在给人送苕的时候，偶尔也会有一些幽默。比如在给一家烤红薯的老头儿送苕时，老头儿不在，老头儿的爱人在，爱人烤着红薯也烤着烧饼，说是要等老头儿回来，自己做不了主，当不了家。父亲问清楚了老头儿回来的时间，便把苕搬下车，码在老头儿爱人的烤炉边，说：“等老头儿回来的时间我再来！”老头儿爱人应声说：“好！”父亲临走时指着炉边烤好的烧饼说：“等我再来的时候，就让老头儿请我吃烧饼！”弄得老头儿爱人和父亲两个哈哈一声笑。

父亲的苕事在临近尾声时，身体出现了异样，但这并没有影响他苕的销售。在最后一次给一位烤红薯需求者送苕时，父亲对他说：“明年我还动弹得了的话，我还要跟你打交道的！动弹不了了，跟你打交道的就是我儿子，因为我的河南红芯苕的种苗已经发芽了。发了芽就是明年的希望和收成啊！”

我不知道父亲身体的异样会带给他什么，但父亲的苕事带给我的远远不止父亲与儿子之间无言交流的沉默那样简单。

（选自 2015 年 5 月 30 日《荆门晚报》）

微信里的村庄

张世勤

我回家时，正是初秋时节。90岁的老母亲正在采择花椒，氤得满院清香。院子里的那棵枣树，青枣已打成嘟噜，再过十天半月，也便熟了。正在我仰头打量间，“扑隆”一声，一只小花猫从枣树上跳下来，嘴里噙着一只麻雀，窜进了墙角。我说：“哎，这猫咋不逮老鼠逮起了麻雀？”母亲说：“麻雀可比老鼠好吃！”

上次见到小花猫的时候，母亲才刚从邻居家要来，不过一拃长，懵懵懂懂，瘦瘦弱弱，一副可怜兮兮的样子。母亲说：“它逮过一只大老鼠，个头跟它不相上下，厮打了半天，差点没打过，让老鼠抓破了脸。”听着母亲淡然的叙述，我差点笑出声来。我一直认为，母亲是个很懂幽默的人。上了年纪，越发把事情说得有趣了。

我说：“你歇歇吧。”母亲扑打扑打手，这才停下了手中的活。母亲知道我对村里星点的变化都格外关心，一上来就说：“你知道不，东边水库的堤坝新近翻修了，可宽敞了。”

我和妻走上了水库坝。水库堤坝很高，原先两侧绿树矮丛，兜着中间一脚小路，勉强能容一辆小拖拉机通过。一遇雨天，满地泥泞。如今坝堤的确加宽了不少，足以容得下两辆越野车交会。路面也垫上了厚厚的石子和沙土，只是两侧的绿树矮丛全被刨光了，显得光秃秃的，给人一种突兀之感。

雨季已经过去，水库里竟没有储下多少水，看去只有一小汪，几瓢就能舀干的样子。水库缩水之后，库底裸露出来的空地上便长满了青草，茂旺旺的，足以没膝。不知谁家把几只羊放养在里面。妻说：“下去看看。”

母羊拴着，三只小羊在草地里欢跑，埋着大半个身子。我和妻走进草地，母羊很憨厚地望着我们，三只小羊也围拢过来。妻说：“拍张照吧！”

我们拍照时，母羊竟也端着姿势，小羊高兴地一个劲地叫唤。此时正值傍晚，夕阳的光辉照耀着村庄，绿草、浅水、长堤、远山都渲染着一层暗红色。我爱抚着小羊的柔软毛发，与远山近水一起走入影像。

我们往回走时，一只小羊一直跟着我们走上了堤坝，蹦蹦跳跳不止，母羊在远处不断呼唤，它也概不理会。经我们多次劝说，甚至摆出动用武力的架势，它才心有不甘地跑回去，重新与家人团聚。

当年修建这座水库时，是组织一干劳力采用会战方式完成的。我那时还小，曾经见过几百人喊着号子卖力劳作的壮观场景。水库修成后，由于雨量大，曾两次决堤，淹没了大片庄稼。三十多年过去，偌大的水库竟再也蓄不下水了。回家后，我问母亲："水库里怎么就这么点水？"母亲说："一直从村西往水库里调水呢！"村西有一眼大口井，原本紧邻着一条宽阔的河流。河还在的时候，就已经掘开了这眼大口井，大口井的底部与河道相通，水流源源不断地供给，取之不尽。后来，河断流了，河沙被取走，河床水位下沉。村人不得不把几近干涸的大口井重新往下深掘，从更深处把水淘出来。周边村庄全指望这一眼大口井来浇灌庄稼，所以他们时常要来偷水，闹出些不快。本村人在浇灌时，也时常因为用水问题，发生些纠纷。

村人都喜欢把吃水井打在院子里，图个方便，但现在已经很难打出水来，即便打出来，水质不知为什么，也大不如从前，到底缺了什么成分也不知道。只知道用这水已做不成豆腐，逼迫得村里的豆腐铺已经关门。过去香甜的绿豆饭现在也别想喝上了，因为村里的水已经无法把绿豆煮熟。雨季的老天就跟痛经一样，老感觉要下，可就是下不下来。

晚饭前，我把几张库底青草和山羊的照片发上了微信。饭后一打开，点赞者竟有一二百人之多，纷纷艳羡这温馨静谧的田园风光。其实，我心里明白，这只是村庄最美的一角。我的村庄早已经没有了先前的诗韵，河断流了，树杀光了，沙挖走了，雨下不下来，水库几近干涸，干燥的土地裂着口子，庄稼病歪歪的。

是谁在为我的家乡点赞，是否他们也如我一样向往和流连田园？如今，哪怕只是一汪浅水，一片青草，也足以引起大家的欢呼雀跃。

我一直在努力寻找记忆中美丽的村庄，但曾经的村庄早已经离我远去。斜阳夕照，大地一片苍茫。我心里沉沉的，冒出一层细汗。

（选自 2016 年 8 月 17 日《文艺报》）

故乡之远

刘星元

当我们对于某件事物愈加思念的时候，往往并不一定意味着感情的加深。它其实极有可能在告诉我们，我们正在离它越来越远。也就是说，我们其实是在失去，譬如故乡。

作家王鼎钧先生说，故乡是祖先流浪的最后一站。这大概是他切身的体会：鼎公少年避战乱离家，在国内跋涉六千七百公里，再渡过台湾海峡，飞越太平洋，横跨新大陆，落在美利坚。在近七十载的时光中辗转、流浪、漂泊，多少年他乡做故乡，而故乡却在空间的距离上越来越远。对应他对故乡的认知，从某种意义上，他就是自己祖先的化身。

而我却始终认为，故乡是一个人最初的滋养之地，是一个人远行的支点。我们在那里落地生根，曾像牢牢扎根在家族血脉之中的一颗钉子，固守着自己的位置，并从故乡获得最初的所欲和所得。

在故乡，我们领受幸福，并在幸福中反复练习悲伤。我们经历过亲人的疼爱，也经历过亲人的离去；我们经历过懵懵懂懂的爱情，也经历过爱情的夭折。我们都曾是故乡的好孩子，但也曾蜕变为故乡的坏孩子——那么多叛逆的我们，吆五喝六地骑着老式的单车在乡间穿行，捣蜂窝、掏鸟巢、偷瓜果、打群架，像风搅动着村庄和原野的安静。多年以后，我从欧洲的某部黑白老电影里看到过高度相似的桥段。从那时起，我开始坚信，故乡并不仅仅是实物质地的故乡，而是实物之上的故乡。

然而，无论是鼎公还是我，对于故乡而言，我们都是陌生人。那么那么熟悉的陌生人站在故乡面前，故乡却再也叫不出我们的名字。

我们的姊妹已经远嫁他乡，我们的兄弟已经漂泊多年。当我们走在故乡的道路上，我们不认识的人越来越多，不认识我们的人也越来越多。而在我们的记忆里翻腾的物事，却在现实里越来越少。譬如这一生中观赏过的最白的云朵和最闪耀的星辰，就挂在故乡深邃的天空中，需要借助在大地之上高高隆起的草垛，才能与之相遇。在之后的岁月里，我们可能曾无数次在不同的地方抬起头仰望过天空，然而这景象再未出现在我们颠沛流离的生活中。

故乡还是故乡，只不过已不再是我们的故乡。村庄里，原野上，那些我们不认识的孩子正在经历着我们所经历过的故事。他们在祖父祖母的故事里熟睡，在高高的草垛上仰望天空。他们穿过挂满燕子的电线，穿过铺满水草的河流，穿过麦田和炊烟的味道。他们的亲人随处可见，他们的伙伴招手便来。他们身体单薄，仿佛田野之上的稻草人，被风一吹就倒。但他们的内心是如此富有，富有得可以包裹住整个故乡。回乡之际，遇见他们，我们是胆怯的，因为我们总有“笑问客从何处来”的感慨。

儿童相见不相识。没错，现在的我们顶多只能算是他们的远房亲戚，倦了累了，才偶尔过来走走。

父母尚在，老屋尚在，可故乡已经没有我们的位置了。从立志离开的那一刻起，我们的身份已经转换为漂泊之客、局外之人。就像爱情，你一旦背叛了它，即使想方设法回来了，你余下的半生都将背负着污点生活。

因为背叛，我们成为集体丢失故乡的一代人。然而，是不是恰恰因为已经丢失，我们才在潜意识里借助看似毫不相干的参照物象不断地去寻找，希望通过这种方式抵达故乡？

有一年在武汉，某个黄昏，我在中国最大的河流岸边看一群人垂钓，却不由自主地想起我心里最小的河流——那条绕过我的故乡的河流。我小时候，父亲小时候，祖父小时候，都曾在里面捉鱼逮虾，也都曾扯开衣服扑进里面，把自己当成水里的鱼虾。那时候，阳光和风常常会透过芦苇的缝隙，拍打着黑黝黝的脊背，有点儿痒。那时候，一到花季，细碎的野花就会沿着它，发疯了一样地在岸上向上跑或向下跑，连蝴蝶都赶不上。那时候，河流已经瘦小得不成样子了，但是却从未停止流淌。但是事实上，这只是故乡的过去，只镌刻在回忆里。就像我们这些背离故乡的人，每个人在离去之时带走了它体内的一滴水——那条河流，它其实已经在几年前干涸。

还有一次，在到处充斥着仿古建筑的曲阜，我去拜访中国最伟大的教育家。在气势恢宏的殿宇里，先贤的坐像巍峨耸立。但我脑中浮现的却是他周游列国的多舛人生，是他在蔡国的惶惶如丧家之犬的那一次逃离。我沿着明清走廊漫无目的地走着，涉足之处，处处可见诸如“仁者爱人”“有教无类”“逝者如斯”之类的汉字，那些汉字凑在一起，就像一张巨大的网，把我擒了进去。仿佛我就是他那三千弟子中的一个，即便逃离了三千年之久，还是要规规矩矩地回来；而来了，就需恭恭敬敬地拜服下去，聆听自上而下的教诲。彼时，不知为何，我竟想起了幼时的启蒙之师。当年，在故乡的村小，他手把手教我在田字格上写下横竖撇捺，教授我那些道德文章。他走路时的步伐，他诵读时的声调，似乎就在眼前耳畔，又似乎遥不可及、若有若无。于混沌中，我发现不期而至的启蒙之师的影像，竟与三千年前的先师重合到了一起。其实，我和这名启蒙之师的感情并不是多么亲——我甚至不知道他是否还健在。更甚至，我已经连他的名字都忘记了。

我无意拿中国最波澜壮阔的河流和中国最伟大的教育家，与我故乡的那条河流、那名教师做比较。即使做比较，我也不敢大言不惭地说，我故乡的那条河流才是最美的河流，我故乡的教师才是最好的教师；更不敢背弃良心说，我故乡的事物都如此渺小，如此不值一提。

我想说的是，无论我们去往何方，见过如何壮美的大河，遇见怎样卓越的人物，我们内心深处与之产生共鸣的，往往来源于故乡赐予我们的东西。从此到彼，即使我们背离了故乡，它也在一直为我们牵线搭桥。也就是说，故乡的河流，才是我们对于河流的最初认知；故乡的教师，才是我们对于教育的终极理解。这些伴随我们多年的故乡之象，他们作为故乡的一部分，被我们带离故乡，又时时催促着我们不忘回乡。

当年先知摩西受到上帝的感召，带领希伯来人逃离埃及，历经千辛万苦返回故乡迦南地。是不是在他们种族的集体意识里，在被他们的祖先背弃的故乡，也存在着这样的一条河，这样的一个人，或者别的值得代代相承的意象呢？如果是这样，那意象作为故乡最显著甚至是唯一的坐标，必然会像十字架一样钉在他们的胸口，他们的回归，其实是一种自我的救赎。可是回到了迦南地，就真的等同于救赎了吗？

对于一个纸上谈兵的人而言，《圣经》里记载着的这个故事，它的魅力，总是会大于故事本身。《圣经》还在，摩西和希伯来人的故事还将继续流传，但历史已经模糊，甚至失真。我不敢妄下结论。

海德格尔说，诗人的天职就是还乡，还乡使故土成为亲近本源之处。而对于我们这些集体丢失了最原始的故乡的人而言，即便回去，那也大概只能算是纸上还乡。

（选自 2016 年第 4 期《大观·东京文学》）

一个完整的挑水过程

三耳秀才

清晨，雾气还迷漫在村中，门边似乎还残留有，也不知是冬季还是初春——模糊了。一个不大的男孩——算起来，大约刚超过十岁的样子，也可能更小些——不知从哪里来的劲头，拿起挑水扁担，拎着两只水桶出门了。

先是一个小巷子，窄长，有台阶。走出巷子后，便是村落里的一条“主要干道”——其实不长，总长度在二百米左右。巷子在村中间，这意味着他在主干道上的路途要少一半了。然后是一个大的台阶要下，台阶处有一棵大大的白果树（即银杏树），真的很伟大——在这个小男孩的眼中。

然后是一个竹园。竹园的外沿是一条通往水井的路，路长约一百米，再下台阶，便是村庄一百多人用水的水井了。

在去挑水的路上，这个小男孩碰到一个大人，按辈分，他应该叫他哥哥的，当时在村里是个队长吧，印象中，这位哥哥说了一句话：这么小，就这么能吃苦，将来一定有出息。大意如此，一个小孩不可能一字不漏地记下，但那“出息”的意思却很鲜活。

到了水井边，小男孩把扁担的铁钩钩住一只水桶并把水桶放入水井中。——这口井真是好井，好深，水面起着雾气。井沿是条石砌成的，想来，当初这口深水井应该是这个村落中的主要“市政工程”。——然后，当水桶底碰到水面时，男孩慢慢把水桶荡开，然后放开水桶，接着向荡开的反方向猛一拉甩（打水的技术动作，技术含量较大），这般，水桶的上口便会没入水中，水桶便可以灌水了。如果水桶的水太少，再来一次或两次荡——回抽动作，水桶的水就会多起来。

当然，男孩太小，最初只是小半桶。水桶进水后，男孩向上拉起扁担，左右手交替。因为年幼力弱，有时会用上技巧：拉起扁担一些后，再压扁担一头（杠杆原理的哟），这样，扁担被压至水平方向时，男孩便可以腾出右手来，抓住水桶的梁，直接把水桶拎提上来，然后轻轻放在地上。

同样的动作重复一次，便会有两小半桶水了。挑水扁担不是一般的扁担，上面有一双铁做的、灵活的钩链，可以“折”起来。男孩个子矮，钩链“折”起来后，肩高略高出水桶不多的小男孩便可以挑起两只水桶了。

年幼力弱，又好强，水的重量总是比男孩的力气要“强大”一些。这样，挑起水来的男孩，走起路来，便会左右摇摆晃荡，文言一点说，是踉跄，一连串的踉跄。

另外，上台阶——前面一只水桶先上台阶是一个明显的困难。小男孩也有办法，水桶快到台阶沿口时，小男孩升高前面一只水桶的高度，双手拉一拉前后两只水桶——扁担钩链处或水桶梁，同时心里一加劲，脚尖踮上一踮，这样，前面一只水桶底就会越过台阶的台面，走上一步，水桶就成功上了台阶。然后，男孩的右脚也迈上台阶，挑水上台阶的问题就得以解决。

挑水过程中，会喘粗气的。太小，自然有些挑不动。歇两次或三次，一般是上一处台阶歇一次的。（共有三处台阶群哟。）歇气前，小男孩的心理是：再多赶几步再歇，再多赶几步。这样，有歇的“光明前景”伸手可及，这几步就显得“积极乐观”多了。

挑水是重活，对小男孩更是。但是，把两只小半桶的水倒进厨房水缸中去时，听着哗哗的水声，看着水缸里的水不断多起来，小男孩会松一口气。记忆中，小男孩会得意起来的。如今看来，这份儿得意叫作成就感或使命感一类的东西吧。应该，也是男子汉成长过程的必要环节！

2011 年回河南新县农村，我小时候生活的水榜西湾，看望村中的那口老水井。水井还在，我很欣慰，问村里人，村里人说，这水井已废而不用好几年了。心有感触，夜归难眠，兴致成文。

言不尽意，默然。

（选自宁波出版社 2016 年 1 月《钱是我的胆》）

熔炉，铁与东莞的冷却

侯山河

三十二年前我曾在一条叫集贤街的地方当过八个月的学徒。整日木雕泥塑地呆坐在一个玻璃罩里（防尘罩），守着师傅的店铺。1982 年，修理钟表还是一门体面的职业，而且还很神秘。师傅家是天主教世家，照壁上挂着红十字架。那地方有一座石拱桥，桥不长，弓得很高，傍河有很多的铁铺，远近的人都知道，叫它峒河。除了两边的街沿，峒河一带的街都只有三四米宽，铺着石板。逢集市，两边的坛门齐刷刷地打开，就全是店面。钟表店对门，是家打铁铺，有个与我年纪相仿的小学徒，体格比我结实得多。人挺老实，听说是海岛上来的一个孤儿，人们的印象里他好像还有点傻。整个夏天，都光着身子，白天在炉火通红的铁墩前，锻打着锄头或镰刀。下班的时间，我常常见他背着一个耷拉着头、熟睡着的女婴洗碗。我很同情他。跟人家不同的是，隔一月半月的，师傅会给他喝一碗猪血。后来才知道，猪血能吸掉肺里的煤渣与炭灰。我就整天坐在玻璃罩里，看着他早上开门，晚上关门；看着他生炉，加炭，拉动着硕大的风箱，要把炉烧红，把铁烧红，直至透白；有时要在一只小罐里，把铁熔成会流动的水。我看他就这样看了八个月。隔着一条三四米宽的小街，八个月，我俩都不敢搭一两句的话。秋天的时候，我要离开，我告诉了他。次日，他偷偷塞给我一片皱巴巴的废纸，上面歪歪扭扭地写着他的名字。他是想与我交朋友，他告诉我，他家在一个海岛上，他叫我以后去找他。那一年，我还不满十七岁。我觉得他很可怜。可我也这么想，也许当年在他的眼里，我也很可怜。我在玻璃罩里，像守着一副水晶棺材。现在我想，他虽然很辛苦，很累，但他身上有生命的律动。他也许并不孤独，默默陪伴着他青少年时代的，就是这只火红的熔炉。

此后，我们再也没有见过面。我也经历了很多的事情，一直也没有去找过他。还记得他家乡的小岛叫茅埏，归属玉环县，在乐清湾的海上，但我已记不起他的名字。偶然想起的时候，我惦记着他是否还要喝猪血，担心着他是否还在人世。我还记得他曾跟我说过，他想要有一只自己的炉子，他要打一辈子的铁。

这是我在浙南时的一件往事。

这件往事与我现在的东莞本来风马牛不相及。近年来，各地的歇业、关门、倒闭我也深有体会。工厂、商铺我都亲眼看到。近时我的眼前不断地浮现着一个熔炉，就是铁匠铺里的那种炉子。我这么想着，就把东莞想了进去。被想进去的东莞就成了我眼前的炉。

1978年的时候，有个叫张子弥的香港华侨，他来到东莞的虎门，点上了第一点微弱的星火，叫三来一补。开始仅仅是一点点的火星，只一点点。这阵风吹过沉睡的大地，火星便蠢蠢欲动。在短短的三年、六年、九年，东莞就像一位十三四岁的少年，发育起来，髭须毛茸茸的在嘴唇上边冒出，喉结也微微地开始突显，声音随之不再稚嫩、清纯，变得混浊、厚重，有了男人的味道。这是性的萌动，青春的萌动。初始，都是这样，会疯狂地，追求散发浓烈香味的异性。东莞开始了成长，疯狂地成长。她开始的时候像一只铁铺里的小铁炉，冷的，冰冷冷的，就因为张子弥这个港人的点燃，然后升温然后有人加炭，加木头，燃了起来。也开始有风，有风箱上囊的鼓动，推杆上有人在用力，在喘息，在双臂的肱二头肌与被炉火映红的紫铜色的胸肌的推动下，滴满着汗水。

三年又三年，又是六年，九年，东莞变成了一只硕大的熔炉。炉膛内的炭火，从大兴安岭，从长白山，从罗霄山脉，从桐柏山区，把原始森林里所有的树木变成炭都聚集到东莞。火，开始在炉内熊熊地蔓延。一片打工的烈焰，涌动着，也灼烧着东莞。打工、建厂、创业的火焰遍地燃烧。在这个工业狂热的大熔炉里，遍布着工厂之外的一筒筒蜂巢一样的出租屋，嗡嗡作响着不同的方言。工仔，工妹，从远远近近，他们的到来都接受过东莞这只熔炉的检验、锻炼。有化为灰烬的，化为水的，化为金属的液体，然后凝固，还是金属。大时代的到来，不只是蜂巢，不只是嗡嗡的蜜蜂；时代的春天也会飞出一些蜕变而来的蛹，一些美丽的蝴蝶，长裙，短裙，翩翩起舞着扑鼻的花粉，扑鼻的香。酒店于是林立于是高耸入云，东莞的名声已透穿到京城，也出尽过国际的风头。士多店，饭店，4S店，夜店，会所，售楼部，银行，药店，养生馆都遍地开花。东莞有钱，什么都火都爆满。它可以把汗水泪水与血水一起浇灌，一起焚烧，一起熔炼。酸的，苦的，甜的，辣的，痛的，快乐的，膨胀的统统把你混合、锻造。锻造成一个个形状各异的器皿，放到时代的祭案上祭或被祭。

“非典”来过，也恐慌过。满公交的口罩，满大街的口罩，像蒲公英的绒球。众志成城，让恐惧的口罩都摘下来了，再没有疫情。但我们对自然的敬畏开始觉醒，对人类的能力也充满着自信。亚洲金融危机到来过，次贷风波也到来过，华尔街上的金融风暴直接刮到我们的东莞。欧元、美金、港币竟会像秋天里的落叶在东莞这地方一片狼藉。国际的气候改变着东莞的季节。外贸的鞋、家具、玩具，以及一些小家电，很多工厂的大门，很多店铺的大门，关了，又开，开了，又永远地关闭。东莞的产业就像水银柱子，在国际的熔炉里升降着它的温度。

炉火，让我想到了铁，想起了东莞，想到这个时代。想到富的与穷的，套着裘皮袄子的哈巴狗，要从街边一个流浪汉身边走过。

“我要有一只我自己的炉子，我要打一辈子的铁。”我再次想起那个海岛上来的孤儿，想起铁铺里的小学徒。他也许已是一个铸造业里的大鳄，也许正在喝着猪血一样的中药，治疗着他的肺部。我突然间很想念这个少年时代的朋友，想念这位要喝猪血的朋友。

东莞已变得美丽。三十多年的尘嚣要随着时间慢慢落下。几十年的工业狂热也已经慢慢冷了下来。我又想起多年以前在浙南的时候，那只铁铺里的炉。

风箱要停下来，风筒要瘪下来，打铁的人，拉风箱杆的徒弟要歇下来，已劳累了很久，该休息的时候，吃饭的时候，要停歇下来。让四周的一切都静下来，不再火星四迸，烟雾缭绕。身边的炉火也逐渐冷却，冷却。静静地，坐在炉旁，欣赏着自己那一件件的作品，一件件劳动的果实。犁，耙，锄，镢，柴刀以及戏台上那热闹的铜锣与唢呐。我们坐在冷却的炉边，重新回忆着一次次的锻打，也回忆着铜锣、唢呐奏响的戏台上，曾经的出将入相。

（选自 2016 年第 1 期《红豆》）

猪，爱的光芒

宋长征

就这样开始吧，就像很多事情一样，总有开始的那一刻。我坐下来，展平稿纸，就像面对一位应该记述的亲人那样，面孔清晰，目光清澈，甚至她走动时的姿势早已刻印在我冗长的生活里。（我有必要对一头猪保持尊敬，因为她的存在对于我，或者我的家庭来说曾经占据了很重要的一个位置。）

母亲养猪由来已久。土法，在本不算大的院子里，靠近西墙根搭建了一爿猪圈，左边是二大娘家的老屋，右边是厨房，圈门一开始是一扇老房子卸下来的木格窗，仅有的一道墙是二哥在家时用手工的红砖所砌。猪圈较矮，有时养大的猪崽会练习跨栏，后退、起步、凌空一跃，连滚带爬冲出猪圈。

我熟悉猪圈浓重的气味，就像熟悉我家院子里的一草一物。农家拮据，没钱买化肥，所以人要勤快，人勤地不懒，父亲在世时也那么说。于是，二姐三姐，还有我，常拉起一架排子车，去北地取棉花田里遗落的杂物，棉叶、草梗，去年运到田里依然完整如初的羊粪蛋儿，刮地三尺，运回家里，堆放在院门口，用来填补猪圈，制造积肥。（我一直怀疑这样堆积起来的浮土到底有没有肥力，答案显而易见，队分了好几年，除了交售的公粮之外，不到年底，我家的粮囤早就见了底儿。当时二姨哥在县化肥厂上班，看我家穷得实在不成样子，拉回了几桶氢铵水，肥田。由此，粮食产量才逐年提高。）

汉字的来源不谓不神奇，“家”的部首象征房屋，下部是个“豕”字，豕就是猪。少时曾读儿童启蒙读本《三字经》，“马牛羊，鸡犬豕”，说的就是作为一户农家，必须有六畜才算完满。有豕才叫家。

我家的老母猪躺在低矮的圈棚下，闭目养神，一窝小猪崽在院子里溜溜达达，偶尔挤在墙根下，像我们小时候玩挤磨磨的游戏，“挤，挤呀哟，挤出来尿三泡”。猪崽们不会说，但彼此吵嚷、翻滚，一双咕噜噜转的小眼睛清澈、单纯。吃奶，大多是一窝蜂状，向猪圈里拥去，在老母猪的肚皮上使劲拱，尚未睡醒的老母猪，以哼哼表示拒绝，以站起身来表示尚未到吃饭的钟点。到底是磨不过，一窝猪崽的吵嚷声足以掀开猪圈的顶棚，无奈，只得半躺下来，任崽子们在肚皮上扑腾。

对于爱我没有什么启蒙，儿时的记忆除了母亲背在肩上，抱在怀里，几乎不懂得人世有爱。唯独从一头老母猪身上，看见了爱的光芒（这个毋庸置疑，即便你说我有多么庸俗，我也会告诉你作为一头母性的猪，其胸怀有多么宽广）。风和日丽尚好，遇上连绵阴雨，猪圈里的水漫到老母猪睡觉的地方。猪崽子们在挤嚷、堆叠，老母猪不得不腾出地方，自己站在顶棚外淋雨，让一窝猪崽们享受仅有的三尺干土。邻家有狗，常来抢食，老母猪必一马当先，严阵以待，目露凶光，以骇退给猪崽带来的惊悸。还有一件事我永生不忘，某年一窝猪崽里出现了一头僵猪（只见吃食，就是不长个儿），老母猪表现出极具人文情怀的特别关注。这个留作后话，尚且作为伏笔埋下隐线。

梁实秋先生也曾认为“家”字是屋子底下一口猪，如果一个家庭离开猪的渲染，会少了许多生气。他写道：“我在乡间居住的时候，女佣不断地要求养猪，她常年吃素，并不希冀赚钱，她只是觉得家里没有几只猪便不像个家。虽然有了猫狗和孩子还是不够。我终于买了两只小猪。她立刻眉开眼笑。”我笃信这样的描述，一个常年在乡下劳作的农人，村子外是草木繁茂的田野，回到家有诸多活物相迎便觉得生活有了依靠。鸡在窝里卖弄“咯咯哒”的叫声，狗跟在脚跟后面以表示其忠心耿耿，鸭鹅一族尚且矜持，看主人回来，昂起头目测一下一把谷物的距离，慢悠悠站起身来。如果有一窝猪呢，那该是一幅如何景象——老母猪对着圈外吭哧吭哧，在说：“饿了，饿了，等得好苦。”猪崽们吵吵嚷嚷，几乎每一个都想要发表感言，以示抗议。

我母亲这时的做法一般是，急匆匆进屋，顾不上换掉脚上的泥鞋，左手抓了一把玉米，右手挖了一瓢麦麸草面，漫天扬起把玉米撒在院子里，紧接着从锅里盛出早晨烀好的红薯，连汤带水倒进猪槽里，只听见呱嗒呱嗒的抢食声。这才一屁股坐在门墩上，磕鞋子里的土。

（选自 2015 年第 4 期《漳河文学》）

政府招待所

李存刚

连我自己都有些诧异，我所有关于东城街的记忆，竟然是由大海讲述的一则旧事开始的。

大海与我在同一个年份不同的乡村里出生，又在不同的时间里考取了同一所学校的同一个专业，毕业后先后分配到同一个单位上班。有一天，我们喝酒聊天，聊着聊着就说到读中学时来县城参加各种竞赛和考试的情形。两个年过四十的男人坐到一起，相互说起自己的中学时代，在回忆里慨叹时光不再的意思是再明显不过了。

我们的中学时代，准确说来就是二十世纪八十年代。那时候我们参加的各类竞赛和考试，地点多半被安排在县初级中学或者城区一小。两个地方，都离东城街不远。除了个别县城里有亲戚的同学借此机会串门住到了亲戚家里，我们多半选择在离初级中学和城区一小较近的东城街过夜。东城街大大小小的旅馆有好几家，我们大多选择去政府招待所。那时候，政府招待所早已经不单单为政府招待和政府工作人员所用，转而开始对政府部门以外的人营业了。那时候，东城街上还开着好几家老茶馆，不管春夏秋冬，茶馆总是坐得满满当当的。

大海说，那次他住的是招待所临街的一个房间。那是夏天，天气异常燠热，只要房间里的灯开着，蚊子和飞蛾就寻着光影，一个劲地往房间里扑。同屋的同学很早就睡下了，大海却了无睡意，于是关了灯，穿着小裤衩走到阳台纳凉。午夜时分的东城街上行人寥寥，茶馆里却依然是人头攒动，灯火通明，但能够在茶馆坚守到此刻的基本不是纯粹的喝茶人，一张张茶桌上，都摆了麻将或者天全大贰（一种纸制的娱乐工具，玩法近似麻将），围坐在茶桌前的人各个面带倦容，两眼放光。大海说，站在阳台上，可以清楚地看到他们手里的牌局，清楚地听见他们相互催促或者埋怨的声音、麻将与桌面触碰或者落地的声音。

不知什么时候，茶馆阁楼上的灯“啪”一下开了。灯是不超过十五瓦的白炽灯，光线昏黄、微弱，但透过大开的窗户，足可以把阁楼里的一切尽收眼底。出现在阁楼里的是一个女人和一个男人。女人穿花格子连衣裙，一头蓬松的披肩长发，灯一亮，女人就径直走到床边，俯下身清理床铺。床铺上起先铺着布床单，女人三下五除二就将床单揉成了一团，然后抱起床头的凉席，滚圆木一般，哗啦啦在床上摊开。男人是在女人摊开凉席的时候进入阁楼的，男人嘴里叼着烟，双手插在短裤兜里，明显过宽的短裤向两侧幕布一样张开，活像一对展开的羽翼。男人踮着脚，站在一旁目不转睛地盯着女人，身体和羽翼样的短裤一起不停地闪动。女人终于铺好凉席直起身，男人一口吐掉了嘴里的烟卷，双手迅速抽离裤兜，伸向了女人苗条的腰身。凉席铺好了，紧接着铺开的便是女人白花花的身体……未谙人事的乡村少年大海站在阳台上看着这一幕，立时呆若木鸡。后来，拖着几近僵直的赤条条的身体回到房间里躺下，接连洗了几次凉水澡，大海仍旧是一夜未眠。

世间的事情，细说起来无非两类：隐秘的和公开的、存在的和不存在的。猛然间把尽人皆知但隐秘存在的事情示之于人，其爆炸性和冲击力可想而知。东城街上的政府招待所及其街对面的老茶馆，就是这样，以背景的方式进入了大海的记忆。

同样，政府招待所也是我记忆里的一个背景。

更确切的背景时间，是1990年6月，在城区一小举行的那场关乎我的人生前途和命运的中考。经过之前的毕业会考，班上的绝大部分同学未能取得足够的分数，初中毕业了，却被排除在了升学考试的门槛之外。我和敖德斌、王勇是班上仅存的几个幸运儿，敖德斌和王勇县城里都有亲戚，每次进城，他们都去了亲戚家，唯独我无亲可靠，只得一个人住到了政府招待所里。

我的房间在政府招待所大院最靠里的角落。写号的时候，我特意要求服务员给我安排安静些的房间，服务员倒是说到做到，可交了费进到房间，我才知道我住的是一个可同时入住四人的大屋。服务员似乎看出了我的疑虑，似是而非地笑着对我说：放心，我尽量不安排其他人住进来。服务员的允诺，没到午夜就被事实无情地推翻。

和我同住一屋的是一位矿工。我没注意到矿工是什么时间进到房间里来的，当我在一阵细碎的碰撞声里醒来时，只看到邻近的床边放着一个沉沉的大背包，背包旁不远，一盏沾满煤屑的矿灯正不住地滚动，最后晃晃悠悠地靠着墙脚停住。矿工坐在床沿，双手捧着脸接连抹了几把，又长长地舒了一口气，重浊的呼吸间带着浓烈的酒气。大约是房间里光线太暗，也许还有满脸胡须的缘故，矿工的脸黑乎乎的。抹过脸之后，矿工便低下头去看自己的脚。矿工的脚上穿了一双解放鞋，鞋帮上沾满了泥土和煤屑，矿工目不转睛地看了一会儿，又伸手解开鞋带，露出粗大的脚趾。矿工的脚趾原本都套在袜子里，但袜子前端和足底分别破了若干个窟窿，那脚趾只好裸露在外了。矿工是什么时间睡下的，我也没注意到。矿工解开鞋带之后，又静静地盯着自己的脚趾看，我翻了一下身又睡过去了。半夜里，我做了一个梦，梦见自己被一所学校录取了，父亲很高兴，在院坝里燃放起鞭炮，毕毕剥剥的爆裂声里，老家的院坝里飞满一地的红纸屑。我咯噔一下惊醒，花了不下半分钟的时间才搞清楚我是在政府招待所的房间里。房间里的灯依然开着，我想是矿工忘记了，或者是他太疲惫，没想过要关灯。我扭头看了一下邻近的床铺，矿工睡得正香，嘴里有节律地发着雷鸣般的鼾声。一只蚊子绕着耳朵嗡嗡嗡地鸣响，就在感觉耳郭被什么东西轻触到刹那，我以最快的速度扇出了早已准备好的巴掌，一阵剧烈而锐利的痛感迅疾在耳郭和脑部流转，这一下，我彻底地从睡梦中清醒过来了。

醒过来了便再也睡不着，于是索性起了床，去卫生间洗掉掌心和耳畔的血迹，同时洗了一把凉水脸，然后从床头的书包里拿出复习资料翻起来，却一时不知道该恶补什么，只是随手拿起英语练习题集胡乱翻看。忽然，一道阅读理解题撞入眼帘，厚厚的练习题集我不知从头到尾翻过多少遍，书页间，到处都留着勾画过后的痕迹，却没想竟还有这样一道题留着空白，不由得定睛细看。题干和答案确实都没在脑海里留下一丝印象。我被自己的发现惊出了一身冷汗。然后拿起笔，对着阅读理解题字斟句酌起来，直到合上书，也能一字不漏地把题目的内容和答案复述出来。

当天的考试进行得异常顺利。拿到考卷，我第一时间从头到尾浏览了一遍，几乎失声大笑起来——最后的一道阅读理解题，竟就是我晚间刚刚记下的。几天后，中考成绩公布，我一向羸弱的英语是所有科目中得分最高的。英语老师看着我的成绩单，怎么也不相信是真的。

我也不大相信这是真的。我想告诉老师我在政府招待所入住的经历，以及和我同居一室的矿工，却一时不知从何说起——那天考完试回到招待所，房间里的床铺已经空了，矿工早已不知去向。矿工睡过的床铺边，印着两团近乎对称的煤泥灰，中心部分是一双醒目的解放鞋鞋印，四周散落着好些烟蒂。

（选自 2015 年第 11 期《山东文学》下半月）

临时工 [外一篇]

崔敏

1980 年我参加高考，分数过了录取线，但因身体的缘故，与大学失之交臂。

半年后，我就去俱乐部，干起了美工。俱乐部是我们公司内部的，有一位在编的美工，姓雷，大伙都喊他雷师。我去，并非画得多么出色，主要的原因，是关系，我父亲的关系。

因是企业的俱乐部，会议、文艺调演、歌咏比赛什么的，少不了，而经常性的功能，还是放电影。当时每个星期都要放两到三部新电影，到了星期日，更是连轴转——全天放映。看电影，成了二十世纪八十年代初，男女老幼重要的文化生活内容。记得法国影片《虎口脱险》的海报刚一贴出来，购票的人群就排起了长龙。买不到票的，或者看了一遍想看第二遍的，各显神通。我因是“自己人”，提前将同学放进来，躲在美工室，待铃声响过，再混入礼堂。更有两次，将人直接领到楼上的放映间，在机器的嗒嗒声中“鸟瞰”，别有一番情趣。站在大门口的台阶上，观众熙熙攘攘，外面有人喊，冲着我笑，招手，心里很是受用。小人得志，大抵如此。

电影广告牌两个月一换，有七八块，我来后，这活儿基本上都是我干的。招贴画由电影公司统一发送，我们打好格子，再按比例，放大到画布上，用广告色涂抹而成。干了几个月，我就嫌打格子麻烦，有一回画《城南旧事》，看着画面简单，径直上了手。画画都在俱乐部的前厅，空间大，视野开阔，旁边，还有一架老式钢琴。轮廓有了，雷师从外面进来，一下子就给火了。

“小崔，你退后看看，洗掉重来！”

的确，貌似简单，不按规矩办，就很不像样，完全走了形。我噙着泪水，洗干净画布，开始打格子，放大。投机取巧，到头来害的，往往就是自己。

雷师对我不错，抬广告牌一类的重活根本就不让我动手，福利待遇，也积极为我争取。不少人说你要是留在俱乐部就好了，那仅仅是一厢情愿，不可能的事。还是因为身体，仿佛宿命，决定了我只能是一名临时工。

俱乐部相对来讲是个清闲的地方，早上八点开碰头会，之后就散了，各忙各的。我去俱乐部，还不到二十岁，爱读书，满脑子幻想。总觉得耗在这儿，光阴都虚掷了。因此，干完活，就想着回家，不愿与他们扯淡。雷师一般不吭气，有时也说我几句。想走你就悄悄地，别言传，就说买材料或者进厂了。你一打招呼，反而难办了。想想也是，尽冒傻气，对世故人情，可以说一窍不通。电工老许就住在俱乐部，谢顶，麻脸，喜欢拿扫帚撵售票员，非要打烂人家的屁股。售票员四十开外，矮胖，跑两步，就站下骂，引来一阵哄笑。有天夜里女厕所的墙头探出一张麻脸来，好一通嚷嚷，没抓到现行，结果不了了之。第二天老许走路一瘸一拐的，问他怎么了？老许黑着脸，说脚崴了，真他娘的。大伙儿在肚子里笑。我们主任患有严重的痔疮，走路撇着腿，一脸苦相。不知是天性，还是年轻，我不会说“好话”、客套话。有一回主任病了，休假，上班的第一天，我正画画，司机、电工、售票员，都围着主任，嘘寒问暖，我却没吱声。他后来跟雷师说我不懂事，连句话都没有，我就不干了。家人很生气，说我一点委屈都受不了，将来怎么办？我不知道。其实也是干得久了，想换换环境。临时工有临时工的好处，自由。我后来发现，自由，是我最向往的东西，比金钱、爱情，要强烈得多。写完这一段，仔细想了想，我最渴望的，还是自由。

从俱乐部出来，闲了一阵，我又去校办工厂，接着干临时工。校办工厂占地面积很大，过去是我们学校的农场，上初中的时候，我还在这里捡过麦穗。厂房十分陈旧，门前长满了杂草，我被安排在标牌车间，给“玉兔”自行车加工标牌。一进车间，就有重大发现，原来这是一家福利厂，雇用的大都是残疾人。有跟我一样肢体伤残的，也有两位聋哑姑娘。起初不知道，一天偶然在街上相遇，打招呼，女孩脸红了，用手比画，我恍然大悟。或许是身体有缺陷，性格就内向，话少，打闹喧哗一类的事情，从未发生过。压铸好的标牌被成筐成筐抬进来，先打毛刺，再涂油漆，空气中弥漫着一股橡胶水的味道。一位退休女工张姨负责质量，也是我们的头儿。我打了半个月的毛刺。先拿锉刀，再用砂纸，枯燥极了。活儿堆积如山，给人的感觉，是无论你怎样努力，都不可能把它干完。环境比俱乐部差远了，绝望的情绪如荒草一般疯长，从上班的第一天起，我就准备逃离。

我是春天来到校办工厂的，细雨绵绵，地面湿漉漉的。一天下午，有两位青年打着伞，从我们门前经过。一男一女，挨得很近，时不时，发出会心的微笑。他们仿佛不知道这是一家工厂，漫步在草丛中，步履轻盈，最终躲到梧桐树下，絮语喁喁。这一幕，我们都看见了，却更加沉默，没有人议论，哪怕是说一句话。而那种青春期的躁动，对爱情的渴求、无奈，毫无疑问写在了脸上。我们不想承认，也不敢承认，而已。

车间里有位姑娘架双拐，行动不便，走路要一步一步往前挪。别人中午回家吃饭，她不走，等家人送。上班时间，连水都很少喝，害怕去厕所。而让我无法忍受的，是中午下班的铃声响过，那位姑娘不能待在车间里，要锁门，仅仅在屋檐下，给她留条长板凳。我问张姨，这合理吗？这明显是对我们不信任，防贼呀？破铜烂铁，值得偷吗？！张姨也很无奈，说是制度，就这么定的，她也没办法。风和日丽倒也罢了，一旦遭遇恶劣天气，该如何是好？那位姑娘却一点反应都没有，她在屋檐下已默默坐了好几年，或许，为了生存，还将继续坐下去。

我却坐不住了，我在校办工厂就干了二十八天。

摆书摊

1985年，我自谋生路，卖书。其实就在路边摆了个摊，从新华书店进货，规模很小。第一天出摊有意思，我爸坚决反对，像什么样子？搞的啥名堂嘛？脸吊得多长。我妈跟弟弟冲在头里，一个搬书，一个拎钢丝床。从思想解放这个角度讲，母亲跟弟弟，是家里的先行者。摆摊是为了我，当初商议的时候信心满满，结果到了那天，踌躇了。大约过了两个小时，才晃过去，笑，窘得什么似的。

我自己爱看书，文学、人物传记、哲学，捡自己喜欢的进货，往往销路不畅。唯独《金蔷薇》，卖了二十几本。你很难想象，在西郊这样一个工业区，会有那么些人喜欢《金蔷薇》。货卖一堆山，渐渐地，摊位由钢丝床变成了一辆改造过的推车，面积扩大了，杂志报纸悉数登场。报刊属于邮政发行，跑钟楼邮局，而大量的私营批发点，集中在火车站附近的东六路。因此，每天清早出发，跑一趟回来，都到中午了。卖得最多的，当然是杂志。《读者》《故事会》《知音》《家庭医生》，每期能卖上百本，还脱销。那真是一个全民阅读的年代，团结中路上，不算书店，光是书摊就有四家，家家生意红火。春节那一期的广播电视报，更是卖到一千五百份，现在想一想，简直是天文数字。有一年的春节，索性订了两千份，怕卖不完，我拿了五百份，去钢厂小区叫卖。守了大半天时间，连稀饭凉皮都舍不得买，回家吃。那根本就不是我的风格。总感觉那天挣的钱，来之不易，委屈点吧。

卖书十几年，形形色色的人遇见不少，先说一个骗子。广播电视报平时卖得也快，总是围着几个人，忙乱过后，有个女人静静地候在那儿，似笑非笑，你还没找我钱呢？我问给了多少钱，她有时说五块，有时说十块，找给她，想自己可能是疏忽了。次数一多，难免心生疑窦，不对呀，怎么每次都是同一个人，偏偏没给她找钱？！越想越窝火，下一次我专门盯着，女人故伎重演，我怒不可遏，将她臭骂了一顿。卖一份报，才挣几分钱，你一家伙弄走五块十块。这跟钱关系不大，拿我当猴耍，我是白痴吗？太气人了。

我的摊位紧挨着土门地区最大的农贸市场，一天，有个姑娘去市场，在书摊前站了会儿，说她是老师，想给班上的孩子买新华字典，要四十多本。大买卖，我很高兴，说可以给些回扣。姑娘略显腼腆，笑了。我不要回扣，能送几本字典吗？班上有四个孩子家境不好，想送他们一本。没问题。第二天我去批发了两件新华字典，送到学校，北窑头小学。那是所乡村小学，村民及打工子女居多，校舍简陋。来到校园，有不少孩子的衣衫破破烂烂的，听说我送字典来了，班上的学生欢天喜地。姑娘一再表示感谢，我收到一大把零钞，以及孩子们稚嫩的笑声。回家的路上，感觉轻松多了。

还有一宗大买卖，是老子《道德经》注释，书名和作者都忘了，洽谈生意的姓王。那时气功很热，三天两头冒出一大师，昆仑山峨眉山横空出世，装神弄鬼。老王也办了个班，看起来与《道德经》有些瓜葛，指定学员买这本书。老王先问折扣，价码一压再压，我心里别扭，说干脆你自己去吧，到火车站找批发点，哪一家我告诉你。老王讪讪的，说他没时间。你没时间？我跑一趟十几公里，总得挣点吧？我交着各种税费，风吹日晒……做生意，真是磨炼人，很多时候由不得你。最终谈妥，我找了个同学帮忙，驮回来一百多本书。地点就在公司俱乐部，那时已经不放电影了，改成滚轴溜冰城，门前盖了排平房出租，卖服装鞋袜。看起来，我离开俱乐部是对的，形势比人强。书刚一送到，一伙子男女喊王老师，老王急火火过来结账，打发我们走，似乎怕人知道他吃了回扣。从此我对气功大师更没好感，越是神乎其神法力无边的，越可疑，蝇营狗苟。要练功就在家自个儿玩呗，云遮雾罩，拉场子，世外高人不会这副嘴脸吧？

做生意，对我来讲，一是解决吃饭，二来，图个自由。而卖书这行当，很讨厌，跟卖菜卖肉开餐馆没法比，怎么了？开会。有那么几年，每个月都上文化局开会，正襟危坐，有板有眼。学习文件了，哪些书刊出了问题自查自纠了，瞀乱死。最可气的，所谓的问题全是马后炮。已经卖过十天半个月了，才发文件，早干吗去了？要堵应该从源头，书摊是链条的最末端，纯属浪费时间。一通知开会我就烦，早知如此，还不如开爿小店，卖烟酒呢。都是虚荣心作怪，以为卖书是个高雅的行业，说出去，也体面些。

还有一件好玩的事，发生在书摊。一天中午，几个久未联系的同学，包括老街坊，跑了来。热闹，问我有残疾证没？恍然大悟。原来市上有个政策，凭残疾证可以优惠买BB机，优惠的力度还很大。而在昨天夜里，我前妻的闺蜜已将残疾证拿走了，他们晚到一步。我哭笑不得，坐在那儿发痴发呆。真是的，我摆摊卖书无非混个脸熟，啥时辰成香饽饽了？不由得暗暗骂了句娘。

到了1998年，修二环，市场搬迁，我也不干了。卖书的生意每况愈下，娱乐、休闲的方式多了，麻将馆遍地开花，酒肆茶寮咖啡屋歌舞厅鳞次栉比，刚好我弟弟在深圳喊我过去，书摊就此歇业。我上钟楼邮局退押金，办事的小丫头笑，不干了？把钱挣美了吧？少说百八十万。我咬了咬牙，不响。文化局的押金没去退，不是我大方，懒得爬那三楼。

（选自2016年第2期《山花》上半月）

一个装满猪菜的书包

莫景春

书包就是装书本的，我从来就没有怀疑，然而相信的东西不等于它就是真实的。

村里小学偎依在巍峨的群山前，周围零散地住着几户人家，更多的是四季常青的郁郁葱葱的庄稼地。春夏玉米，秋冬甘蔗，倒是一派山清水秀的景色，可惜地处偏僻，有些荒凉，很少有外地人进来，更不用说有外地人来当老师。

小学里不到十位老师，都是当地的民办或代课老师，少有正规师范学校毕业的。我是本地人，恰逢师范毕业，领导便美其名曰回去支援家乡教育事业，离家近好，方便。我便乐呵呵地去了。

校舍依旧是那一排排二十世纪五六十年代建的房子，有些亲切感。小时候便在这里待过五年，往后读中学读师范，离开母校有多年，老教师退休了，校舍有些破旧，墙壁斑驳，有些剥落。有些地方抹上新石灰，白生生和暗幽幽反差，让人有一种沧桑之感。

今天是开学第二天，我接到调令时有些晚了，先前的老师已经把学费收了，注册也弄好了。听说家乡人不怎么喜欢读书，村里没几个读满初中，一个一个溜了，回家帮父母放牛羊或者出去打打工，自由又能挣钱，谁还待在教室里坐冷板凳？果不其然，校园里零零星星地走动着一些人，父母来交费注册。上午有上级领导在检查期初工作，下午要正式上课，昨天已经跟学生交代过。我来了，学生还没见着，只等着下午上课。我赶紧将行李放到临时的宿舍，拿起课本，匆匆忙忙备起课来。

“零零”，上课铃响了，我急匆匆赶往教室。还好！是毕业班，快考初中了，他们还挺紧张的。教室里坐着二十多人，尽管有些稀稀拉拉的，但他们静静地等，东张西望，等新老师的出现。我快步走进教室，心跳随着脚步加快。真的当老师了！面对下面睁着的几十双大眼睛，心有些“咚咚”地敲着。我按着设计好的教案有条有理地讲着，突然发现后面坐着几个高大的影子，哎呀，是校长和教导主任。也许是听说上级来了，事先做好准备，也许是对我初出茅庐，又要带毕业班不放心，他们便过来听听第一堂课。

我有些慌乱，又有些兴奋。真的要表现给他们看看，毕竟自己是科班出身的，于是我亮开嗓子，滔滔不绝，更有激情地讲起课来。也许是自己平时爱看些书，积累了些知识，发挥得还不错，但转念一想，课堂要强调师生互动，我便设计了些问题进行启发学习。也许是出于对新老师的新鲜感，学生回答得相当活跃，一问一答，教室里十分热闹。轮到个别提问了，提到一个女同学，她慢吞吞地站起来，怯怯地望着我，嘴里不停地嘀咕着什么，低着头，发抖的手不断地摆弄着衣角。顿时全场异常安静，各个掉头望着这位同学，我有些尴尬，真不知如何是好。怎么回事？我走下讲台轻轻地走到她身边，想看个究竟，怎么桌面上空无一物？她一见我走过去，胡乱从同桌那里拉了一本书过来摆着。我拿过翻开一看，竟是数学课本！我大吃一惊，这小女孩竟然连课本都不带，只见帆布缝成的书包端端正正地挂在桌子的边缘上，胀鼓鼓的，便忍不住顺手摸了一下，没有书本那种硬邦邦的感觉，都是软乎乎的东西。那小女孩可怜兮兮地望着我，眼睛湿润了，似乎隐含着极大的委屈。我的心软了下来，想到后面的领导在盯着我，还有全班同学等着上课，我顺手点了她的同桌回答问题。那同学很轻松地回答了。一节课总算顺利地完成了，但心里却纠结着一个难以解开的疙瘩。

下了课，走回到宿舍。那可怜的小女孩紧紧地跟在后面，背着那鼓鼓的书包，一直跟到宿舍门口，站住了，又是怯怯地望着我。

我拿过她那鼓鼓的书包，打开一看，里面竟是青青绿绿的菜，散发着一股浓浓的青涩味。几本可怜的书被挤到书包一角，几乎被野菜盖住了。

“老师，那是我今天的任务，捡猪菜。”小女孩红着脸，声音低得几乎听不见，“爸爸妈妈都很忙，田地里的活把他们累得喘不过气来。”

是的，山里的孩子打会走路后就很少清闲，颠着小屁股跟在父母的身后捡菜、收瓜果。稍大了，便放牛放羊，假日还得上山砍柴，下田插秧收割，是父母的好帮手。今天这小女孩也不例外，只是她忘记带菜篮了便把书包的书拿出来，让位给那猪菜，书搁在地头，心想一下抱过来，谁知上课时间到了，便急急地赶回来，猪菜是捡了满满的一袋，书本却遗忘在了地头。

听了小姑娘的述说，我只是微笑着点点头，叮嘱她下次不能这样，并跟她说了外面读书的故事。她兴奋地睁大了眼睛，如释重负地走了。

我没有轻松的感觉，只觉得肩上沉沉的，我要让更多的书包里装上更多的书。

（选自2016年第4期《广西文学》）

初恋的脆弱

周保松

还记得年少时，初读《小王子》，我最不解的，是小王子为什么要决绝地离开玫瑰，害得深爱他的玫瑰要在小行星孤零零一个人生活下去。如果这是一个关于初恋的故事，最美好的结局，难道不应是小王子和玫瑰一见钟情，然后彼此相亲相爱，最后长相厮守以至终老吗?！那时我相信，真正的爱情，不能只求曾经拥有，而应求天长地久——“不在乎天长地久，只在乎曾经拥有”，是我们那个年代轰动一时的名表广告，主角是周润发和吴倩莲。

及后年长，我经历了自己初恋的挫败，目睹身边许多朋友初恋的挫败，也在文学和电影中看到无数初恋的挫败，又或为了避免这种挫败而安排故事主角早逝以使得所有美好停在时间的某一刻，我开始困惑，人生中最纯洁最投入最刻骨铭心的初恋，为什么总是如此脆弱如此短暂？小王子的离开，是不是有着某些普遍的关于人性关于爱情的秘密在背后，因而具有某种必然性？我被这个问题困扰经年，却始终没有答案。过去大半年，我一个人在台北文山区新光路慢慢过活，静静重读《小王子》，细细回忆往事，始渐渐体会，问题也许不在于在不在乎，而在于这是成长必须走过的一段路。

小王子的出走，是因为玫瑰不够美吗？当然不是。在小王子眼中，玫瑰美得教他“心荡神摇”，并认定她是全宇宙最迷人的独一无二的花儿。是因为厌倦吗？也不见得。直到临走，小王子仍然在悉心照顾玫瑰，没有流露半分对玫瑰的不耐。是因为玫瑰不够爱他吗？那更不可能。事实上，在分手的一刻，玫瑰放下所有骄矜，勇敢向小王子表白：“是的，我是爱你的。你一点都不知道，都怪我。”小王子如此决绝地非走不可，我认为一个较为合理的解释，是他经历了一场初恋的危机，这场危机使他无法面对玫瑰也无法面对自己，遂不得不离开。

问题是，为什么会有这场危机？危机的性质是什么？为什么离开是应对这场危机的唯一出路？

所有问题的答案，都隐藏在书中第八章那短短几页之中。但作者圣-埃克苏佩里的描述过于简约含蓄，故我们需要代入小王子的处境，并运用一点想象力和同理心，才能较易理解他的挣扎。

小王子要离开，是因为他和玫瑰虽然都爱对方，但却相处得很不好，以至彼此误解，互相折磨。对玫瑰来说，她很在乎小王子，很渴望得到小王子的爱护，但却不知如何表达，于是愈爱便愈怕失去，愈怕失去就愈容易在小王子面前自卑；为了掩饰自己的自卑，她唯有通过吹嘘来肯定自己，例如夸口说自己身上的四根刺足以抵挡老虎，又或诳称自己来自另一个较 B612 好得多的星球。小王子毫无恋爱经验，无从明白玫瑰的心事，结果“玫瑰随口说的一些无关紧要的话，小王子都信以为真，因此变得很不快乐”。为什么会那么不快乐？那自然是因为他也很在乎。愈在乎，心便愈敏感；愈敏感，便愈忍受不了对方半分的不好。

玫瑰知道小王子的痛苦。是故当小王子向她道别时，她沉默良久，才从口中轻轻吐出：“我以前真傻，请你原谅我。你要快快乐乐的。”玫瑰其实十分不舍异常难过，但她没有挽留，因为她知道小王子不快乐，她希望小王子快乐，但她没有能力令小王子快乐，于是只好放手。

为什么会这样？因为这是他们的初恋。因为其初，所以情动于衷，所以全情投入，但却也因为其初，所以手足无措，所以茫然无助。小王子很爱玫瑰，玫瑰很爱小王子，但他们却不懂得如何维系这段感情。一段稳定的关系，不仅需要激情，还需要聆听，需要理解，需要体谅和分担。初恋的脆弱，正是因为双方都渴望得到最好的爱，但却不懂得怎样好好去爱。爱，是个学习的过程；受伤跌倒挫败，庶几是过程中必经的一课。

小王子后来有段教人动容的忏悔："当时我什么都不懂！我应该根据她的行为，而不是她的言语来评断她。她芬芳了我的生活，照亮了我的生命。我真是不该离开她！我早该猜到，在她那可笑的装腔作势后头，暗藏着柔情蜜意。花儿总是如此言不由衷！可惜当时我太小，不懂得好好爱她。"

这实在是很痛的领悟。问题是，如果小王子不离开，他可以有这番领悟吗？恐怕不能。只有在曾经沧海（造访不同星球并见识不同的人），在众里寻她千百度（见过五千朵长得同样美丽的玫瑰），并经过狐狸启蒙因而知道什么是驯养之后，小王子才有足够的人生阅历去理解玫瑰以及了解自己。

直到那个时候，小王子才意识到自己错过了什么失去了什么，也才开始生出对玫瑰无尽的思念。真正的痛，不在分手一刻，而在领悟之后。一旦领悟，小王子遂意识到自己对玫瑰的责任，并对年少无知带来的伤害生出无尽歉疚。彻底投入第一次恋爱并彻底爱伤的人，多年后回望，往往会见到，那是人生的分水岭。

读者或会问，玫瑰后来怎样了？她的生命没有了小王子，往后的日子怎么过？作者没有告诉我们。可以肯定的是，平常如我们每个人，初恋只是情感生活的开始，而非终结。我们都会继续在路上跌跌碰碰，如人饮水冷暖自知。

读者或会又好奇，小王子会不会最后真的回到他的小行星，和玫瑰重逢，从此快乐幸福地生活在一起？作者同样没有告诉我们。但在真实人生，小王子这一去，恐怕多是没有回头路，因为即使重遇，由于两人别后走上不同的道路因而具有不一样的人生，两个人的心恐怕难如当初那样相印。灯火阑珊处站着的那人，遂似近却极远，可望而不可即。这不是件容易的事。这是件必须接受的事。怀念只能留在心中。

这是遗憾吗？也许是，也许不是。要看我们有着怎样的心境。天上的白云飘过山峦，云影虽不能久留，交汇的美好却可以长驻心间，直到永远。

（选自2016年4月14日《南方周末》）

陷落

王新华

90年代末期，中原的深秋，一片萧索。赵庄的天空，已经看不到南飞的大雁。“雁鹅雁鹅领头的，回家死你放牛的。”这是当年雁阵掠过头顶，放牛孩子的嚷叫，他们是想让雁鹅在乌龙港边停一会儿。

这个时候，外面的世界已经爆发了亚洲金融危机，我的一个在潮汕打工的朋友都被这股旋风吹回来了，我却还趴在这个小村庄。

那个季节，日头将要点地的时候，乌龙港头就会路过一群牛，老的小的，有的分明是娘俩，绳子都结在一起，由几个背着包袱的牛贩子赶着，脚步匆促，像是一支征夫。这个时候，在地里劳作的我就会跟身边的父亲说，或者自言自语，这个大犍，正扛活儿！这老牸牛，能单牵！这牤牛犊子，能做苗子牛（种牛）！现在，这些名字，已经不属于它们了，时光镌刻在它们身上的标志和印记，也已经被全部删除，它们只剩下那一堆血淋淋的肉了。它们将被绑着栅栏的大卡车带到城市。城市更需要它们。这些牛，有的昨天可能还在曳犁子，麦子种完了，这也许是主人家最后的一季麦子，主人要出去了。也可能是有人搞机耕服务了，家里的地拿钱让人家弄一下更省事。一头牛一年到头都要吃喝。

新的千年到来了。在资本的号召下，我也终于从村庄上开拔，在苏南塔吊林立的建筑工地上做了一名水电工。这一年我三十七岁，背着蛇皮袋子往外走的那一刻，我觉得，这个男人已经老了。

可是，这个家庭的耕牛事业，在历经挫折之后，正如日中天。家里的这头牸牛，年龄五岁，六牙，生育两胎，相当于女人三十，比老婆年轻。它夏天一身栗黄，冬天一身枣红，身材高大，四肢匀称。更根本的是，它活儿好，作为娘们儿，可以跟牤犍一样单牵，曳犁、拉车、带耧八大套样样都中。这样的牛没地方买，只能遇。那年夏天它娘得病死了，这个牸牛犊子就没卖，我们相遇了。

我跟妻子出来以后，家里还保留了一小块地，由父母拉着。这么一点儿地，已经裹不住一头大牛了。这个“公司”，应该考虑裁员了。村里的牛，也没有几头了。我却没有动过卖牛的念头。它跟年迈的父母，共同构筑着我的后方。

没想到，第二年冬天，老牸牛就被卖掉了。父亲说，我不敢招呼它了。

父亲一直睡在牛屋里。那个夜晚，他半夜起来给牛添草，牛的旁边竟是一个大黑洞，往里头灌着冷风。贼人把砖墙掏开了。在这之前，村里一家的对把子牛（母子）就是这样被牵走的。父亲醒来得巧，再有一会儿，那个黑洞就能过去牛了。

老牸牛卖了两千三百块钱。这是我家历史上最大的单笔收入。不管整体结构如何，一头牛都被视为农户的一半家产。这笔钱父亲也不敢放在屋里，一分没留地存了银行。

1985年冬，我家的那头牸牛犊子卖了五百三十块，那时猪肉一块钱一斤。腊月二十，父母用这个钱给我会了亲，那两天，我们在院子里搭了棚，支了锅，请来两个锅上（厨师），流水席开了几十桌。1992年冬，那头牤牛犊子卖了六百四十块，我们找来一班子泥瓦匠，用半个多月，翻盖了三间大瓦房，工钱是三百六十块，这个钱还没用完。

父亲那笔钱存了半年，到了暑期，在家上学的女儿中考差了两分，要上学，这两分得买，三千块。父亲问我，我说，给她上。父亲把那笔钱一把取出来，又跟人家借了一手，一起交给了学校。

这一回，我真不知道这个钱买的是啥。

转眼之间，一头牛轻得像一张火纸了。这个时候我才意识到，那个村庄，我是回不去了。

（选自2016年第4期《黄河文学》）

最温柔最温情最温暖

毛尖

请小津安二郎对外遇做总结前，先来看一部好莱坞经典剧《三妻艳史》(*A Letter to Three Wives*，1949)。

此剧由卓有成就的好莱坞喜剧大腕曼基维兹（Joseph Leo Mankiewicz）编导，电影获得1950年奥斯卡最佳导演和剧本奖。影片以一个从来不曾露面的“女神艾迪”作为叙事画外音，一清早，她的三个闺蜜一起收到一封信，内容是：我和你们其中一位的丈夫私奔了。三闺蜜故作镇静，但内心都是崩溃的。影片分三段，妙龄少妇各自回顾了自己的婚姻往事，想到自己的丈夫都是那么地膜拜艾迪，而艾迪又是那么的优雅又体贴、迷人又亲切、高贵又大方，她们都对自己失去了信心，也各自意识到自己丈夫的宝贵，以及自己与女神的距离。

作为一部喜剧，电影的结尾可以想象。有意思的是从来不曾露面的艾迪，除了声音，她是银幕上的隐形人，三少妇的假想敌，也就是说，这场事先张扬的外遇只发生在三少妇的脑海，跟《白日美人》的性幻想结构似乎相似。

三位少妇，前面两位意思不大，一个是农家女嫁给富家子，一个是反文艺的职业女性，都跟艾迪没法比。戏剧张力集中在第三位少妇。她出身底层，家里的房子在铁轨边上，每次火车经过，房子和人都得一起抖上好一阵，不过，她立志钓得金龟婿，锲而不舍加上妙用心机，原来只准备跟她玩玩的大老板终于向她低头：“好吧，我娶你！”结婚以后当然各种不和谐，大老板的表达是：“你就是把我当吐钞机！”暴发女郎也不示弱：“是你自己把我们的婚姻设定为一场买卖！”如此，临近结尾，大老板突然招供：本来我是打算和艾迪私奔，但是我又回来了。在突然的真相面前，暴发女郎选择拥抱爱情，她一口吻住大老板，他们的爱情正式起航。

三对夫妻又幸福地走在一起，婚姻的威胁消失了，看上去他们都将从这封真假莫名的信中得到教益，不过，好像这样的一个结局又总让我们有些不满意，因为《三妻艳史》跟《白日美人》在本质上是完全不同的，塞维莉娜的外遇是对婚姻的批评和纠正，塞维莉娜也完全没有受到出轨的惩罚，布努埃尔甚至是肯定了外遇的合法性和必要性。但女神艾迪的出现和退场，既暗示了外遇的重要性，又否认了外遇的合法性，换言之，只有回到妻子或者丈夫身边，这部电影才能成为一出喜剧，如果大老板或其中任何一个丈夫选择和艾迪私奔，接受他的外遇，那么艾迪肯定是祸水，男人也将得到报应。因此，骨子里，《三妻艳史》还是一曲婚姻的赞歌，在保守的好莱坞，永恒的女神只有停留在连影子都看不到的幻想界，借此确保外遇的审美和安全，如果她们到实在界来，好莱坞就会把她们叫成“蛇蝎女郎”。

小津安二郎看了好莱坞很多“蛇蝎女郎”的故事，不过，在他的镜头下，这些女郎，全部变成了这个世界上最温柔最温情最温暖的女人。

常常被问到最喜欢小津哪一部电影，我有时候说《晚春》有时候说《东京物语》，因为说完对方不会再追问为什么，实在这两部电影太有名。但仔细想想，我看了最多遍的小津电影，是《浮草物语》(1934)和《浮草》(1959)。

《浮草物语》黑白，重拍版《浮草》彩色，两片相隔二十五年，可见小津有多喜欢这个题材。在小津电影中，浮草故事算是复杂的：村里迎来了流浪戏班，可惜热闹没几场就剩下零落的老年观众。班主倒好，天天跑去村里的老情人家，他和情人生的儿子已经成年，会有一个大好前途，让他生出停止流浪的念头，虽然儿子一直不知道这个他叫舅舅的男人其实是生父。这事情终于让班主的戏班情人知道了，现任情人很生气，她唆使戏班小女伶去勾引班主儿子。很快，儿子和女伶互相爱上了，儿子身世解密了，戏班维持不下去解散了。一切，都为班主留在老情人身边做了铺垫。

两部《浮草》情节上没有任何变动，台词也基本照旧，彩色版的颜色可能是小津电影中最明丽的，但事后回想倒比黑白版更令人伤感些。其中有一幕，戏班情人听说班主原来是搁浅在老情人家，她立马动身前去拿人。雨天，班主正享受难得的父子游戏时刻，老情人来说，下面有人找你。班主下去一看，气急败坏地拖了气急败坏的现任情人离开。大雨滂沱，班主站在这边屋檐下，戏班情人站在对面屋檐下，她的伞色泽艳丽，她的脸美若桃花，她气愤地历数当年几次帮班主渡过难关，“你都忘了吗”！中村雁治郎扮演的班主真是演尽了一个江湖戏子的庄严和狼狈，他在屋檐下走来走去，迈的是台步，骂的是婊子。两人都用决绝的方式往对方身上递刀子，加上大雨如注，换了其他导演，这一幕要多惨有多惨，但是，小津却在这一刻把奇特的抒情注入画面，这一对戏班情人的感情，也是在那一刻，被我们明了：啊，原来班主贪恋的不是戏班情人的美貌，他们一起经历过高低起伏。

小津的“雨帘”，后来被很多导演学来表达人世说不清的况味，比如塔可夫斯基的雨和侯孝贤的雨，都是小津情感系统里的雨，只是塔可夫斯基的雨更冷些，侯孝贤的更暖些。而我把小津的雨视为他的外遇态度：对于生活，雨是意外也是必须，是破坏也是抒情，是残酷也是温情。

1959年的彩色重拍版，小津把浮草故事的背景从原来的内陆小村改到了海边，全片洋溢着一种饱满的水汽，各种小店的布招牌一直在风里猎猎地飘。这样的气候，对于即将迈入人生下坡路的班主来说，真是甜蜜的诱惑，再加上，儿子已经成年，当年的情人已经跟老妻一样满怀希望他这次能够永远留下来，虽然，面对突然的舅舅变父亲，儿子暂时不能接受，可年轻人的脾气根本不是事啊。但是，影片最后，小津还是让孤独的班主继续上路，想通的儿子想去追他，让他母亲给拦下了，“每次，他都是这样离开的”，他已经把自己交给大路，“浮草”是流浪戏子的性和命。

一无所有的班主来到傍晚的候车室，他想抽根烟，但是浑身摸不出一根火柴。这个时候，有人给他递上一个火，是他的戏班情人。班主不想要她的火，她坚持给，一根火柴熄了她再划一根，终于他也就要了。她坐到他身边，拿过他的烟，也给自己点了一支。然后她锲而不舍地问班主接下来去哪里，班主情绪性地沉默后回答说，去桑名。情人的脸明亮起来，说我要和你一起去。班主就默许。接下来他们已经在夜行火车上了，她给他倒酒，他脸上是满足，她脸上是更大的满足。满车厢的人都在睡觉，就他们在享受这无比温情的夜色，车窗外的橙红色灯掠过扮演情人的京町子的脸，她比夜色更温柔更美好。

多么美好的夜啊，火车在蓝色的夜晚隆隆向前，两盏橙红的车灯简直是一个高亢的抒情。不过，这个时候，被班主留在原地的老情人在干什么呢？她上年纪了，儿子有了自己的恋人，但是小津不让我们多想了，亚麻布上打出一个“终”。让我们把所有的祝福送给和好了的戏班情人吧，对于他们，浮萍漂泊是常态，安定的生活才是“外遇”，这个，海边小村里的老情人不仅理解，而且懂得。这是终身未婚的小津对爱和女人的理解，他让火车带走看上去更加有力气和生活作战的一对情人。

这一刻的火车，实在是到了温暖的峰巅，不过事后回想，倒又觉得凄怆胜过温暖。好了，像小津一样，我们就此打住，永远不能允许自己在悲伤的情绪中沉沦。

下次，我们来说说发生在火车上的故事。

（选自2016年第3期《收获》）

此生，我只愿如花似你
——致黄蓉

王英

亲爱的黄蓉：

你好！

见信如面。你没见过我，可我认识你却已经很久了。多幸运，在我还未到人间之时，香港就有个名叫金庸的铁笔书生把他的十五部武侠小说整齐写好微笑着等我了。就像曹雪芹修好了他的《红楼梦》，施耐庵写罢了他的《水浒传》，王羲之挥就了他的《兰亭集序》，李白、杜甫、白居易、苏东坡、钱钟书，他们各怀自己的风流锦绣微笑着等着我，令小女子不胜感激，常在心里盈盈下拜。

蓉儿，该叫你姊姊，还是妹妹呢？记得那年初见，我年方二十，而你正值二八韶龄，那时，你刚跟父亲赌了气，从美丽的桃花岛出走至张家口，遇见了命中注定的靖哥哥，而我，在暑假的《射雕英雄传》里遇见你。大宋朝的蓉儿啊，隔着九百年的斑斓夏梦，我对你一见倾心。现如今，金庸先生的作品早已被选入中学语文课本，供无数中华儿女读之诵之恋之赏之，有人说金庸先生用这十五部武侠小说足可笑傲文学江湖，打败时间，得以不朽。其实在我看来，你一个人就足以打败时间了，就足以“不废金庸万古流”。蓉儿，你可得意？

最喜欢看你笑了。蓉儿一笑万古春，一切便都甜了。“容貌冰雪无邪，心中却是诡计多端”，果然无人能敌得过你的嫣然一笑。作为一代宗师黄药师的女儿和九指神丐洪七公的高徒，世人皆知你武功了得，什么“桃花岛家传功夫”、什么“打狗棒法”“逍遥游”，还有“满天花雨掷金针”，样样都使得出神入化，武不惊人死不休。只是，你既然武功如此卓绝，又何必生得貌若天仙？你既然生得貌若天仙，又何必通今博古诗词歌赋能歌善舞？你既然能歌善舞，又何必厨艺了得，活活儿的一位食神？你既然是活活的一位食神，又何必玲珑剔透冰雪聪明，活活儿的是一位花容诸葛？你既然是花容诸葛，玲珑万变，又何必一味忠贞跟定了憨憨的靖哥哥？如此一个妙人儿，果然是集天地灵气于一身，直叫天下众生一个个活活羡煞！你站立在中国现代文学史的画廊上一笑嫣然，倾倒众生。你不像一般的弱美人儿，手无寸铁，只有美丽。你有的太多。

生女当如俏黄蓉!

那日，你胡乱烧的一只叫花鸡，就已经让尝遍天下美味的丐帮帮主洪七公大为叹服，至于你烧的“好逑汤”“玉笛谁家听落梅”“二十四桥明月夜”等拿手好菜，更是脍炙英雄口，将老英雄直接拿下，诱得他老人家心甘情愿将一身绝世武功悉数换了你的几口吃食，并心花怒放欲仙欲死。其实《射雕英雄传》里的英雄我喜欢四个：洪七公、周伯通、郭靖、你。只是，老顽童周伯通的天真烂漫，神丐洪七公的豪爽痛快，傻哥哥郭靖的宅心仁厚，我是天生就有的。那就单独说说你吧。我极喜欢你的烹饪功夫。那日初见洪七公，你存心要老英雄受用，笑盈盈地做出一顿好饭菜：用五种鲜肉条炫技，诸味纷呈，变化出一碗二十五种美味相辅相成的炙肉条，令吃客状元洪七公惊喜交集，你说这肉条儿形如笛子，肉条儿的滋味又有二十五种变化，正合五五梅花之数，因此，这碗炙牛肉条儿便唤作“玉笛谁家听落梅”。好一个“玉笛谁家听落梅”！只怕天上人间，人神共爱，都要被这碗神仙也似的妙品引得发痴发狂了，只怕吃了这道菜之后连神仙都要迷恋华夏九州了，因为只有这片神奇的土地才会长出蓉儿这样神奇的女子。再说那碗“好逑汤”：

只见“碧绿的清汤中浮着数十颗殷红的樱桃，又飘着七八片粉红色的花瓣，底下衬着嫩笋丁子，红白绿三色辉映，鲜艳夺目，汤中泛出荷叶的清香……那荷叶之清、笋尖儿之鲜、樱桃之甜自不必说，樱桃核已经剜出，另行嵌了别物，却尝不出是什么东西”。

老饕洪七公见了这汤，只觉好看得紧，喝一声彩，竟舍不得吃。当时你说：这如花容颜，樱桃小口，便是美人了，竹解心虚，乃是君子，莲花又是花中君子，因此，这竹笋丁儿和荷叶，说的是君子，樱桃中嵌了斑鸠肉，《诗经》曰“关关雎鸠，在河之洲，窈窕淑女，君子好逑”，是以这汤叫作“好逑汤”。我敢说，自从盘古开天地，三皇五帝到如今，天上人间只此一碗“好逑汤”！没有一颗旷世才女的心思，是断断做不出这样风流千古的靓汤的。那做汤的女子也不愧是天下君子们心中至珍至爱的“好逑”了。好个巧蓉儿！我素日里常说，身为一个红尘中人，饮食男女，逢饿必吃，厨上功夫是最要紧的。所有的食物在它们生命最风华正茂的时候，前赴后继奔赴我们的餐桌，用它们的生命喂养着我们的生命，把自己的血肉化作我们的血肉，给我们以力量，支撑着我们走完各自的一生，每一餐饭都是一场生命与生命之间的神圣交接，这何其悲壮与伟大，因此，这世界上每一个把饭菜做得难吃的人都是有罪的，是真正的罪人！因为，我们辜负和浪费了那么多美好的生命。如果你有良心，你就应该把每一种食材都烹饪成一种美味，让我们把对它们的每一次品尝都成为一种致敬，把对它们的每一次吞咽都成为一种喝彩。亲爱的蓉儿，你做到了。你果然是我知己。

蓉儿，知道吗，自从我和洪七公一起品尝了你的“二十四桥明月夜”“玉笛谁家听落梅”和“好逑汤”后，你就一直住在我心里了。一直住在我心里，陪我走过许多岁月。我按照你的择偶标准寻找能伴我一生的人，不求他貌若潘安才如宋玉，只求他有颗金子般的真心，结果所得夫君果然待我甚好，足可托付终身。

这都是托了蓉儿你的福。我虽不会武功，但也深爱你和靖哥哥的一身侠气。有人说和平年代，雷锋就是当代大侠，因为他舍己为人，为民造福。我便力所能及，常常做些公益慈善，我虽没什么钱财，但好在“慈善”二字远不是捐些钱财那么简单。我也没你那般惊人美貌，但此生在世，总不敢随意丑陋，不管是外表还是内心。

春日的飞花，夏日的雨帘，秋天的雁阵，冬日的飘雪，每一刻都不敢轻易辜负。蓉儿，光阴荏苒，岁月自会赠我沧桑，但有你在，也定会养出我的一份美好。既做了你的姐妹，我只求今生今世做一个无论何时都令人赏心悦目的好女子，如花，如月，如酒，似蓉儿。

蓉儿，我在公元二〇一五年的最后一天给你写这封信，身旁炉火正旺，心中正暖。你和靖哥哥还在桃花岛吗？遥祝蓉儿姊姊冬安。遥祝蓉儿妹妹冬安。

（选自大山文化出版社 2016 年《我与金庸》）

鸡蛋换大葱

王广生

刚开春儿，家里的冻葱便吃没了，菜园里新种的小葱，毛毛草草的，还供不上嘴儿。母亲正蹲在炕上孵小鸡，随手将两枚热乎乎的鸡蛋揣进我的挎兜，叫我去菜市场换点儿葱。

鸡们憋闷了一冬，冰雪一开化，便撒了欢儿，屁股绷得松了，蛋就不分时间地点地下，这个时候的鸡蛋最难得，也最金贵。

金贵的鸡蛋舍不得吃，攒个十个二十个，端到菜市场上卖，或者孵鸡雏卖，买个油盐酱醋。青黄不接的时候，也拿去换葱。鸡蛋大个儿的，八九分钱一个，小一点儿的六七分钱。葱那个时候基本上也和鸡蛋一个价，等量代换，一个鸡蛋一斤葱。

菜市场位于三站镇政府的后身，门冲西开，东西狭长，南北较短。南侧是镇政府又高又长的院墙，其余三面皆为民居。菜市场的入口没有门，大敞四开，门的北侧有一户人家，厢房，矮趴趴的。男主人姓袁，身材瘦弱，眼神不大好，大家都叫他袁瞎子。袁瞎子胸前挂着一副老花镜，手里端着一个小茶壶，一边嘴儿对嘴儿地喝着茶水，一边虾着腰在菜市场里游来荡去。袁瞎子的女人身体有点儿毛病，很少出屋。天气好的时候，能看见她苍白着脸，一点点推开窗子，探着头看菜市场里的热闹，眼睛里充满了惊喜。

菜市场的南侧和北侧各有一趟土房。南侧是镇政府所在地宏城、宏光两个村卖菜的场所，茄子、辣椒、黄瓜、柿子一堆堆的，小山一般直抵棚顶。父亲曾给宏城村卖过菜，那是一个风吹不着雨淋不着的美差，一度让家人引以为豪。

北侧的土房是一户韩姓人家的，窗下立着一口漆黑的大铁锅，两口子常年炸年糕饼：黄米面，豆沙馅，浑圆，扁平，在油锅里翻着跟头。年糕饼一毛钱一个，油汪汪的，又香又软。每次去菜市场换葱，我都会站在那儿，裹在那团氤氲的雾气里，一边吸着鼻子，一边眼巴巴地望着，眼珠子一动不动，仿佛掉进了锅里。

炸年糕饼的门前，一左一右蹲坐着两个鞋匠，站如松，坐如钟，犹如哼哈二将。哼哈二将都是残疾人，一个瘸子一个罗锅，以修鞋为生。一个沉重的木头箱子，里面装着锤子、錾子、钳子、锥子、刮刀、胶皮、鞋掌和铁钉，还有一个女人小脚般的铁制鞋撑子，呆头呆脑地倒立在地上，日复一日拯救着三站人民一只只豁牙露齿的鞋子。

菜市场里，更多的是卖时令蔬菜的小商小贩，自家菜园和自留地里产的，张王李赵地堆放着。偶尔也有卖鱼卖肉的，平日里只有那些在镇上上班和家境好的，才会鱼呀肉呀买上一些，然后招摇过市。

当时，菜市场里只有一个收税的，姓关，身材魁梧，浓眉大眼，小脸儿整天喝得红扑扑的。一个摊位三毛两毛的，有时摆摊儿的还未开张，乡里乡亲的言语一声，关同志哼儿哈儿就过去了。

在菜市场里东南西北闲逛了一通，最后我跑到一个同学的摊位前，看她扯着小脖儿吆喝。同学的母亲常年卧床，父亲不务正业，同学又是老大，于是经常站菜市场，卖自家种的小葱、炒的瓜子、生的豆芽。起初，同学的脸一直红着，木木地张不开嘴。后来被一旁的人呵斥了几句，并帮着喊了几嗓子，才终于发出了蚊子一般的声音。渐渐地，一声比一声高，脸也就不红不白了。

这时，我摸出了挎兜里的那两枚鸡蛋，有些忐忑。鸡蛋换葱，是很有学问的。葱有辣的有甜的，有老的有嫩的；蛋有陈的有新的，有好的有坏的。如果大人去换，卖葱的秤就会撅得老高，有时还会搭上一根两根；小孩子去换，秤就会压得很低，有时还会缺斤短两。

而卖葱的，对于鸡蛋的甄别更是格外细心，上看下看，左看右看，掂量，晃荡，像照镜子一样，冲着太阳看里面的成色。混沌的坏蛋、孵了小鸡的寡蛋，都难逃他们的慧眼。

尽管我家的鸡蛋小了些，但还是换了两斤葱，最后同学还搭了两根。走出菜市场的时候，我看见袁瞎子的女人，倚在窗前，探出头来，苍白着脸，冲着我诡异地笑。

半夜去偷铁

土产收购部因为名字太长，叫起来别嘴，人们便简称它土产部。土产部的房子是“大跃进”时建的，年久失修，有些下窨，进屋的时候要格外小心。

进了屋，迎面是一截高高的柜台，黑森森的，踮着脚才能看见里面的白瘸子和吕麻子。

白瘸子是一名退伍军人，四十多岁，在部队时受的伤，转业后，被安置到土产部。吕麻子，三十岁左右，瘦瘦的，脸上密密麻麻长着一些小黑点儿。平日里，土产部就他们两个人，昏黄的阳光透过玻璃窗，明明灭灭着，有时洒在他们的身上，有时照在他们的脸上，两个人就这样雕塑一样在阳光里静默着。

当那扇沉重的木门吱扭一响，探进来一个身影，仿佛已经沉睡了一个世纪的白瘸子和吕麻子这时才会活泛起来。吕麻子验货、称重，白瘸子算账、开票，最后吕麻子收货、付款，一道工序下来，两个人各自落座，土产部旋即又恢复了先前的宁静。

那时候，土产部仿佛一个大杂货铺，似乎什么都收：女人发辫、马鬃马尾、狗皮猪骨、碎铜烂铁、麻绳头儿、塑料鞋底，以及杏仁儿、车前子等等，分门别类，明码标价。平日里，像我这样的人家，压根儿就没有零花钱，想买本小人书看，买根冰棍吃，只能打土产部的主意，那儿也是我唯一能够换取现钱的地方。

因为家里的日子过得窘，即使掘地三尺，也没有什么可以拿到土产部去卖的东西，于是便琢磨起西铁厂来。

西铁厂位于三站的西北角，一圈儿砖墙，一趟厂房，四五十号工人，炼钢淬铁，打造一些机械的零部件，成品半成品支棱八翘地四处散落着。

偷铁是一件十分危险也十分刺激的事情。要等到半夜，天黑透了，那个打更的睡得死过去了的时候，才能动手。而且人数不能太多，三四个最佳，神不知鬼不觉，匍匐前进，进了院子，不管是钢还是铁，不管是成品还是半成品，抓起一块就跑。

第二天，到了土产部才知道，铁也跟米一样，有生有熟，生的便宜熟的贵。一块大个头儿的铁，有时能卖两三毛钱，能买两三本小人书或者六七根冰棍儿。最让人懊恼的是，费劲巴力偷来的东西，吕麻子用吸铁石一吸，竟然吸不了，原来是钢，只能可惜地扔掉了。尽管白瘸子和吕麻子知道我们卖的是赃物，但大多时候都睁一只眼闭一只眼，偶尔也会善意提醒我们不要偷公家的东西，最终还是照单付款了。

铁毕竟便宜，三四分钱一斤，铝和铜贵，铝四毛多钱一斤，铜分红铜、黄铜，一斤八九毛钱。那时候见到的铝多是从电线里扒出来的，可我们家连电灯都没有，更不用说什么电线了。更多的时候是看村里电工家的孩子，一屁股坐在院子里，用一把削铅笔的小刀，一点点扒去电线外面的绝缘纤维和胶皮，一截截地从中掏出软塌塌的铝丝来。铜，只能从废弃的锁头上提取，铆足了劲儿将锁头砸碎，从中取出铜制的锁芯。但因分量太轻，上不了秤，只能几个人合伙去卖，钱平均分。

后来听人说，土产部收购的东西当中，有两样东西最值钱：一是金子，二是银子。金子一斤得好几千块钱，甚至上万，银子好像也不便宜。只可惜当时的三站不产金子也不产银子，因此只是没头没脑地想了想，也就罢了。

去西铁厂偷铁，渐渐尝到了甜头，不禁有些上瘾，次数也就频了。平日里三两天一趟，有时手头紧了就一天一趟。人多嘴杂，不久就有人跑风漏气了，招来了“外鬼”——南街的几个小孩，鬼头鬼脑地尾随在我们屁股后，铁呀钢呀的一顿穷划拉。

时间一长，西铁厂也知道自己的东西丢了，于是加强了戒备，而且还使了阴招儿，先让打更的拼命打呼噜，佯装睡得死死的，然后再派厂里的几名工人守株待兔蹲守在围墙外面，待我们偷偷摸摸进去并得了手，再来一个瓮中捉鳖。

结果当天晚上，一个南街的“外鬼”被抓了现行。第二天游街的时候耷拉着脑袋，脖子上挂着一串钢圈铁片，走起路来，叮当作响，现了大眼。

从那以后，土产部那截下窨的门槛我再也没有踏进过一次。

（选自2016年第6期《岁月》）

一个小偷

王族

妻子出差了，我早上起来为早餐犯愁。冰箱里有牛奶和面包，还有新疆产的黑加仑果酱，伸手即取，方便至极。但我感到冷，想吃一点热东西。在洗脸的过程中经过寻思，我决定做一个荷包蛋，我觉得喝一点汤会暖和起来。

简单收拾完客厅，我按照每天的习惯打开窗户和门让家里换空气，但随后我进入厨房时却忘了关门。我备好一个鸡蛋，切了两根香菜，然后打火烧水。火打着后，我取出盐和味精，准备在荷包蛋煮好后放进去。这时候，我隐约听见客厅里有响动，我洗了手后返回客厅，才发现门没关。我心里一紧，刚才的声响是贼弄出的吗？这幢楼上有很多公司，人杂乱无章，而且不乏浑水摸鱼者混迹其中。前一阵子有好几个人的手机和包在办公室被人偷了，甚至连楼层的消防设施也被偷走。听说现在有小偷专门盯着写字楼，在一些公司的办公室门口晃悠，一见里面没人，便迅速进去能偷什么便偷什么，一旦被怀疑便称是来找人的，并以走错了楼层为由脱身。我对这栋楼里的治安是有意见的，但贼难防，还是自己提高警惕为好。我关上门，环视家中的东西，觉得并没有丢什么，便又进厨房去做饭。那一碗荷包蛋做得很成功，我吃得津津有味，心情愉悦去上班。

中午，楼上一家公司的人给我打电话，说捡到一个包，里面有我的名片（他们认识我）。我上去一看，是我的小包。我昨晚回家把钱包从这个包中掏出装入了另一个包中，顺手把这个包放在了餐桌上，不料就在今天早晨忘关门的几分钟，小偷趁我在厨房做早餐时偷走了这个包，他得手后钻入楼层的步行楼梯，发现包中空无一物，但那一刻经验丰富的小偷来不及沮丧，他知道楼里面有监控录像，所以便迅速让赃物离身，把包扔在了楼梯上。我惊讶小偷的厉害，他居然能精确到我在早上开门通风，在厨房里做早餐的几分钟时间里进门行窃。亏得昨天晚上我把钱包装入了另一个包中，否则小偷就会得逞。

下午，我拿着在昨天晚上装入了钱包的那个包去买手机。我的心情非常好，暗自庆幸自己的钱包没有被偷走，可以按原计划去买手机。我挑中了一款手机，没有和卖手机的女孩讨价还价就付了钱。女孩很高兴，说一看就知道我是好人，好人必有好报。我想，假如我的钱包被偷，这会儿无论她说什么都不会让我高兴。其实我之所以不和她讨价还价，是觉得我无比庆幸地与一次危险擦肩而过，虽然过后心有余悸，但毕竟我分文未失，所以我乐意让她多赚一点。

但不幸的是，我从此却得了厨房恐惧症，每次进厨房后都觉得没关房门，便赶紧出来看，房门关上后心里才踏实。这糟糕的情景在后来愈演愈烈，以至于我每次走到厨房门口时会一愣，害怕又忘了关门。一次被偷留下的恐惧像怪兽一样在我体内乱窜，并经常伸出含毒的舌头舔我一下，让我不得安宁。我冷静下来后想，主要是厨房在房间的另一侧，离房门太远，加之厨房又是一个独立的世界，人进厨房便听不见外面的动静，所以才恐惧和担心。我和妻子商量，能否把厨房临餐厅的一面墙打掉，做成开放型厨房。妻子问我为什么，我不好意思说自己在家里被小偷偷了包，便胡言乱语说把墙打掉后出进方便，妻子笑嘻嘻地挖苦我说，哇，你脑子里有不少水耶。我无奈地打消了念头，继续遭受厨房恐惧症的折磨。

过了几个月，两位警察带着一个小偷来单位找我，问我是不是在几个月前丢过一个包。我说是，并把当时的过程向他们讲述了一遍。我面前的这个小偷神色颇为镇定，似乎在精神和心理上并不因为自己是一个小偷，而且是一个已经被抓住了的小偷而怯畏。我想，这个人平时一定镇定从容，是一个很有行窃经验的惯贼。但现在他已经被确认罪行，他身上开出的恶之花不光毒害别人，也毒害他自己。我对这个小偷生出一股恨意，虽然几个月前我在厨房里做早餐时只是被偷走了空包，但我在别的地方却被小偷偷过。有一次在泰山顶上我被偷了钱包，小偷将钱塞进自己口袋后，将我的身份证和银行卡扔在了路上，被游客捡到后送到了泰山管委会，我拿上身份证后才在第二天顺利乘飞机去了西安。人都说“泰山顶上一棵松”，但我在泰山顶上没有看到一棵松，我碰到了一个贼。

两位警察问我是否看见是这个小偷在当时入室偷了我的包，我说当时我只听见声音但没看见人，不能肯定。他们说，这个小偷承认在你们家所在的楼层偷了一个包，里面有一千多块钱。我说，我的包确实被偷了，但里面没钱。这时我看见警察和小偷都很吃惊，尤其是小偷，听我这么一说不但没有露出侥幸的神情，反而不知所措。警察强调说，他已经承认，包就是从你们这一层偷的，而且我们查了，这一层就你丢过包，你再好好想想。我说，我不会记错，前一天晚上我将钱包掏出来装到了另一个包中，第二天我拿着那个包去买了一部手机，我的记忆不会错。警察于是做了笔录，让我签了字。小偷突然对我说，大哥，你真的记错了，我……真的是从你们家……偷的。我无奈地摇了摇头，他眼睛里充满绝望和失落，间或还有一些不解。

两位警察要带着小偷回去。快出门时，他仍对我投来求助的目光，他眼睛里的镇定荡然无存，代之而来的是恐慌和害怕。他内心的某种希望落空了，随之而来的是警方对他的不信任和继续审问。对他来说，这桩案情因缺少被偷对象的确认，他又陷入了一个旋涡，命运和希望都被遮蔽在黑色世界中，他不知如何自救。他在门口犹豫了一下，想转身对我说些什么，警察制止了他，他一个趔趄几乎要摔倒在地。我看着他的背影，觉得在这一刻他像罪恶深渊里一片飘零的落叶，已没有什么可让他上升或停留。

后来我想，那个小偷被抓后，一开始肯定不承认，企图将罪过抵赖过去，但经过警察的审讯后，他的意志崩溃，便将偷窃过程如实招供。但他没想到我居然说没有丢钱，他还得继续接受审讯，他一定很恐惧审讯过程中意志逐渐崩溃的那种痛苦。所以他希望我承认是他偷了我的包，而且我真的丢了钱，那么他的罪行马上就可以盖棺论定，他或被劳教或被判刑，他只要认了，心里也就踏实了。他在出门时请求我再想想，他非常希望我承认丢了钱。他的这种行为实际上是在挣扎，这种挣扎最终并不能洗清罪过，但却可以帮他结束恐惧。

但我没有丢钱，真的帮不了他。

（选自 2016 年第 3 期《红岩》）

你的天空会完好无缺吗

朝颜

天空零星地飘着细雨，洁白的木梓花在路旁恣意开放，甜香得仿佛要溢出蜜来。几个散学归来的孩子用伞柄钩着伞柄，奔跑着，嬉闹着，咯咯地笑着。这样的乡村冬景，覆盖着一层温馨美好的外衣，很容易击中我内心柔软的部分。

现在，我置身于瑞金最偏远乡镇的一个村子里，是一名群众路线工作常驻队员。两年了，我挨家挨户走遍了村子的每一个角落，却每每被一间间屋子的寥落和冷清刺痛双目。老人、孩子、一些嘎嘎叫唤的家禽，是村中的主角。而年轻人，则像珍稀的候鸟，唯有在年关将近时才会飞回来，暂时填满屋子的空寂。很快的，他们又将起飞，降落在不属于他们的城市里。自然，刚刚被焐热的怀抱，也随之飞走了。

我寄居的这个家庭，毫无悬念的，亦是只剩了老人和孩子。寡居的阿姨六十多岁，领着一大群孙子孙女和外孙子外孙女。阿姨的声音热情高亢嘹亮，训孩子，斥鸡鸭，有着似乎强势的热闹。直到那一天，她被已经高出她半个头的孙女丽丽用板凳砸中，我才发现，瘦弱的阿姨其实是那样的外强中干。

事情的起因多么简单，丽丽偷钱，又不服阿姨的训斥，于是随手抄起板凳，扔向了那个亲手抱她喂她养她长大的奶奶。然后，她若无其事地背起书包上学了。她的弟弟回来说，丽丽从学校旁边的小店里出来，左手提着辣片，右手攥着冰棒。

在这件事发生之前，我早已领教过丽丽的身手敏捷。我们在餐桌上吃饭，她悄悄地端着碗潜进我的卧室，拉开我的钱包。她很聪明，不会一次全部拿光，不细心是不容易察觉的。但次数多了，便总有露馅的时候。有很多次，她将我箱子里的零食吃光，笔掏走，蜂蜜只留下小半瓶。但是她见到我时，依然面不改色心不跳地喊一句阿姨。

我断断续续地听到奶奶和丽丽母亲在电话里的对话。

"她要钱用，你就给她嘛。"

"给了，她还是要偷啊。"

"那你就多给一点嘛。"

……

我知道，丽丽的母亲在外面开着一爿店，收入不错。她一定以为，钱是可以弥补一切的法宝。但她不知道，饥饿和欲望是一个无底的深洞，一经形成，便是用再多的钱也填不饱的。

日子依旧在看似平静中向前滑行。后来，丽丽的母亲回来，又一次以弥补的方式，给了她一个智能手机。以手机为起点，状况一点一点地发生着。先是为了蹭WIFI，丽丽在打雷天偷偷将我的电脑接上电，导致电脑主机、路由器和"猫"统统罢工。然后是丽丽所持手机的话费以天文数字向上攀升，终于连她母亲也忍无可忍。

后来，丽丽读大学的堂哥打开她的手机，发现她正与一位素未谋面的大叔进行着一场热火朝天的"网恋"，话费之谜终得破解。令人啼笑皆非的是，仗义的丽丽，居然主动为远方那个大叔充话费。

面对一场又一场的审问和劝说，丽丽甚至连眼泪都懒得掉下一滴。她沉默，麻木地坚守着自己的阵地。我猜她一定想，她有什么错，除了那个虚拟的男人，谁曾给过她那样多的甜言蜜语，谁曾给过她那么多言语上的关怀呵护。这些年她得到的，除了钱，还是钱。

作为驻村干部，我们曾在村委会煞有介事地成立了一个留守孩辅导中心，希望能以一己之力，在学业上、心灵上，多少给予孩子们一些东西。这种帮扶形式被写进总结，写进宣传资料里，看上去很像那么一回事。然而事实上，真的收效甚微。

每年暑假来临的时候，一辆又一辆的大班车开进镇里，又一群留守孩将被带到父母所在的工厂、工地上。他们以一群候鸟的身份，飞抵那个陌生的地方。迎接他们的，会是一个水草丰美的湖泽吗？当更多的零食、玩具以弥补的姿态堆砌在他们的面前，那一片曾经塌陷的天空，是否会像女娲补过的那样，完好无缺？

（选自 2016 年第 4 期《民族文学》）

久违了

两岸

五舅去世，大姐、妹妹和我一起回到了从前居住的小镇——安底。一切已生疏：税务所搬到了新街后面，烟叶站搬到了环城路上，水巷子那口井连同它周围的几亩地，成了一座新型小区。当时的粮店已变成许多店铺里的许多米箱子——好在羊肉粉馆还在。

我们从正街朝陡滩方向走，那里有许多成片的浅滩，石板被细流冲刷得很滑，也浸出了许多洞。只要你的眼睛盯着浅滩看上几秒钟，就会发现鱼和小虾在这个洞或那个洞里。安底醋刚开始是陡滩的一家小作坊生产出来的，如今这家小作坊已成了一间工厂，安底醋也远销国内外。安底人对醋的挑剔和偏爱因这家作坊而起。把调味的醋做到跟盐和糖一样重要，除了水源和配方之外，似乎还有开作坊的黄氏家族的性情在里面。曾有港商来找黄氏家族合作，要求做安底醋的外包装，接着做成上市公司。黄氏家族的负责人拒绝了，他说，安底醋之所以香，除了配方，跟水源有很大关系。如果做成上市公司，必然要迁到大城市，离开了陡滩，就等于挖了水源的根。

我们吸着带酸味的空气，想起那个夏天，我和妹妹在陡滩旁边的小水沟里洗澡，下去才发现水浅得要命，就是趴着，也不能把身子完全泡进水里。我们赶紧爬起来，把身上的青苔和淤泥用手弄干净，尴尬地穿上衣服。而在下水之前，水上的亮光让它看上去完全可以把人淹死。

白虎山还是那样高高屹立，我们站在山脚，搜寻着由灰和黄汇成的小路，灰色是石块，黄色是泥土，它们是被绿色挤出来的，不看绿丛，正好可以看出一条小路的曲折程度。听说上山的路如今已经修成了马路，车可以直接开到山顶。有一家人还在山顶开了间餐馆，想必那餐馆比寺庙还冷清吧？如今上山容易，人们反而去得少了。

大姐提议到民校去看看——我们从前的家就在校园里。然而，民校已经完全变成了另一所学校，我们从前的卧室、厨房以及操场旁边的几棵老树，连影子也找不着了。从前，那几棵老树比教学楼还高，四五个人伸直双臂才能环住。有一年冬天，凝冻了，冰结了几厘米厚。杨老师的儿子小能在操场上玩，突然发现有只老鹰在树上一动不动。他捡起石头打树上的老鹰，只听“扑通”一声，老鹰直直地掉了下来。原来，夜里老鹰在树上睡觉，翅膀被冻住了。小能一吓唬，老鹰想飞又张不开翅膀，便从树上掉了下来。小能拾起地上的老鹰，飞快地跑回家报喜。杨老师听了儿子说的情况，断定树上还有老鹰，便带着儿子来到树下。果然，后来他们又用同样的方法，把另外三只冻僵的老鹰从树上吓掉下来。

从民校下来，我们接着往新贵医院方向走，那里不仅有从前的“周末”，还有撇下我们独自生活在另一个世界的二姐。我们在新贵医院周围的树林里来回走了几趟，没有找到二姐的坟。这么多年过去了，坟墓的大概位置我们也回忆不起来了，只好在一个树桩旁烧了几沓纸钱。谁也没有掉泪。

后来，我们去了小龙井。那里的温泉还是那么温和，只是被承包商圈了起来，每滴水都标了价。而在从前，没钱买票的孩子是可以在沟里的水流里洗热水澡的。那时澡堂的票价也不贵，两毛一张，水龙头把温泉大股大股地放出来，就一个开关——冷暖由大地调节。感觉太热，只能冲一会儿赶紧闪开……

走回小镇，我们在做米皮出了名的尹叔叔家吃了一碗米皮，又买了三十多斤准备带走。住在尹叔叔家对面的时候，尹叔叔制作米皮的每一道工序都从不回避我们。那时，起床就能看见尹叔叔将一勺黏稠的米浆倒在绷直的棉布上，慢慢滚成一个圆，然后放进蒸锅里蒸几分钟，再用一块竹条把成型的米皮挑下来放平整。所有工序当然还包括：把发霉的米磨细；无所谓地把一只苍蝇从米浆里捞出来；把不小心掉在地上的米皮择起来，把上面的头发和泥块择干净……无论哪一道工序，都不会降低我对米皮的喜爱程度。

从尹叔叔家出来，我和妹妹站住了，大概我们同时想起了一桩事。有一天，妹妹睡得很早，过一会儿她起来上厕所，接着又回来睡了。不多会儿，有人敲门，听声音是对面卖糍粑的老头："小幺妹在家没得？"接着是父亲的声音："早就睡了，什么事？"

"她赊了十个糍粑，我来收钱。"

"不会哟，她天黑就睡了。"

"她才在我摊子上赊的，你问她嘛。"

我看见妹妹像条泥鳅似的从床上一骨碌爬到床底下。爸爸进屋看到被窝里没人，又看了看床底下说："出来吧，我把钱给人家了。馋嘴。"我不敢相信妹妹背着我吃独食，两天没跟她说话。

我们又继续走，看到了从前祖祖家住过的房了，祖祖当时是小镇的五保户（无儿无女且丧失劳动力的老人），和我们家八竿子打不到一块儿，可因为祖祖和外婆同姓，母亲就把她当作亲人照管。记得有年春节，母亲让妹妹提着猪肝去给祖祖拜年，快到祖祖家时，不知从哪儿窜出来一条狗，一口把猪肝叼走了。妹妹提着手里的半截绳子，既不敢去祖祖家，又不敢回家，伤心地站在路上哭。

另一条路通向何校长家，有一年冬天，刘老师的儿子小王虎去给何校长拜年，王虎放下鸡蛋就慌慌张张往外跑，结果跌了一跤，哭着趴在地上不起来。等到何校长把他抱起来时，发现他裤兜里流出许多黄色的水汤——带去拜年的十个鸡蛋，小王虎不知什么时候拿了一个悄悄揣在裤兜里……

另一条街上的徐五娘，应该已在去世的名单里。她并不丑，可不知什么原因终身未嫁。在我们搬到徐五娘家隔壁的第一天，白发苍苍的她见我端着碗站在门口，招手叫我过去，把锅里煮的灰灰菜夹了一筷子给我。我尝出一股很特别的味道，以后也多次在徐五娘家尝过那种味道。很多年后我才知道，那是猪油过期的哈喇味儿。

一个雨夜，几声"救命"的呼喊把我从梦中叫醒，等我和隔壁的几个人跑过去，发现徐五娘家的门大大地敞着，她像个鬼魂似的坐在地上。问她发生了什么事，她一个字也说不出来。

第三天大家才知道原委：徐五娘晚上从来不睡觉，只在每天中午躺一小会儿。那天晚上，两个小偷去她家偷东西，徐五娘听到了响动，吓得睁大眼睛，靠在墙上一动不动。这时，炸雷后面一个闪电，把披头散发的徐五娘的表情照得清清楚楚。两个小偷吓得走不了路，哭喊着爬出门去。几声凄惨的"救命"是那两个小偷喊的。

在五舅的葬礼上，我们还见到了肖老表哥、周幺伯和齐娘娘，能认出来的，我们马上就跑过去打招呼；大部分看起来熟悉，想不起姓啥的，我们只好回避。那些惊喜的眼光，在我们装作没看见之后，似乎受到了伤害，再相遇时，就冷淡多了。

（选自 2016 年第 1 期《山花》下半月）

早熟菜

秦锦丽

天气初凉，云薄风轻。躺在窑洞的土炕上，睡眠是那么惬意的事，刚闭上眼，七八个小时就过去了。醒来后，神清气爽，一身轻松。父亲却睡得一点也不踏实，比平日起得格外早。怕叨扰我睡觉，父亲起床后蹑手蹑脚出门，握了铁锹轻轻摘开大门门闩，去地里刨葱刨萝卜。

按时节，萝卜、大葱是落霜后才刨的，辣椒、西红柿是长红了才摘的。南瓜呢，从酒樽大长到小碗、圆镜大，直到面盆大小、瓜秧枯干还撅着红屁股在地里才摘呢；不长老，腻劲、甜味出不来，像人一样，资历在那儿放着。一冬天，南瓜差不多是农家的主打菜，既可当蔬菜做瓜和面，也可当主食蒸着吃。可是，今年父亲菜园里的南瓜没这么幸运，等不到落霜，父亲就得搬家，蔬菜等不到长老长安逸，就得被收回窑里或窖里。

人为终止生命的生长，父亲于心不忍，又苦于无奈，便睡梦中都惦记着地里的庄稼。

每天我起床后，院里已躺着一排葱白粗壮、叶子青翠的大葱，摆着几篮西红柿、豆角，堆一堆小萝卜头。西红柿青绿相间，豆角长短粗细不一。萝卜着实嫩着，只一掌长，缨子细疏，似早产儿稀疏的头发，令人怜惜。父亲端了板凳，坐下来把葱五六根分一把，叶子一折捆起来。一边捆一边说，多俊的葱，可惜刨早了。轮到拧掉缨子、拾掇萝卜时，唉声不断：“糟蹋了，糟蹋了，一半身量也不到呢。”各样里，他挑了大的，俊样的，分成几小袋，挑着去给坡下的老李、沟口的老王家送去。把搬家要带的装好后，剩余的一筐筐提到背崖上的菜窖里储藏，捆好的葱也贴着菜窖的墙栽好，十几个南瓜则码放在屋里的柜顶上。父亲脸上掠过一丝成就感，自言自语道：“嫩了点，否则又甜又腻，味道可好哩。”

两畦子朝天椒一串串一爪爪，只有蜡笔头大小，却真是稠密，嫩嫩的脆着、绿着。父亲不忍拔掉，站在畦边一个劲儿叨叨“红了才香”。直到搬家的头天下午，父亲才发狠连根拔起抱回院里，和继母坐下摘辣椒。青的多，红的少。小小的，贼辣。可惜没长足。

两个白发苍苍的老人掩映在一堆绿蓬蓬的辣椒秧中，像长熟了的两株庄稼，我在窑洞的窗子里瞅着，瞅出一股怜惜和幸福之情，偷偷地端起相机透过窗户定格下来。他们一边摘辣椒，一边有一搭没一搭地说着搬家的事，诸如，到市里水土不知服不服；没有养鸡的地儿了，以后剩菜剩饭咋办呀；这山上，啥时候再上来呢；辛苦种熟了的几分地，弃之可惜……搬离山地的家，就像拔一棵根系发达的大树一样不容易。

正值晚秋，空气凉爽湿润，清晨一层薄雾罩在山间，落在地面上，宛如给大地搽了一层粉，宁静而端庄。那天，我和继母做好早餐找不见父亲，冲着院子喊也不应。跑出大门去找，你猜怎么着？父亲正在对面地里拍梯田棱呢，啪啪的回声脆响在山谷间。我刹那有些恍惚，那挥舞锨把儿的是年近八旬的父亲吗？谁给他如此的臂力，把山拍得震响！问题是，明明就要搬家了，还拍它做什么？由不得就抱怨几句。父亲悻悻地说：“嘿，趁下过雨土湿着，把塌了的豁口补起来，明年谁种都好。”到底是八旬翁啦，一座山都在逐渐坍塌，你的一层梯田算什么？恍然间我似乎明白，我一向苛人苛己的完美主义风格，根源在这里呀。比方说，每一次放假前，每一次出差前，我都要把办公室、把屋里屋外收拾整理干净。住过的房子、用过的物件，都伏着自己的影子，一件也不容落灰，不留给别人粗鲁地打扫。

（选自2016年第5期《飞天》）

说给月亮听

王雪茜

医院的住院部永远是让人厌弃的地方。无论白天夜晚，病人总是睡思昏沉。就如韩松落形容的，这是“赤裸的、干燥的、火星表面一样静止的时间”。

病房里除了我还有两个病人。1 号床是个 70 多岁的乡下老太太，得了皮肤癌，靠额角的地方做了植皮手术，头发被剃得只剩下中间稀疏的一缕，脸上遍布溃破的老年斑。陪床的是她的患了股骨头坏死有点跛脚的小儿媳。老太太小时候拾柴被石头砸了脑袋昏迷了八天才醒过来，此后脑子就不灵光了。我住进来的时候她已经做完手术一个多星期了。

4 号床是个患了糖尿病、白内障和肺癌的 86 岁的老太太，她有八个孩子，每天轮流来照顾她。2 号床一直空着。

住院的第一天晚上就被雷声惊醒，1 号床的老太太在哭着找她的鞋子，她的媳妇把鞋子拿到她的手上，说，没人会穿走你的鞋，在这里呢。隔了两分钟，老太太又低头找她的鞋子，她的媳妇拍着她肩膀，说，鞋子还在呢。迷迷糊糊中，老太太一直在找她的鞋子，我则在大雨中睡去又醒来。在医院，想睡个安稳的觉几乎是不可能的。

等待手术的空闲里，我靠在床边看有图片的《黄帝内经》，生病的时候看养生的书似乎很合时宜，但当我很茫然地盯着那些经脉图揣摩阴阳六气的时候，我发觉我在这方面的确没有什么悟性。

有一天大清早，1 号床的儿媳妇正在喂老太太吃饭，老太太不想吃，儿媳妇就哄着她说，吃了饭伤口才愈合得快。老太太就听话地吃了半碗粥，儿媳妇扶她躺下，然后靠在窗台边默默地把婆婆吃剩下的粥吃完。

这时候 4 号床的三女儿进来了，小女儿立即从床边站起来对着姐姐尖声叫起来：“为什么你们来替换的时候都是这么磨磨蹭蹭的？走的时候倒是急三火四的，难道咱妈只有我一个女儿吗？”姐姐也不看她，回道：“只有你没工作，有时间啊，还嚷嚷什么呢？”妹妹嘟囔着出去了。老太太一边摸索着下床一边嘟囔：“让我死了吧，让我死了吧，死了就不拖累人了，死了就清净了。”三女儿撇了撇嘴：“你说死就能死啊？那还得看阎王爷收不收你呢。”发觉我在打量她，她扭过头去，不再说话，搀着她的母亲去厕所了。

在这样的地方，除了发呆，也没有什么好做。《黄帝内经》也实在是看不下去，幸好手机里下载了吴念真的《这些人，那些事》，觉得有句话说到心坎里——每天都微笑吧，世间除了生死，其他都是小事。

看吴念真的文章，生死在他的笔下却也不是轰轰烈烈，竟然能如溪水般缓缓道来。质朴到让人不会号啕大哭，而只会默默含泪。《遗书》中那个始终走不出哥哥光环笼罩而自杀的弟弟，写遗书说“你要照顾家里，辛苦你了，不过，当你的弟弟妹妹，也很辛苦”。《母难月》中患骨癌死去的母亲，曾在吴念真的婚礼上，穿着一辈子没穿过几次的旗袍和高跟鞋坚持跪拜一百下，以谢神明保佑“像我这样的妈妈，也可以养出一个大学毕业的孩子”。还有《茄子》中，他去捡拾撞火车自杀的士官长的尸体，尸体散落在两三百米的范围，他赶走野狗，看守了一天，又跟着收尸人一点一点寻捡尸块，天气炎热，尸体变臭，晚上回到驻地，看到茄子大吐起来，此后 35 年没有吃过茄子。苦难悲伤的细节娓娓道来，轻轻的，细细的，又重重的，狠狠的。

这书的自序中引用了一句话，回忆是奇美的，因为有微笑的抚慰，也有泪水的滋润。读一本书也是这样，好书总会让人一读再读。

1 号床的老太太没几天就出院了，大夫说没有做化疗的价值了。4 号床的老太太也很快出院了，她的儿女说年纪太大又是糖尿病不敢再做白内障手术了。我的舌下腺切除手术只是个小手术而已，自然也很快出院了。

跌倒又爬起 / 夜风撼动树林 / 四周一片沉寂。活着，就是跌倒又爬起的过程吧。

（选自 2016 年第 6 期《海燕》）

卖卫生纸的

吴亿伟

方向盘在手里，
我不习惯。
其实我是怎么都无法掌握这台车的，
窗外的风景走得缓慢，
仿佛是被后头沉重的卫生纸拉着了……

我爸的另一个名字叫作“卖卫生纸的”，我小时候就知道了，倒是他真正的名字一直到我比较大的时候，才记得。

这样说来也不对，其实别人也是“明仔、明仔”地叫，但是这名字却像涂满润滑油似的，轻易溜出我的脑子，构不成任何意义。只有“卖卫生纸”这词，才能在我脑子，绘出一个轮廓。

怎样才是卖卫生纸的人，我不知道，但我总想那绝不会是我爸。我爸虽然不高，但是穿起西装还挺有模有样的。那是我第一次在照片中看到他的样子，旁边是我妈披着一袭美丽的婚纱，他们手上拿着一条白色的毛巾，我甚至可以想象我爸帮我妈拭汗的画面，这对璧人将会住进华厦美宅，男主人将提着公文包，每日在城市的高楼里上下班，体面得很。

但是，我爸却常窝在车子里。脱去了西装，他再也没穿过。他拥有一台货车，上头载满了东西，百分之八十都是卫生纸。

虽然我爸说搬进小港的时候，我们家还没有开始卖卫生纸，但从我有印象开始，我们家楼下就像是一个黑漆漆的黑盒子，灯一打开，一个个大箱子叠高到天花板，靠着东边的墙，里面是一串五包的卫生纸。每天晚上，时间一到，我得下楼关灯去。那是极为恐怖的一件事。楼下平常亮着灯就已够吓人了，没规律的闪烁，像充满邪气的眼睛虎视眈眈。我总在二楼窥探许久才肯下楼，那该死的想象力却在此时发挥出极限，残杀地球人的外星怪物和阴司摄魂小鬼纷纷出笼，连日本人头蛇身女鬼都出来打招呼了。加快脚步，看准开关，准备以不到一秒的时间关灯转身上楼，但该死，一切总无法如愿，没摸着，急着在墙上乱敲乱打。瞬间，四周暗了，啪哒一声没命往上跑，但距离怎么加倍了，一秒跟一分钟同样长。气喘吁吁逃回楼上，我爸只是冷冷丢下一句："有什么好怕的。"

或许我爸就看准我这点，顺势下令没事不要出门，铁门深锁，说是楼下都是货物又黑暗，危险，如果把门打开小偷来了都不知道。下课回来，我只能乖乖待在楼上。很长一段时间，所谓"外面"就是三平不到的阳台，在上头拍球、吹泡泡、玩飞机，但更多时候，我蹲坐在栏杆间的小空格，伸出两只脚悬空，看着邻居在底下玩儿游戏，闪电滴滴和土地公土地婆，他们唤我，我只能摇头说不行，好几次跟我爸抗议，但那"卖卫生纸的"爸谅我没那个气力卷起铁门，还故作开明状说随便你啊。

成为一位"卖卫生纸的"小孩，首先要学会的，便是这两件事：不怕黑、不怕孤独。但我始终搞不懂，于是呢喃着为什么自己的家总是和别人不一样，人家一楼是窗明几净有落地窗和大酒柜的客厅饭厅和厨房，我家却是灰尘满布天花板垂着蜘蛛网里头堆着一个个大纸箱。下课回来，只能在箱子间的空隙找到上楼的路，当然，还外加一些刺鼻的清洁精。每每上楼前，总会嗅到一股味道，一个喷嚏，啊，怎么欢迎我的，净是这些东西哪。

我当然无法像广告里那只黄金猎犬一样，在卫生纸堆当中跳跃奔跑，还那么幸福洋溢。但我家倒是不会有缺少寝具的烦恼，我爸习惯睡在卫生纸上，说比枕头还舒服。有段时间，全家还真的睡起卫生纸来了，打开一串卫生纸，每个人分几包，习惯睡高的垫两包，翻来覆去并排放，但我抵死不从，硬生生睡在木板上。我爸说，这样头会扁，但我才不管，于是现今的扁头样谁都怪不得。

是吗？我敲打装满卫生纸的箱子愤愤地问。童年时光总是与这些柔软的白色纸张纠缠不清，实在不懂我爸为何放着那么多好工作不做，在台湾经济疯狂起飞的当下，选择开宣传车，沿街大声播着广告词：卫生纸、卫生纸，一串五十元，不给中盘赚一手。每当有人问我我爸在干吗的时候，我迟疑一阵，然后说卖东西的，笑着，我最痛恨不识相的家伙再问下去，卖什么的？我支支吾吾回答：卫生纸。而同时，我知道我们脑中浮出的是同一个画面，一个身体佝偻的老人吃力地踏着脚踏车，后头摆着几串卫生纸，沿街叫卖，他的衣衫褴褛。除了卖卫生纸外，他可能还会到垃圾堆捡破烂。我知道我爸不是这样，正要解释之时，那人却不问了，硬生生打断我的话语。

见到我，村里的人就会说："噢，那个卖卫生纸的儿子嘛！"这个称谓比我的名字来得有用——"卖卫生纸的儿子"，走到哪儿都没人知道我的真名。但这听来多奇怪，总是在人裤底来去或嘴边擦拭的清洁用品，竟成了我的代号。知道家里卖卫生纸，邻居还顺道要我拿几串来卖，或是托我转告，他家缺了多少卫生纸。这称号我不愿意拥有，但我爸可得意了，逢人就介绍：这是我儿子。这么大了？还好啦！大人间公关的对话，我总在课堂里隐藏。父亲职业栏上只需填上一个字，偷偷嘘一口气，写上"商"字然后交出去，暗自庆幸不用像个人数据一样巨细靡遗：名字、家庭状况到拿手科目、兴趣，什么都得据实禀告。

我爸从来不知道我的心情，他还是很快乐地当他的"卖卫生纸的"，我爸喜欢开着车到处跑，如广告说的，"一台车凸归台湾"，虽然没有"凸归台湾"，整个南台湾他倒是跑得熟透。每到一处，便热切与人来往，这个性使他出名，许多地方知道他这个卖卫生纸的。他说，卫生纸，让他跑遍大江南北，认识许多朋友。

卫生纸可以让人结识朋友？不是亲眼所见我不太相信。走过山间、小村，一串五十元的卫生纸的确引来许多人。当他转开喇叭，宣传词刺刺地在四处回荡，家庭主妇停止了工作，踅出老家，招手要买；平常在家无所事事的老人，如临救星一般，颤颤弯着腰、步伐沉重地往他走来，解解闷积的购买欲；还有一些小孩子，轻快跑来，他妈妈要他买个十串卫生纸回去，一瞬间，俨然一个小村都凝聚在这些卫生纸上。老人说："你的卫生纸很好用，又便宜，五十元一包，反正用来擦屁股的干吗买那么好。一百多块的太浪费了。"我爸总腼腆地说："谢谢！"笑得很高兴。

因此我爸车上的卫生纸大多不是在电视上一而再再而三出现的牌子，而我也很少有机会摸到电视上所谓柔柔亮亮的"纯洁""春风"，我问他：怎么不卖这些有名气的卫生纸？他说：太贵没人会买。

然后又重复一遍老人的话：反正擦屁股用的干吗买那么好？

故　事

电影中的美满家庭总是这样演的：打开柔和小夜灯，躺在软绵绵的弹簧床上，厚厚的棉被还画有可爱的小熊维尼图案；父亲坐在床边，打开一本图画书，一字一句念给小孩听，睡不着时，一直吵着还要再听一则故事，父亲此时和蔼地眯着双眼，耐心安抚小孩，又拿了一本图画书说着，直到小孩眼皮沉重，睡去，才向镜头微微一笑，熄灯，关上门。

这种画面若真的发生在我家，反倒有一种错置的尴尬气氛，小时候，整理完货物，我姊和我一同到房间铺好棉被，床上地板各睡两人，一家四口共挤一间房，房里只有衣柜，不可能出现图画书。等到我爸妈进房来，通常早已熟睡，如果还睁大双眼，我爸看到，绝对免不了一顿骂，警告着明天起不来就小心点。

因此，我家从来没有温柔的枕边时光。很小的时候，我就已经了解到，我爸的故事不在特定的时间出现，也不存在于书本中，全都来自他的宣传车。他贩卖货品的同时也采撷动听的情节，然后带回来，喂养我和我姊，故事里的主角不是王子、公主，更不会出现城堡、花园，全是他经历的场景与人物，我爸有时是故事的主角，更多时候是旁观者。

他的故事一向实际，记录出外讨生活的众生相，真实情节环绕生活本身，随时有最新的变化与发展，就是没有结局。在小港红毛港，他曾经遇到一个卖了三十年海豚肉的小贩，个性爽朗，爱开玩笑，推着一台车，用调侃语气说着海豚已被他从非保护动物卖成了保护类动物。被警察抓了几回，但出了狱，仍重操旧业，开朗的他不以为意，卖好几年，早习惯了。每每提到他，我爸总咧嘴笑，像收听广播连续剧一般，总有不同剧情发展，若没出现在老地方，八成又被抓走了，但等时间一到，他又会返回到原地，来来去去，像定时器般。

还有一回在大树乡某眷村，一位打扮端庄、穿着连身长裙的清秀女郎远远走来。身旁婆婆一脸嫌恶，神秘兮兮地将我爸拉到一旁，低声告知：“一早把自己打扮成上班女郎一样，特地从城里搭车来，其实是来做‘黑’的，与单身老兵进行身体交易。”我爸看了女郎一眼，又赶紧转过头来，怕四目交会惹来误会。光看体面的外表实在无法想象，原来还有这样的职业，之后每每到眷村做生意，他总会特别小心年轻女子，避免有所来往。

有时，他也成为乡野传奇的代述者，尤其是充满本土味的地名，坐在车上，总爱出题考试，为什么这地方名中有“崁(qián)”？“埔”是什么意思？但他总不等我们思考，就马上公布答案，接着是一长串的地理故事，包括是哪个顾客说的也详细禀告。一则则的民间故事，其中最传奇的便是嘉义水上机场内的万人冢阴庙，据说是清朝时鸭母王朱一贵起义，在嘉义与官兵发生一段轰轰烈烈的战役，死亡的将领被当地百姓供奉，特地建了一座庙，若有新官上任，必要到这祭拜。庙口两边对联写着“文官到此要下轿，武官到此要下马”，曾有武官不信邪，骑马欲闯过此庙，结果一到门口，马儿腿软，武官跌落，一时传遍各地。

身为故事的引领者，他也爱循着故事的步伐探索。等我们大了，更积极让我们体验他的故事。阴庙被纳进机场内前，已分为南北两庙，建于水上两处不同村落，各有信徒。我爸曾带我到南庙参拜，要我攀庙柱，望机场，注意远方有无一幢建筑，那或许就是传说中的万人冢阴庙，我奋力远望，只见军用卡车来回穿梭和一片绿油油草地，我爸抬头问我看到了吗？眼神异常急切，我先是停顿，接着点头，他挂念的脸终展笑容，安心了。那一刻我才体会，故事真假并不重要，故事本身，足以代表一切。

随着大环境的改变，过去繁华的点滴，也成为口中的一则传奇，似乎借着反复述说，便能重回黄金岁月。嘉义观音瀑布那个卖肉粽的老阿妈总在此时出现，斗笠，布幔缠下颚，深蓝外衣，挑着一根扁担，粽子在篮内晃啊晃的，佝偻地走在通往瀑布的潮湿小径上。那时经济一切都好，老阿妈还走不到瀑布，篮内的肉粽就卖完了，赶回家补货，然而，却同样又在途中被游客买光，忙碌一天下来，连瀑布的影子都看不到。

好多年前他也像老阿妈一样，总要回家补货好几次，但故事往往不在美丽时停驻，兀自发展，令人难以预料。好几次，我也曾对他的故事感到疲累，那周而复始的，都是另一世界，我虽想亲近，却有距离。习惯了美好结局，这些现实人生无法满足浪漫幻想，人人信仰的公主王子美好未来，才更接近我以为的永远。不过，我爸依旧优游在这些故事里，专心于现实、乡野和过去；而我仍然矛盾地面对自己，有时专心倾听，有时却又急欲向他述说自己的故事。

（选自 2016 年第 1 期《莆田文学》）

，窗外［札记类］

粉丝与知音

余光中

一

大陆与台湾、香港的交流日频，中文的新词也就日益增多。台湾的“作秀”、香港的“埋单”、大陆的“打的”，早已各地流行。这种新生的俚语，最近在台湾的报刊十分活跃，甚至会上大号标题。其中有些相当伧俗，例如“凸槌”“吐槽”“劈腿”“嘿咻”等等，忽然到处可见，而尤其不堪的，当推“轰趴”，其实是从英文homeparty译音过来，恶形恶状，实在令人不快。当然也有比较可喜的，例如“粉丝”。

“粉丝”来自英文的fan，许多英汉双解辞典，包括牛津与朗文两家，迄今仍都译成“迷”;实际搭配使用的例子则有“戏迷”“球迷”“张迷”“金迷”等等。“粉丝”跟“迷”还是不同:“粉丝”只能对人，不能对物，你不能说“他是桥牌的粉丝”或“他是狗的粉丝”。

Fan之为字，源出fanatic，乃其缩写，但经瘦身之后，脱胎换骨，变得轻灵多了。Fanatic本来也有恋物羡人之意，但其另一含义却是极端分子、狂热信徒、死忠党人。《牛津当代英语高阶辞典》(*Oxford Advanced Learner's Dictionary of Current English*)第七版为此一含义的fanatic所下的定义是: a person of extreme or dangerous opinions。想想有多可怕!

但是蜕去毒尾的fan字，只令人感到亲切可爱。更可爱的是，当初把它译成“粉丝”的人，福至心灵，神来之笔竟把复数一并带了过来，好用多了。单用“粉”字，不但突兀，而且表现不出那种从者如云纷至沓来的声势。“粉丝”当然是多数，只有三五人甚至三五十人，怎能叫作fans？对偶像当然是说“我是你的粉丝”，怎么能说“我是你的粉”呢？粉，极言其细而轻，积少成多，飘忽无定。丝，极言其虽细却长，纠缠而善攀附，所以治丝益棼，欲理还乱。

这种狂热的崇拜者，以前泛称为“迷”，大陆叫作“追星族”，嬉皮时代把追随著名歌手或乐队的少女叫作“跟班癖”(groupie)，西方社会叫作“猎狮者”(lion hunter)。这些名称都不如“粉丝”轻灵有趣。至于“忠实的读者”或“忠实的听众”，也嫌太文，太重，太正式。

粉丝之为族群，有缝必钻，无孔不入，四方飘浮，一时啸聚，闻风而至，风过而沉。这现象古已有之，于今尤烈。宋玉《对楚王问》曰：“客有歌于郢中者，其始曰‘下里’‘巴人’，国中属而和者数千人……其为‘阳春’‘白雪’，国中属而和者数十人。”究竟要吸引多少人，才能称粉丝呢？学者与作家，能号召几百甚至上千听众，就算拥有粉丝了。若是艺人，至少得吸引成千上万才行。现代的媒体传播，既快又广，现场的科技设备也不愁地大人多，演艺高手从帕瓦罗蒂到猫王，轻易就能将一座体育场填满人潮。一九六九年纽约州伍德斯塔克三天三夜的露天摇滚乐演唱会，吸引了四十五万的青年，这纪录至今未破。另一方面，诗人演讲也未可小觑：艾略特在明尼苏达大学演讲，听众逾一万三千人；弗罗斯特晚年也不缺粉丝，我在爱荷华大学听他诵诗，那场听众就有两千。

二

与粉丝相对的，是知音。粉丝，是为成名锦上添花；知音，是为寂寞雪中送炭。杜甫尽管说过“文章千古事，得失寸心知”。但真有知音出现，来肯定自己的价值，这寂寞的寸心还是欣慰的。其实如果知音寥寥，甚至迟迟不见，寸心的自信仍不免会动摇。所谓知音，其实就是“未来的回声”，预支晚年的甚至身后的掌声。凡·高去世前一个多月写信告诉妹妹维尔敏娜，说他为嘉舍大夫画的像“悲哀而温柔，却又明确而敏捷——许多人像原该如此画的。也许百年之后会有人为之哀伤”。画家寸心自知，他画了一张好画，但好到什么程度呢，因为没有知音来肯定、印证，只好寄望于百年之后了。“也许百年之后会有人……”语气真是太自谦了。《嘉舍大夫》当然是一幅传世的杰作，后代的艺术史家、评论家、观众、拍卖场都十分肯定。凡·高生前只有两个知音：弟弟西奥与评论家奥里叶；死后的十年里只有一个：弟媳妇乔安娜。高更虽然是他的老友，本身还是一位大画家，却未能真正认定凡·高的天才。

知音出现，多在天才成名之前。叔本华的母亲是畅销小说家，母子两人很不和谐，但歌德一早就告诉做母亲的，说她的孩子有一天会名满天下。歌德的预言要等很久才会兑现：寂寞的叔本华要等到六十六岁，才收到华格纳寄给他的歌剧《尼伯龙根的指环》，附言中说对他的音乐见解十分欣赏。

美国文坛的宗师埃默森收到惠特曼寄赠的初版《草叶集》，回信说：“你的思想自由而勇敢，使我向你欢呼……在你书中我发现题材的处理很大胆，这种手法令人欣慰，也只有广阔的感受能启示这种手法。我祝贺你，在你伟大事业的开端。”那时惠特曼才三十六岁，颇受论者攻击。苏轼考礼部进士，才二十一岁，欧阳修阅他的《刑赏忠厚之至论》，十分欣赏，竟对梅圣俞说：“老夫当避此人，放出一头地。”众多举子听了此话，哗然不服，日久才释然。

有些知音，要等天才死后才出现。莎士比亚死后七年，生前与他争雄而且不免加贬的班琼森，写了一首长诗悼念他，肯定他是英国之宝：“全欧洲的剧坛都应加以致敬。他不仅流行一时，而应传之百世！”又过了七年，另一位大诗人弥尔顿，在他最早的一首诗《莎士比亚赞》中，断言莎翁的诗句可比神谕 (those Delphic lines)，而后人对他的崇敬，令帝王的陵寝也相形逊色。今人视莎士比亚之伟大为理所当然，其实当时盖棺也未必论定，尚待一代代文人学者的肯定，尤其是知音如班琼森与米尔顿之类的推崇，才能完成“超凡入圣”(canonization) 的封典。有时候这种封典要等上几百年才举行，例如邓约翰的地位，自十七世纪以来一直毁誉参半，欲褒还贬，要等艾略特出现才找到他真正的知音。

此地我必须特别提出夏志清来，说明知音之可贵，不但在于慧眼独具，能看出天才，而且在于胆识过人，敢畅言所见。四十五年前，夏志清所著《中国现代小说史》在美国出版，钱钟书与张爱玲赫然各成一章，和鲁迅、茅盾分庭抗礼，令读者耳目一新。文坛的旧观，一直认为钱钟书不过是学府中人，偶涉创作，既非左派肯定的“进步”作家，也非现代派标榜的“前卫”新锐;张爱玲更沾不上什么“进步”或“前卫”，只是上海洋场一位言情小说作者而已。夏志清不但看出钱钟书、张爱玲，还有沈从文在“主流”以外的独创成就，更要在四十年前美国评论界“左”倾成风的逆境里，毫不含糊地把他的见解昭告世界，真是智勇并兼。真正的文学史，就是这些知音写出来的。有知音一锤定音，不愁没有粉丝，缤纷的粉丝啊，蝴蝶一般地飞来。

知音与粉丝都可爱，但不易兼得。一位艺术家要能深入浅出，雅俗共赏，才能兼有这两种人。如果他的艺术太雅，他可能赢得少数知音，却难吸引芸芸粉丝。如果他的艺术偏俗，则吸引粉丝之余，恐怕赢不了什么知音吧？知音多高士，具自尊，粉丝拥挤甚至尖叫的地方知音是不会去的。知音总是独来独往，欣然会心，掩卷默想，甚至隔代低首，对碑沉吟。知音的信念来自深刻的体会，充分的了解。知音与天才的关系有如信徒与神，并不需要“现场”，因为寸心就是神殿。

粉丝则不然。这种高速流动的族群必须有一个现场，更因人多而激动，拥挤而歇斯底里，群情不断加温，只待偶像忽然出现而达于沸腾。所以我曾将 teenager 译为“听爱挤”。粉丝对偶像的崇拜常因亲近无门而演为“恋物癖”，表现于签名、握手、合影，甚至索取、夺取“及身”的纪念品。披头士的粉丝曾分撕披头士的床单留念；汤姆·琼斯的现场听众更送上手绢给他拭汗，并将汗湿的手绢收回珍藏。据说小提琴神手帕格尼尼的听众，也曾伸手去探摸他的躯体，求证他是否真如传说所云，乃魔鬼化身。其实即便是宗教，本应超越速朽的肉身，也不能全然摆脱“圣骸”(sacred relics) 的崇拜。佛教的佛骨与舍利子，基督的圣杯，都是例子，东正教的圣像更是一门学问。

“知音”一词始于春秋：楚国的俞伯牙善于弹琴，唯有知己钟子期知道他意在高山抑或流水。子期死后，伯牙恨世无知音，乃碎琴绝弦，终身不再操鼓。孔子对音乐非常讲究，曾告诫颜回说，郑声淫，不可听，应该听舜制的舞曲《韶》。可是《论语》又说：“子在齐闻韶，三月不知肉味，曰：‘不图为乐之至于斯也！’”这么看来，孔子真可谓知音了，但是竟然三月不知肉味，岂不成了香港人所说的“发烧友”了？孔子或许是最早的粉丝吧。今日的乐迷粉丝，不妨引圣人为知音，去翻翻《论语》第七章《述而》吧。

不惜歌者苦，
但伤知音稀。

粉丝已经够多了，且待更多的知音。

（选自 2016 年第 5 期《美文》）

“落”字诀

王剑平

父亲习武，少时起，我也跟着练。习武术，我父亲强调实战应用，讲的全是技击要术，反对炫耀。从小我身体就单薄，想练一身肌肉。父亲说：武术不是健美，别把腰肌练死了，闪不脱（躲不开）。

在父亲眼里，抗击打是不能靠肌肉的。未曾学打先学挨，练习“挨”的方法很多，内功、排打、摔打……然后是躲闪、挡搪，最后方为出击。实战技击，父亲曾授我八字要诀。此八字诀相互关联，彼此渗透，可惜早不练习，几乎忘干净了。八字要诀，现在我尚记得三个字，其中的“孙”字诀，大意与《孙子兵法》有关，讲的是不战而胜，与打无关，但却放在八字之首；“化”字诀，讲的是无极变有极，有极生四相，四相变八卦，说的是技击变化。另一个是“落”字诀，此诀，父亲看得极重。

我当年习武，很在意形式，对拳脚的认识只得皮毛，诸多内涵性的东西不求甚解。父亲的教法亦传统，一个动作，只要我反复练，他反复匡正，但这个动作有何用意从不言传。一旦问及，父亲会说：说了你就会用了，会用就没有变化，没有变化，等于你不会。中国武术包含深厚的传统文化，非言传身教可掌握，更强调“觉悟”。那阵，一个子午锤，我每天要练习几百下，弓步练了马步练，最后躺步还要练。父亲的一个朋友，单练这个子午锤，仅凭此，不知打倒过多少对手。精悉一招走天下，是不难理解的。为了练习“挨”功，当年，父亲强调我练习丢沙包、吊沙袋，此为练习躲闪退让的功夫。丢的沙包拳头大小，对着人密集砸来，练习的人要迎头而上，一路躲闪，一路奔跑。吊沙袋，就是在胸高处吊一个活动沙袋，沙袋袭来，要及时躲开。与之相辅的还有练眼力，一种方法是扎正马，穿小花手，手上的动作越快越好，眼睛要盯着滚动的双手辨识。此法集练眼、搪、闪、桩于一体，总的说来，练的就是挡搪躲闪。另一方法是对着辰时的太阳看小半个时辰。据说，此时的太阳不伤眼。我的体会是，盯着此时的太阳看，再练习丢沙包，奔跑速度大增。跑时，只见一个黑影迎面飞来，一躲一个准，很灵。欲成就躲闪暗器的功夫，非此不可。

当年我习武的后山，有一片松林。林里树木碗口粗细，很密，极不规则。习躲闪退让，此为好场地。在不规则的松林中奔跑，随时调整步法、身法，躲闪。在奔跑躲闪中，还要对着树木练习锁腿。

武术中的躲闪退让，是极其重要的基本功，也是难以掌握的上乘功夫。躲闪即兼守兼打，是以防为攻的综合之术，并非躲而畏之。

绕这么一个大圈子，说白了，“落”字诀就是躲闪的高级形式。逃跑术，即落荒而逃。但为什么不直接说逃跑呢？为释此诀，父亲要我和他过招。他让我跑。我以最快速度，转身就跑。父亲一个点腿，正中我腰部。父亲说：谁让你撒腿就跑！跑是有讲究的，再来。这回父亲让我进攻。我一记直拳，取其胸。父亲左手搪开，右手直拳反击我面部。我侧身闪过，一足直插其胯下，欲锁其腿。哪知父亲此招为虚，我侧闪时，他随那记直拳从我正面穿越而过。待我回过身来，父亲已离我两丈开外，令我追之不及。更让我想不到的是，父亲这个“落”字诀，用的是我每天都要练习几百次的子午锤。我恍然，原来“落”就是在进攻中“闪”人，让人防不胜防。

中国武术实在博大精深，“落”若用于人生逆境，很值得玩味。

（选自 2015 年第 11 期《山花》）

新店开张的时候

李碧华

如见有新店开张，喜欢逛一逛光顾一下，沾点喜气。因为但凡新店，都充满希望，前景光明。

目下不必多虑，亦无须面对盈亏起跌。今天是新天，明日的难处明日当。一时三刻不会倒闭，乐得朝前看。新店开张，新居入伙，新片开镜，新人新天地，即使是装修翻新，择吉营业，因旧物迁拆，重新设计，进去吃个快餐，店员打扮得漂漂亮亮，笑意盈盈，殷勤款待，服务周到，连新厕所也有三日香。怎能辜负此番热情?

我们并非不念旧不感恩不缅怀过去，但思忆不免沮丧。而且旧的不去新的不来。每家店铺都非“第一手”，它们一定经历过无数转让变换盛衰，每家开店时的一番景象已成历史。新主人新客人，还是先享受那稍纵即逝的欢娱——珍惜当下，不再回头。

回头一看，世上哪有“新”？全部是“旧”。

每个人的生命也是旧的，一段岁月的煎熬耗损，用尽了，用残了，用得血泪斑斑百孔千疮悲喜交集，你厌倦抑或不舍，都得在注定的日子更迭。

旧店关闭，不久后新店开张，是另一些货源，另一个招牌。前尘往迹没有影响，因为它是一个快快乐乐的“开始”。

（选自2015年第12期《台港文学选刊》）

与荷有关

海津

荷　缘

那一刻，风姿绰约的荷，再一次在视野中漫溢开来。叶海漫漫，花海漫漫，心海漫漫。这是荷的世界。

那些荷就那么安静地站立着，在水中。那姿态，那情韵，像是一种尘世间的期待，又像是远离红尘的无欲无求，了无牵挂。天高风清，云水相映。这是一些美若仙子的荷，出水，出尘。我们站在岸上，远远地观赏。人生难得有几回赏荷的心境，即使见到了，那荷，也不是什么时候都能赏出韵味来的。想想，与荷，真是一种缘分。是面缘，更是心缘。

在戴河之南，我们走进荷园。夏日的荷，开得正艳。海边，这是一座人工的园子，人们在这里栽植了上百种的荷。花开时节，像千姿百态的仙子，在妖娆中宁静着，在宁静中妖娆着。这荷，是清水中出浴的仙子，无凡尘的污浊，无脂粉的俗香。这荷，在水中，兀自地，红来绿去。

纷纷扰扰的赏荷人，匆匆而来，匆匆而去。无论在岸，还是泛舟于水，终究与荷，擦身而过。在北方，这么一大片有荷的园子，也真是难得了。更何况，在这样一个听涛踏浪的渤海之滨，在这样一个峰岭绵延的燕山脚下。有荷，更添了风情，更多了灵气。

与荷的初缘，还是在塞外那个皇家的园子。避暑山庄，乍听起来，倒有几许农家的韵味。但是，乡野似的名字，毕竟遮不住皇家的奢侈与华贵。

一场风雨，洗净了皇家园林的尘封岁月，眼前的一切清丽无比。那时，两个青春年少的孩子，来湖边看荷。那是两个还不懂风情的懵懂少年，只是觉得，那荷好看。荷叶撑出一大片翠翠的绿色，晶亮的水珠就在荷叶中随风摇动着，像摇篮中婴儿的眸子，透明，纯净，可爱。偶尔不小心，那水珠会哗地一下被倾入湖水中。而那空空的荷叶依然在风中摇动。那花却是艳艳的，或含苞，或盛开，一支支卓尔不群地在叶的绿波中摇曳着。湖虽不大，荷虽不多，但对年少的我们，就已经足够了。

那园子里的荷，在很早的时候，是有至高无上的皇上来赏的，是有美若仙子的后妃们来赏的，但是远去了帝王与妃子，远去了岁月与王朝，却留下了荷。那荷，还嵌在一个青春的记忆里。至今。

11 月，已是深秋。西子湖畔，与荷有遇。

不仅是曲院风荷，还有断桥残雪的湖里，还有保俶倒映的水中，也有荷。但都已是残荷。“秋阴不散霜飞晚，留得枯荷听雨声。”黛玉说她最不爱李商隐的诗，却独独喜欢这一句。“留得枯荷听雨声”，是诗境，更是禅境。

在这里，曾与一位来自荆楚大地的仁兄，泡一壶西湖龙井于茶肆之中。窗外，那荷，铺展出水中的无限秋意。这下午的天，却阴着，只是欲雨还休。

滟滟湖光之中，不见了“接天莲叶无穷碧”的六月荷，这待雪迎风的荷，会铺陈着怎样的一种心境？那曾经翠过，那曾经艳过的荷，去了何处？

荷会老，人也会老。

荷　事

有时候，会想到紫荷的样子。

紫色是由温暖的红和冷静的蓝化合而成。据说紫色是让人不忍忘记的颜色，是高贵神秘而略带忧郁的颜色。荷本清高，清高的荷融入紫色，或可谓荷中极品。

若高贵与忧郁是紫荷的特质，那个叫紫荷的人，与紫色的荷花就真有些契合了。

认识她是在去昆明那趟火车上。一个人的漫长旅程，无聊得只能看书。我在下铺，中铺是两姐妹。我对面的姐姐在铺上读的杂志第一次掉下来的时候，我顺手递给她。第二次掉下来，我再次递给她。她笑笑，很含蓄的笑。

书读过了，便迷迷糊糊地睡，醒来，还是长长的旅途。

中铺的姐妹有一句没一句地说着话。见我醒来，姐姐便打了个招呼，于是简单地互通了来自哪里去往何处。我说出秦皇岛的时候，姐姐小声对妹妹说：又是一个秦皇岛人。我有些好奇，姐姐说，她有过一个秦皇岛的朋友，也是在火车上认识的，是因为抄一首诗认识的，只是后来丢了电话号，便没了联系。因诗得识，也是佳话了。由是，便聊了许多。

姐妹俩是湘潭人。妹妹到北京看当武警的老公，做讲师的姐姐到北京学习。姐俩无论长相还是性格都不太相同。姐姐清丽脱俗，妹妹自然随和。让我记忆深刻的，是姐姐的名字，叫紫荷。她说就是紫色的荷花。

一支紫色的荷，会给人许多遐想。叫紫荷的女子，也真的让人在记忆中留下了像紫色的荷花一样深刻的印象。

紫荷有着窈窕的身材，有着姣好的容貌。还有的，是她那极有内涵修养的个性气质，是那份喜欢读书与喝茶的超脱雅致。更有一种一不留神就会掠过眉梢的，深深的忧郁。

说到忧郁的时候，她说，也许那真是与生俱来的，从小就是这样的一种性格，常常独自出神，常常一个人发呆。最让她无法释然的，是外婆的离世。她从小是被外婆带大的，外婆离世的时候，她才十几岁。失去了生命的外婆，让她感到无比恐惧，尤其当她无意中触碰到外婆的脚，她说她感到了一种透彻心底的凉。这种凉，一直折磨着她。她常想，失去了生命的人，竟是这样的冰冷吗？那是让她在以后的记忆里，永远也挥之不去的凉。

她说她常常想到人生命中的死亡，那种神秘，那种恐惧，让她的内心充满着不安。生与死是人生永远也无法回避又永远也说不清的两大主题，这种困扰，一旦形成，确是永远也无法摆脱的。

荷，或粉或白。紫荷，确是不多见的。遇到与紫荷有着同样的名字，有着同样高雅精神境界与神秘忧郁气质的人，则更是不易了。得遇，虽擦肩而过，虽匆匆而去，实为珍贵一瞬。

紫色的荷，兀自开着。

叫紫荷的人，兀自忧郁着。

车过湘潭之后，头顶的中铺，便一直空着。

我想，湘潭的荷塘中，会有紫色的荷吧。

荷　说

说荷是件傻事。荷的名气实在大得让人对荷无法再说。

无论诗文，无论书画，无论艺术一点儿的瓶瓶罐罐，无论生活中的犄角旮旯，荷的意象，已经充盈得满满的。以至它文化的内涵或俗世的寓意，已经遮蔽了荷作为植物的本质。

我所看到的对荷作为植物学的一段描述，倒是让我更加真实准确地看到了荷的存在："荷，睡莲科、莲属。多年生水生植物。根茎（藕）肥大多节，横生于水底泥中。叶盾状圆形，表面深绿色，有蜡质白粉，背面灰绿色，全缘并呈波状。叶柄圆柱形，密生倒刺。花单生于花梗顶端、高托水面之上，有单瓣、复瓣、重瓣及重台等花型；花色有白、粉、深红、淡紫色或间色等变化；雄蕊多数，雌蕊离生，埋藏于倒圆锥状海绵质花托内，花托表面具多数散生蜂窝状孔洞，受精后逐渐膨大成为莲蓬，每一孔洞内生一小坚果（莲子）。"

这是客观的荷，是生于池塘中的，而非文人心中和笔下之荷。

荷是一种极其古老的物种。据古植物学家对化石的研究证实，早在一亿三千五百万年以前，在北半球的许多水域，都有莲属植物的分布。而人类祖先的出现，则是在两百万年前。荷比人类的生存史要悠久得太多。苏联 A.H. 克里斯托弗维奇《古植物学》称，莲属化石发现于北美北极地区和亚洲阿穆尔河流（即黑龙江）的白垩纪及欧洲和东亚（库页岛）、日本的渐新世和中新世地层中。莲属植物约有十到十二种，五大洲均有分布。后冰期来临，全球气温下降，使得不少植物灭绝，另一些植物被迫漂迁，完全打破了原来的地理分布状况。遭此劫难，莲属植物幸存的只有两种，分布范围也大大缩小了。分布在亚洲、大洋洲北部者为中国莲，漂迁至北美洲的为美洲莲。因此，荷是冰期以前的古老植物，它和水杉、银杏、中国鹅掌楸、北美红杉等同属未被冰期的冰川噬吞而幸存的孑遗植物代表。

据此，如果将对荷的想象扩展到它漫长的生存史上去，我们眼前这些风情万种的荷，便有了一种古老与沧桑的意蕴。试想，在无数阳光灿烂或风雨无常的岁月里，那种类繁多的荷，以我们无法想象的姿态，在北半球暖热的大地上，铺陈着无边的美丽，而不是现在小小的一潭一园，那该是怎样的壮观？那已经灭绝了的更多种类的荷，会是怎样的绝美呢？

在大自然的面前，在流逝的岁月面前，我们总会感觉到自己想象力的苍白与贫乏。

至《周书》，尚有“薮泽已竭，既莲掘藕”的记载。彼时，荷仍为野生之物。据说最早将荷移植到园内栽植，还是因为美女的缘故。这位喜欢赏荷的美女正是与水有着不解之缘的西施，赏荷也好，浣纱也罢，这位婀娜多姿的美女，总会在水边顾盼生辉。公元前473年，吴王夫差在灵岩山的离宫，专门为西施赏荷而修筑了“玩花池”。于是，那些美丽的荷，也像美女一样被养到了园子里。只可惜的是，花与美人的背后，却酝酿着国破家亡的悲剧。女人改变的不仅有历史，还有荷。

历史的是是非非，总是众说纷纭。但是，人去了，情还在；国灭了，荷还在。情在人们的心中，亦真亦幻；荷在今天的园子里，花开花谢。

荷　魂

我喜欢墨荷。那画在柔柔的宣纸上的墨荷。

墨荷，像岁月中褪色的记忆，淡淡地，又那么生动地印在那里。

荷实在是完美到了极致。花、叶、蓬、茎、藕，色、香、型、态、神，都无丝毫瑕疵。但是太过完美，反而让人觉得满。美总会有一些欠缺的，美至极致，反而没了奢想的余地，失却了另一层空间。满则生憾。

于是，人们更高一层的审美追求，便走向了完美的另一面，舍却。舍却了艳丽，舍却了丰盈，舍却了完美。求淡，求简，求空，求残。于是有了冷峻，有了洗练，有了劲健，有了高古。那便是荷魂。

荷入画，最早见于汉代的画像砖。画荷的历史萌发于汉，发展于盛唐，成熟于五代。五代的花鸟画承唐启宋，变古生今。那时候后蜀画家黄筌，南唐画家徐熙等，都是画荷的高手。徐熙出身江南名族，“以高雅自任”，深受南唐后主李煜喜爱。徐熙画荷改变了多配禽鸟的传统，使荷独立于画中。黄筌、徐熙的画风格不同，有“黄家富贵”“徐熙野逸”之说，史称“徐黄体异”，成为花鸟画的两大流派。想着，那富贵之荷，自有富贵之人的宠爱；那野逸之荷，自有野逸之人的喜欢。荷生塘里，荷生画中，荷生心间。

宋朝的时候，那是个很艺术的时代。由于黄家画法深得宋室的欣赏，对北宋影响颇深，直到宋代中叶，才突破了黄筌画派的影响，画风渐有转变。这时期最该说起的一个画家是崔白，他“以败荷凫雁得名”。败荷，本为残破之物，以败为美，是得荷魂。尤其在繁华富贵的黄体盛行之时，弃雍容而得萧索之美者，应为异人。

南宋虽小，偏安一隅的杭州，却是人间天堂，也是荷之天堂。荷得笔墨者宠之，则更加自然了。于是便出现了於清言、冯大有等专工画荷者。《图绘宝鉴》称於清言为“嘉定间专画荷花草虫，世号‘於荷’”，赞冯大有“专画莲荷，精巧人格”。独爱，必有更多的舍弃。为一而舍众，可见所爱之深。

水墨画的兴起与流行，是元代文人画发展的显著标志。有张中等善画荷者，设色素雅，画面自然天趣，“以素净为贵”，使荷更加成为“出淤泥而不染，濯清涟而不妖”的精神符号。墨荷，更显君子之质。

明代是水墨写意荷花绘画的大发展时期。开拓者是沈周和徐渭。沈周的画，早年笔法细密，中年后笔法转粗而简，晚年喜用秃笔，沉着老辣，炉火纯青。被世人称道的荷作《荷蛙》虽为小景，却坚实粗毫、凝重老硬，超然绝俗。明末论画花鸟者，无不称美沈周。徐渭一生饱经忧患，个性狂傲不屈，善诗文、戏曲与书画，对大写意花鸟画的贡献前无古人。他画墨荷如写狂草，大刀阔斧，纵横驰骋，不同凡俗。纵恣中见沉雄，苍郁中见姿媚。由此，荷之娇艳，荷之精美，荷之雄浑，荷之磅礴，其形虽现于笔，其魂皆出于胸。

清代画荷虽有石涛、金农、恽寿平等众多名家，我却更爱朱耷。后人评价八大山人，说他把写意画推向了一个历史的高峰，笔情恣纵，不拘成法，苍劲圆秀，逸气横生，水墨的控制灵活自如。画作构图布局十分奇特，画面不求完整，而以款书补之，仍给人以饱满充实之感。他的《荷石水禽图》，整个画面虚疏淡泊，冷逸逼人，有一种难以伸展的抑郁之气。成就他如此画风的不知是他坎坷的身世，还是他放浪的个性，也许都有。这个世界就是如此简单又如此复杂地造就一个奇才的。

直至近代，吴昌硕、齐白石、高剑父、潘天寿、李苦禅、张大千等对荷的青睐也依然不减。荷自入画以来，成就了诸多天才，诸多巨匠，他们笔下的墨韵荷魂成为世之珍宝，虽也消泯颇多，但仍有珍稀存世，可觅，可赏。

柔柔的宣纸上，有墨香，有荷魂。跨古今，越千年。

荷　梦

“我是佛前的一朵青莲，沐浴着清幽的梵唱，静静的微绽在忘忧河上。几乎静止的河水清澈明晰。佛说，忘忧河映射出的，便是人世间的喜怒哀乐。于是，我常常看着那些男男女女，笑着，哭着，开心着，忧伤着。我不明白，为什么他们总是笑的时候少，哭的时候多，开心的时候少，忧伤的时候多。我问佛，佛爱怜地对我说：人生在世就是一种修炼，只有看破红尘之后，才能大彻大悟。我还是不明白，佛说我不需要明白。更多的时候，我就静静地微绽着，听风，看雨，醉月……”

我在网上读着这篇《我是佛前的一朵青莲》。一朵青莲，从佛前到世间，与雾结下一段情缘。佛说，那是一段孽缘。一个凄美得让人透彻心肺的故事，一定是作者虚构的，可作者的故事也许是真实的。这里有一行小字写着：

本文作者：雨夜蝴蝶，真名左柔，1982 年出生，北京人，有先天性心脏病，在去日本治病的飞机上（三千英尺的高空离天堂很近）病逝了，终年 19 岁。

我想那一定是一名像青莲一样楚楚可怜的女孩儿。或者，她就是佛前那朵青莲。匆匆来到尘世，像在人间的一场莲梦，在梦中醒来，佛又招她回去。

荷在佛前只叫莲。世间万物，只有莲，有着深深的佛缘。传说佛祖降生时，百鸟群集歌唱，天乐鸣空相和，沼泽中突然开放莲花朵朵，大如车盖。佛祖一出世，便站在莲花上，觉悟成道后，起座向北，观树经行，一步一莲花，共一十八朵。以后每当传教说法时，唯坐“莲花座”，坐姿乃称“莲花坐姿”。

佛经中说，人间的莲花不出数十瓣，天上的莲花不出数百瓣，而净土的莲花则上千瓣。我们无从见到天上与净土的百瓣千瓣之莲，但是人间数十瓣的莲花也足以让我们得见佛境了。莲花之美，如佛之精髓：“它洁身自处，傲然独立；其根如玉，不着诸色；其茎虚空，不见五蕴；其叶如碧，清自中生；其丝如缕，绵延不断；其花庄重，香馥长远；不枝不蔓，无挂无碍；更喜莲子，苦心如佛；如是，谆谆教人，往生净土。”莲生于淤泥开于炎夏，淤泥与炎热，就像世间的污浊与烦恼，而水的清凉与莲的高洁，则是佛界净土的象征。

“青雾散去之后，忘忧河如昔般的沉静清澈，河面上满是美丽的青莲的花瓣，芬芳了整个佛前，唯留下一枝莲蓬，微微的轻颤着。痴儿，痴儿，佛爱怜地叹息着，把手伸向莲蓬。一滴如眼泪的莲子落入佛的掌中，玲珑剔透，光华烁然，凝成一粒佛珠。”

人生无常，佛界有梦。

我再次想到那个如佛前一朵青莲的女孩儿。

（选自中央民族大学出版社 2016 年 5 月《城市鸟群》）

寐语

张鲜明

生活在《红楼梦》里

好像有一个人——其实，我没有看到那个人，我知道那不是一个人，而是一个意念——在前头引着我，让我沿着一条像管道一样的黑暗走廊往前去。走了很远很远。眼前是一种从未体验过的黑。这黑，有些黏稠，像深深的泥浆，使我的脚步颇为费力。

隐约看到眼前有一排牙齿，又感到这是一排白色门窗。在那一排牙齿或门窗前，那个引领着我的意念告诉我：“这是《红楼梦》，你要在这里生活七天。”

那个意念接着说：“这《红楼梦》，其实是一座城；这城是由七个器官构成的，分别是头颅、心、肝、脾、肺、肾、胃，而肠子就是街道。你要在每一个器官里生活一天，一共七天。”

还没有明白过来，我已经来到一个地方。只见满天都是星星，星星相互交织，构成一个巨大的、闪光的网。这些星星沿着一个中心旋转，形成一个光的旋涡。我突然意识到，我是一个细菌，被这网粘着，在跟它一起旋转。我不想这样。我只是想来这里看看，怎么就被粘住了呢？

天黑了，我的身体开始延展，变得大而稀薄。那个意念告诉我："夜晚，你要和这里的东西融为一体；天亮的时候，你可以变回你自己。"我不知道为什么要这样，既好奇又恐惧。没等我回过神来，我已经变成一片膜，向上飘起来。

我飘飘荡荡落在一个地方，一看，是一个院子。我突然明白：原来，每一个器官就是一个小区。我不知道这个小区的名字，只见这里的房子样式很奇怪，就像是一个一个气泡。这些气泡忽大忽小，蠕动着，让我站立不稳。我看见一扇一扇屋门上悬着一种匾额样的东西，上头有字，是某种象形字，我不认识。我想，这大概是《红楼梦》的另一个版本。

在这里，我是可以飞的，这大概就是细菌的好处。我从墙头向上一跳，就飞到另外一个院子的房顶上。从这里，可以看到整座城。一条又一条街道，连着一片又一片房子。房子都是暗红色的，像蠕动的珊瑚。城里不见一个人，却可以听见"切切切切"的声音，像念诵，像低语，又像是雨声。

不知道这是第几天了，我走在一条小路上。我当然知道，这路就是肠子，它弯弯曲曲地通向一个青灰色的圆形门洞。这是我小时候上学的那个学校的月门。过了这个门，天色突然大亮，前方是一片白茫茫的虚空。

这是出城了吧，接下来我该往哪里去？

对了，我得写篇读后感。可是，我不知道自己现在是什么样子，如果我还没有变回来，如果我依然是细菌，怎么写东西呢？

听见浪涛的声音。我明白了：这城其实是一个孤岛，四周都是海水。

冒充上帝的人坐在那里

这里有很多树。有一些树就在我脚下的山谷里。

一个声音说："世界是一棵树，每个树枝的长度是一百万年。"

这是什么意思呢？我这么想着的时候，发现我站立在一棵树的前面。这棵树只有普通农家的房檐那么高，但我知道它很古老，跟山一样古老。它不仅古老，而且每个树枝都指向一个星座。

我走上去，把四个树枝系在一起，这树，就变成了一座屋子。我后退几步，端详着，觉得这屋子虽说露着天，却很有创意，甚至称得上完美。

这树枝结成的屋子里，坐着一个人。

他就是冒充上帝的那个人。

这个人，我认识，是我老家的一个风水先生。他长着几根稀疏的胡须，戴着黑色瓜皮帽，很严肃。他看见我，却不搭理我。我知道他这是装腔作势。我走上前去，给他戴上一个花冠。我这样做，是为了指认他。

做完这些之后，我突然感到无聊，就站到支撑屋子的枝条中的一个上头，一个纵身，朝着一颗蓝色星星弹跳过去。

没想到，那颗星星突然跑起来。我脚下一空，就要掉下去了。

村庄的气息

一只猫头鹰趴在窗户上，它有一人多高，睁着一只眼，用一种沙哑的腔调说："村子都流脓啦，你还在这儿喝茶！"我感到问题严重了，就急忙起身往门外走。

猫头鹰像一个背抄手的人那样，把翅膀背在身后，大步往前走。我知道它的意思——领我去看我的村庄。

来到一个山崖之上，四顾茫茫。我的村庄呢？猫头鹰说："村庄钻到地下去了。我不骗你，我能闻见它的气味。"

在我站立的地方，突然冒出一根青藤，像小狗那样轻轻地咬我的脚后跟。我不知道这是什么意思，也不知道是否跟我的村庄有关。

闻到一股蒸馍的味道。哦，这就是村庄的气息吧！这说明，我站的地方就是我的村庄；只是，它已经在地下了。我想哭，可我咬着牙，没有哭出来。

猫头鹰把睁着的那只眼闭上，却睁开了另外一只眼，它这是在表达一种满意的情绪。于是，我对它说："你看，我是不是一个很坚强的人啊？"

猫头鹰自言自语："我只想吃馍，而不想吃肉。"

打　水

在一个大厅里，我们开会。

为了这个会，我准备了很长时间。大厅里人来人往，没有人跟我说话。会议就要开始了，有人说："怎么没有开水啊？"我发现暖水瓶是空的，就拎起两个暖水瓶去打水。打水的时候，发现另外两个人也去打水。我想着心事，低头往前去。

我们去的地方，是一个大机关的礼堂。快到门口的时候，我突然紧张起来：人家会让我们进去打水吗？看看门口那里，门卫不怎么管，那两个人进去了，我就跟着进去。这时候，有一个人在大声喊我名字，是一个正厅级干部，他指着墙上的一幅字，很严肃地问我："你看，这字好不好？"我知道这字是某位领导写的，就说："好。"那人说："你好好宣传一下，最好是一个整版。"我想，这字还值得用一个整版去宣传？我没敢说出口，只是含糊地答应着。

说话的时候，遇见几个熟人，其中有一个女的，是我从前的同事，现在这个大机关工作。她手里拿着好几个暖水瓶，跟我的暖水瓶放在一起。我们说着话。说过话之后，发现我的暖水瓶不见了！正惊异间，我面前的暖水瓶越来越少，一开始还有两个小一点的暖水瓶，眨眼之间只剩下一个蓝色细颈饮料瓶。我不敢说什么，只好拿起那个饮料瓶去接水。之后，我骑着自行车赶紧往回去。

走出机关大院，我迷路了。我来到了一座山上，面前是一块大石头，我骑车迎着石头撞上去，竟然过去了！这使我既惊讶又高兴。我的车把被撞歪了，我一边骑着继续往前走一边校正车把。

来到一个镇子上，这里有一条公路，我知道这条路并不通向我要去的地方，而是通向一个村庄。该往哪里去？不知道。我只好沿着这条路，漫无目的地走着，边走边辨识方向。

听见一个熟人的声音，是在宣布会上评出的优秀诗歌。在我站立的地方，能听见会场的声音，却看不到人。但我能想象到人们的表情，甚至能看见他们缩着脖子鬼鬼祟祟的样子。由于我不在场，他们就没有选中我的诗歌，这让我很伤心。我转念一想：这也好，这样可以激发我写出更好的诗歌！

再往前走，又是山，山坡上到处都是坑，起伏不定。翻过一个陡坡，突然发现前面是一个大坑，我差点栽下去。幸亏我发现及时，躲了过去。顺着坑沿上一个车辙那么宽的路，我推着自行车往前走。听见会议室里人们说话的声音，心想：天就要黑了，我为了打水费了这么长时间，真是不值得。

人们已经等得不耐烦了，他们对我充满了敌意。我突然明白过来：凭什么要我伺候你们？开会是大家的事，每个人应该自我服务才对啊！

我一直没能回到那个会场，只是不停地在会场周围打转。

（选自2016年第4期《大家》）

夷门民国书法人物

张晓林

石　臣

石臣（1821—？），晚号粪叟。有楷书墨迹在开封民间流传。

石臣，夷门书法名家。工行楷，兼擅篆隶。楷书宗法颜真卿，能得《颜勤礼》《自书告身》神韵。

颜真卿是中唐名臣，七十多岁还驰骋疆场，亲到李希烈叛军营帐谈判，谈不拢就大骂叛军，气若长虹。书法一如其人，行书遒劲而具古风，气势磅礴，令宵小之辈不敢近观。石臣身子骨单薄，清癯的脸上生着稀疏的三绺长须，手指竹节一般瘦长，他能得颜书神韵，按传统书如其人的说法，确让人感到有几分不可理解。

石臣是他的名，起初，他没有像其他文人那样，字什么，号什么，他也没有别署。有人很奇怪，问他："上海某书法家给自己起了二百多个号，你怎么不也起上一个呢？"石臣笑笑，打趣道："号多了，书法就能写得好吗？"但他还是给自己起了一个号：粪叟。怎么起了这样一个号呢？

读书、练书法之余，石臣就到郊外走走，溜达溜达。秋天里，他喜欢到楝树下捡金黄色的楝楝枣，放鼻子下嗅一嗅，然后装进长衫的口袋里。再然后，就忘记了。他老婆洗衣服时，总想不起来去掏一下他长衫的口袋，啪，啪，扬起棒槌，只几下，楝楝枣就面目全非了，黏糊糊的，散发着一股子难闻的气味。妻子就埋怨他，他改不了，下次还照旧。

石臣住的是三间麦秸草房。

石臣的三间草舍很好找，夷门往西走，有一个白水胡同，他的草舍，就坐落在胡同口的拐角处。在开封城，大都是带有脊兽的青色瓦房，像石臣这样的麦秸屋，已是很难见得到了。

为盖这三间茅舍，石臣赶着个毛驴，拉着平头车，往乡间整整跑了一个月，才把屋顶的麦秸拉够了。那些日子，他人更清瘦了，长衫胖了一圈，穿在身上，咣当咣当的，若戏子身上的戏袍一般。

茅屋的前边，是一处院子，不大，有三分多的样子。种着一棵老槐树，是他的父亲种下的，抑或是他的爷爷种下的？已经无可考证了。槐花开的季节，每天早晨，石臣都会到院子里弹琴。

他坐在小石凳上，面前是一个青石板桌，琴就放在那上边。这是一把焦尾琴，是开封天籁堂出品，也就是几块钱的样子。石臣竹节一般的手指在琴弦上来回划几下，琴音清越，一纹一纹荡漾开去，唤醒了尚在梦中的蜜蜂，她们嘤嘤着，开始绕着奶白色的槐花起舞。

这时，石臣正弹到入港处，他半眯了双眼，脸高高地仰起，高高地仰起……一只小蜜蜂嘤嘤着，打着旋，停在他的鼻头，他也浑然不知……

这是一幅画。

偌大的开封城中，石臣只有一个朋友。那朋友是个糊灯笼的，据说祖上给宋徽宗糊过宫灯，姓李，人们都喊他灯笼李。灯笼李隔三岔五地来茅舍找石臣闲喷，他二人喷得来。

灯笼李给他介绍个徒弟。是开封最大生药铺子同济堂的二掌柜，姓胡，字三丰。胡掌柜拿了两三幅书法习作让石臣点拨，临的是颜真卿楷书《麻姑仙坛记》，已有几分形似。石臣不语，手里拿了把折叠纸扇，有一下没一下地摇着。胡掌柜很尴尬，僵笑着站也不是，坐也不是。糊灯笼的朋友打圆场，把习作递到石臣手上。石臣接过，顺手就丢进了纸篓，说：“废纸！”

胡三丰脸上终于挂不住了。霍地扭转身，头也不回地走了。

糊灯笼的朋友埋怨石臣。石臣说：“不是那块料，不如专心做生药生意。”很快，秋天到了。槐树上的叶子开始发黄，看上去有几分肃杀。这些日子，石臣的右眼皮总是跳，嘣，嘣嘣，跳得他心里都有焦躁了。糊灯笼的朋友有些日子没有来了。

一个秋雨连绵的黄昏，是那种雨打芭蕉的沙沙细雨，灯笼李来了。

闲话的时候，灯笼李话语有些迟缓，没有先前利索了。石臣不明白怎么回事。灯笼李一年四季总戴着帽子，原因是他的头顶长出一个粉疙瘩，长三寸有奇，没有生一根杂毛，通红崭新，很是饱满。后来，灯笼李脱下帽子挠头，石臣吃惊地发现，那个粉疙瘩不知什么时候瘪了下去，很丑陋地趴在头顶，没有了往日的神采。

石臣忽然把一件事想明白了。他心头"咯噔"一响，脸上有阴云飘过。

灯笼李这次来，是求他办一件事的。让他给开封驻军的马师长写幅字。这马师长虽说是行伍出身，却狂热地喜爱书法。他换防来到开封，已几乎把开封书法家的作品要遍了。

他以前托人找过石臣几次，都被石臣给拒绝了。

出乎意料，石臣这次答应了。灯笼李悬着的心落地了。石臣写了副对联，押了印，交给了朋友。

过两天，灯笼李又来了，说："这副对联，马师长很满意，只是嫌印文不雅，怎么能印'粪叟污纸'这样恶俗的内容呢？"

石臣叹口气，也不说话，拿过一张宣纸，重新写了。找出原来的印章，在砂石上磨去印文，又刻了一枚印重新盖了。交给那朋友，朋友低头看上半天，也不说话了，阴了脸，告辞。

一天早晨，石臣起床，携琴到院子里弹，觉得少了点什么。少了点什么呢？那棵槐树被人锯走了。

槐树被锯走了，春天再来的时候，槐花摇曳，蜜蜂嘤嘤，一清瘦老人在树下弹琴，这幅画，也就消失了。

姜佛情

姜佛情（1896—2001），字无情。擅小楷。晚岁书法作品传世不多。

第四巷是开封上等的窑子铺。每到黄昏，满巷子的窑子铺门口都会挂盏粉红色的灯笼。随着夜色的浓重，时而有灯笼被摘下。这时，就有微风偷偷钻进灯笼里去，蜡烛感到了羞愧和耻辱，有泪垂落。

下雨天气，成群的乌鸦打第四巷的上空飞过。妓女们难得遇见这样的日子，到中午的时候，她们才睡眼惺忪地从床上起来，坐在窗前梳妆，青丝如乌云般飞舞。脂粉掺杂肉欲的气味飘满了整个巷子，墙头的一只黑猫颤抖着胡须打了两个喷嚏，然后迅速地消失在爬墙虎后面。

与第四巷遥遥相望的会馆胡同，虽说也是窑子铺，却完全是另一番景象了。胡同里的空气中散发着恶臭，低矮的房屋无论是顶檐或是墙壁，都长满了霉菌一样的苔藓。如果是雨天，房前屋后，院子里，到处都是泥泞，猪屎、狗屎和溏鸡屎搅在其中，有说不出的肮脏。间或有妓女打开柴门出来倒秽物，也都是黄黄的脸孔，头发鸡窝一般杂芜。有的甚至上衣都不穿，乳房松垮地垂在胸前，一副邋里邋遢的模样。

这是下等的窑子铺。

第四巷的妓女们在挥霍凝脂般肉体的时候，会馆胡同已开始向她们招手微笑；进了会馆胡同，再过些年，汴梁门外衰草萋萋的荒野就是她们的归宿了。

来这两个地方的人很杂。去第四巷的，多是官吏、商贾、军阀之流；而进会馆胡同的，自是脚夫、挑担货郎和落荒的土匪之类。但对窑子铺来说，只要腰间有银子，来的都是客。来客挥洒银两，图的是红尘一笑。黑猫白猫，妓女们无权选择，她们忍受卑鄙和脚趾间的污浊，靠银子获得心理上的平衡。这样倒也算尘世间的一种规则。

然而，第四巷里不乏多情的窑姐儿，当春天万物萌发的时候，她们开始抛出注定只会开谎花的绣球。这个绣球，燃烧着危险的火焰，一般都会抛向多才多艺而又风流的公子哥。

第四巷的红妓金缕，就把她的绣球抛给了夷门才子姜佛情。

姜佛情曾跟邵次公学习诗词，颇得几分次公的神韵。书法学钟绍京的《灵飞经》，又参以钟繇《宣示表》笔意，灵动而又厚重，是夷门书法圈中被认为能将“二钟”两种迥异书风融会得了无痕迹的书坛怪才。在一次文人雅聚的时候，金缕对姜佛情一见钟情。

二人很快陷入情网。芙蓉帐里，金缕梨花带雨，颤抖若娇羞的海棠。姜佛情豪气勃发，拔下金缕鬓头的银钗，刺破中指，挤出一滴血在金缕的罗帕上，让金缕收好，说：“我要赎你出去，娶你！”金缕杏子一般的眼里便朦胧了一梦，梦是金黄色的，有铜锈一样的花边，且有洁白的鸟儿依偎在垂杨柳柔软的枝头。

以后的日子，金缕再不愿意接客。夜阑人静之时，她燃上蜡烛，用清水一遍又一遍地擦拭自己的身体。擦拭过的身体在蜡烛的映照下，宛如阳春三月盛开的桃花。

老鸨开始恶毒地辱骂金缕。金缕用棉絮塞满耳朵，骂声变得渺茫，只看见老鸨的嘴在那儿滑稽地一张一合。金缕无邪地笑了，如玉般的小碎牙把老鸨暗绿色的长脸映衬得更加丑陋。老鸨收了客人的钱，夜半让客人硬闯进金缕的绣楼。金缕刚刚睡下，临睡，她把盛满洗澡水的木盆放在了绣楼的门口。客人拨开房门，一脚踏进去，踩翻了木盆，“扑通”，摔了一跤，后脑勺磕在门槛上，钻心地疼。客人感到无趣，落荒而逃。

姜佛情赎金缕的念头让父母残酷地捻灭了。他一急，就患上了一种古怪的病。睡到半夜，常常因喘不过气而被憋醒。醒来之后浑身大汗淋漓，他感到了深深的恐惧，恐惧慢慢地侵占了金缕在他心目中的位置。请遍了开封所有的名医，吃了无数剂药，这种古怪的病丝毫不见起色。

家人请来了相国寺静严禅师。号过脉后，静严禅师说：“只有遁入空门，其他无路可走。”

肃杀的秋风吹落了枝头最后一片树叶，憔悴的金缕叹了一口气。老鸨已经把她的小包裹扔出了窗外，会馆胡同的人在楼下等她多时了。金缕落下两行眼泪，她从贴身的亵衣中取出那枚银钗，用它刺破了自己的咽喉。

瞅着败絮一般的尸体，老鸨伏身上去号啕大哭。然后站起来捏了一把鼻涕，让人抬出西城门外，裹一张苇席，埋在了乱草丛中。

河大诗人叶鼎洛，曾与姜佛情有过一段交往，在姜佛情的寓所见过金缕几面，并暗恋上了金缕。听说金缕葬身荒野，他灌进半瓶汴州醉，扛起一把铁锨，深夜独自一人摸到金缕的葬所，将土掘开，用铁锨砍下金缕的头颅，携到自己的住处，剔除腐肉，用清水洗涤干净，再用红漆漆了，日夜对着鲜红的头颅吟哦，得了佳句，就刻在头颅上，刻满再漆，漆好再刻，时而痛哭，时而大笑。

几个月后，诗人叶鼎洛被学校赶出了校门。他的几个校友把他捆绑起来，送进了疯人院。

叶鼎洛被赶出校门的当天夜里，金缕的头颅被两三条野狗你争我夺地衔去了。河大的老校工瘸腿老高以为那是个宝物，跟在野狗后面一颠一颠地撵有三里地远。

姜佛情做了大相国寺的居士，他大部分时间都用来焚香诵经，已修得满面红光。念经之余，每天习练书法，他又开始把明朝大才子文徵明的小楷笔意融进他的书法中去，书法大进。

姜佛情活到105岁，忽然去世。去世之日，有一盏粉红色的灯笼在空中闪现。

张铁樵

张贞(1883—1967)，字铁樵。民国开封榜书大家。

张铁樵的家就住在铁塔附近。他的祖上是开包子铺的，打出的幌子却是“雷婆婆包子店”。雷婆婆包子是开封著名小吃，它的渊源可追溯到北宋宣和年间，孟元老著的《东京梦华录》“饮食”一节中曾经提及。

明明姓张却打人家雷姓的旗号，这里面有着怎样的逸事，到了张铁樵父亲这一辈，已经是无可考据的了。

若按“老鼠生来会打洞”的老婆儿言去思考，张铁樵应该子承父业，继续卖他的包子，说得好听些，也就是继续做他的包子铺掌柜的。然而，就像端枪打兔子，准星突然跑偏了，结果出现了意外。

张铁樵痴迷上了书法。事情来得很蹊跷，没有半点的可解释性。那天，一个清瘦的道士在雷婆婆包子店门口摆下桌子，铺了宣纸在上面写书法。道士手握如椽巨笔，灰色的道袍在秋风中喇喇作响。巨笔在洁白的宣纸上飘过，一个大大的“药”字醒目地展现出来。

站在自家的包子店门口，几屉肉包子正待出笼，袅袅的白烟在张铁樵的眼前缭绕。他感到奇怪，他没有闻到诱人的肉香，却闻到了缕缕的药香。那个秋天的下午，道士的跌打膏药卖得非常快，几乎让围拢过来的人群给疯抢去了。

道士收拾摊子的时候，一抬眼看到了魔怔了一般的张铁樵。他招招手，张铁樵走了过去。道士站起身，在他的头顶轻轻拍了两下，暧昧地笑笑，然后把褡裢搭在驴背上，飘然而去。

张铁樵的学书经历充满坎坷。他父亲对他说：“练什么书法，顶吃还是顶喝，我不练书法，只卖包子，不照样过得很好？”张铁樵是个沉默寡言的孩子，他不说话，只拿眼睛默默地看着鬓发斑白的父亲。

父亲立即暴跳如雷，将张铁樵狠狠揍了一顿。挨打后他一言不语，连着三天坐在家门口的池塘边发愣，看着两只黑蜻蜓围着一朵粉红色的荷花调情，然后落落停在了花蕊上，花蕊立即颤悠悠兴奋起来。

母亲害怕了，和父亲狠狠哭闹一顿。父亲再不管他练书法一事。张铁樵在心底一叹，自己对自己说："我坐在池塘边，是在想怎么像王羲之那样把池水给练黑了。"

张铁樵在书法上有着超人的天赋。他的书法端庄而浑厚，颇有颜真卿的遗风。短短几年里，开封街头的匾额大都换成了他的墨宝。之所以他的书法会迅速风靡古城，除了书法本身以外，再就是他这个人不拿架子，不耍大腕，好说话。他也没有什么润格之类，你只要求到了他的门下，他都会尽最大努力让你满意。有一个阿九婆，在开封街头卖扇子。她是从扇庄批来，然后㧟着篮子大街小巷去卖，生意不好。她的儿子被抓了壮丁，儿媳妇跟着一个小银匠私奔了，撇下两个小孙子。她们三口人，就靠她卖扇来糊口了。

哪天扇子卖不出去了，她和两个孙子就一起饿肚子。阿九婆脸上的皱纹，很少有舒展的日子。张铁樵找到她的门上，把写好字的二十把扇子递到她手上，说："去卖吧，卖完了就去找我。"等下次阿九婆来找张铁樵的时候，她脸上的皱纹一缕一缕地都舒展开了。

汴古阁的马老板让人送来请柬，请张铁樵去第一楼喝茶。汴古阁是开封唯一做书画生意的商铺，它的店主马老板曾跟大军阀孙殿英挖过东陵，后来解甲归里，就来开封城开了这样一个店铺。马老板虽说人生得粗糙些，但见人都是三分的笑颜，然而，那笑却让人感到浑身的不自在。

第一楼喝茶回来，张铁樵几天都很少说话，他的脸色很难看。

日子依旧如往常那样，一天一天地过去，张铁樵书法的名头在开封城越来越响亮。省里的要员已开始把他的书法往京城里送了。据说，京城四大公子之一的袁寒云私下也曾打探过张铁樵的名字。

秋天到来了。一个阴雨连绵的黄昏，张铁樵结束了一个应酬往家走。眼看走到家门口时，从暗处蹿出两条大汉，劈头盖脸一顿拳打脚踢。张铁樵还没有反应过来，嘴就被人堵上了。黑暗中听一个人说："把右手的手指头拧折，中指剁掉！"张铁樵忽然感到一阵钻心般的疼痛，接着他就昏了过去。

不久，开封街头就有了传言，说张铁樵的右手被人打残了，怕从此再也不能写字。有人甚至愤恨地骂道：“他会写字吗？傻大黑粗，一点笔法都没有！”阿九婆听到这个消息时，昏花的眼里落下两行浑浊的泪水。

那个时候，张铁樵正躺在医院里，他的左手打着绷带，右手和前来探望者一一握手。

（选自2015年第12期《大观》）

明朝的那些琐言剩语

陆春祥

给讲课老师发红包

皇帝内庭中，有御前八局。其中有一局叫银作局，这个局的基本职能是，专门制造豆叶状的金银钱，轻重不等，主要供宫里的赏赐。

当今皇上还是幼年，他经常将这些钱乱撒于地，任大家捡，看到大家挤来踩去乱抢，他就很高兴。

然而也有不抢的。

李古廉是皇帝的侍讲老师。宣宗到课堂后，从袖子里抛出一些金钱丢在地上，各讲课老师都弯着腰捡，只有李老师立在那儿不动。宣宗就将李老师叫到眼前，将袖中的钱恭敬地赏给他。

太子在承继大宗以前，总要比别人多学一些，苦是自不必说的，有的侍讲水平高，能生动活泼，有的虽满肚子货，却也枯燥无味，但无论如何，书是必须比别人多读的，上课弄点小插曲，可以活跃一下课堂气氛。

皇帝给讲课老师发红包，自然也要大方，还专门设立机构制作。

在金钱面前，许多人的尊严也就一钱不值了。

有钱就任性，或许，皇家就根本没有考虑过一般人的尊严。

当然，再发亮的金子也是外物，肯定有像李老师那样的，君子爱财，取之有道，绝不弯腰！

参见《万历野获编卷一·赐讲官金钱》

金子的报复

当今天下，遍地开金矿，老百姓痛苦不堪。

永乐十三年，太监王房督促六千老百姓，在辽东黑山淘金，三个月只淘金八两。

永乐十五年，有人报广西南丹发现大金矿。皇帝命令开采，采了一年，只采到九十六两金。更为奇怪的是，这些所谓的金，不久就变为锡了。

成化十年，湖广宝庆府金矿，动用五十五万老百姓采金，仅采得三十五两金子。湖南无数民众被水淹死，被虎豹吃掉。

谁都喜欢金子，当权者更渴望拥有大量的金子。

这里举的几例，足有以下信息透露：

1. 贪心。皇帝贪心，官员贪心。听到哪里有金矿，立即动手，官员也随即从中搭车捞好处。

2. 民贱。老百姓的命不值钱，投入那么多的劳力，服的都是苦役，没有任何回报。

3. 技术。这些金矿理论上有金，但采掘技术落后，仅靠人工挖凿，只能碰运气。宋仁宗皇祐年中，登州、莱州金脉大发，老百姓掘地采取，取之不竭，最大的一块金达二十斤重。

4. 交易。明朝商贸交易相当发达，资本主义已经开始萌芽，政府和民间都需要大量的金银。

得到金子需要代价，得到大量金子需要大代价！

浙江遂昌，唐代金窟，明代银矿洞，我都进去过，看到古代矿工用的都是火烧的爆坑法，用火将石头烧热，然后用冷水浇，石头爆裂。更早的时候，李冰父子在指导都江堰工程时，也是用这种方法采石头。

不过，我一直有疑问：古代的古代，技术极其落后，如何掘金？世界上第一块金子是怎么来的呢？

参见《万历野获编卷二·矿场》

明朝的网络语言

嘉靖年间，一些有头有脸的人，遭遇了挫折，一副潦倒样回到家乡，于是，家乡有智慧的人就反语嘲讽了：

书中自有千钟粟，汤通判家中啜薄粥。——汤被罢官，归而家贫了。

书中自有黄金屋，赵主事被和尚打得哭。——该赵将寺庙的地方占了，一群和尚将他痛打了一顿。

书中有女颜如玉，陈进士被徐秀刖了足。——该陈中榜后请假回家玩，和姓徐的老婆搞上了，还想暗地里和淫妇一起，谋杀亲夫，被徐发现，强力反击，断了进士的一条腿。

还有“四喜”加长版：

久旱逢甘露——十年；

他乡遇故知——万里；

洞房花烛夜——和尚；

金榜题名时——教官。

再加长版：

久旱逢甘露——十年——甘雨又带珠；

他乡遇故知——万里——故知为所欢；

洞房花烛夜——和尚——和尚乃选驸马；

金榜题名时——教官——教官乃得状元。

再颠覆成“四悲”版：

久旱逢甘露——雨中冰雹损稼；
他乡遇故知——故知是索债人；
洞房花烛夜——花烛娶得石女；
金榜题名时——复试又除名。

搞笑的前提是，它的母本，必须通俗易懂，流传广泛，有深厚的群众基础，如此，才可能会心一笑，否则仿得就会莫名其妙，少部分人捧腹，大部分人不知所云。

宋真宗关于书的三个比方，家喻户晓，当地发生的这三件社会新闻，想必也是流传甚广，因此，聪明人就将书的比喻一句句拆开来说，拆一句嫁接一句，或反讽，或戏谑，机智盎然。

“人生四喜”的加长再加长，再反转，多义组合，出奇制胜，汉语格言充满着多样可能性，表明，人生有时也是具有这样的多种可能性。久旱逢甘露，旱了十年，甘露更显珍奇，但甘露难保不暴力，异常天象完全有可能彻底摧毁庄稼。化腐朽为神奇，机巧哲趣。

自然，现代网络语言更加发达，随便列举下：

1. 孔子曰：中午不睡，下午崩溃。孟子曰：孔子说得对！
2. 将薪比薪地想一下，算了，不想活了。
3. 有困难要上，没困难创造困难也要上。
4. 夏天就是不好，穷的时候连西北风都没得喝。
5. 执子之手，将子拖走；子若不走，拍晕了继续拖走！
6. 你让我滚，我滚了；你让我回来，对不起，我滚远了！
7. 我和脂肪做斗争，差点没牺牲。
8. 那啥，就给我个经济适用坟好了。
9. 只要给够加班费，当牛做马无所谓。
10. 生活嘛，就是生下来，活下去。
11. 再丑也要谈恋爱，谈到世界充满爱。

12. 不吃饱哪有力气减肥！

吃喝拉撒睡，油盐酱醋茶，虽然戏谑，却是现实社会生活的大镜子。

参见《万历野获编卷二十六 · 嘉兴谑语 · 四喜诗》

明朝的环保问题

闽人煮茶，苦于山泉难得，多用雨水。雨水虽品质还可以，但甜味和清冽度都不及山泉。

福建人还是幸福的。要是从淮河向北去，那里的雨水用来煮茶，则会变得苦和黑，根本不能喝。只有将冬天的雪水收藏好，到了夏天，用来煮茶，味道还勉强。那雪不是雨凝结起来的吗？为什么雪水好而雨水脏呢？有人给出了答案：北方民居，屋顶上的瓦片不干净，有很多脏兮兮的淤泥堵塞。

一个细节，北方雨水不能煮茶。

看来，明朝的环境问题已经比较严重了。北方风沙大，房顶上一定会有许多脏东西堆积。风沙，当然取决于森林植被啊什么的。

环境治理的观念，现在都这么淡薄，更不要说明朝。

现在还找得到甘洌异常的山泉吗？

陆羽认为，泡茶：山泉为上，江水为中，井水为下。这是说要喝活水，要漫漫于石上者的乳泉。

要喝上一杯优秀的茶，确实来之不易。

可能有的，有些中小城市，常见一些人骑着自行车，驮着大桶小桶，到处找甘泉。也不知道健康不健康，反正，他们都叫它山泉。

参见《五杂俎卷十一 · 物部三》

普天之下皆是我的秀才

历朝取士，从郡县到乡试，都有禁止冒充户籍的规定，这条规定，我看实在不合理。

当今一统天下，有分土而没有分民众，怎么会有冒籍？即便不是我朝境内的少数民族，也应该让他们考试，何况相邻的州县？一般情况是，在州县，真正的本地人还是很少，有很多是迁移客居的，一概禁止，整个国家都要空了。

再举个例子，山东临清，有十分之九是徽商，徽商也是临清人啊，如果考试不让他们参加，让他们跑到安徽去考试，那不是太不方便了吗？

这件事终于闹大，一直闹到皇帝那儿。皇帝问：什么是冒籍？底下的人说了，甲地的人，跑到乙地去报名考试，这就是冒籍。皇帝说：普天下都是我的秀才，怎么能说是冒呢？

道理确实简单，你是分土而没有分民，怎么不可以在居住地考试呢？

世移时移，现今的考试反而越加艰难。富裕的地方，教育资源强势而优质，想来的人自然就多，这就形成了矛盾，而且是一下子比较难解决的矛盾。

中国目前想达到教育均衡，远比明朝皇帝想得复杂。

京沪，人口已远远膨胀，早就过了承受的临界点，但人们仍然络绎不绝地乐此不疲地奔往，大城市，机会多，孩子去哪里读书，去哪里考试？公平和资源，多难题正在考验着各级政府。

不过，普天之下的大局观，还是非常先进的。

参见《五杂俎卷十四·事部二》

（选自2016年第5期《文学港》）

南方杂记

周华诚

故　香

盛一瓶：春夜十一时，雨中柚花的香。

家乡的柚花开了。暗夜里推窗，便被柚花的香包围，那是一份销魂蚀骨的记忆。此生需要体验一下的，你。樱花七日，柚花一旬，很快花落香消，然而那柚花的记忆如同青春，再不能在时光里磨灭。在雨夜里，闻到那样的柚花香气，是湿香，是情窦初开，为柚花上品。晴，则烈，是酒后情酽，不问世事。新近得一书，《香乘》，煌煌香典，读一日书，不如在柚树林里坐半天，花落满肩，暗香盈袖。

柚花是怎么样的。未开，如水滴紧紧抱合。开，则毫无保留地袒露。柚花是什么星座，这样坦率无遗，向春天毫不保留地交代一切。柚为胡柚，其花五瓣，肉质，略重，样子温柔而敦朴。

柚花开过就落了。落一地，也不可惜。

夏目漱石曾把“我爱你”译成“今夜月色真好”，那时以为自己看懂了，无非是东方男人的含蓄之类。而柚花开时，特别想告诉一个人，那是怎样一种心情。其实与柚花已无关。在六七年前，我给某编辑寄稿，随手提到一句“这里柚花开了”。

雨后柚花，那是一种坦然之香。

再盛一瓶：夏日清晨八时，田野上空的稻花香。

去年始，我在乡下老家，与父亲一起种三亩水稻田。从春到秋。每一回，我从省城回去，干些农活，或在田边枯坐，写种田笔记，看虫与鸟在稻田上空飞来飞去。

2014 年 8 月 24 日清晨 8 时。我到水稻田边，拍了几张照片，当时也没觉得怎样好，就扔在那儿，没去理它。现在翻开，又觉得心要飞走了。

照片有芦荟上的水珠，清晨的丝瓜花（与野草长在一处），树枝上的一只鸣蝉，电线上站着一只鸟（过了很久也没有飞走），绿色的豇豆攀爬在竹竿上（开出紫色的花）。

想起一首诗：“秋来凫雁下方塘，系马朝台步夕阳。村径绕山松叶暗，野门临水稻花香……”特别喜欢那两句——“村径绕山松叶暗，野门临水稻花香”。

人在都市，读来尤有稻花香。

偶见朋友圈中，大伙在转一条消息，说，一位画画的朋友，在终南山上找了间破败的房子，整修整修，住进去了。看云，看山。看风生，听水起。日子悠闲极了。转发的人真多。看得出来，都是城市人在转。居然可以这样活——他们都这么想。

后来我想，人跟大自然接触多了，是不是就不太会焦虑。赤脚走在田野上，人是不是就不会抑郁。

山东画报出版社的徐老师，看见我照片上父亲写的字。那是父亲写在打稻机、风车上的字。“去浮存实”“五谷丰登”“周全仔一九八六年办”。她看了就很喜欢，想要几个字去。

父亲是个农民，握惯锄柄的手，平时很少拿毛笔。仅有的几个字，往往是落在农具上，纯出于实用。既有人求字，父亲喜出望外，拙手秃笔认认真真地写了“村径绕山松叶暗，野门临水稻花香”两行，给徐老师寄去。不几天，居然又收到徐老师回赠的日照春茶两包。父亲甚是开心。

我现在想来，八月清晨，田野上空蜻蜓飞舞，稻花的香在薄薄的雾气中飘散，那是一种多么恬静的香。

又盛一瓶：秋天晨间，井下五尺，泉水香。

秋天在乡下小住，在袅袅的炊烟里醒来。乡下老家，依然是用木柴煮粥。白色的炊烟，凝在蓝色的天空里，大米粥的清香，凝在清凉的空气里。我住在小楼上，依然可以听见母亲早起在灶间煮粥的声响，可以闻见炊烟的属性——是用干透的松木煮的，还是用刚砍不久的毛竹，还是橘子树枝。橘子树枝尽管已然干透，燃烧时依然会发散出芬芳的气息；而毛竹燃烧时吱呀作响，有风摇曳的感觉；松木燃烧时比较沉稳，还有松脂在火焰里滴落。

灶上的米粥在缓慢地冒泡，母亲会走到井边打水。井里咕咚一声，是一只铁皮桶落入水中，铁皮桶上拴着一根长绳，落入水中的铁皮桶已经灌了半桶，这时母亲便提着绳子，把铁皮桶拎出水面，继而顺手一顿，水桶跌到水面以下，继而顺手一提，水桶便满满地载了水，一下两下三下，水桶被拎到井沿上来。溢出的水花，从桶里一路跌回到井里。一路水花的跌落，因为高度的不同，回声亦有不同。

村庄远处的溪流，秋水已瘦，婉婉约约。而屋边水井，井下五尺，泉水仍从石壁上涓涓地涌出。其水清甜。水面之上的香，是一种平淡之香。

还盛一瓶：冬日黄昏，蜡梅枝上，雪花香。

雪是悄然停住的。一切都如画了，黑是黑，白是白，静止不动。突然一只松鼠从林间蹿出，以蓬松大只的尾巴做平衡伞与推进器，从柚子树上飞快地跃至板栗的枝梢。板栗树上的积雪受到鼓舞，欣然坠枝，这一枝积雪的坠落在山谷间轰然作响，甚至惊醒了有一山之隔的远处洞穴中熟睡的穿山甲。

蜡梅是黄色的，掩在白雪下，静静悄悄地释放着清香。我用一个瓶子靠近梅枝，不是盛取梅香，只为盛取那雪香。梅瓣上的雪扫落，可以煎茶，梅瓣上的雪不扫落，则可以入画。入的是国画。国画上题几句诗，头一句是“墙角数枝梅”，末一句是“为有暗香来”。

我有这样一些瓶瓶罐罐，一个人轻手轻脚，去盛取各时各处的香。再把这样一些瓶瓶罐罐密封，打包，做成一个套装。我要把它送给你。告诉你，这便是我的故乡——常山。此生需要体验一下的呢，你。你闻一闻，你就懂得了我；你闻一闻，兴许就醉在我的故乡了。

此外，我若要远行，我也打包带上这样的一套香——此香专治：思乡之疾。

木槿在篱笆上开花

“打禾场应当设在一片高地上，让风可以从它上面吹过。”

读《论农业》，一本朴素的小书，古罗马人 M.T. 瓦罗著。这样一本小书，在我书桌上，是世界学术名著。在我呢，其实只把它当随笔来读。

书中有，论葡萄的修剪，篱笆和围墙，生产工具（不会说话的），储藏苹果，接枝和插枝，播种紫花苜蓿，干草的收获，打禾场，打谷。还讲到母牛和公牛，狗，斑鸠，鸭子，蜗牛，睡鼠和蜜蜂的喂养。很有意思。

在“拾落穗”一节，瓦罗，这位生于公元前 116 年的古罗马人郑重地说，如果穗不多，劳力又贵，可以放牲口来吃掉它们。“总之，在这件事情上，你必须考虑是否有利可图，不要弄得得不偿失。”

比北魏《齐民要术》还要早 400 年的这本农业操作手册，可谓颇具趣味；连拾落穗这一细节都顾及，并单独作为一章来写（尽管只有短短三句话）。我记得小时候，我在收获过后的稻田间拾稻穗，这无聊的事务令小孩子十分厌烦，却不敢违抗大人的命令。那时要是我知道有《论农业》这么一本书，我会翻到“拾落穗”这一章，并把它递到父亲面前。要是父亲采纳这位古罗马前辈的意见，放一群鸡到田间来吃，将会收到事半功倍之效。

还讲到篱笆。用种植的树，矮林或荆棘，形成活篱笆。以树为界：一块未经圈起来的农庄的边界，如果沿着它的四周栽上树木作为标志，则较为稳妥。否则，“你的奴隶就要跟他们的邻居们争吵，而你的地界只能通过诉讼来决定了”。

地界问题，历来敏感，一亩三分地，农民是很在乎的——耕地，菜园，荆棘蔓延，地界往往会模糊。我记得父亲常常对年幼的我说，那块地是我们家的。对，从那棵梧桐树以南，那棵樟树以西。

树是不会走路的。那些树几十年生在老地方，一动不动。所以以树为界，真是好办法。农人们可以放心：树虽然不说话，但做事情靠谱。

菜园子则大多用篱笆来隔断，防鸡鸭和牛羊进入。把杉木砍了，一排排头朝下扎成篱笆，到春天竟倒长出绿枝来。

有的篱笆边上种牵牛花。紫色的牵牛花攀爬恣意，花开恣意，篱笆在整个春天都显得很不正经，不务正业，不修边幅，不落俗套。

稻田间的田埂倒是天然的地界，蜿蜒曲折地在一丘丘水田间划清界限。但也可以做手脚：有的农人在整理田土时，挥锄削埂，把一条小路挖得单薄如纸，完全不能行走！那路还没有一个脚掌宽了。

另一侧的田主人，宽厚一点，就不断地往自家一侧培土，把那条田埂重新修得宽厚朴实起来。

一年一年，于是那条田埂就变了模样。田埂不是树，田埂没有根，因此能行走。

很多年以后，其实也没有很多年，也就是二十来年——我回到乡下，发现昔日惜土如金的农人把土地随便地扔在了那里，长满荒草。他们远走高飞，进城打工，进厂操控机器。他们两手油污，胸中吸饱工业废气，但他们浑然不觉。

他们回村的时候，土地和田埂已经不再重要，菜园也早已荒芜，菜园边上的篱笆却郁郁葱葱，倒植的杉树竟然向上长出一排排的枝条，篱笆上的木芙蓉竟然开出了一排排的花朵。

木芙蓉的花，你见过没有？重瓣的一种看上去颇有些像牡丹。牡丹国色天香，不是用漆画在农人的大衣橱上，就是绣在小媳妇的新枕头上。

木芙蓉的花，在盛放之前摘下来，去蕊，清炒或做汤，鲜嫩爽滑，口感极佳——我在江西宜春一家湖南菜馆第一次吃到这种花，似曾相识，备感亲切。啊呀呀，这不是老家篱笆上的木芙蓉吗？啊呀呀，菜园子篱笆墙上年年都开的木芙蓉呀，花开得汪洋恣意，叫人们看了不知如何是好的木芙蓉哟。

远离乡村之后，每一次与失散多年的植物久别重逢，竟然大多发生在餐桌上，这真是叫人心生羞愧。

木芙蓉又叫木槿，又叫旱芙蓉。为什么又叫旱芙蓉？水芙蓉是荷花，而木芙蓉，锦葵科，落叶灌木。木芙蓉可药用，生了痈肿疮疖，在树根上挖取几段根皮，捣烂敷在患处，拔脓消肿，效果很好。年少时，我十分乐意为乡邻们做这件事。我家有棵大木芙蓉，我因之十分自豪。

放下《论农业》，翻开《浙江野菜100种精选图谱》，果然看到木芙蓉。从两千年前的农业学术书里流浪而来，不期遇见篱笆上开花的木芙蓉，最后，这样一朵花终于落到了实处——落在了舌尖上，于是，深更半夜的我，感到心满意足。

写完此篇短文一个月，在一本外国人100年前写的书中，又遇到木芙蓉。阿绮波德·立德——一个在中国做生意的英国人的妻子，跟着丈夫在中国生活了20年，足迹遍及中国南方的通商口岸。在《穿蓝色长袍的国度》中，立德夫人这样记录——

"今天我终于发现了这些农民种木槿的原因。他们去掉木槿花萼，剥开花苞，取出雄蕊做一种清凉解暑的饮料。"

1898年8月19日，一个闷热的夏日，她在日记里写道："厨子今天真给我们做了木槿汤，味道相当不错。"

（选自2016年第5期《芒种》）

砚边信手

朱以撒

技之上

早年观赏武打片，还是会沉浸在人物的武技里，看他们如何打来打去烟尘滚滚。过后一思索，除了打打打之外，没有深刻的思想、情感附着，只是满足了人们粗浅的对于武打的胜负之愿望，除了打，无他。《师父》渐渐脱离了一味的打技，倾注于武林内在的挖掘，写武林中人的精神、内心、情怀及其追求、向往、愿望的差异，武技反而变成烘衬了。这样，一个武林中人除了武技之余，他的丰富性、复杂性，有血有肉地表现出来。所谓有看头，就不是单调、平面以技出现，还有技之余的许多成分，有被深度解读的可能。

以技胜而忽略其余，不唯创作者，观者也是如此，因此各行各业都有炫技、以技打天下的念头。技易于彰显，易于产生视觉效果，而技之余的把握则难。古人是全面发展的，技上去了，文化素养也上去了，于是信手自撰诗文，相得益彰。今人自撰诗文不行，于是都来抄写古人的，看谁的抄写技法高超。对古诗文未必能懂，因此抄错、漏也就时时出现了。后人视今，会看到一个奇怪的现象，即我们这个时代是一个抄写时代，也都抄得不错。技上去了，素质却低落下来，腹无诗书，也就生出了许多的匠人。技固然不可缺少，但只唯技又十分禁锢人生，使一个人技之余的素养皆为阙如，就像《叶问》里的那个金山早，只会四处踢馆与人竞高下，打打打，草莽英雄而已。

清人金圣叹说：“题目是作品第一件事，只要题目好，便书也作得好。”从这句话延伸，可以在题目上看到一个人的学养识见。书法家无学养识见，一生就只能抄古人诗文。画家无学养识见，也就蹈袭前人，牡丹始成，只能题“国色天香”；鱼戏于水，也只能题“年年有余”，难有奇思妙想春风词笔。丰子恺的画都不大，行笔又简，人的五官都是一个大概。技与人异，画中题目更见文采。在丰子恺的《护生画集》中，有一幅图，画一宅院，院门紧闭，蹲一只狗，题目是：“风雨之夜的候门者”；又一图，画一牧童于牛背上吹笛，且题上“老牛亦是知音者，横笛声中缓步行”。还有一图，画面是几枝刚折下的花插入花瓶里，便悲悯地题下“残废的美”。读来让人觉得有技，技之余还有情感、期待、向往等等文人情怀，超出了一幅画的本身。非画匠的手笔，就是画中的含纳远远超越了技，是一个饱满丰富的审美场，技反倒是其中的一小部分了。读一幅古人的书法作品，会觉得他的思想、神气、文采、脾性什么都是好的，什么都是胜出的，之所以成为大家绝非只某一方面过人。小家子气的文人，连审美脾性都不能伸张，纵然有一些自幼把握起来的技法，也敷衍不出一个大的美感世界。因为大和小，丰富与贫瘠，永远是一条鸿沟。热衷于以技行，在有限的畦畛中，终了就是成于技、溺于技、败于技。可惜苏东坡的《定风波》《赤壁怀古》手稿都不见了，否则会更让人看到丰富的层面——什么都是一流的，什么都是紧密交融在一起的。甚至，大家已不屑斤斤计较于技法了，如苏东坡直言，“我书意造本无法”，他掌握了法又能不矜持于法、不执着于法。而如同一位武林高手，不是以能打倒多少人的身手来论高下，而是他对于武术之道有何创造、有何新见。这么看一个武林中人，就不止于狭隘的打打打，而是上升到精神境界上来评说了。

每一个行当，都有一些技法，支撑这个行当的发展，也就需要技法存在。技法之上的发展，是持技人精神的需要，也是一种自觉。读《红楼》，除了感受作者的写作技法，还感慨其积学之深，譬如对于女性的描写，如此众多，却能从身份、地位、情性、脾气、口吻及境界、格调、涵养、识见上针脚绵密地区分，绝不混淆，就是从黛玉、湘云睡态，也能揣度二人的心事。因此《脂砚斋重评石头记》中说得好："真是人人俱尽，个个活跃，吾不知作者胸中埋伏多少裙钗。"

情如水

清人宋长白曾说潘大临写了绝妙的"满城风雨近重阳"后，正要续下一句，谁知催租的人来了，闹腾一番。过后，潘大临的诗思都给败坏了，再也没有奇思妙想出现，只好搁笔。

这当然是文人很遗憾的地方——往往在紧要关头受到扰攘，笔下难以如意。诗绪如一条河，被拦腰截断，一以贯之的气势瞬间乌有。

变幻无端的是情绪，情绪如流起伏无定。正如清人叶燮所说："天地之大，风云雨雷是也。风云雨雷，变化不测，不可端倪，天地之神也，即至文也。"由于情绪多变而未可预期，难以控制，笔下也变得烟云生息莫可言状。王羲之好情绪时，信手写《兰亭序》也就清雅明快；写《丧乱帖》时，明摆着是另一种情调和笔调——一个人总不会以怡悦的情绪去表达"痛贯心肝"的辞意。当然，作品的丰富性所倾注的情绪也非单一，不可以一种情绪简单套用，但是完全可以让人感受作品里情绪的畅快或壅滞、轻松或沉重、自然或造作、拘谨或开张。情绪进入点线中，总是会或显或隐地外化出来，为阅读者捕捉。

一幅工笔画可能要画几个月，一部长篇小说可能要写好几年，这样的创作长度让人觉得无何不妥。可是一幅书法作品，情绪来了，也许就一挥而就，成于顷刻。对于书法这种形式，一次性完成最为适宜。张旭、怀素借酒意，"驰毫骤墨剧奔驷，满座失声看不及"；杨凝式见白粉墙光洁可爱，便箕踞顾视似若发狂，继而引笔挥洒且吟且书，笔与神会。都是随情绪走的，有如风之所至，草必偃焉，此时只是挥毫不止，并不在意笔下宜或不宜。观者看到了一个浑然的整体，甚至不可字摘、句摘。如果是欣赏古人往来的信札，那就更见情绪流转了，矮纸斜行闲作草，都随情绪流转而入点线之中。这也使一些短章尤其精彩，完成于情绪之内，没有倦意。

今日不知明日事，情绪转捩不可期。一个人的技法掌握之后基本持平，唯有情绪穷于变化。一个人喜《红楼梦》，把《红楼梦》抄下来，几年光阴，几多变异的情绪杂陈其中，结果如大官筵馔无所滋味。古人信息无多，浮生常有一日闲。《太古正音琴谱》曾谈到一种简约的生活："赤脚陟岷峨，历山阿，鹤唳与猿和，白云深处东婆娑。山翁呵，野客呵，牧唱和樵歌。娱心处，东山月色，与那松萝。"此时澄明清净，真要下笔，笔下自然清旷。

清人张潮认为："《水浒传》是一部怒书，《西游记》是一部悟书，《金瓶梅》是一部哀书。"一部书有一部书之情调，是与作者的情绪倾向有关的。于徐渭的许多草书中我们见到了杂乱败坏的点画，想见此人的乱头粗服，情绪激励。于赵孟頫的《洛神赋》看到了书写时温婉安然，情绪平和。往往是一些不同的情调让笔下起了微妙的变化，譬如颜真卿的《裴将军诗》，是他在笔墨游戏中的表现吗？他平素创作时可是庄重森严的啊，此时这么活泼奇诡，太使人意外了。可以琢磨的是笔法，不可琢磨的是笔法背后的情绪，迷离扑朔，此时兴焉，忽然衰焉。

清人刘熙载认为："齐梁小赋，唐末小诗，五代小词，虽小却好，虽好却小。盖所谓，'儿女情长，风云气少'。"文艺中小品式的总是居多，散淡优雅，取一枚花笺，寥寥数字点缀，大时代，小情绪，也实在让人寻味，把玩不忍释手。未必都以豪情万丈遣笔，以风云之色见之。

（选自 2016 年第 5 期《红豆》）

书的交响

王鼎钧

戴新伟有一本书，书名叫作《许多张脸，许多种情绪》。打开看，书中 62 篇文章全是写他最近读过的书，所谓许多张脸、许多种情绪，意思是指许多作家和作品。读书之时，想望作者，各有不同的精神面貌，读其书，知其人，得其神，善读书者另有一番热闹，我读他这本《许多张脸，许多种情绪》，分享了他的热闹。

作者读书甚博，常常在谈甲书时联想到乙书，又顺笔涉及丙书，“穿花蛱蝶深深见”，饶有兴味。例如他谈到美国女作家乔伊斯·梅纳德的回忆录《我曾是塞林格的情人》，塞林格，台湾译成沙林杰，美国著名的小说家。当时梅纳德 19 岁，塞林格 53 岁，两个人忘年相爱，但十个月后就分手了。作者说，这位少女后来一直生活在这件事的阴影里，“遇上塞林格可能要用劫数来形容”。作者笔锋一转，提到俄国女诗人茨维塔耶娃的散文集，这位女诗人狂热地追求爱情，标榜灵肉一致，历尽沧海，“所遇到的人事越复杂激烈，其中能留下来的都是有价值的”。然后作者提到舞蹈家邓肯的自白，雕刻家罗丹曾经诱惑她，她拒绝了，“后来我常常悔恨自己少不更事”。错过机会，没把贞操贡献给伟大的潘神（潘神，希腊神话里的牧神，生性好色），如果不是这样的话，“我的艺术和生命就更加丰富多彩了”！作者选择一个角度，三书合谈，产生对比，很好！

作者以此类笔法纵横书林，他在谈论美国诗人沃伦的时候，谈到福克纳、佛罗斯特，由于对艺术的通感，他连带谈到美国画家安特鲁·怀斯。我读书少，读到这一部分共鸣微弱，等到他谈中国人写的书，我就精神抖擞了。他谈唐诺以随笔写书法家，叶兆言以小说写书法家。他谈舒国治游牛津，哑行者蒋彝游牛津。他谈戈革的《挑灯看剑说金庸》，兼及倪匡、叶洪生、各种版本的电视剧，当然看了金庸的十五部武侠小说。他谈李霁野在意大利，带上阿城的《威尼斯日记》，还有费里尼、罗西里尼、奥米拍的电影。我深爱这种写法，称之为“书的交响”。

我常觉得“善读书”者未必“善谈书”，善读书是他一个人的事，善谈书是大众的事，今天那些懒得读书的人仍然喜欢听人谈书，对善谈书者有期待，善谈书者对文化的发展可以做出更多的贡献。作者善读书也善谈书，他读而忘倦我听而忘倦。善谈书者固然大处着眼，也时时拈出细部的精彩，一如电影中全景和特写镜头互用。作者特别介绍书中的警句，美国小说家麦卡勒斯：“那些来找辛格的人发现辛格不在了，看着空房间会有一种受伤的感觉。”她写辛格看到自己的爱人走的时候，“非常疲倦也非常幸福”。她写一个人不相信手里的面包，看的时候有一种遥远的感觉。

看到作者介绍美国诗人奥登的名句："被他的将军和他的虱子所抛弃。"诗中的"他"，指战死者曝尸旷野，无人收殓。这句诗在抗战时期非常出名，今天重温，另有感受。奥登在1938年和另一作家结伴由香港进入广州，深入内地，观察中日战争爆发后的中国。那些年国军以血肉御敌，且战且走，根本顾不了倒下去的是谁，奥登在诗中用"他"，单数，我们读者脑中泛起的景象是"他们"，多数，漫山遍野。奥登把将军和虱子并列，意思是两者都"喝兵血"，严重贬低将军的形象，沉痛，也恶毒，对捐躯者毫无敬意，等于二度伤害，中国的诗人绝对写不出来。

作者心细，注意到当代中国作家的修辞，例如他指出"当下"一词泛滥使用，"我疑心不少词语经过社会改造，早已失去原来的含义"，"空穴来风"，原意是恐有其事，现在普遍解释为并无其事。按，现在佛教的理念扩张，很多佛家语进入俗家的日常语言，"当下"应是其一。"当下"包括眼前的时间，眼前的空间，眼前的因缘，到了俗家的口中笔下就缩水了。许多文言成语，也有"出典"和"用典"的差距，例如"愚不可及"本来是称赞一个人有智慧，"群龙无首"本来是很吉利的卦象，"一丝不挂"本来是说把万缘都看破了，再没有丝毫罣碍，"沉鱼落雁"本来是说鱼发觉有人接近赶快躲起来，哪管那人是美是丑！这些词语"经过社会改造，早已失去原来的含义"。作家用字不爱本义，偏爱引申义，把许多词语弄得离本义越来越远，认为是文学上的成就，这个选项，国文教师投下去的一定是反对票。

作者记述小时候缺少读物，从废报纸中找文章阅读，当年办报的人大概没有想到，他办的报纸已沦为鞭炮工厂某一道工序的材料，犹能对三十年后的一位文化评论名家启蒙，这对中国的新闻事业，进而言之对一切出版事业，都是很大的安慰和鼓励。作者小时候，家长禁止孩子看小说，为了一本小说"被父亲追打，追过村子，追到田里地里，夺下，撕碎"。描述甚为生动，我也在"水浒传诲盗、红楼梦诲淫"的思潮下低头经过，看见天下父母都白费力气。作者说他怀念那个为书、为读书、为买书而飞扬跋扈、顾盼自雄的时代，这句话虎虎有生气。他说"大部分的书我都有兴趣翻翻，不论什么样子的书店我总有兴趣进去看看"。澳门半日游，也没忘记逛书店买书。壮哉！他引斯坦培克一句话："书店开门迎客，世界上其他部分也随之俱来。"他说人找书，书也找人，他走在街巷之中能嗅到书的气味，书四处散落，迫切等待有人来抓住它，对书一往情深，令人心仪。

作者觉得“自己读的书太少了，大半的书都是拿起又放下……沙发上那排列如古城墙的书啊，那些好书啊，我每一次打开它们，都觉得每一本都该重读一遍，重读很多遍”。有一辈古人说，他身后有许多好书出版，恨不能读，他那个时代出书用活字版手工印刷，书少，一个读书人尽一生精力还能把当时所有的好书读完，现在只能恨今生好书太多，哪里还顾得到来世？想当年为了阅读到鞭炮工厂去翻旧报纸，这前后两个时代中间怎么连接得起来？

（选自 2016 年 5 月 12 日《南方周末》）

窗 外

琦君

我家厨房的一扇窗户，视野相当广阔。每天在厨房做事时，眼睛自由自在地望向窗外。天边的朝暾晚霞、不远处的亭亭花树之外，我倒是喜欢看马路上的车辆与行人。因为这里有点小镇风味，不像纽约市区那么拥挤与匆忙。因此许多“老人车”像牛车似的驶得慢吞吞，行人也走得从从容容，看上去非常有趣。

我寓所与一幢高耸云霄的老人公寓遥遥相对，每天看一位位老人，优游自得地散步或开车，前面好像还有无穷快乐岁月的兴冲冲的神情，真令人羡慕。我常常问老伴：“什么时候，我们也可以住老人公寓呢？不要自己做饭，不要打扫房子，多享福啊！”他说：“快了快了。退休以后回台湾，住花园新城的老人公寓，比这里的还舒服呢。”我忽然感到手里的菜刀都好沉重。做了几十年的“煮妇”了，真想吃口现成饭，免得老伴嫌我怎么菜愈烧愈淡而无味了。

每天大清早，必有一辆黄色校车驶到转角处接小学生。这些小孩子，都是自己提着书包排队等车，没有大人护送。前天大雪以后，一个小男孩因车子还没来，就跑到雪地里跑跑跳跳，另一个大一点的也来和他一起玩。不一会儿车子来了，他们急急奔向车门，小的一个先上了车，大的孩子一跨上去，急忙又跳下来，跑到队尾站好，那副神情非常可爱。他一定是想起自己原来不是排在前面的，不应当抢先上车。这种守秩序的精神表现令人很感动。

排队精神，实在是非常值得提倡的。这不但可以维护良好秩序，提高工作效率，还可以培养一个人耐心与礼让的美德。其实排队的时间并不会浪费的，你可以阅读，可以观察周遭事物，还可以沉思默想，时间是很容易打发的。听说英国人最喜欢排队，你只要一个人端端正正在某一个地方定定地站下来，做排队状，后面自然就会有人一个接一个地排上来，也不问目标为何。这当然是讽刺英国人呆板的一个笑话。但也可见得英国人守秩序的生活习惯，已成自然了。

我们住的社区，许多房屋还正在建造中，因此工人每天工作不辍。其中有一位年龄最高的管理员，头发都白了，却起得最早，不论风雨，都开一辆小卡车，笑吟吟地高坐在上面，精神抖擞地到处为其他工作区域运送材料。经过我窗外时，我都向他摆摆手，说声："嘿，您早！"他真是位壮健快乐的老人。有一天，我问他有几个孙子，他开心地说："数都数不清了。反正他们一群来一群去的，我也搞不清哪个是哪个了。因为有的是朋友的小孩，也有邻居的孩子。他们都爱来找我玩，陪我做工。本来做工就是游戏嘛。"我问他："您整天不休息，不感到累吗？"他有点生气似的，大声问我："你以为我很老了是不是？其实不工作才累呢。"他把我从头看到脚，一定看不顺眼我那副勾腰缩脖子，站在门外风里只一会儿就冻得受不了的样儿，我倒有点不好意思起来，他却高高兴兴地指着地上新铺的草坪和新栽的矮树丛说："看，这些都是我们种的，现在还秃秃的不好看，过了冬天，就是春天，这一带就漂亮极了。"

从他闪烁的眼神里，我好像看到春天即将来临了。

突突突，他发动引擎开着运料车走了。鲜红格子呢夹克，在阳光中映着他的童颜鹤发，越发显得健康了。

（选自 2015 年第 11 期《台港文学选刊》）

竹林

简墨

竹林在。

贤人呢？那些兼着多职的巫师、道士、酒鬼、画师、大夫、预言家、炼金术修士、农民和铁匠？

没有“越名教而任自然”的他、他、他、他、他、他和他，竹林，便失了灵魂，明月也不来相照。七个矮人一样，热爱自然、热爱细小美丽的事物、一直在劳动、好像比别人多长了另外一颗心、无比忠诚地守护白雪公主似的竹林的他们啊。

一千七百多年前，那时的明月，一定照见过那些行为艺术家的行为艺术：沛国的刘伶因为喝酒被妻子烦了，就手握硕大的酒壶，几乎和他的人一样高的酒壶，乘着鹿车出来——其实就是牛车。为了行进得慢一些再慢一些，不错过两边的风景，他连马车都不舍得用。一边吆喝着赶车，一边小口抿酒，而他的男仆在后面与主人风格大不同——多少有些睡不醒地扛着锹紧随车后，以便如他的主人所嘱“什么时候死了，就地埋了我也便罢了”，不敢有丝毫的怠慢——一个惊雷打下来，刘伶听不见，面对泰山，他也看不见，不知天气冷热，也不知世间利欲情分；他要去找的朋友——琴抚得老好的阮咸，饮酒更是放浪形骸，想怎的就怎的——他幕天席地，大啦啦骑坐在红石上，以大盆盛酒，金樽玉爵银铫子什么乱七八糟的东西都被远远地丢进山谷里。他呼朋唤友，短歌微吟，团团围坐在酒盆四周，胡乱用手捧酒喝——猪群来了，哼哼唧唧来蹭酒喝，阮咸非但不赶，还凑上去，与猪一齐饮酒。饮得畅快了，便大声歌唱……当然还有长啸，那些风标独举、山冈鸟兽花花草草也要伫听的长啸……哦，现在应该没有人听得下去了吧，没有一个声音有力量去长啸了，也再没有一个情怀配听那样的长啸。

当然这些长啸的、有趣的人里，少不得热爱“采薇山阿，散发岩岫”兼热爱打铁的那位——刘伶男仆的铁锹就是他的杰作。他上身赤裸，腰间缚紧绳索，用修长矫健的胳膊扶砧，并邀了好友向秀抡锤，一时间竹林里叮叮当当，好不热闹。在那些好文章一样、节奏动听的锻打中，他汗水淋漓。火苗像蟒蛇的舌尖，灵活而凶猛，在有限的高度内高高低低舔来舔去。随着风箱的拉动，火明明灭灭，他的身形也忽明忽暗，铁器在他的铁锤下面开始变形，依照心目中的图形出现。他不停地翻动铁钳，向秀有条不紊地敲打……忽儿，他把铁器塞入火炉中，擦把汗，喝口水，再取出来，耐心观看。铁锤上下起伏，每一次落点都是心中想要的地方，丝毫没有误差。终于，铁器成型，他用铁钳夹住铁器，上下检查，然后放在旁边铁皮桶内的水中。“噗、噗、噗噗”，一阵白烟和刺鼻的味道过后，夹出铁器——出现在眼前的是一支寒光闪闪的长箭，箭头锐利，寒光逼人，箭身浑实，手指粗细，箭尾配以相对轻便的箭羽……就这样，炉火天地，歌声寒川，他随手把成品扔到一个角落，接着下一个的锻造——青锋剑，铁犁铧，或镰刀、铁钩、锅铲、长钉、马蹄铁……随便什么。而即便在做完这一切，接过汗巾的时候，他的脸仍残存忧悒的神色。他的另一位不是特别要好的朋友王戎见此，不由摇头太息：“唉，认识嵇康二十年，从没见过他欢喜微笑的样子啊。”

那些从不欢喜微笑的人，那些又敏感又多情的人，那些又简澈又深刻的人，那些又热烈又节制的人，都消失不见。欲与前贤应桴鼓，却被时光断喝：不可以。素日见的，大都是为了抢得几毛钱微信红包嘻嘻窃喜的仁弟尊兄，而我们自己，又何尝不是假笑、暗笑、冷笑、涎笑……样样精通？这真是件叫人欲哭无泪的事情。

而学长嵇康——去得又是多么从容优雅！长风浩荡，他将儿子托付给他“绝交书”大骂过的、七个里面的仇人。（那仇人居然也是极其可以放心托付的！那个诗意横流的时代就是如此不可思议。）一曲《广陵散》后，人、音俱绝。

绝了的，还有那一片竹林，高矮胖瘦、各自生动的竹林；那些赤子一样、诗意林立的竹林；那些深根藏器、寸寸奇节的竹林。

纵使后世再依样植起千片万片，想来也不过是历史的嘘声——整齐划一，然而老气横秋的嘘声。

掌声已去。

那一片竹林。

（选自2016年第6期《山东文学》上半月）

洛神花之味

徐禎苓

仲夏之初，我接获友朋邀约，去了趟花东纵谷。踏出花莲火车站，直见袅绕云雾的中央山脉，视觉清凉，但袭来的却是热气。朋友P在东华大学念书，抱怨每年中暑不消说，艳阳把人身上的皮都脱下。花莲真的太热了。

前来接送的出租车司机，见我满身大汗，说："夏天来我们花莲，就要喝上一杯洛神花茶，消暑气。"我二话不讲，岔出行程，立即要司机推荐一间茶店。想身上的余温，都让洛神花茶涤净。

我一口气喝光洛神花茶，酸甜合度，摇晃透明塑料杯，杯底散着几枚洛神花残骸，暗红偏黑，蜷缩花瓣，溺毙的模样。我以为洛神花应该长得近似向日葵，仿佛小型雷达，侦测太阳，虽不至于那般朝气，在功能上，那落入茶水的洛神花，应该寻到体内热气，悉数逼出后，只留沁凉。

每年自深秋徂初冬，花东纵谷种植一畦畦嫣红的洛神花田。问了当地人洛神花的名称由来，是从英文Roselle口译而来，虽有玫瑰之像，却少了点本土韵味；所以我更喜欢另一种想象，关于华人神话的联想——洛神、花，多么神话的命名，仿佛花神下凡，生长在纯净的寿丰乡间。寿丰，长寿与丰收，勾连起桃源仙境。想起曹植的《洛神赋》，把洛神描写得优雅美丽："肩若削成，腰如约素。延颈秀项，皓质呈露。芳泽无加，铅华弗御。云髻峨峨，修眉联娟。丹唇外朗，皓齿内鲜。明眸善睐，靥辅承权。瑰姿艳逸，仪静体闲。"洛神的姿容体态，平行位移至洛神花上，食物变得富贵。

一直以来，以为只有台东盛产洛神花（认知中迪化街的干货似乎打着台东洛神花的牌子），殊不知相邻于台东的花莲，亦出产洛神花。且无论特产店，或山居商店，都有洛神花的加工食品。

最令人讶异的，莫过于深开于慕谷慕鱼的泷涧冰店，在高山环绕下，周遭杳无人迹，这间冰店的存在已十分稀罕，我正好奇这间冰店的意义，司机好心劝告："趁现在观光客没上来，赶快买冰吃吧。"我疑惑着。看墙上张贴的手写价目表，价格不贵，点了店员主动推荐的洛神花冰。店员从氤氲的冰柜里拿出微微沁烟的棒冰，深粉红的色泽，只稍咬一口，即能吃到洛神花。我一边赏景，一边享食，风味皆宜人。过不久，山下的游客一窝蜂地上山，冰店前门庭若市，像嗜甜的蚂蚁围攻冰城。那时，不单是洛神花的痕迹漫漫，人的足迹也浩浩。

花莲应是洛神花另个故乡了。

公正街附近的特产店，行过门口，店员大方递来插着洛神花蜜饯的牙签，那蜜饯的形状貌似海星，入口，牙齿纵向切割洛神花，离析出甜酸气味，确切来说，该是甜裹住酸。

那是另一种气味，和婆婆酿造的洛神花不太相同。可能食物的风味是不固定的，随着制造者悄然移换或转变味道，让饮馔者顺服或抗拒，这选择的深层条件，多半是熟悉感。

家里常常有自制的洛神花茶，婆婆善料理，甚至把我们吃不完的水果、蜜饯，制成浓缩原汁。每次离家，她都会塞一大瓶浓缩果汁至我的行李袋，耳提面命有效期限和冷藏事项。

年节时，家里收到诸多水果礼盒，还有迪化街的干货，短时间水果和零嘴多到吃不完。婆婆怕浪费，大量酿制了多种原汁，印象中最常拿到的是洛神花和桑葚汁。她总要我拎几罐浓缩原汁回宿舍，原意是要孙女独享，无奈那微微发酵的气息，醉人的香味，闻起来尚能接受；但原汁加水后，舌头触到微酸的味道，那微发酵的液体入喉头，沿着食道，一路灼烧，如酒。我不喜酒味，遂将原汁取来和室友们分享。

想不到室友们爱不释手，问了她们："真的好喝吗？"可是接收到的回应却使我惊奇。"你不知道喝洛神花茶可以消水肿和养颜美容吗？"问得我哑口无言。（瞬间开始怀疑自己不是女生，怎么对于美容信息一点都不熟。）

除了味道，女生喝饮品常常考虑食物背后的功能价值，比如洛神花可以补血、去浮肿、抗氧化，不用在意食物气味是不是合于一己喜好。有时候，甚至怀疑这些女性饮料的畅销排行，应该不是好喝程度，而是拥有多少价值功能。这样的排行榜随着年龄的增长，其功能性将越受重视。

然而，年少时，自己疏忽养颜美容，纯粹因口感喜好而筛选饮品，恣意喝下珍奶、可乐、冰淇淋、咖啡、奶昔，养饱嗜甜的味蕾，完全不在乎那些香浓甜蜜的液体是健康杀手伪装而成，年轻有不怕病、不怕死的勇气，而纵情畅饮，耗损精力。

直到身体开始出现警讯，才幡然知道该戒掉甜品，回到自然、养生的轨道。

我放下过去，啜饮洛神花茶。

可是，无论多么有益身体的食物，都可能具有反面的杀伤力。

P在生理期时喝下一杯洛神花茶，当天即腹痛难耐，赴医院打了止痛针，回来后仍隐隐作痛。她瑟缩在床的苦痛模样，仿佛泡水的洛神花，了无生气。我们未曾料到洛神花看似雍容温柔的姿态，却隐含如此难以预期的负面作用。后来才知道一切源出于洛神花性凉的质地，导致子宫收缩，腹痛连连。洛神花依旧有其禁忌，对于孕妇与生理期状态，充满威胁。

学过中医的F告诉我，所有草药几乎都有毒性，所以千万不要乱吃，也不可以过量。我们服用这些草药，无非是用以毒攻毒的方式在疗养身体。因而洛神花在健体与伤身之间，如铜币的两面。我纳闷养颜美容的背后，是否有什么条件作为交换的筹码。

得与失，在天平两端点，总是要平衡的。

也许人事也是如此吧。

司机告诉我，他以前曾手头阔绰，握有好几栋房子，出门开名车，完全不似现在落魄。一切转折在于答应入股投资亲友的公司。初期公司营运状况尚佳，半年后稍微获得一点回馈。再隔不久，因公司希望赴大陆扩展事业，向他借了一笔不小的资金，他倾囊相助，但那亲友从此之后音信全无。甚至，接获风声那间公司倒闭，遗下一大笔债务，可能牵连司机，他典当最后一丝对于亲情、人性的信任，封藏起热情的性格，转为冰冷。人的性情因外部世界而变异，然而，质地也许没有改变。就像性冷的洛神花，不因加了热开水而冲淡冷冽的本质。

那获得的、失去的，在人情冷热之间，洗练得圆熟，但也可能挫伤了热情。人正如草药，并不以完美的样态存在，人与人就是在不完美与不完美之中，调整狎昵或疏离的间距，寻找人际平衡，疗养每一个不健全的灵魂与身体。

离开花莲之前，我在糖厂买下洛神花冰淇淋，这是旅程中最后一个关于洛神花的食物记忆。我细细尝着酸甜的滋味，那绝非初恋的感觉，而是人世里善恶混融的气息，由我们恣意体验所谓的酸甜。

（选自2016年第3期《台港文学选刊》）

白先勇与《游园惊梦》

潘耀明

白先勇1988年上半年来港，在怡东酒店的咖啡厅与他小叙，他的话题离不开广州话剧团演出的《游园惊梦》。

他对于根据他自己原著改编的话剧（除了白先勇，另一编者是杨世彭），很是满意。

对于他的自信，我颇受感染。

他对我说，他希望广州话剧团班师来港演出，一语成真。他的自信是有理由的，因为对自己的文学创作，他是很虔诚的，而且是花了大气力的，付出辛勤劳动的。

他在一次专访中，曾强调说："小说是一种艺术，文学是要当成一种宗教来信仰的，要有献身的精神。绝不是在报章杂志上发表几篇文章就够了。"

白先勇不算多产作家，在小说之外，白先勇从1965年至1971年，写了两篇《纽约客》，14篇《台北人》，每一篇均是精致、深刻、可读可诵之作，因而奠定了他在中国文坛的独特地位。1971年以后，是一段颇长的沉默期。这期间他经过五年的苦心经营，献出具有突破性的《孽子》。

他曾告诉我，他还在写一个长篇小说。问他的篇名和内容，他笑而不语。末了，他说，他还在修改、还在写。没有达到满意的程度，他是不拿出来的。作者自己满意的东西，并不一定是精品。但作品一经锤炼的苦心，离精品近矣。

白先勇自称写《游园惊梦》，是受到同名昆曲故事的启发。原故事很浪漫，也很痴情。

说的是杜家太守的女儿到花园里，看到牡丹花开，对生命倏然生起渴求之念，因而做了一个美梦。梦中与一位俊美的书生柳梦梅幽会，醒来为这段梦刻骨相思，终于悒悒寡欢而死。

但，在世上果然有一个叫柳梦梅的书生，看到杜丽娘的这幅肖像，也生了情愫。这一幕欲生欲死、天上人间的情剧，连铁石心肠的阎王也被感动了，一反常态，让杜丽娘复活，促成这一美眷。

白先勇对这个“爱情征服死亡”的极端浪漫的故事，低回不已。

“我在浪漫时期的时候，很为‘情种’所感动，决定也来写段东西，描述爱情可以征服一切。”这就是白先勇版《游园惊梦》的产生。

白先勇在童年的时期，曾经见到一位女士，她的风度、她的一切，使白先勇一生难忘。这就是《游园惊梦》里的钱夫人了！

走笔至此，想起罗曼·罗兰的一句话：“要散布阳光到别人心中，首先得自己心里有。”

写文章，如果是有感而发的，如行云流水，自然得心应手。如果是拿着一把刀搁在头上的“遵命文学”，你如何呕心沥血，出来的肯定是斧凿之作，是不会感人的。

当然白先勇在读者心中，散布的不一定是阳光，反之是一种忧悒、温情、怀旧的世纪末的情调。这种情调触动人们的心灵，使人对逝去的人和事，有一种无可奈何的慨叹！

“往事如烟”这一说法，不适合白先勇的情况。相反地，往事在白先勇的记忆、笔下如清溪的游鱼，历历可数。因他是痴情的，特别是对过去的人物。钱夫人是一例。

白先勇又来了，匆匆在怡东酒店的咖啡厅小叙——谈了一些他创作的设想、计划。他说，他在写一部长篇。

说白先勇是一股旋风不为过，刮得香港文坛上上下下哄哄闹闹的，电台、电视、新闻界的访问、欢迎派对、宴会、演讲……他一径地对着我说，他的节目排得满满的，说罢他动身要去接受电视访问。那是晚饭的时间。他有点莫可奈何地说，翌天他还要赶到广州去参加《游园惊梦》话剧的首演礼……

白先勇听到的是一片鼓掌声：他被誉为“曹雪芹后的第一人”，他被称为“拥有世界观的伟大小说家”。这是香港某些文化界知名人士的嘉许。

美国东岸知名学者夏志清更认为“白先勇的小说成就超过鲁迅”。在海外芸芸华裔小说作家中，白先勇是最受欢迎和最受瞩目的一位，殆无疑义。至于他是否是人们所期待的“伟大作家”，则让时间去做证明吧！

“中国是否能出现伟大的作家？”一直是一个热门的话题。

1984 年在美国的时候，我曾一时冲动，以“中国是否能出现伟大作家”为题，进行探讨，访问了当时在美国的台湾作家、大陆作家及海外的作家和学者。

那次原想到圣巴巴拉城去见见白先勇，也曾给他去了两次电话，后来因为其他的事绊身，未能如愿。

这次白先勇在香港也接触到这一问题，在他的分析之下："认为中国会出现伟大的作家，因为唯有绵绵河山的气魄，才能孕育出一个伟大作家的胸怀，但要期诸至少三十年后，当'文革'的影子淡没，西方文化冲击，再要加上中国古典文学扎根，伟大的文学家便会出现。"

白先勇既然把出现伟大作家的希望寄托在大陆作家的身上，他做出这样的预测是抱着审慎乐观的态度的，因此他认为伟大作家的出现，至少要在三十年后。那时候，"文革"的阴影渐逝，中国大陆的作家在深厚的古典文学基础上，如果又能吸收西方的文化，兼收并蓄，"伟大的文学家便会出现"。

我相信，白先勇说出上述那一番话，是保持睿智和冷澈的头脑的。因为他除了是作家，还是学者（他是研究丁玲小说的专家之一）。后者赋予他理性而清晰的头脑，起码，他没有在一片起哄声中沉没。

一个作家有了自知自省，才能敞开胸怀，汲纳百川，才能够做到自我突破，不至于画地为牢，沾沾自喜。

李欧梵教授一直强调，中国作家要求经常做自我的反省，"一方面是经验上的反省，一方面是知识上的反省"。第一个是对自己所处社会和时代的省视，第二个是对中国传统文化的反思。

照李欧梵教授的话说，这种作家目前尚不多见。我相信白先勇是属于少见的反思型的作家之一。

（选自 2016 年 6 月 23 日《文学报》）

散文家和风物

冯杰

散文家和菘

若呈现菘的原色，口语该叫大白菜。

白菜的原味其他菜蔬代替不了。成捆的大白菜多，成捆的大白菜散文家则少。写散文兑料容易，多加十三香即可。清汤则不好熬制。中国三大厨师之乡为西安蓝田、广东顺德、河南长垣。我周围的厨师对我道过秘诀：“戏子的腔，厨子的汤。”清汤不好熬，大白菜散文不好写。

古代豫军作家领袖李耳教导我们说：“五色令人目盲，五音令人耳聋，五味令人口爽。”后来《淮南子》也跟着起哄：“五味乱口，使口爽伤。”但是，说归说，大家照样喜欢五色迷乱，喜欢眼瞎，喜欢耳聋，喜欢露脐。偏不去喝汤。

面对窘况，你也得支锅熬汤。散文家必须去熬。大白菜追随者都要熬汤。世界不喝，自己喝。

如菘者的散文家计有梁实秋、汪曾祺、何频、王祥夫，近年我还结识一小菘，叫胡竹峰。他们散文有菘的味道。

散文家和梅花和冷

梅花越冷越开。这是少年时代偷听彼岸“敌台”里的一句意思。

梅花一插就过年，把俗世全部拒绝了，连诗文也不用写了。可横可竖，梅枝才是最好的一个句子。句子野逸。句子冷峻。

散文也有冷热之分，这近似设草炉卖烧饼，热乎的烧饼大家都喜欢吃，冷饼则要靠啃。中国散文史上冷的散文家有张岱。他会掌握散文的温度。

张岱为啥不打热烧饼?

文字看火候。他打的是热饼，只是冷卖，他不加芝麻，不加咖喱粉，有时还加盐粒，咯嘣一声，故意来硌你的牙。

他的意思：我不想上你私自定的散文排行榜。

他的意思：我就这样打烧饼，你爱吃不吃。

在一个赶热的散文文坛，要折一枝自己的冷梅花。却偏不往坛上插。

和贾宝玉一块吃胭脂的散文家是谁

染有胭脂气的散文家自己不知道，或装作不知道。当下散文家多以为自己文章天下第一，苏东坡排第二。我谦虚，我知道前面还站着唐宋八大家，他们高于四条汉子。

文字上搽脂抹粉。脂粉是红痣的魂吗？红痣是语言的灯吗？

我最早读赵树理《小二黑结婚》，记住媒婆搽粉那句大意是“像驴粪蛋上结的一层霜”。从文字立场论，我宁要驴粪蛋上结的霜，也不搽粉。前者原色，后者修饰。

散文有文胆、文心、文霜、文媚之分（我卖过西红柿，先把大号排前）。

文媚就是文眉，思想打底，语言搽粉。

一出手大凡文眉搽粉的散文家，都有吃胭脂的嫌疑。前世和贾宝玉一块抢食过胭脂。区别在于贾公子是真吃，散文家是假吃。此刻，我忍不住也舔下嘴唇。

散文家的硬和软譬如柿子

我姥爷说：漤过的柿子硬，熟透的柿子软。

中国散文巨匠欧阳修在滑县当过一年节度判官，道口镇离留香寨五十来里，这机会真是好得紧。我拜访六一居士。谦卑求教：“修叔，你看当下散文如何来写？”

修叔沉思，看我虔诚，不像硬装的，便说：“要说也不难，散文有软硬之分。该软就软，该硬就硬，不软不能装软，不硬肯定不能装硬。”

这属本真写作吗？太玄乎了。看他胡子抖动，我问何解？

修叔说：专业作家要多读书，诗人最好读瓦匠之书，渔夫之书。没事不要斗地主看新闻联播开散文研讨会要多演习造句多演习非虚构。听说你还有个姥爷？

梦醒后觉得有趣。忙翻书核实，见欧阳修原话如是：“无它术，唯勤读书而多为之，自工；世人患作文字少，又懒读书，每一篇出，即求过人，如此少有至者。疵病不必待人指摘，多作自能见之。”

修叔原旨如有误差，是我装硬柿子，纯属意译不准。漤文失败。

（选自 2016 年第 1 期《散文选刊》）

说说《战争中没有女性》

刘益善

2015年诺贝尔文学奖公布后一周内，作家刘醒龙对我说，他在网上见到一本获奖者白俄罗斯女作家斯维特拉娜·阿列克茜叶维契的《战争中没有女性》，八成新，邮购价二百元。

我说：现在新的还没出来，你要是收藏，可以买。第二天，醒龙却告诉我，网上的那本被人买走了，再没有了。

我有一本1985年昆仑出版社出版的《战争中没有女性》，吕宁思译。这是一本小32开本的书，259页，定价1.30元。我在《鹤峰淘书记》一文中说过，二十世纪九十年代初，我在鹤峰新华书店旧书柜里，以很低廉的价格淘到十几本有价值的书，其中就包括这本《战争中没有女性》。看这本书封底有一"优惠80%"的蓝色章，那么这书当时只花了1.04元。这当然是我收藏的一本好书了。

上面的文字是说了一本书，和我收藏的这本书的来历。我写此文的目的是还要告诉读者：这是一本伟大的书，斯·阿列克茜叶维契凭此书（当然她还有其他的几本了不起的书）获得诺贝尔文学奖，是当之无愧的。

斯·阿列克茜叶维契是位新闻记者，她用了近四年的时间，采访了苏联参加过卫国战争的上百名妇女，这些妇女是参加过卫国战争，和德国法西斯进行战斗的一百多万女性中活着回来的。她们中有医务人员、通信兵、工兵、飞行员、狙击手、步兵、骑兵、坦克手、空降兵、水兵、司机、炊事员等。"简直找不出哪一种军事岗位没有我们英勇的妇女参加，而且她们干得绝不比她们的兄弟、丈夫和父亲逊色。"苏联元帅A.N.廖缅科这样写道。

一个还不满十八岁的姑娘被选为狙击手，练了两个月的射击后上了前线。伏击时，她见了德国鬼子不敢开枪，不愿杀人。但当她亲眼见到德国人是如何杀害她的父兄后，她开始杀人了。战争结束后，她杀了73个德国鬼子。还有一个狙击手的故事：苏军抓到一个德军军官，这个军官说他的阵地每天都有好多士兵被打死，而且都是打在脑袋上，他要见见这个射手。苏军军官告诉德国军官，那个年轻的女狙击手已经牺牲了，她叫萨沙·施利亚霍娃，是在单独执行狙击任务时牺牲的。使她遭殃的是一条红围巾，她非常喜欢这条红围巾，由于红围巾在雪地里太显眼，结果暴露了伪装。当德军军官知道这一切是一个姑娘干的时，垂下了脑袋。

一个护士，中学尚未毕业上了前线。战争打响后，她从阵地上背下了十几名伤员，那些伤员和伤员身上的装备，重达二百斤，而她的体重还不足七十斤。她自己都不知道她是如何把那些伤员背下来的。还有一个护士，战时负责给外科医生当下手。手术台上，医生给伤员截肢，她就把那些截下来的肢体往手术室外运。截下来的腿好沉重，她从早到晚往手术室外抱截下来的大腿，把那些大腿排列成一排。她累，她哭，她想，将来她结婚时，俄罗斯怕找不到还有健全大腿的男人。

《战争中没有女性》这本书，是斯·阿列克茜叶维契采访了众多参加过卫国战争的女性而写的。这些女性的叙述，其情节与细节有许多震撼人心的东西。作者写出这些，是告诉人们，战争使女性没有了性征，这些娇小的美丽的姑娘，把青春把美丽甚至生命，丢在了战场上。她们的牺牲，是为了消灭战争，让世界永远没有战争。

当作家用手中的笔，忠实地记录他身边的人和事，他记录的这些东西，能给人类启示与教益，他的作品就会成功！

（选自 2016 年第 9 期《散文百家》）

与美国青年 Zach 的对话

谢宝光

翻包找暂住证，一个红色小本子掉了出来，里面是密密麻麻的几页英文，记录着二〇一二年四月我与一个美国青年在火车上的谈话。他名字叫 Zach，年龄与我相仿，彼时他赴香港旅行，我则回赣州奔丧。

那时我刚成为一个小男孩的爸爸，陪妻子到广丰探亲。第二天就传来奶奶死讯。她的死，我并不意外，平静中甚至有种解脱感。自爷爷去世起，我就生活在奶奶随时可能死去的阴影中，我第一次知道世上有种东西叫——死。漫长时间的自我暗示稀释着这天终于来临时的悲伤。

二〇一〇年以后，奶奶身体每况愈下，时常通过吃药打针缓解痛苦。每天夜里，她睡不着，坐在床前发呆，回忆这一生。白天，搬张竹椅，坐门外，没人和她说话。自幼由她抚育的孙女，我的堂妹——屏屏，也消失在她嗓音可以抵达的区域里。

有天，她对我说：宝光，去叫你爸爸把偷我的钟还给我。

我爸愕然，什么钟？没拿过。

数周后，她进了医院，我去照顾了几日。那是二〇一二年春天，屋前桃花李花集体复兴，我奶奶瘦得只剩薄薄皮肉。我搀扶她的时候，像在搀扶一具骨架。

病房朝南，阳光茂盛得四处挥洒，让人完全意识不到死亡。摸不到奶奶的静脉，医生建议从颈部穿针，但有危险。签不签字？签！一拨凶恶的鲜血喷溅而出。

我在病房阳台读张岱。死神在门外窥探，我无事可做，便一页页抄读张岱。抄西湖风月，抄湖心亭的雪，抄写一位明朝遗老的叹息。

深夜，奶奶内急，我扶她到阳台，蹲了半天，屙不出来。我遵照医生意见，去药房买了药（忘了药名），依旧无效。

医药费日涨数千。钞票斗不过死亡，只是拉长了战线，拉长了奶奶的呻吟与孤独。

奶奶说：我要回家！回家！

奶奶想死在家里，陋室比病房有尊严。

没人理她。

一周后，奶奶如愿回家，回到那间陈旧而杂乱的小屋子里。看不见的尘埃在屋子里飞扬。奶奶丢失了钟，也就丢失了时间，她住在没有时间的房间里，她成了一个没有时间的人。

终于，八十三年的时间，在她身体里彻底停止了前进。

爸爸在电话里告知我奶奶死了。十年前，爷爷的死也是他告诉我的。他的语气异常平静，他说“爷爷死了”“奶奶死了”就像在谈论天气——要变天了。是不是有一天，我也要向自己的儿子复述这个句式？我不敢想。

我在奔丧的火车上遇到这位美国青年。他长着一张东方人的脸，与我面对面坐。头发是黑的，眼睛是黑的，肤色因为采光不足呈现蜡黄。因此，我起初未意识到他是外国人，见他端着平板电脑看电影，字幕全是英文，很是诧异。我决定和他说话，以消解漫长而乏味的奔丧旅途。

让我尴尬的是，字母们拥挤在齿间，没有一个愿意主动出来。十年英语白学了。干脆把话写本子上，用语法颠倒的蹩脚英文和他一问一答地交流。他偶尔在英文里掺杂几个汉字，夸我英文字写得“很好”。他告诉我他来自美国西雅图，已在中国逗留十一周。两个小时的时间，我们相继用笔聊到家乡、电影、书籍、瑜伽、中美文化差异以及我奶奶的死亡。

我写道：“My grandmother died today，I should go home to see her，she's very old，83 years old.”

他回复：“Sorry to hear that！ I hope you are ok.”

多年后，我读到日记本上“died today”两个单词，想到在漫长旅途中，我这样不痛不痒地向一个美国人陈述了奶奶的死亡。

（选自2016年第6期《岁月》）

我们的家园

陆梅

这一年半载，但有时间，总想着回故乡。“虽说故乡，然而已没有家。”——我耳旁回响着鲁迅的叹息。这个我频频回望的故乡早被夷为平地。碎砖块水泥柱无序地裸裎，断裂处醒目的砖红惊心动魄，脚踩上去竟生出无由的慌乱感。

怎么回事？明明是自己的家啊，纵使家已成瓦砾，那也是熟稔的故土。细细想来，是因为静。止息的没有人烟的静。到处是瓦砾堆和疯长的野蒿草，间或窜出一只白猫。无声一晃，转眼不见。我的不安和心惊又添了几分。我是谁？我来这里干什么？父母已搬去小镇安顿，最牵念的那棵老桂树也已易主……

无非，“家”门前还有一株辛夷花树，三两棵枇杷桃李，一些被砍剩的竹林和荒芜的菜园子。如果非要有个理由，再加上寄养在表哥家的大狗阿黄。这个行将消逝的村落，还零星残存着一幢两幢未倒的高楼，茕茕孑立。表哥家即是其中一户。

我确是为着大狗阿黄去的。捎带看一眼辛夷花树。每次去看阿黄，亲眼看着它急急吞下一根又一根香肠，想象它饱一餐饥一顿的日和夜，我都不忍直视。更不敢遥望它的未来。与其说我是对这只狗心存愧疚——父母家已不容许再养一只狗——不如讲我是无法直面我的失魂落魄。是啊，虽说故乡，然而已没有家！

恰是在这般心绪下，我随友人去了一趟金华的古村落。村落名都很好听：寺平村、岭下坡阳古街、岭下釜章村、塘雅、琐园……很契合浙西徽派建筑的古雅美意，白墙黛瓦马头墙，门楣窗扇梁柱遍饰雕刻，砖雕木雕石雕各般讲究。尤其敞阔聚气的厅堂——“立本堂”“崇德堂”“崇厚堂”“敦睦堂”……端的是儒家“耕读为本，忠孝传家”的敦本敬祖之风。

春阳早上，信步在窄长街巷里穿行，确有一种回乡的亲切。这个“乡”，是我们熟悉的远去年代的投影。曾经，我们的祖辈、祖祖辈在这样的老房子里繁衍生息。一个大家族衍生出多个小家庭，外姓融入，儿女成家，子孙满堂，村落自然而成。久之，家训、族谱、人伦秩序、乡规民约与古老的建筑一起构成了一个信仰的空间。

繁体的“鄉”字，右半边是“郎”。郎在外行游求学、为官经商……都把“乡”带在身边，所谓“乡愁”就是这样一份故乡的牵挂。李渔讲“不受行路之苦，不知居家之乐”，一个有故乡的人，失意时念念故乡的好，得意后盼着衣锦还乡，即便是久居他乡，也终要落叶归根。故乡的一草一木、一砖一瓦、湖畔海河……乃至最初的生命记忆、性格情感早就融在你我的血液里，成为我们一辈子的基础和精神依托。

可是，从哪一天起，村落空寂郎不回——城市化进程在改变着社会结构，城市人口涌动，乡村荒芜少人烟，这是近些年我们切身感受到的一个现实。一个村落如果没有了原住民，保护得再好也只是一具空洞的躯壳。村落的灵魂是祖祖辈辈生活在那里的人。这是郎还可归的“鄉”。若是连村落也没有了呢？真就应了《周易》的象数之学，简化的“乡”字，从此乡无郎！

金华的古村落虽也显寂寥，却还有人——自然以老人和孩子居多。这是眼下中国乡村的一个普遍现象：青壮年背井离乡去遥远的城市求学打工，独独留下年纪尚幼的孩童和蹒跚老人相伴厮守。村落空壳化、乡村人口老龄化成了一段时间来频频被聚焦的话题。当这话题持续发酵，我们也确切感受到了问题的严重性。我看到一组数据:2000年至2010年，全国自然村由三百六十三万个锐减至二百七十一万个，十年间减少了九十多万个，平均每天消失两百多个，其中包含大量传统村落。伴随村落消逝的，是村庄的凋敝以及由人而衍生出来的民俗文化、土地情怀、人伦秩序等等的难以为继。

当年李清照登上金华八咏楼，留下诗文:“千古风流八咏楼，江山留与后人愁。水通南国三千里，气压江城十四州。”李清照前后，沈约、崔颢、刘禹锡、赵孟頫、张志和……多少文人留下登八咏楼的诗文，八咏楼之于金华，好比枫桥、寒山寺之于苏州，黄鹤楼之于武汉，曲水流觞之于绍兴兰亭……“人已非，风依然”——那些使古迹、建筑熠熠生辉的，原是“风”里绵延生长的文脉。

“风”是什么呢？是礼节习俗，是文采风格，是一地一时的风尚，是千古风流的气象、风骨……我确是在金华古村落里感受到了“风”，比如塘雅镇的木版年画、江东镇的古婺窑火、岭下坡阳古街上的老人之家。相较多年前的“留不住人”，一些传统村落正在悄悄改变，懂得保留村庄的原始风貌，懂得开发创意吸引游子归家……“有时候远方唤起的渴望并非是引向陌生之地，而是一种回家的召唤。”本雅明的话多么像是对今日游子的砥砺！

祈愿民间的“风”更多流传。唯其如此，方能“礼失求诸野”。

（选自2016年5月16日《人民日报》）

永 远

方英文

近年来，中国的大部分地区，经常是雾霾天气。冬天也不怎么下雪。或少数地方偶尔下点雪。一开始很不习惯，后来也就麻木了，你爱下不下。老天爷的事，人有什么办法呢。

冬天的多半时间雾霾着，所以只想着天能晴朗就好。至于下不下雪，已近于奢望了。若是某天早起一开窗户，天无纤云、气色悦目，过不了一个时辰，你一刷微信，尽是光明温暖的图片。散步环城公园，见一对小夫妻，丈夫套着妻子的胳膊，妻子挺着自豪的肚子，边走边用手在肚子上画着太极圆圈。看样子孕儿至少七个月了吧。遥想当年，自个妻子怀孕时的情景，感慨流光实在太快！

我放慢脚步，让那小夫妻走前面。尾随偷听，不失一乐。

小两口商量着，先由哪方母亲担当保姆的事。接着说当务之急是胎教。“不能让孩子输在起跑线上啊！”——我真想上前告诉他们，这是目下的中国，我最讨厌的一句话。好在他们的话题，迅速转换到胎教的具体内容上。选择胎教第一课，两人各持己见。一说大江东去？一说太壮阔了，不宜胎儿；一说窗含西岭千秋雪？一说句子太长，娃娃难记；一说先天下之忧而忧，一说干吗呀，不要搞政治啦！最后妻子说：床前明月光？丈夫马上赞同：就这个，好！

李白的《静夜思》，可谓妇孺皆知：

床前明月光，
疑是地上霜。
举头望明月，
低头思故乡。

于是我瞎想了，一直瞎想到深夜。如果全民公投“中华第一诗”，结果没法预料。但我估计这首《静夜思》，一定位居前茅。很可能前三名。没准第一名！如此推断的理由是，中国哲学无论内质还是形式，都很阴柔。而月亮月色，正是阴柔的最经典的意象符号。与太阳一词对称，月亮便叫太阴。

李白的四句诗简朴如画，意思一目了然：月色是最美的，乡愁是永远的。人一脱离子宫，就开始漂泊。为了生活，必须四处奔波。怀念童年，思念故乡成为一条暗河，日夜流淌在血液里梦境里。偶尔回归，即便回归时香车美人光宗耀祖，但是展现在眼前的故乡故园，却一概物是人非了，你怎不怅然而愁怀！

一个人，就算你从幼年到老年，未曾离开故乡半步，那你依然难脱乡愁：父母不在了，儿时的玩伴远走高飞了，透明的空气没有了，清澈的溪流干涸了，你能不眷恋往昔吗？就是说你固然没有远走，那也不过是犹如废弃的车站，车站没有挪动，但是列车远去了，一去不复返了，留给车站的只有冷清与寂寥。

月光是最美的，乡愁是永远的。所以李白，才是全人类的。

悲剧小说家

鲁迅在我这个年纪业已去世。因此我觉得占了大便宜，于是彻底把自己解而放之了。我将手机设为静音，意味着我只看短信、拒绝噪音。反正斯德哥尔摩不会给我来电。白宫也不会。即使他们真的犯神经给我打电话，我也享有不接听的权利。

我只看短信，马桶上或公交车里看短信。饭局啊研讨会啊之类，能去就回复去；不能去就请假，说明不能去（多半不想去）的原因。更多的短信来自未名号码，尤其来自 ××88、××68。除了少数重大新闻外，其余全是票据广告、星闻性事之类垃圾信息，压根不点开，横竖删掉完事。可是前天听会时——开会时坐后排玩手机，是当下的一大风景——没留神，点开一条短信，读之当即绝倒：

邮件提醒资讯篇：去年以来，黑龙江一在押犯，用微信与监狱附近的女性聊天，后与七人保持情人关系。其中某女被骗八万，某民警妻子入狱探视并发生关系。

我立即截屏，发布于微信且加按语道：什么叫长篇小说？请将这个，其中的细节，各色人等的心理活动，增补、呈现出来，就是长篇小说。与托尔斯泰写《复活》的素材相比，这个似乎更容易生发成长篇小说。

暂且抛开伦理道德吧，这个狱犯的手段，实在配称一个罕见的、才华横溢的“英雄”人物。如同 007。可惜未被情报机构发现，否则被赏识被重用，派其肩负“大国博弈”中的特工，没准建立不朽功勋。

微信刚一发布，一位江西作家朋友首先留言：羡慕嫉妒恨，我每天用微信，还不坐牢，居然一个女的都勾引不到！

一位诗人点评：牛人。

书法家：伟人。

纪委干部：更像神话。

女记者：简直不敢相信，好想知道他长啥样！

我立即回复女记者：看看看，如此非常之男犯，必定引起女人，尤其美女的好奇！因为就我所知，女人天性更浪漫，尤其迷“才”——不然，狱犯何以获得七个女人的芳心！

一位公安局长（业余作家）留言：方老所言极是！有些事确实发生了，但确实推理不下去。需要采访当事人。

我答：此事涉及心理学、病理学、人类学、民俗学、遗传学，还应参照中外犯罪史料，以及人性在特定场合（情景）下的，连自身事后也不能准确解释的言与行。

总之，凡是有趣之留言，我一概尽力回答。“互动”具有很强的激活功能，让人颇长见识。我回答的总体要旨，是关于长篇小说这一重量级的文学文体。

小说的黄金岁月在明清两代。四大名著之后的小说，统计学上固然无以计数，但究竟哪部小说可以改写小说史，成为中国“七大名著”“九大名著”？光阴未到，所以难讲。也似乎没有必要“畅想未来”。前人又不是没有“畅想”过，如今看来多半笑话。我们要面对的，依然存在的事实是：在目下的人类文坛上，小说，尤其长篇小说，依然雄坐头把交椅，依然是注释作家的核心词。写小说的人，只有写小说的人，人们在介绍他时，才说他是个作家。如果他只是写作，却没有写过小说，或者写过小说却无甚影响，那么介绍他时，一定会在作家二字之前，加词限定，如散文作家、报告文学作家、儿童文学作家、报纸专栏作家、杂文作家、小品文作家……类似官员简历中的“研究生在读”，总给人以杂牌军的印象。这其间的原因是什么呢？原因可能不少，但我猜最主要的原因是：小说太难写了！否则，都去当吴承恩、曹雪芹了。

我喜欢把吴承恩置于曹雪芹之前，是我偏爱《西游记》。因为《西游记》以无可置疑的品质，正能量于中国人，且充满理想主义色彩。

写小说之难，即以上引狱犯为例，他凭什么在大牢里，仅以微信就搞到七个情人？如果引用这个案例，发一通诸如天下之大无奇不有啦，监狱管理如此混乱啦之类的议论感慨，也就写篇杂文而已。但是写成小说呢？难写，需要增补的东西太多。极其难写且不说，关键是在如今，在传播手段与速度已成神话的当下——

首先，如此绝佳的小说素材，不可能为某个小说家独占而不泄密。素材被各种传媒以闪电般的速度，眨眼间“风靡全球”了，被肤浅一笑地瞬间消费掉了。就算你穷尽想象而敷衍成小说，那么读者一看简介，说：噢，根据黑龙江狱犯案例写的啦！多半不买了。

如今恰值反腐，一个一个的贪官次第落马，他们的故事无不令人拍案惊奇。现实生活的惊人传奇借助于传媒飞速销售，于是小说家，昔日光华炫目的小说家，命定了成为时代的悲剧人物。小说家心理之失落，一如正在台上教育群众、话未讲完即被带走的贪官的心理失落。

窃以为小说家挣扎苟活的唯一办法是：回避与出奇。再好的素材，只要被大众消费过，你最好舍弃为上。选好了你熟悉的素材，再以别裁的结构、绝妙的语言、新颖的人物写出来。且不妨刻意地，偏偏写成任何影视唯有高山仰止，却永远无法改编的小说作品来，那才叫一个好。

小说的意义在于唯有小说才能够全方位打开隐秘的人性世界。如此，才是小说的活路，小说家的尊严与高贵。

（选自 2016 年第 3 期《红岩》）

一支烟

任勇

我小时候父亲是吸烟的，他的同辈们也大都吸烟。记忆中前辈们聚在一起时，都会被烟雾笼罩着。毛泽东他老人家让后人所知道的个人嗜好，一是吃辣椒，愈辣愈好；二是吸烟，一天不断。文学大师鲁迅，他给后人的印象，在照片或者是绘画作品里，总是叼着一支烟，陷入沉思状，非常符合他作品中忧国忧民的主调。

母亲偶尔也抽一两支烟，但她是对烟没瘾的那种。记得母亲多次对我们说，小孩子不能抽烟，烟是有毒的。我琢磨着，既然有毒，父亲还吸，一定是这种毒大人们吸了没事，只有小孩吸了会有事，是因为小孩身体单薄，没有抵抗力吧。我开始不大信，偷着吸一两口，呛得咳嗽，于是就信了。初中时，几个哥们无聊在一起，有人拿出从家里偷来的一包烟，要大家分享，我没抽。我回家悄悄拿了一瓶高粱白，让大家你一口我一口地喝，结果在同学的家里倒下了一片，也不知是抽烟中了毒，还是酒精中了毒。

人们习惯了把烟和酒并在一起来说，而且还总是把烟放在酒的前边。实际上，烟根本无法与酒媲美。酒的文化少说也有几千年的历史，而烟草却只有五百年的历程，而且它的诞生与发展一直背负着许多的恶名。对于中国来讲，烟草是舶来品，是与中国文化格格不入的。我曾有一种感觉，认为能喝酒的人了不起，能吸烟的人亦了不起。古代那些大诗人，李白、杜甫、白居易，哪个不是斗酒百篇？毛泽东、邓小平、鲁迅都嗜烟如命，哪个不是宏图大略，叱咤风云？然而我长大成人，参加工作到今天，也没少抽过烟，也没少喝过酒，却除了因吸烟而呼吸道疾病频发，因喝酒而肠胃不痛快以外，从没觉得这些东西会偶尔地引发我一些奇思妙想，在事业上助我一臂。我的父亲因医生的警告，已戒烟二十多年了，随后我也戒掉了。我戒烟时，正在写一本专业书，我是一根接一根地抽，一天下来要吸掉三包烟。我承认那段时间烟没少帮我的忙。然而一场重感冒，让我闻见烟味就恶心得要吐，就这样我戒了烟。香烟是从西方传进来的。因为这样一种明知有害而为之的恶习，在中国古代并没有任何的记载。我相信烟草在中国的蔓延，与鸦片登陆中国搭的是同一趟车，至少是先后一拥而上的。我相信，吸食烟草起初是野蛮人的恶习，最后才是上流人的推崇，而真正的原因只有两个，一是烟草本身给人造成的依赖性，二是烟草创造的税收给政府带来的依赖性。

这些年吸烟的人很明显地减少了，但在一些娱乐场所，许多少男少女仍然弥漫在烟雾之中。老男人吸烟的越来越少，然而有一些少妇，不知何故学起了吸烟，就如同她们穿名牌、做瑜伽一样，成为她们时尚的一部分。我在欧洲见过这样的贵妇，她们叼着烟与人谈话，并不需要像男士一样征求一下对方的意见。我在韩国见过一群女中学生，她们穿着校服，却拿着烟卷，在街头肆意地招摇着。

一支烟，被点燃，吸入嘴里，然后再吐出，留在嘴里的，不仅仅是苦涩，弥漫在空气中的，也不仅仅是虚幻的图画，那它会是什么呢？

（选自 2015 年第 6 期《太行文学》）

麦客

王少东

每年阳历六月前后，麦亮如灯，候鸟一般的麦客从甘肃、宁夏甚至渭北山窝里飞到《史记》中称为“天府之国”的八百里秦川。早期，麦客们打着防蛇蝎的绑腿，徒步数百里甚至上千里。后来，扒火车、坐汽车。他们少则两三人，多则数十人，有的兄弟同行，有的父子上阵，还有的夫妻相伴。他们常头戴草帽，一只肩上挂着装满被褥、干粮及刀具的化肥袋，另一只挂着镰架，加之衣衫褴褛，如同难民。没活的时候，他们随意躺在街边，抑或靠着墙壁，东倒西歪，仿若醉汉。夜幕降临，他们在冰冷的石阶或水泥地上，和衣而卧，酣然大睡。走进麦田，他们腰如弓背，一手攥着麦束，一手甩起镰刀，娴熟地把吸纳大地精华的麦子响亮地砍倒，结扎成捆。

这就是麦客，一群职业养蜂人一样的人，追逐着花期一样的麦田，付出辛劳，采撷收获。

说是麦客，但并非真正意义上的客人，客是关中人对外乡人的尊称。关于麦客的称谓，西府宝鸡有些地方叫麦胡钐，“钐”有抡开镰刀割之意，更显生动形象。而对于外出割麦，他们自称为赶场或撵场，易地待雇叫转场。

殷谦在《心灵真经》里谈道，大约关中人也走了西口，庄稼地里缺劳动力，麦子熟了就要及时收割，那时就有人成群结队赶去收麦子，是为了赚些贴补家用的钱，久而久之，就有了专门以此为职业的人，这就叫麦客。

关于麦客的记载，最早见于明清时的一些地方志。有确切记载当属乾嘉时期诗人李兆甲的《麦客子歌》：“君不见俗称麦客子，田如太虚宽腰镰。先刈秦云卷，肩担远挑陇月残。一身亲收几万顷，饭饱与已尽无干。吁嗟乎，躬收几万顷，一饱尽无干！”官至云贵总督的吴振棫在《麦客行》中谈道：“客十九籍甘肃，麦将熟，结队而至，肩一袱、手一镰，佣为人刈麦。自同州而西安，而凤翔、汉中，遂取道阶成而归。岁既久，至者益众，官吏惧有意外之扰，颇逻察之，不能禁也。秦人呼为‘麦客’！”数百年前，已有人将麦客置入视野，彰显了人文主义情怀。

割麦是个体力活，日光逼人的天气里，麦客要反复地弯腰、甩镰、结扎、立束，极易倦怠。正在于此，善待麦客成为约定俗成的传统：一旦麦客被雇主相中，好饭好茶甚至好烟好酒竞相款待。

我家曾多次雇佣过麦客。在我八九岁时，家里雇了两三位来自甘肃正宁的麦客，依稀地记得，烈日下，他们挂着润湿的毛巾，挥汗如雨，令我深切地感受到“辛苦”二字。十二三岁那年，祖父又雇了两个女麦客，均为四十岁上下，身体单薄。起初我小觑了她们，没想到巾帼不让须眉。

祖父在世时，也曾当过麦客。十八岁，他与几位发小徒步六十多公里到武功县割麦。酷暑中，他一天甚至割过近四亩（可能长势不好，很少有人相信）。提起这件事，他大有好汉仍提当年勇的骄傲。

食粮紧张时，割麦不是为了挣钱，用麦客的话来讲：“挣钱不挣钱，混个肚子圆——逛世界哩！”其实，“逛”是自我安慰的说法，“就是下苦人”——麦客常说的这句话饱含了无奈与辛酸。家庭联产承包责任制实行后，割麦便成了赚钱的重要手段，以二十世纪九十年代为例，如果二三十天挣个五六百元，足以支付孩子的学费。

岁月不待麦客。二十世纪下叶，素有“铁麦客”之称的收割机较少，麦客尽可与之分庭抗礼。但进入二十一世纪，由于收割机的普及，退耕还林的推进，麦客像日益绝种的珍禽，只有麦子伏倒、套种、回不开车头、车轮上不去的地方依然隐约地晃动着麦客稀疏的身影，这也正如《舌尖上的中国》所说的——如今手工割麦毫无优势，狭窄的山坡地块是最后的阵地。

拍摄《麦客》而闻名的摄影家侯登科说：“麦客是带有历史性的，且带有所谓的后现代性。他们本身很快消亡，是壮烈的，不仅仅是惨淡。”

随着社会的变革，麦客终将淡出历史。但不该忘记的是，这些人曾经用双手刈割了一个时代的饥饿与贫穷，昭示了对命运的抗争。

（选自2015年第6期《秦风》）

低 矮

闫文盛

我的一生是母亲给予的，我以我所有的写作来向母亲敬献我的爱。

以前我曾经固执地认为，我的第一本书是该献给普鲁斯特的，第二本，不，只是少半本，应该献给梭罗。直到后来，我继续写下的书中，至少有一本，应该献给佩索阿。

我生命中的最后一本书，才是献给自己的。

但现在我不太清楚这一切会不会发生更改。在我以蜗牛般的速度度过的一生中，我不太清楚我是否会放弃写作，或许，我生命中最终的一部书永难完成？

在事情走向真正的反面之前，我或许还可以如此表述：

我不知道我留给自己的作品从何时才可以动笔，现在我尚属年轻，而且总在练笔。我尊崇的大师们毫不在意他们早已影响了我的写作风格，当然，我至爱的母亲更不在意。

因为对整个世界难以忘怀，我时时想写一本书来解析我们整体性的胸怀。我不太明白是什么样伟大的力量构成了写作者生生不息的循环。

我对于最初的仪式，那执笔为文的一刻，难以忘怀；对于阅读那欣喜莫名的一刻，难以忘怀。

我不太清楚艺术的力量何在。其实在很多时候，我觉得是写作加重了我对于命运的整体性的离愁。

当我在生活中感受到牢狱般的拘囿之时，我多该厌弃我的选择。

或许，我应该投身于更加具体的实业。

是的，有时我也迷恋金钱和美色。

是文学使我变得怯懦和退缩。

我在写作中一再申辩，但丝毫无用。在扰攘世俗的集成中，我只是个伪诗人，伪散文家。

我无法用全部的力量来完成一部心灵的自传。

在我反复加强的书写中，那外在的一切都变得浮华而慎重。那些滋润的生活家，总在讥笑我们。

在我尚且不能视一切若无睹的当下，我觉得自己很矮小，低能。

我希望自己变得麻木，拒绝敏感的肌肤和无所不在的嘲弄。

我陷身于他们的梦而毫无冲动。

我时时想写书或许是因为自己无梦的生活太过枯燥。在理解力抵达的地方，我多么热爱我所尊重的思考者。他们的力量在精神衰朽之前多么磅礴。

我想打开他们的心扉，推敲生死。

我曾经是一个多么胆怯的孩子，害怕黑暗和一切力所不及的事物。

如果这世界坍塌，我不知道我们该做何选择。

我连自己的领袖都做不了。

在整体性的迷局中，我喜欢上了浅薄的生活。旅游和游艺之说，真让我倾心。

但长时间的迷醉也会使我难受。因为对生命的无从把握，我不知道自己精神的阀门将于何时关闭，何时重启。有时，是因为醉酒，整个天地间形影黯淡，我在莫须有的激情中做些蠢事，说些蠢话。但这却是多么实在的生活啊。

而写作与这一切是悖逆的。

在伟大造物随手丢弃的无数谜语当中，我们俯下身子捡拾的这一个或许并不存在。我只是不明白神秘主义者为什么会写诗，哲学家为什么要思考。在佩索阿振振有词地探讨自杀课题之时，我不太明白我为什么丝毫不受触动。

关于人生，诗歌与艺术，我已经想了很久。

但有时是一整日的昏睡使我离那万物更近，它们聚齐了所有的光线，使我们屈从。

我是一个反对者。我不想活在任何人的阴影背后。

但仅此是无用的。因为匍匐潜行，我变得愈加矮小而突出。

你要明白，是万物覆盖我们的身形。

我们浓缩在宇宙的沙砾之中。

低矮（二）

我碰巧在适合我的那类生活中逗留了一会儿，然而很快就抽身了。在一大堆茫然的面孔背后，是我更长时间踯躅的偏僻小路。

我的力量太过有限，而且无法抗拒他人。

在时间的流逝中，我觉得值得我为之奋斗终生的事件越来越少。

有时是在惯性的推动下去做事和讴歌一些人，但也经常性地停顿下来。我的忧郁个性是我的恋人离开我的最初动因，我并不担心她会走得很远，可是后来，就连这种简单的追踪她的兴趣我也丧失了。如此漫长的孤寂，与我的童真、生活、欲念等等毫无关系。

只有在更遥远的祖先那里，因为生活和血脉的持续，我的存在或许才有一点儿意义。但我迄今也还不能确定，祖先们的灵魂是否仍然遗落在他们昔年流浪的土地上空。

我不能确定，这挤挤攘攘的星球上到底有多少个时空。

我看不见的神秘影子存在于乡村。须发皆白的老人们总是乐于讲述，但我们无法求证。直到在心灵的最深处，那最精密的显影仪开始发生作用。

我求助于图谱和幻梦。

如果沿着我曾经走过的长途一路返回，那破败的乡村暗部所流淌的浑浊泥水便也是影响我们灵魂的无上美景。我多么喜欢那高天阔地。

我喜欢那密密麻麻的稼禾，萧瑟秋风和被翻耕过的垄亩。

曾经有很多时光，我是在乡村度过的。我领略过那劳作后的饥渴，麦收季节的酷热。

整个七月，村庄的土地上升腾着无边的热气。在长长的午睡过后，我捧着书卷坐到屋顶，乡村的炊烟晚牧，令我一见倾心。

在整个人生的后半场，我一直在做着回归乡村的美梦。有时我也写下乡村中令自己憎恶的部分，但很快忘怀。我喜欢那些朴素的旧日子。

在我永无休憩的星期天，我喜欢那长得没有边沿的闲散童年。

然而我碰巧走了与他们多数人不同的路，在遍眼皆是高耸建筑物的都市，我居住了二十年，但我不知道这里的历史。在每个需要深究的细部，我都保持一种盲目的坚定性。我想离开这里。

建筑物愈高耸，我们的领地愈逼仄。

我看着这一成不变的生活，绿树和草率生长的灌木，心情一点儿都不好。我的写作只是一种最浅薄的现实。

在我竭力鼓动自己冒险的日子里，许多人已经先我而行。每一天，我都看着他们穿梭于那高高的大马路。

也有一些人已经抽身出来，在那未名的山区购置田亩。

我很难确定，我们所身感的不适到哪里才会真正消除。或许因为有夜晚的繁星，我们的懊恼会逐步减轻。在那无法洞察的天宇，无限之境开始诞生。黑暗与安详覆盖我们的整体。

我很难认真地对待灵魂之余的任何外物。

但这多么滑稽，在我们的生之寓意中，泥沙与污浊是永恒的定理。

除了虚构和伤悲，我们无处可去。

在城市，屋子压抑了我们的身形。

在错误的轮回中，我们是静物，虚无而永恒。

（选自 2016 年第 3 期《漳河文学》）

有一件事忘了跟你说了

闻章

松鹤图

树与鸟，不过树与鸟，不该有分别，但却有分别。树的层次与鸟的层次，应该跟人的层次一样繁复。从外表来看，人并不复杂，不过外五体，内五脏，脸上复杂些，也不过五官七窍。但细看则复杂了，复杂到不可说。单就一张脸，谁能说得清有多少样式！世界上几十亿人，应该说没有相同的两张面孔。为什么人脸各个不同？是因为人心不同。人的脸与人的心其实是连着的。“人心不同，各如其面”，这句话应该反过来说：人面不同，各如其心。

心决定了面容，也决定了事情。世界是事情的展现，当然也就是心灵的展现。

站在树的角度看人类，或者站在鸟的角度看人类，人类肯定不像人自己认定的这样，但到底什么样，我当然说不清。我只知在人类这里，树与鸟是有高低好坏的。好坏高低，标准何在？以人为本。于人有益的就是好的，否则就不那么好，很不好，或者坏，很坏，极坏等。但这好坏，也因人而异。有你以为不好，他偏以为好的，有他以为不错，你以为不怎么样的。这里不细分，只说大概。以树来说，松柏就好，梅也好，入画的那些应该说都好，梅兰竹菊四君子。鸟也是，喜鹊就好，乌鸦就不好；鹤好，猫头鹰就不好。最好的当属凤凰，“凤鸟不至，河不出图，吾已矣夫”。看不到凤鸟，连圣人都悲哀。

也不怪人区分，松柏是真好，“岁寒，然后知松柏之后凋也”，能见气节；凤与鹤是真好，气质高雅，不与俗鸟为伍。

树的好，鸟的好，其实是人的好。也只有人才知道什么是好。

所以，画家都喜欢画《松鹤图》，我这非画家也画《松鹤图》，借此祝福好人好树好鸟。

画　马

马有龙性，与人心通。因此在冷兵器时代，好马总与英雄等同，所谓马中赤兔，人中吕布。也因此有伯乐。伯乐知马性，千里马只有遇到伯乐才有可能不再拉盐车。真不知道是千里马成就了伯乐，还是伯乐成就了千里马。

人有凑热闹的习惯，往往逢什么年就说什么话，比如羊年说羊、狗年说狗之类。近来我喜欢涂鸦，也来凑个热闹，马年不妨画马。马好画，但我画不好。什么叫画得好？画得跟韩干、李公麟、郎世宁、徐悲鸿的马一样是不是就好了，当然。好是好，但是好到人家去了，不是自己的。不是自己的，画它做甚？

但我画了，也果然画的不是自己的。自己的在哪里？却是千呼万唤也不出来。于是把画成的马用乱墨涂了，这一涂倒好了，马不是我的，这一涂却是我的。乱墨成了乱绳，马之羁绊。于是跋之曰：挣脱出来即自由。有朋友见了，说：“这就是画的我，我就是这状态。这幅送我吧。”还有把垃圾当宝贝的，乐得送他。

什么是马？好马如龙，不能有羁绊。马的悲剧就在于有羁绊，有了羁绊就没了马。人也如马，也不能有羁绊。人与马不同的是，马的羁绊有形，人的羁绊无象。马的羁绊多半是人给设置的，人的羁绊呢，却是自己弄的，自己缠绕自己，自己难为自己，自己跟自己较劲，自己跟自己过不去，于是烦恼重重。本来是自己跟自己过不去，却又不自知，还会怨天尤人。怨天尤人的结果，是越挣扎越乱。有道是，有形羁绊好解，无形羁绊难除。

怎么办？自己结的结自己解，别在别处解，在自己这儿解。

瘦钟馗

画了一幅钟馗，极瘦极瘦的，瘦到可怜。

钟馗谁都知道，捉鬼的那位。他不但捉，还吃，以鬼为食。他定然是恨透了鬼，所以才这样。鬼魅谁不恨呢，鬼魅让人不得安宁，心不安宁，身不安宁，或身心均不安宁。但是即便再多几个钟馗，天天吃鬼，鬼也吃不尽。为什么？因为鬼魅层出不穷。

层出不穷的原因，是鬼是人变的。人可以成佛，也可以成魔。一念善是佛，一念恶即是魔。做佛事成佛，做人事为人，做畜生事是畜生，做鬼事是鬼。即便不做事，有那个心思也是一样，因此做人不得不慎重。

如果人人敬慎，每每有好心思，各个是个好人样子，那鬼魅自然就没了生存土壤，鬼魅不在了，自然天下清和，人世炯炯而鬼界寂寞。鬼界寂寞，无鬼可啖，自然就瘦了钟馗。

钟馗虽瘦，相信他也乐。

人与驴

人和驴的关系一直很亲密。就因为驴可以被人使役，且吃得少，不易得病，好养活。还有一样即是灵便，以赶路说，长途用马，短途用驴；以种地论，重活用牛，轻活用驴；以作诗论，唐人骑马，宋人骑驴。唐诗所以灵性、郑重，宋词则细腻、鲜活。“良骏逐风天地阔”与“细雨骑驴入剑门”，都有意思。过去民间办喜事，也是新郎骑马，新娘骑驴，分别象征阳刚与细柔。这样概括，很好玩，但不一定对。张果老骑驴就不好归纳了。张果老修成了神仙，驴有一份功劳。过年的时候，民间社火中也有“跑驴”，红男绿女之间夹着黑驴，很喜兴。

但驴也有问题，即是犟。它若是犟起来，也很难对付。“黔之驴”里显示出了它犟的一面，死踢。

我说驴，是想说人与事物间的态度。把驴使好，不能让它犟。一切事物如驴，得顺着它。真顺着了，它就成就了你，真逆着了，它就跟你犟。如果你跟它犟，肯定犟不过它。

善待一切，其中包括驴，也包括自己的犟性。

惜　鱼

鱼在水里，是一种状态，鱼在涸辙，是另一种状态，鱼在鱼肆，也是状态。哪种状态好呢？不用问鱼，人也知道。当年，庄子与惠子在濠梁之上，曾经对水里的鱼发表看法。庄子说鱼很快乐。惠子诘问：子非鱼安知鱼之乐？惠子错了，若想知鱼，难道非得自己变成鱼吗？若如此，人对世界就无从判断了。世间万物都是有状态的，人也是有状态的，以己推人，以己测事，自然在洞然。

懂得自己，也就懂得了世界。

鱼在水里，是一种本然，鱼本该在水里，鱼若在天上飞，那就是鸟了。鱼若不在水里，肯定是悲剧。问题是鱼认识到了这点没有。如果鱼认识到了，那就会老老实实高高兴兴在水里待着，因为没有比水里更好的地方了。沟渎里的鱼，可以有江湖之想，不可有高山之念。

但是有好多鱼，到底是离开水了。离开水的原因，是被引诱了。比如饵料。鱼钩上的那点饵料是很有限的，但是为什么却被引诱了呢？关键在鱼没有认识到水的重要，它感觉到水里好像很难遇到这样大的饵，于是奋不顾身，也奋不顾水了。结局是谁都知道的，只有鱼不知道。待鱼知道之后，已经晚了。

锦上添花

画了张《锦上添花图》，已经身着红袍、头戴金冠，结果还有人来献花。你大概以为此图俗了。我也以为俗，但是没办法，因为世事如此。

世上的事好像很怪，一个人逢到好，往往好多的好都来；一个人遭遇厄运，也往往好多的坏都来。从来不平均，用老百姓的话说就是：“越长越接，越短越截。”是老天不公？抑或是另有原因？

多点雪里送炭不好吗？老天慈悲些不好吗？

好多人其实是在做菩萨事业，爱心无处不在。

但是有好多被救助的贫困者，多年之后，贫困依然。

不是贫困者不可救，是有贫困心者不可救。

人贫，不是贫困在物质上，而是贫在心上。若是心贫，即无可救药。若是心不贫，如一粒幼芽，也许只一点点水，便可茂然成株。

这一点点水，其实是锦上添花。

人心若不是锦，那么，添的也肯定不是花。

自　缚

葫芦、葡萄等蔓生植物，喜欢缠绕。为了缠绕，蔓上还生须。白天竖起一根杆，夜里，藤蔓就懂得朝哪个方向努力了。它们比人还有方向感。

蔓生植物，纠缠是本性，但它们纠缠的目的，是为了伸展自己，就是说它们从不自己纠缠自己。葫芦与葫芦之间，葫芦与南瓜之间，南瓜与丝瓜之间，如果有纠缠，那也是不经意的、随缘的、自然而然的，倒更像是相互帮衬，共同织出一棚绿来。

当年韩羽先生画《自缚图》：偌大一个葫芦，被藤、须所缠。有人告诉韩羽先生：你画得不对，葫芦从来不缠绕自己。韩羽先生说：葫芦不自缚，可是人呢？

人是喜欢纠缠的。不但会纠缠别人，更会纠缠自己。葫芦没有过不去，只有人有过不去，人的所有的过不去，都是自己跟自己过不去。人若是自己不缠绕自己，没有谁能奈何。僧问石头希迁禅师：“如何是解脱？”师曰：“谁缚汝？”又问：“如何是净土？”师曰：“谁垢汝？”又问：“如何是涅槃？”师曰：“谁将生死与汝？”连生死之事都是自己纠缠自己的结果，在人生中，除了自己之外，谁是障碍呢？

养月亮

八月的月亮最好，为什么？因为天高气爽，能见度高，因此月亮看着好。其实月亮从来没有不好过，是眼睛把人骗了。人却愿意被骗，不是愿意被骗，是除了眼睛之外，我们还不能用心看东西。

眼睛看到的世界是虚幻的，人们就在这虚幻的世界里得意忘形。好与坏，大与小，高与低，真与假等等的，就是用眼睛看出来的。因为有了分别，世界就热闹起来。但好与坏等等的，却也没有一定，一人一个标准。好与不好，不在东西那儿，在人的认知上。有本来好的，我们却认为不好，甚至很坏。有坏的，我们却认为不坏，甚至很好。比如当年，曾经有口号“宁要社会主义的草，不要资本主义的苗”。比如牛黄与牛粪在一起，拾粪老汉拾牛粪却不拾牛黄。不是牛黄不好，是老汉不认识牛黄。据说吴冠中流落到民间的一幅画，被一老汉一点点卷烟抽了。吴冠中在你那里值钱，在他这里只能勉强当抽烟纸。蝴蝶蜜蜂知道鲜花好，但蛆虫苍蝇却感觉垃圾不坏。这样一来，世界就分了层次。

还是说月亮，天空有月亮与没有月亮，那就不是一个天空。那年我在山上看到一轮月亮真是大极了，大到让人惊。多少年我忘不下那轮月亮。我们的心灵也是天空，也需要一轮月来照耀。刚才说的认知问题非常重要，认知的高与低缘于心里有没有光，有多少光。如果心地黯淡，人就愚昧了；如果心地光明，人就聪慧了。知道了这个，就知道怎么办了，在心里养光明吧，太阳当然好，月亮也好，即是星斗也好，或者点亮一盏灯，都好。有光就比没有光好，光多就比光少好。

怎么养呢？恭敬些，清静些，干净些就是了。

知　羞

《中庸》有言：“知耻近乎勇。”岂止近乎勇，本来就是勇，能够敢于面对自己的人，尤其是敢于面对自己的耻辱，又敢于改正的人，才是真的勇。人不怕有错，贵在知错能改。谁都不愿意在错误中活着，之所以在错误中活着，是因为不知道错。一旦知道错了，人是愿意改的。知错不知错，在自己，不在别人。在他自己不知错的时候，你给他指出来，他往往还不认错，甚至逆反。你说我错，你才错呢！你凭什么说我错？你是乌鸦落在猪身上，只见别人黑，不知自己更黑。我错我的，也犯不着你来说！等等等等，总之，不说还好，说了，他反而错得更远了。因此，错得自己认。问题是，人并不是都能认错的，人若是都能认错，那这个世界就太简单了，那认错的人也就不显得珍贵了。世界上没有错的人不多，能够认错的人很多，认识不到自己错的人也有很多。因此就可以下定义了，何谓好人？肯认错的人是好人。总认为自己是好人的人也许恰恰是错的人。

因此画《知羞图》，题之曰：占着钟馗位，却没除鬼魅。一日醒来后，突然生惭愧。钟馗的生惭愧，是知道有鬼魅，却没有去除。鬼魅在哪里？其实没在别处，就在自己内心。

凤凰与鸡

凤凰与鸡，区别在哪里呢？

若是拔了毛，恐怕跟人在澡堂子里一样。在澡堂子里，衣服脱净，人人赤裸，分不出谁是处长，谁是科员；分不出谁是老板，谁是员工。凤凰与鸡，大概也一样，甚至比人还难区分。凤凰与鸡，区别在羽毛，羽毛重要，却不根本，根本的是凤凰会飞，而鸡不能。鸡若能飞，长期接受阳光的照耀和风的梳理，那羽毛说不定比凤凰的还要漂亮。

想象在远古时期，凤凰与鸡，还有鹦鹉、孔雀等等众鸟，定然是在一起的，飞起来，天空一片华丽，落下来，地上五彩缤纷。后来就分层次了，鸡沦落到底层。当然有比鸡更低的，比如乌鸦、鹌鹑等。之所以分层次，在于它们心灵的玄远程度。凤凰一直是"非梧桐不止，非练实不食，非醴泉不饮"，要的是那份干净。所以凤凰永远是凤凰。而鸡一开始也是好的，但是有了引诱之后，它把握不住，贪图有人提供的米，这一贪图，就再也飞不起来了。不飞的鸡还是鸡，但已经不是能与凤凰为伍的鸡了。

一旦有了贪图，就会被人牵制，砌个墙头，让它报晓；垒个鸡窝，让它生蛋。鸡吃了米，人就开始吃鸡。

凤凰在天空飞过，不知鸡做何想？

关键时刻

老家的老房子里，老房子的老墙上，还挂着一双草鞋。这是多少年前的一双鞋了，我曾经穿过的。是父亲买来的，我还记得父亲当年拎着它走在阳光里的情景。如今老父亲去世已经十年，而这双草鞋刚买来的时候，父亲还不老。我望着它，不白唏嘘再三。

与草鞋有关的，我知道的有这两件：

其一："赵州八十犹行脚，只为心头未悄然。及至归来无一事，始知空费草鞋钱。"没人知道赵州老和尚穿破了多少双草鞋，他是在寻找自己的过程中，才不断行脚的。后来发现自己没在别处，于是感叹，枉费了草鞋钱。这个意思跟无名尼的那首偈诗是一个意思："四处寻春不见春，芒鞋踏破岭头云，归来手把梅花嗅，春在枝头已十分。"

其二：一个人修行不错，于是仙人化作一个卖草鞋的来考验他。这个人看到草鞋，问多少钱一双。仙人说，三两黄金。此人回家拿钱，被老婆骂了一顿，说你傻呀，一双草鞋，怎么能值那么多？这人回来，对仙人说，太贵了，这草鞋我不买了。于是仙人说："三两黄金价不高，草鞋做得甚坚牢。长者莫听婆婆说，也得仙家走一遭。"说完不见了。就像当年梁武帝见达摩，对面不相识，逢之不逢，见之不见。这个人后悔了，不由顿足捶胸。后来人为此事作诗道："昔世已曾植福田，今生自有大因缘。悭吝不舍神仙法，大悔捶胸也枉然。"

看来，在关键时刻，人真的不能太吝啬。但是，人又不知道什么时候是关键时刻，比如买草鞋这样最稀松平常的时刻，谁能说它不是关键时刻呢？为保险计，人在任何时候都得大度才行。

当初忘了问我父亲，我曾经穿过的这双草鞋，是多少钱买的呢？

自美图

人看人，多是看脸，脸是人的门面。因此人有美的东西，多是在头脸上下功夫。玉簪插在头上，花朵戴在头上，玉坠垂在耳朵上。口红啦、眼影啊、假睫毛啦等等的，也是在脸上布置。当然，敷在脸上的还有白粉。

粉这东西，敷一点的确是好，一能遮丑，二能增美。但是不能太多，多了就适得其反，使美的变丑了，丑的就更丑。可是，有好多人不懂得这个道理，以为粉好，就一个劲儿地往脸上涂，不怕多，恐怕少。自己以为很美，其实更丑了，比丑的还丑。不以为丑，反以为美，只能使人嗤笑。

寻　牛

那日在电线杆子上读到一则启事：急觅。昨日不慎丢失老牛一头，忠厚，善良，纯朴，能吃苦，肯下力，默默无言。被人引诱入城，于闹市中渐行渐远。有见到者，请告知本主或代为豢养。必有重谢！

我即想：这头牛还能找到吗？

分析分析：

一、能找到：牛乃老牛，它会认得家的。即便丢了，也丢不到地球以外，楚人遗弓，楚人得之。再者，还有塞翁失马一说，说不定，老牛还能带回一头小牛或者数头小牛回来。

关键是，我们知道丢了。知道丢了就好，亡羊补牢，未为晚也。借此提示大家，人人把自家的牛看好，莫使遗失。

二、找不到：一旦丢失，找回来很难。到处都有宰杀牛的，好多人喜欢吃牛肉、牛排、牛杂碎、牛尾、牛血、牛骨头……还有好多人喜欢穿牛皮鞋、牛皮裤，系牛皮腰带……特别是还有喜欢吹牛的，据说，好多牛都已经患上了恐吹症，一听说吹牛二字，撒腿就跑。正在寻找的这头牛，说不定就是听见了吹牛逾墙而走的。

几天之后，再看那启事，已经不在，代之以寻狗启事了。丢牛的事，有谁记得呢？

恭敬其事

教科书上说，人是社会关系的总和。这似乎不够全面，其实，人还是宇宙万有的总和。这个世界是因为有了人而有意义。人不但与人结成各种关系，人与事与物也在关系中。我们每天做事，其实是在处理关系。比如人与石头，就构成了各种各样的关系。人在登山时，借石而上，人是被石头托举起来的；人头上悬巨石，石头就成了威胁；人依石而站，彼此相依，这世界就在亲近中；人与石相安无事，我是我，石是石，这也是一个关系，体现的是安稳与平和。当年人要战天斗地，人与石其实是对立的关系，人把石头砸烂的同时，石头也把人生蹭蹬了。有被石头砸了头的，有被石头绊了脚的，有被石头埋了身子的，甚至还有死在石下的。荣也因石，辱也因石，生也因石，死也因石。人与石头的关系，其实是个象征。石头就代表人，石头就代表世界。

人与世界的关系，是对待的关系，你怎么对它，它怎么对你。你抚摸它，它还你柔软；你打击它，它还你疼痛。你爱它，它还以爱；你恨它，它报以恨。总之，这个世界跟你总保持一致，你咋样，它咋样。

因此若想在这个世界上成就点什么，就得郑重与恭敬。一切以郑重得之，一切以恭敬得之。成就大小，看郑重与恭敬的程度。因此才有一个词叫郑重其事，我再造一个词叫恭敬其事。

（选自 2016 年第 7 期《文学港》）

站台上

沈嘉禄

每一代人都有自己的记忆图像。我们这一代人的生命，注定要与火车粘连。光影对比强烈、建筑物单调乏味、人流潮来潮去倏而归于寂静的站台，就是我们叙事的背景。我们经历了一个蒸汽机车的时代，虽然它的谢幕过于仓促，以至于我们还没有以它为背景多拍几张黑白照片，就与被煤烟熏黑的车头一起，不可逆转地步入老境。

下午四五点钟，我在阅读了三四个小时而眼睛变得酸涩时，就会来到阳台上，让松弛的脸庞接受夕阳的温柔抚摸。此时此刻，我想还有什么能比一列火车驶到眼前更让人感到欣慰呢？哎呀，它果真进入我的幻觉中，大地微微颤抖，滚烫的铁轨在夕阳下反射着刺目的银光，它善解人意地鸣响了汽笛，冲天而起的白烟被拖至很远，那吭哧吭哧的喘息声似乎在提醒我：这就是我们的俗世。

十九世纪法国作家的小说中常常出现火车与站台，这温馨、惆怅的场景，是故事的转折点和人物出场离场的舞台。普鲁斯特在《追寻逝去的时光》（周克希译本）这部巨著中也多次写到火车与站台，有一天我读周克希老师最新推出的“读本”，其中有一节写火车停靠在两座山之间的小站上，“我”看到一位在站台上卖牛奶咖啡给乘客的农村少女：

> 她提着一罐牛奶，在朝阳斜斜地照亮的小路上，向车站走来。在山岭遮蔽了世界其余部分的这座峡谷里，她见到过的人，大概就是这些只停一小会儿的列车上的乘客。……朝霞映红了她的脸，看上去比玫瑰色的天空更娇艳。

阅读普鲁斯特的小说给我带来极大的享受，他引发我身为异乡人的体验，更诱发我驰骋想象力的冲动。他继续写道：

> 面对着她，我再次感受到生活的欲望，每当我们重又意识到美和幸福的时

候，这种生活欲望就会再次在心中萌生。

小说在这里似乎暗示一幕好戏的开场，但没有。具有贵族气质的普鲁斯特似乎更乐意沉湎在纯粹的哲学思考和俯瞰式的审美上：

是不是这个粗犷的景色为她增添了魅力，但我知道，她确实是为这个地方增添了魅力。我想，倘若我真能时时刻刻和她在一起，肩并肩地走向湍流，走向奶牛，走向火车，永远在她身边，感觉得到她了解我，在她心里有我的位置，那样的生活该是多么甜蜜啊。

这个普鲁斯特……难道他决心与人民群众打成一片吗？读到这里我不由得笑出声来，但是后来他又写道：

要从一个带有普遍意义的、不计利害关系的角度出发，去分析、深化一种曾经有过的愉快的印象，是必须做出努力的……这一设想，恰恰为精神状态的这种倾向提供了养分。

一杯加了牛奶的咖啡也没喝到，更别说与那位村姑有近距离接触了。

火车愈开愈快，依稀还能看见那美丽少女的身影，她俨然是另一种生活的组成部分，那种生活由一条窄窄的地带跟我所熟悉的生活隔开了。

不过，普鲁斯特的这一段描写还是让我忆起三十多年前读铁凝的成名作《哦，香雪》时的感受，我清楚地记得是在华东师大的丽娃河畔，下午的课还没开始，我从洗得发白的帆布书包里掏出刚刚买来的《小说月报》，一口气读完了这个八千字的短篇。一个北方农村少女的形象，带着麦青与槐花的气息呈现在我面前，她与她的伙伴们抓紧列车经停的一分钟时间，挤在台儿沟站台向车厢里的旅客兜售农副产品。这是最最简单的交易行为，也是大胆的眺望和洞窥，是农耕文明与工业文明的碰撞。这个场景像放大镜似的反映了中国改革开放之初的社会现状，包括人的精神世界的变化。

让所有读者感动的是香雪的“反交易行为”（这是我的杜撰），她将一篮鸡蛋跟乘客交换一只带磁铁的塑料铅笔盒，以此来获得进入城市的通行证，并加载一份低微的希望。

当然，这篇小说更感动人的是自始至终弥漫在字里行间的诗意，含有伤感的、天真的、纯洁的，因而显得十分脆弱的诗意。包括赶三十里夜路回家的过程，以及村里人在黑色中对她的声声呼唤。因为必然的失去（包括结尾部分过于抒情而显得失真的描写，我当时已意识到这更像是初生婴儿的胎癣），让我在这份油然而生的感动中，过早地体味到了一丝忧愁。今天，在流通领域产生的种种传说，都给香雪们无情的毁灭。

因为感动，因为遗憾，因为失去，使《哦，香雪》成为中国当代文学的经典，并成为铁凝全部小说的底色，或者说好比一部交响乐的动机，此后反复出现在她的作品中，被延伸，被扩大，被演绎、被变奏，当然也一再得到强化。

最后，说说我在旅途中吃到的美食吧。二三十年前，虽然是拥挤的，而且异味颇重的绿皮火车，也不可能提速，但坐火车有最大好处。每到一站，可以下去溜达溜达，站台上十分热闹，吆喝声此伏彼起，简直要将站台上的顶棚掀起。如果预算宽裕的话，就买点当地的土特产，扒鸡、烧鸡、盐水鹅、板鸭、驴肉火烧、茶叶蛋、葡萄干、橘子（朱自清父亲爬站台的时候手里就拿着橘子）、水蜜桃、杨梅、八珍糕、姑嫂饼、麻花、粽子、玉米棒子、冷饮、啤酒、小瓶装的白酒、香烟……既可消磨时间，又比列车餐好吃多多。谁没有在站台买吃食的冲动与经历呢？

有一次我坐的火车在曲阜停靠三分钟，我没有下车，在窗口看风景。一群戴头巾的姑娘挤上来叫卖，山东话抑扬顿挫很好听。一位少女踮起脚尖将两瓶酸奶递到我手里，我给她一张面值 20 的钞票，她找零时碰到了麻烦，她先给了我 5 张 1 元的钞票（北方人总是不喜欢使用硬币），“大哥，还有 10 元，别急啊”。她快活而焦急地看我一眼。是的，就像小说里描写的情景，列车咣当一下动了，慢慢前移了，她却迟迟没有将手拔出那件偏小的大红棉袄的口袋。列车越来越快地前行，她一路跟着，天啊，仍然是 1 元面值的钞票，她要数齐 10 张才给我。我将头伸出窗外不停地向她摆手：“算了，我不要了。”但是她仍然跟着列车小跑，而且越跑越快，最后她终于凑齐了找零，说：“大哥，你的钱！”

此时的列车已经将她甩得很远了，站台也到此切断了，她要是按照惯性跑到这里，很可能一下子掉下去，摔在满是碎石子的路基上。

我差不多将整个身子都伸出窗外，示意她停止奔跑。她又向前冲了几步，终于蹲下，举着拿钱的那只右手摇了几下，像是跟我告别。她的脸上升起了一抹红晕，也许是激烈运动造成的，也许是愧意。

其实我只消回到座位上就行了，这样她得不到我的反馈就会自动中止奔跑，不必承受任何道德谴责。

不过我好像终于从她手里接过了找零。我不是为了这点小钱而在这一紧张时刻继续与她维持各自的角色，而是为了成全她的那份美意。

随着时间的流逝，这一场景在我的记忆库存中已经很模糊了，信息严重失真，我到现在还是不能确定我是否拿到了这点微不足道的找零。不过，每当我想起这件事，特别是坐火车路过曲阜，都会静静地反刍那份纯真的暖意。更清晰的印象倒是在《追寻逝去的时光》和《哦，香雪》的情节中。

于是我意识到，阅读一部好作品的深刻意义不仅在于一时的分享和体验，也不在于获得思考机会，而在于长久地活在作家营造的生活中，像小说人物那样活着，去面对那样的人生，寻找那样的朋友！

今天，绿皮火车寿终正寝了，我们坐上了动车，还有更快的高铁，高大上的站台经过多次整顿，加装玻璃罩的板车和小贩都被清除出去了，站台前所未有的整洁，也前所未有的生硬冷漠，它们构成了年轻一代的记忆背景，与之关联的是电子屏幕、手机、拉杆箱和鲜花。他们不知道香雪，也不知道普鲁斯特笔下那个卖牛奶咖啡的异国少女。

（选自 2016 年 7 月 28 日《文学报》）

讨 账

赵宏兴

别的不说，单说讨账。

我家生意做得不大，赊账的人倒不少，没办法。

惯了，俺到人家一站，人家就明白十有八九是来讨账的，他差俺钱，心里亮堂着。

人家越知道俺是来讨账的．俺越不好意思直说，那样，显得多薄气。

大姐哎，今年收成不错吧，地里的活干得咋样啦？俺满不在乎的样子，先摸摸人家的底细，热火热火感情，这很重要。

热火不能忘了讨账。时机成熟，就要见机行事说，这次又从外面进了一批货，比上次的货好，价格还便宜，要的人很多。这是给人家送一个想头。人家大多会问，还有吗？孬好给俺留一点。俺满口答应下来，行。谁家不给也要给你家留点，这么多年的老伙计了。只是最近手头紧，要尽快销掉，再去进货。人家会马上反应说:是哎，俺家上回拿你的货还没给钱哩，现在就给你。你来正好，省得俺送去了。钱要到了，双方脸上都有光，还把货推销了出去。如果人家确实困难，俺说，先给一半吧，帮帮俺的忙，下次手头宽时再给。如果你要货，尽管去俺家搞。人家听后心里热乎乎的，晚上睡觉都会抠着肚脐想法抓钱还你。因此，赊账的人，是一个角子也少不了的。

做生意最怕赊账，在农村不赊账不行，熟人熟地的，相互叙叙都沾亲带故的，不像城里人八辈子不沾边。有的人，只会做生意不会讨账，把生意做砸了，还落了个臭名声，不值得。

村里老五赊账给别人很多，他整天在外跑，让老婆去要账。女人风风火火的，又不会说话，一到人家就手拿着账本扯着嗓子喊怨地说，你家差俺的钱要给了，少一个子也不行。欠账的人，还爱面子，怕坏了名声。你这样一喊，人家一听就不入耳，给钱也不自在。有一次，她去一户人家讨账，人家故意为难她说没钱。三言两语就搞翻了。她往人家地上一躺，又滚又骂，人家没有办法，喊几个妇女把她从屋里架出去，又把钱给了她，丑得能拿裤头套脸。

有时讨账，人家明知道还不上钱了，俺大老远跑来，他又不好意思直说没有，就陪俺拉呱儿到中午，死活留俺吃饭。烧几个熟菜，打几斤水酒，伢大老小一齐给俺敬酒，锅不热脸热，客气得不得了。睡半天，一觉醒来，吐一地，人还笑着问长问短。要钱的事不好再张口了，钱没要到，心里还热乎乎的。这样的人家是聪明的，下次还会赊给他的。

讨账还得讲良心。有的人，做生意时脸皮厚，讨账时心肠黑。俺有一个做生意的朋友，他有次要账，人家也确实着急，满户借，借不到，恨不得给他磕头，说，明年庄稼收上来，一定还清。他还不行，把人家几只老母鸡捉回来了。在乡下，老母鸡就是小银行啊。你走了，人家还怎么过日子。俺知道后，对他说，你这样讨账太恶了，有点像旧社会的大恶霸。乡里乡邻的，抬头不见低头见，只要人家不赖你的账，就要给人家一个松手的机会。最后，在俺的担保下，他又把几只老母鸡给送了回去。

家门口的人赊账，一般都能摸清底细，不怕。有时远地见面熟的人来赊账，不大了解，会碰到赖账的人。这样的人不能硬要，得罪了他更要赖的，就得想点法子。年关讨账，俺碰到一位赖账的，叫二狗。后来别人跟俺讲，他是附近有名的赖子，你的账要不到了。怎搞？俺想了一个点子，找来伙伴一道去，让他帮俺说话。到他家后，俺向二狗介绍，你差的钱，俺还是借他的，给你顶账这么多天了，现在他紧盯着俺屁股要，年都没法子过，你我孬好得想个法子。伙伴叼着烟，刀条脸阴沉着，半晌冷言冷语地说，俺也没法子，老妈病重，屎尿都在床上，眼看年关都过不去了，俺起码要给她弄身寿衣。你家不也上有老下有小的吗？伙伴这话是咒人的，俺吃了一惊，怕把事情弄翻了，没想到二狗却被镇住了。他私下里和老婆商量，磨蹭着，从箱子里拿出钱还给了俺。

农村人最讲迷信，认为在腊月年关里咒人是最灵验的，伙伴敢咒自己的老妈也太难为他了，可他老妈早几年前就去世了。

（选自 2016 年第 1 期《散文百家》）

年 画

车前子

艳丽，不怕颜色。给你点颜色看看。俗的好处是让人快乐，眼睛，鼻子，皮肤，耳朵，统统快乐。糕的甜从玫瑰红肉里热乎乎地出来，像是流质，流一口气。甜俗，苦雅，甜的就是俗的？苦的就是雅的？当代文艺思想文艺批评文艺鉴赏越来越粗野，全是一家小印刷厂产品。像我表述过的表叔叔，他开一家小印刷厂，表婶婶就像小印刷厂产品：口红没印刷出厚度和滋润，几乎成为胸口的两摊酱油渍，她团烂的面孔，贪婪的神情，又很有一些半封建与半殖民地味道；团烂的面孔，贪婪的神情，尤其是胸口的两摊酱油渍几乎成为老照片中的上海外滩。

产品，都是产品，几乎都是产品。

《天官赐福》你们。我上到楼中，衔接会馆的语法错误，在文理不通的一小间屋子里，我见到明末的天官、晚清的天官和近年创作的天官，他们被刻在木板上。明末的天官好像被刻在木板中，或者说：

他被一脚踩进泥地而不能自拔。

刻有明末天官的木板，你别动，小心，它像刚从油锅里捞出，浑身上下东南西北都炸得酥透，你一动手指，它就簌簌掉落。正此时刻我突然嗅到了甜：酥糖之甜。

像水绘的时光过去了，事关记忆，空飞的手稿。

水绘的她如今寄托一座寺院，在银色外墙面下她毫无能力抓到自己的影子。一天下雪，她走出云水之居，看到屋顶白了，积极向上，上面全是积雪，于是她想起他，其实她一直想起他，但由于积雪，这就有了区别。她走出朱色山门，寺院附近的民居屋顶低矮，也没有寺院里的屋顶来得白，居民爬到屋顶，把雪扫下。腊月二十四，扫雪。如果天公不作美，不下雪，不成全爬到屋顶拿着大扫帚准备扫雪的人，那就一定会下蛋。蓝天下的一颗鸡蛋，杏子颜色，爬到屋顶拿着大扫帚准备扫雪的人眼中的寺院。腊八那一天他们像走亲戚一样走进寺院去吃腊八粥，他们吃到胡桃肉，他们快乐，他们在屋前屋后种满胡桃树，把胡桃卖给僧人。

用胡桃壳做燃料，蒸馒头、蒸糕，馒头和糕有农闲之香。对，农闲之香。

她走出朱色山门，在寺院附近的杂货店拿起电话，给外面打了一个。声音是身体轻巧的灵魂，群鸟飞光，树林里游动一根羽毛，一会儿沉，一会儿浮，负重、负心、负债累累，他被一脚踩进泥地而不能自拔，而风扬高积雪，呛得她断断续续。

饱满，喜庆，年画只有贴起来，才觉得它的好处，眼睛，鼻子，皮肤，耳朵，统统快乐。年画是甜的。年画的甜从玫瑰红、桃红、杏黄、杨柳青肉里热乎乎地出来，像是人群，挤满庙会。甜俗，苦雅，甜的就是俗的？苦的就是雅的？甘蔗是甜的，大海是苦的，那我就在茫茫大海用一根甘蔗撑船，为了雅俗共赏？我日常里想，真能雅俗共赏的唯钱。食色都做不到雅俗共赏。除钱之外，还真能雅俗共赏的，我想大概是宗教。

但我并不能在茫茫大海用一根甘蔗撑船，我只以我的肉体表情为游戏。皇帝在梅龙镇游龙戏凤，诗人在象牙塔游词戏句，茶客在南零江游水戏香……宗教是人类童年对人类晚年的一次想象，以信仰为游戏，这是让我最为致敬的地方。我另外致敬的地方是年画中的老鼠嫁女。腊月二十七是嫁娶的黄道吉日。一张晚清的《老鼠嫁女》年画，满幅老鼠，一丝不苟，我越看越觉得，这十多年来，我竟然只能从一张晚清的《老鼠嫁女》年画里看到人生庄严。

水绘的时光树荫树影，石青石绿衣带飞天，敲得像鼓声。

祝福。正月初一，鸡日。《金鸡报晓》也是年画老题材，一只色彩斑斓的大雄鸡生气勃勃地站住，昂首挺胸，目空一切：尘世的难过都没有了，本来就没有？它此刻目空一切只有祝福。我此刻目空一切只有祝福。她慢慢地走回寺院，在银色的外墙面下她抬抬头，望了望太阳。屋顶的积雪溪水般流入无限清澈。

菊花是陶渊明脱网之花；我贴年画之际，有咬钩感觉，年画是中国人内心之画，也是内心之花。菊花孕育三季，怒放一期；年画只在过年的时候张扬，一年一次的抛头露面，平常它都躲在暗处修炼。

艳丽，饱满，喜庆，祝福，我也要，我也有，我也差不多能在茫茫大海用一根甘蔗撑船——她在银色外墙面下，她有陆地。

（选自2015年第6期《红岩》）

海棠花未眠［自然类］

在土地上睡着和醒来［节选］

刘亮程

一　菜籽沟早晨

我要在一山沟的鸡鸣声里，再睡一觉。布谷鸟、雀子、邻家往小河对岸的大声喊叫，都吵不醒；满坡喳喳疯长的花豆草、野油菜、麦苗和葵花吵不醒。山梁呼噜噜长个子，在我傍着她的均匀鼾声里，有一匹马和小半群绵羊，枕边走过，行到半坡拐弯处，一只羊突然回头，对着我半开的窗户，咩咩咩叫，仿佛叫她前年走失的羔子。我就在那时睁开眼睛，看见在我被一只羊叫醒的另一世里，我跟着她翻过了山坡。

二　乌鸦

我认识乌鸦中的老者。他们一伙在杨树梢呱呱叫时，我听出他苍哑的嗓音，像一个八十岁老人在喊叫。我不知道他喊谁。我听见了，他就是在喊我。我朝树下走几步，想从一树黑乌鸦中认出老了的那只。可是，乌鸦再老羽毛也是乌黑的，他们不会像人，活到头发花白。

我住的菜籽沟村最多的是白发老人，那些沿路零散地排开的老宅子里，有的住一个老人，顶多住两个，住两个的过一阵剩下一个。在村委会上班的也是老人，村支书都老了，天天到村办公室开会，讨论菜籽沟未来发展的事。

乌鸦在讨论什么呢。他们在树上开会，听上去每只都在呱呱叫，只有我在树底下听。我听了半辈子乌鸦叫，还是不知道他们在叫什么，但我终于听出一只老乌鸦的叫声。在一树黑压压往天上飘的叫喊中，有一个粗哑的喊声往地下落，好像尘土里有什么被他喊出来。只是我仍然辨不出哪只是他。我仰得脖子都酸了，满耳朵是他们的嘈杂喊叫。

我一冲动，扯嗓子对着树上呱呱呱大叫几声，他们全惊飞起来。

他们飞过书院菜地时，我认出那只老乌鸦了，飞在最后面，迟缓地动着翅膀，脖子伸得长长的，像人老了一样，走不快了，头使劲往前伸，他明显跟不上疾飞的鸦群。他们飞过河沟和马路，飞到那片长满藏红花的山坡后，不见了。

那只老乌鸦留下来，落在水溪边的榆树上，他没叫，头朝这边看我，可能他听出我的声音比他还老。也可能他被一只在地上大叫的乌鸦吸引住，他在天上飞累了，也想到地上来。他一直盯着我看，他的眼睛也许早花了，辨不出我是一个人还是一只乌鸦。也许在他眼里我就是一只老乌鸦，弓着腰，背着膀子，匍匐在地上。他看了我好一阵，呱呱，叫了两声，我知道他是叫我的。我没好意思再学乌鸦叫。多少年我跟着乌鸦学他们叫，早学得太像一只乌鸦了。我担心把他从树上叫下来。万一他真飞下来，落我身旁，跟着我走，我会把他领哪儿去呢。

三　鸽子

一只灰白鸽子，站在屋檐上看我们在院子里做饭，大案板上摆满青菜、肉和醒好准备下锅的拉面，她大概看得嘴馋，咕咕叫。我抓一把苞谷撒上去，她跳开几步，眼睛依然盯着我们锅里的饭。

我们坐在锅头边的案子上吃饭时，她落下来，小心地朝饭桌旁走来，走两步，偏着头望一阵，又走几步，那感觉仿佛她认识我们中的谁，前来打招呼；又仿佛她是我们忘了很久的一个孩子，回家来吃饭了，我们忘了给她摆筷子，忘了给她留位子，忘了做她的那份饭。突然地，我们全停住筷子，看着她一步一步走过来，快到跟前她停下来，依然偏着头望，像一个一个认她久别的家人。

我妈说，给她撒点米饭，鸽子爱吃米。

方圆起身拿米饭时她飞了。

她朝屋后的麦田飞去时，连头都没回一下，仿佛她真的跟我们没有一点关系。

六　麦收

昨天午后，拉了高高一垛苞谷秆的拖拉机，突突突打书院门外驶过时，突然觉得我们院子少了一车什么。书院菜地的苞谷秆稀稀拉拉地站了几行，没来得及吃一口青玉米棒子，他们就老了。刮风的夜晚，苞谷叶子干燥的响声传入梦中。我们忙乎半年，好似只种了一地干喳喳的风声。

从麦收开始，先是拉麦捆子的拖拉机，一座山一座山地从书院门口驶过，接着是拉豆秧和苞谷秆的车。

菜籽沟的秋收漫长到下雪，那些坡地上的麦子，都要一镰一镰地割。从路上望去，人像小虫儿爬坡，一点点蠕动，动一天，坡地凹下去一块。扎捆的麦子成队竖摆在麦茬地，远看像一块粗针脚补丁。

从七月到八月，沟里都在收麦子，这个季节找个干活的都困难，前面雇的七个甘肃民工，六月初回家割麦子了，他们把盖了一半的房子扔下，把我们预计八月完工的计划扔下，说要回老家割麦子。

“不回行吗？”

“不行。”

“为啥不行？”

“这边挣钱，在老家雇人割麦子，不一样吗？”

“雇不上人，家家的麦子都熟了，谁有空给你干活儿。”

盖一半的房子扔了半个月，他们一起回来了。回来的时候是黄昏，从拖拉机上下来，个个脸色像饱满的麦子。第二天，他们的身影又晃动在墙头上，还是那些人，接着半个月前那个茬往上垒墙。只有我知道，那个茬再也接不上了，首先砖缝很难完全对上，即使后来勾了砖缝，我也一眼能看出他们停顿又续接的缝隙。更重要的是活儿搁了十几天，房子主人的想法变了，原先定的木头架房顶被钢板替代，木工活儿被铁活儿替代。事实上盖出来的房子变成了另一栋。半个月前他们因为回家割麦子而耽搁的那个砖混木框架的房子，永远都不会再盖出来。

甘肃的麦子割完了，新疆菜籽沟的麦子才开始黄。坡地陡，收割机上不去，全靠人工镰刀割。一人一天顶多割一亩地，一家种几十亩，就得一个劳力起早贪黑累一个多月。这一个多月书院其他活儿耽搁下来，哪儿都找不到给我们干活儿的人。这个季节，哪儿有比割麦子更重要的事情呢，我们只有眼巴巴看他们快快收割，我们院子里的活儿停下来。多好的太阳，多好的白云，多好的月亮和星星，我们干等着，看他们收获。我们挖管沟、盖房子、收拾院子的活儿，放一年也没事。房子不盖也没事，哪有比割麦子更大的事呢。

地上收麦子的季节，天上星星月亮都闲着。地上的麦香往星空里飘，那里有一层人，每年这个季节让麦香熏醒。他们眼睛朝下看，跟我们朝上望的目光相遇，仿佛黑夜里面对面走来的亲人。

我在这样的夜晚清闲下来，躺在靠椅上看星星。夜空像茫茫戈壁一样，那些朝黑暗里走远的人们，夜夜回头，我在书院的松树下，等候他们回望的目光。迟早我也加入其中，在奔赴无尽黑暗的路上，我夜夜回头，那时坐在夜空下看星星的人是谁呢，谁能从茫茫星空里辨认出我微弱而深情的目光，谁的思念会让我醒来呢？

在书院的松树、杨树上面，在稍远的山坡上面，星空荒芜着。它底下的山坡沟底，年年种麦子、土豆，年年丰收。

十　醒来

在我不曾醒来的早晨，你们挖开渠口，往我半月前浇过的菜地放水，你们低声呵斥月亮别叫，把渠边那根大木头抬到后墙边，又担心我醒来看见木头不见，四处找。你们把地边的草割了，晾干码成垛，在我让老王架起的草垛木棚上，你们又往高垛了半个夏天的干草。你们中的谁爬到垛顶，低声喊月亮太阳，他们俩欢蹦着朝上吠叫，又更低声地似乎正在心里喊我的名字，在连狗都听不见的那声呼喊里，我一次次醒来。我看见那时的我，好多个我，从菜地、从果园的浓密绿荫下、从门外的大路、从我一次次睡着的西北间的屋子、从山坡、从和谁的匆忙握别里，朝那个声音处走，步子轻快，眼睛朝上，耳朵侧着。那些走来的身影里有三十岁的我，二十岁、十五岁的我，亦有五十岁、八十岁的我，他们在谁的一声喊唤里来了。他们一步步往草垛聚拢，在渠边，十五岁的我好奇地看着五十岁的我，八十岁的我像一个孩童，蹦蹦跳跳超过十岁的我。然后，他们到了草垛下面，似乎草垛又摞了好多个夏天的干草。我看见它高入云端，他们也仰头看，又好奇地相互看，那个呼唤声再没有了，草垛上只有一个梯子，高晃晃竖立着。我认出那是我后父家的梯子，他们也都认出来。在我们早年的记忆里，那个上房的梯子总是短一截子，下房时一只脚探下来，找梯子，害怕地扒在房檐边，这个记忆延伸到无数的梦里。他们围着梯子，谁先上去呢，已经站在高高草堆上的又是谁呢。他朝下看，看见我各个年岁里朝上仰望的眼睛，那是他们中间的一双，早早地到了高处，星星一样静静回望。

在我不愿醒来的那个早晨，你们收住渠口，地里的菜都已长熟，我最喜欢吃的茄子、西红柿、芹菜长得尤其好，它们从来没有长得这么好过。在一个又一个早晨的无边长睡里，你们起来摘菜做早饭，喊干活儿的人吃饭，大声地喊，我寂静地听着。突然谁的一声喊到了我，又突然停住，她意识到自己喊错了，声音已放出去，收不回来。所有人都听见了，都停住，走路的停住脚步，吃饭的停住筷子，太阳月亮也愣住。我欣喜地听着，用我长长一生里所有的耳朵，去追那个散远的声音，我等着谁喊第二声，等她声音再大点喊我一声，等她沉默地在心里唤我一声，喊第三声。像她习惯喊我的那样，她早已习惯了连喊我三声，我早已习惯了在她的第三声里起身。我等她的第三声，她喊了我就起来，出门左拐，到餐厅，到她喊我去的任何地方。

可是没有，她只喊了一声，突然就没声音了，所有人都没声音了，月亮太阳都不叫了。我就在那时，装糊涂地没有起来，没去吃那个早晨的洋芋面条，没去走那个上午的路，没去晒那个下午的太阳。然后，我听见刮风了，满天空的落叶声，一层一层树叶，给大地盖上被子，我暖和地闭住眼睛，想着一百个一千个秋天的金黄落叶会是多么温暖。

（选自 2016 年第 4 期《人民文学》）

没有人在春雨里哭泣

鲍尔吉·原野

雪落在雪里……

雪落在雪里，算是回到了故乡。

雪从几百或几千米的空中旋转、飞扬，降落到它一无所知的地方，因为身边有雪，它觉得回到了故乡。

雪本来是水，它的前生与后世都是水。风把它变成了雪，披上盔甲和角翼，在天空慢慢飞行。雪比水蓬松，留不住雨水的悬崖峭壁也挂着毛茸茸的雪花。雪喜欢与松针结伴，那是扎帐篷的好地方，松针让雪变成大朵的棉花。天暖时分，松针上的雪化为冰凌，透明的冰碴儿里针叶青葱，宛如琉璃。天再暖，冰吝惜地淌为水，一滴一滴从松枝流下，流进松树灰红色鱼鳞般的树皮里，与松香汇合。雪落在松树上，极尽享乐。

白狗背上落了雪，白狗回头舔这些白来的雪花，沾一舌头凉水。雪落多了，狗身多了一层毛。白狗觉得这是走运的开始，老天可以为白狗下一场白雪，世上还有什么事不可能发生呢？雪花落在白马身上，使它的黑瞳更像水晶。没有哪匹白马比雪还白，雪在白马背上像撒了盐。雪使白猫流露肮脏的气质，雪让乌鸦啼声嘹亮。乌鸦站在树桩上看雪，以为雪是大地冒出的气泡，或许要地震。乌鸦受不了在雪地上行走踩空的失落感，它觉得这是欺骗。每一个在雪地上行走的生灵都觉得受到了欺骗，一脚踩一个窟窿，脚印深不可测。

雪填满了树洞，这些树洞张着白色的大嘴，填满雪。灌木戴上白色的绒帽。雪落在河床的卵石上，凹凸不平。石头们——砾石和山岩盖上了被子，雪堆在了它们的鼻尖。雪从树梢划过，树梢眼花缭乱，伸出枝杈却抓不到一片雪。雪习惯于下下停停，雪迟疑，不知是否继续下。雪让乡村的屋脊变得浑圆，草垛变成巨大的刺猬。老天爷下雪比下雨累，道理像打太极拳比做广播体操累。下雨是做操，下雪要用内力，使之不疾而徐，纷纷扬扬。老天不懂野马分鬃、白鹤亮翅，根本下不了雪，最多下点儿霜。

雪花死心眼。前面的雪花落在什么地方，它一定追着这片雪也落在哪个地方，或许比前一朵雪花还早一点落在了那里。那里有什么？咱们看不出所以然，看不清雪片和雪片的区别在哪里，雪知道雪和雪长得不一样。雪花千片万片穿过窗户，落在窗下。它们争先恐后降落，就是为了落在我的窗前吗？下雪的夜晚，我愿意眺望夜空，希望看到星星，但每次都看不到。雪花遮挡了视线，直接说，大雪让人睁不开眼睛。当然，你可以认为是星星化为雪的碎屑飘落而下。仿佛天空有人拿一把钢锉，锉星星的毛刺，雪花因此飘下来。我在雪霁的次夜观星，见到的星星都变得小了一些，且圆润。我想不能再锉了，再锉咱们就没星星了。星星虽然对咱们没有直接的用途，但毕竟陪伴咱们过了一生，星星使黑而虚无的夜空有了灵性。

雪让夜里有了更多的光，大地仿佛照亮了天空。月光洒下来，雪地把光成倍地反射给月亮，让月亮吃惊。雪地使星星黯然，少了而且远了。如果站在其他星球观望雪后的地球，它通体晶莹，可能比月亮还亮，外星人可以管咱们叫地亮。有人借着雪的反光读书，我不清楚能不能看清字，他首先不能花眼。但雪夜可以看清一只兔子笨拙地奔跑，把雪粉踢在空中。雪在夜里静卧，使它的白更加矜持。这时候，觉出月亮与雪静静对视，彼此目光清凉。

雪让空气清新，雪的身上有千里迢迢的、清冽的气味，这气味仿佛用双手捧住了你的脸。雪的气息如白桦树一样干净。跟雨比，雪的气息更纯洁。人在雪地里咳嗽，是震荡肺腑，让雪的清新进入血液深处。雪的气息比雨更富于幻想，好像有什么事情就要发生。是圣诞老人要来了吗？

雪落在雪里。雪和雪挤在一起仰望星空，它们的衣裙窸窣作响。雪的冰翼支出一座小宫殿，宫殿下面还是宫殿。雪轻灵，压不倒其他雪的房子。空中，雪伸手抓不到其他的雪，终于在陆地联结一体。水滴或雨滴没想到风把它们变成雪之后，竟有了宫殿。它们看着自己的衣服不禁惊讶，这是从哪儿来的衣服？银光闪闪。

阳光照过来，上层的雪化为水滴流入下面的宫殿。透过冰翼，雪看到阳光橘红。雪在树枝上融化，湿漉漉的树枝比铁块还黑。雪在屋檐结出冰凌，它们抓着上面冰凌的手，不愿滴下。雪在屋顶看到了山的风景，披雪的山峦矮胖美，覆雪的鸟巢好像大鸟蛋。雪水从屋檐滑下，结成冰凌。冰凌像一排木梳，梳理春风。雪在雪的眼睛里越化越少，它们不知道那些雪去了哪里。雪看到树枝苞尖变硬，风从南方吹来。“因为雪……抱回的柴火滴落水珠。”（博纳富瓦）

没有人在春雨里哭泣

雨点瞄着每株青草落下来，因为风吹的原因，它落在别的草上。别的雨点又落在别的草上。春雨落在什么东西都没生长的、傻傻的土地上，土地开始复苏，想起了去年的事情。雨水排着燕子的队形，以燕子的轻盈钻入大地。这时候，还听不到沙沙的声响，树叶太小，演奏不出沙沙的音乐。春雨是今年的第一场雨，边下边回忆。有些地方下过了，有些地方还干着。春雨扯动风的透明的帆，把雨水洒到它应该去的一切地方。

走进春天里的人是一些旧人。他们带着冬天的表情，穿着老式的衣服在街上走。春天本不想把珍贵的、最新的雨洒在这些旧人身上，他们不开花、不长青草也不会在云顶歌唱，但雨水躲不开他们——雨水洒在他们的肩头、鞋和伞上。人们抱怨雨，其实，这实在是便宜了他们这些不开花不长青草和不结苹果的人。

春雨殷勤，清洗桃花和杏花，花朵们觉得春雨太多情了。花刚从娘肚子里钻出来，比任何东西都新鲜，无须清洗。不！这是春雨说的话，它认为在雨水的清洗下，桃花才有这样的娇美。世上的事就是这样，谁想干什么事你只能让它干，拦是拦不住的。春天的雨水下一阵儿，会愣上一会儿神。它们虽然在下雨，但并不知这里是哪里。树木们有的浅绿，有的深绿。树叶有圆芽，也有尖芽。即使地上的青草绿得也不一样。有的绿得已经像韭菜，有的刚刚返青。灌木绿得像一条条毯子，有些高高的树才冒嫩芽。性急的桃花繁密而落，杏花疏落却持久，仿佛要一直开下去。春雨对此景似曾相识，仿佛在哪里见过。它去过的地方太多，记不住哪个地方叫什么省什么县什么乡，根本记不住。省长县长乡长能记住就可以了。春雨继续下起来，无须雷声滚滚，也照样下，春雨不搞这些排场。它下雨便下雨，不来浓云密布那一套，那都是夏天搞的事情。春雨非不能也，而不为也。打雷谁不会？打雷干吗？春雨静静地、细密地、清凉地、疏落地、晶亮地、飘洒地下着，下着。不大也不小，它们趴在玻璃上往屋里看，看屋里需不需要雨水，看到人或坐或卧，过着他们称为生活的日子。春雨的水珠看到屋子里没有水，也没有花朵和青草。

春雨飘落的时候伴随歌声，合唱，小调式乐曲，6/8 拍子，类似塔吉克音乐。可惜人耳听不到。春雨的歌声低于 20 赫兹。旋律有如《霍夫曼的故事》里的“船歌”，连贯的旋律拆开重新缝在一起，走两步就有一个起始句。开始，发展下去，终结又可以开始。船歌是拿波里船夫唱的情歌小调，荡漾，节奏一直在荡漾。这些船夫上岸后不会走路了，因为大地不荡漾。春雨早就明白这些，这不算啥。春雨时疾时徐或快或慢地在空气里荡漾。它并不着急落地。那么早落地干吗？不如按 6/8 的节奏荡漾。塔吉克人没见过海，但也懂得在歌声里荡漾。6/8 不是给腿的节奏，节奏在腰上。欲进又退，忽而转身，说的不是腿，而是腰。腰的动作表现在肩上。如果舞者头戴黑羔皮帽子，上唇留着浓黑带尖的胡子就更好了。

春雨忽然下起来，青草和花都不意外，但人意外。他们慌张奔跑，在屋檐和树下避雨。雨持续下着，直到人们从屋檐和树底下走出。雨很想洗刷这些人，让他们像桃花一样绯红，或像杏花一样明亮。雨打在人的衣服上，渗入纺织物变得沉重，脸色却不像桃花那样鲜艳而单薄。他们的脸上爬满了水珠，这与趴在玻璃上往屋里看的水珠是同伙。水珠温柔地伏在人的脸上，想为他们取暖却取到了他们的脸。这些脸啊，比树木更加坚硬。脸上隐藏与泄露着人生的所有消息。雨水摸摸他们的鼻梁，摸摸他们的面颊，他们的眼睛不让摸，眯着。这些人慌乱奔走，像从山顶滚下的石块，奔向四方。春雨中找不到一个流泪的人。人身上有 4000—5000 毫升的血液，只有 20—30 毫升的泪。泪的正用是清洗眼珠，而为悲伤流出是意外。他们的心灵撕裂了泪水的小小的蓄水池。春雨不许人们流泪，雨水清洗人的额头、鼻梁和面颊，洗去许多年前的泪痕。春雨不知人需要什么，如果需要雨水就给他们雨水，需要清凉就给他们清凉，需要温柔就给他们温柔。春雨拍打着行人的肩头和后背，他们挥动胳膊时双手抓到了雨。雨最想洗一洗人的眼睛，让他们看一看——桃花开了。一棵接一棵的桃树站立路边，枝丫相接，举起繁密的桃花。桃花在雨水里依然盛开，有一些湿红。有的花瓣落在泥里，如撕碎的信笺。如琴弦一般的青草在桃树下齐齐探出头，像儿童长得很快的头发。你们看到鸟儿多了吗？它们在枝头大叫，让雨大下或立刻停下来。如果行人脚下踩上了泥巴应该高兴，这是春天到来的证据。冻土竟然变得泥泞，就像所有的树都打了骨朵儿。不开花的杨树也打了骨朵儿。鸟儿满世界大喊的话语你听到了吗？春天，春天，鸟儿天天说这两句话。

（选自 2016 年第 1 期《十月》）

当风吹过小巷

马温

一

风吹过小巷，触发了哪片屋瓦的心思，摇落了哪棵紫藤的花瓣，吹皱了哪口水井的平静？

风吹过小巷，捎来了谁的口信，拒绝了谁的约会，痴迷了谁的双眼，撩乱了谁的刘海？

风吹过小巷，让风铃敲击出哪串音符，让烛光挑逗了哪个黄昏，哪粒植物的花种被它悄悄撒播，哪件墙内的红衫被它遥遥抚摸？

二

小巷有的长，有的短，可是，再长或再短，也终究是小巷。不是河边的一棵柳，不是柳树上飘舞的枝条，小巷只是枝上那一片柳叶，像女人好看的眉毛。

在月色中，小巷款款走来，没有簪花髻，却有皂荚咖啡色的清香，纺车上织出的土布，裁裁剪剪，穿戴到身上，就是上衣的斜襟盘扣和长裙曳地的复古气息，一步一摆，将脚下的月光拨弄出道道水纹。

三

路是青石路，由一块块青石板编成，就像一张张纸叠在一起缝出了一本书。

青石板是粗糙的纸张。青石板的纤维里，大概有山羊没啃光的草根，结过南瓜的枯藤，虫子咬出了洞眼的玉米叶，开在篱笆墙上的蔷薇，兴许还有很硬的山风、很软的河水、很响亮的牲口叫唤和无论如何也筛不净的琐细泥土。还有什么东西构造了这些青石板呢？小巷中的青石板来路遥远却又来历不明，谁说得清？

说得清的是它的粗糙——这么糙的纸头，不是为毛笔准备的。得由咿呀作响的独轮车来写，得由贩卖时鲜蔬果的草鞋底来写，得由撂在门前晒太阳的旧藤椅来写，得由和小巷一样窄窄长长的月光来写。

四

小巷里的叫卖声，叫卖的是季节，是每个季节的味道、色彩和诱惑。土泥色的菱角，水绿色的莲蓬，白茉莉，紫萝卜，缤纷五彩的石榴、花红，还有门上插的菖蒲、刚刚爆芽的水仙、浸在木盆里的粽叶，牵着土壤、池沼，挽着横出旁逸的果树枝和时令节气，一起来到巷儿里。叫卖的东西多着呢，甜酒酿、豆腐脑、炸炒米、紫皮甘蔗、洋糖发糕、北方大馍，这是能吃的；还有磨刀、补锅、修洋伞的，还有穿棕绷、弹棉花、挑个担子收荒货的，有时是邮差一边揿着车铃拍大门，一边喊“来信啦”！这些声色气味，也许能让小巷回到自己的童年，想起儿时的玩伴和丢失的童梦。

五

几乎看不出小巷有什么阅读活动。阅读从来不是小巷的公开话题。小巷人家什么都说，唯独不会说到阅读和心得。再衰败的巷子里也是有书、有认字的孩童、有阅读的，但这样的生活和经验是非主流，不值得也不宜于当众讨论。当小孩出现时，一定不是在读书，而是在玩耍打闹，滚铁环，抽陀螺，拍洋画，或者扛着竹竿到附近的公园里粘知了。下雪天，巷子里的孩子可没有兴趣堆雪人，他们热衷于打雪仗，男孩女孩都参加。倒是巷中的小猫显得比小孩更斯文，小猫走路的样子，你怎么贬低，它也像个读书郎。

六

风来了。风吹过长衫短褂，吹过窗户纸，吹过屋檐上的瓦松，吹过烂脸盆里种的一簇葱，吹过褪色的春联，吹过生锈的门环，吹过墙头上竖立的电视天线，吹过路边的泡桐树和挂在树上的一笼八哥，吹过井台旁的杵衣声，吹过竹匾里腌制的萝卜干和晾在铁丝上的寒菜。打从小巷里吹过的风，还能指望有别的什么邂逅、什么艳遇、什么蓦然回首？

从更高的地方看下来，小巷其实像支竹笛。可是风吹不响这件乐器，因为小巷到处都是洞洞眼。代替风做了这事的是小巷里一个脸色苍白的青年，他隐在门后吹笛，能够吹出鹧鸪的叫声，吹出鼓点，吹出人欢马叫。构成小巷音乐生活的元素还有有线喇叭里的扬州评话、锡剧和黄梅戏。有一天，哪户人家紧闭的小窗里传出唱片机的声音，放的是西洋乐曲，这样的涉及文化的偶发事件常常让小巷不知所措。

七

一直觉得，包着蓝印花布头巾，挎个竹篮子，篮中装着青菜萝卜，走在杨柳岸晓风残月中的女子，就是我心目中的小巷。其实，这个女人早已鬓发如雪，早已星飞云散。

当年让小巷冒出炊烟的一套工具，煤球炉、芭蕉扇、火钳、一小把劈柴，如今都成了梦境。同一类的东西还有打井水的铅桶、晒衣服的晾绳、木头做的陀螺、树枝做的弹弓。如果是青石板上的车辙，汉白玉的井圈，谁如拥有，简直就能申请“非遗”了。

小巷大规模活着的时候，是个问题。

小巷大规模消失之后，仍然是个问题。

八

风怎样吹短了小巷？风怎样吹瘦了小巷？风又是怎样吹走了小巷？

问风，风已无影。

问巷，巷已无踪。

问自己，此情可待成追忆，只是如今……已惘然。

小巷就是一片叶，青石板都已被风碾碎，让一片叶子怎么迈过、怎么抵挡、怎么保全自己？

我有时会想，小巷那么的狭窄，那么的曲折，风吹得进来吗？在历史虚无主义的折磨下，我甚至觉得小巷中其实从未有过一场真正的风，虽然我就在小巷的风中长大。

（选自 2016 年第 3 期《散文》）

雪地中的小酒馆

麦子

在北方油田，从市中心出发，往东走，不过三五公里，是大片的荒原，往西走，不过三五公里，是大片的荒原，往南往北，还是大片的荒原。连绵的荒原，长风浩荡，这是一个被荒原包围的小城，小到仿佛全世界的热量仅是手心里的那一握。

和所有生长在寒冷地带的小城一样，几场大雪，小城就被寒冷围困了。河流冻结，飞鸟远游，蛇藏身地穴，我大叫一声，嘴巴就被冻僵了。

实在太冷了，我蜷伏在房子里，哈去玻璃上的霜花，外面在下雪。

四下寂静，荒原上灯影恍惚，我想象着那些生长在荒原深处的小酒馆里，谁与谁在一团灯影里守着汤锅，举起酒杯，喝光最后一滴酒。他们整晚都在说话，断断续续，反反复复。我很想知道，他们最想说的那句话是否也在其中。小酒馆的老板娘蜷缩在灯影里，闭起眼睛看电视，似睡非睡。那么多话语流过她耳朵，一遍遍流过，而她长久沉默，任由他们安静地说话，安静地喝酒，安静地无所事事。突然有人推门进来，一股荒原气息瞬间涌入，寒意四起，夜更深了。来人跺掉鞋上的雪，径直走向酒桌，一层一层脱去棉衣，露出红色手工织就的毛衣。有人把酒递过去，他也不推托，默默喝掉。大家都太寂寞了。

这是我对小酒馆的全部印象，有时，我也在其中。

太冷了，来，喝一杯吧。我举起酒杯，喝光最后一滴酒。酒的气息在胸腔里蔓延，灯光在高处，照在他们脸上，有一些恍惚，更多的是倦怠。我有些困倦，坐了太久，腿有些麻木。电视播放的爱情轰轰烈烈，在这样的寒夜里，连个光亮也闪不出来。我默默起身，在房间里来回走动，竟有些悲观。小酒馆生来就属于这样的一群人。他们怀抱热情，又把心意深埋；他们愤世嫉俗，又生来怯懦；他们手握才情，却无所成就。有人新开了酒，杯杯注满，煽动大家喝下。我靠在老板娘的椅子旁，突然恍惚。酒桌上炭火红亮，汤水咕嘟，他们的头顶冒出腾腾雾气，他们的话语在雾气里像一朵朵盛开的莲花。而在他们身后，是暗不见底的深渊。我喝醉了吗？我揉痛了眼睛，看一眼，夜深一重，再看一眼，人已在冰天雪地中。

我在冰天雪地中四下徘徊，世界真安静，所有话语全都消失了，光亮与深渊也消失了，我听到河流在冰层下湍响，一只猫抓着我的腿爬进我怀里，它的眼睛在黑夜里宝石般闪亮。我抱着它转过身，小酒馆的灯光在远处恍惚，大雪覆盖住通往它的小路，树木也被大雪埋葬了，乌鸦在巢穴里酣然大睡。繁华与落寞瞬间被深埋。我努力地想了又想，那个后进来的人到底是谁呢？不过一转眼，我竟想不起他的脸。

我分不清这些印象是我的想象，还是真的发生过。它们就像电影碎片，植入我的记忆。那夜之后，我再也没有寻找过小酒馆，我只任它存留在记忆或想象里，偶尔想起那个后进来的人，还是想不起他的样子。

（选自 2016 年第 1 期《石油文学》）

一筐麦子

王新军

秋天是一个多么美好的季节啊，农人们一个个脸上堆满了沉甸甸的笑容。

那些日子的母亲，也和大家一样，脸上洋溢着即将面对丰收的喜悦。用不了两天，村庄周围大片大片的麦子就要开始收割了。

农人们的好心情，总是保持不了多久。就在这天晚上，天空淅淅沥沥地下起了雨。

这雨，把全村人的脸都给下阴了。

雨一连下了三天，笼罩在人们心头可怕的情景出现了——地里已经成熟的麦子，开始变灰、变黑，有的麦粒竟然长在麦穗上就急不可待地生出了白嫩嫩的芽儿……

半年的辛苦，一年的收成啊！母亲和村人们一样，心痛得都快吐血了。

天气终于放晴了，家家户户都抢收起麦子来。等麦子碾出来，却找不到一颗来做来年的麦种，我们家自然也不例外。最后，母亲从仓房里端出了下雨前收获的那一筐准备用来当鸡饲料的麦子，准备选它们做明年的种子。

母亲用手拨拉着那筐掺杂着一些草籽的麦子，脸上流露出一层歉疚的神情。母亲自言自语般地对我们说："早知道大田里的麦子会给雨淋霉了，指望不上，稍微用上些心，这些麦子其实还能多收两筐哩。"

母亲手里的这筐麦子，是种在大田边缘荒地上的。那块荒地去年才开垦出来，春天的时候，母亲和我把种完大田剩下的几把种子撒在了那里，那种不经意间的举动，从心里就没指望能有个什么好的收成。

大田里一忙，母亲和我们也就顾不上那片荒地了，除了浇水的时候跟着大田灌一遍，连杂草也没人去拔。那片麦子竟然就那样长起来了，它们从杂草丛里顽强地伸出头来迎接阳光的照耀，没有一点自暴自弃的样子。因为缺水缺肥，它们把身体里所有的营养都供给了麦穗和籽粒，时刻与疯长的杂草拼着，早早地就成熟了，并且躲过了那场雨，最终被它的主人当作了来年的麦种，成了这一年全村公认的"最好的麦子"。

筛选过后，年迈的母亲抓起一把黄灿灿的麦子笑了，她缺了几颗牙的嘴咧到了一个十分开心的程度。毕竟，我们拥有了一筐饱满的麦子啊！

第二年，因为那筐麦种，我们自留地里的粮食获得了丰收。那片小小的荒地，我们再也没有冷落过它。渐渐长大了之后，我还是常常有意无意地想起好多年前的那筐麦子，那筐从杂草丛中历尽艰辛走向成熟的麦子。它们在那荒僻的不为人侧目的一隅，时时忍受着野草的诋毁，最终成了那一年村里最好的麦子。这恰似那些出身卑微且时时处处受到冷遇的人，他们当中总有一部分不甘沉沦，始终在艰难和逆境中不屈地前行，最后成为人群当中的“这一筐麦子”。

是不是可以这样说，最好的麦子，就是荒地上长出来的那一筐呢？

（选自2016年第3期《绿洲》）

西风消息

李万华

雨　水

昨夜梦得一坡油菜花开，竟是“一气初盈，万花齐发，青畴白壤，悉变黄金”。在梦中，我以为大地的模样就是这样：金黄，暗藏柔韧的筋道。但是梦中有人说：风吹雨打，花落叶下。

这之前的某一日，我在老屋檐下闲坐。这是乡下，阳光没有杂质，尚未长出新叶的梨树在院子中央，枝杈如同龟甲兽骨上的笔画。它旁边，一棵沙枣树歪着身子，旧年的妃色果子小如豆粒，果皮上布满黑点。想一想，如果每一种果子都如此闹脾气，不肯掉落，年长日久，果树会成为什么。一只猫咪跑过去，爬上大板夯筑的土墙，又从墙头跃到树枝上，停住。看上去，它的这一行为没有任何意义。墙头露出远山一角，清冷的风从屋外榆树的枝子上滑下，近处耍社火的锣鼓节奏铿锵。也有一两声鸦啼，仿佛冬季还未离去。我们喝咸茶，偶尔说话。脑中无舟楫的片刻散漫，清波亮出光斑。其间记忆自在身边游走，觉察时它们已经遥远，并不与我发生多少关联。而在沉默时刻，我总能看见时间踮着脚，小毛贼一样扛着些破烂玩意儿走过。一扭头，我甚至看见多年后我们自身的白骨，在阳光里静坐。它们洁净、温润，泛着光泽，它们完好无损，姿态娴雅，仿佛正在轻颦浅笑。

现在想起，那一天仿佛来自一个遥远过去，又仿佛取自未来。眼下转瞬即逝，未来遥不可及，过去是什么，一棵沙枣树，抑或只是一场回忆？

然而回忆未必可靠。电影《去年在马里昂巴德》中，一场或许并不存在的相遇被男主人公回忆得历历在目，仿佛它刚刚发生，彼此的气息还没在花园的雕塑下散去，不过被另一个人忘记。如果遗忘表明过去并不存在，那么回忆，是否果真能杜撰出一个过去？

这一日夜间，我听见窗外檐漏，滴答滴答，屋顶积雪正在消融。我有多久不曾见得冰雪融化的样子？旧日那些冰凌挂在屋檐，雪水晶莹，春风沿着河道走过的情景，我并未生疏。一些情景日日重复，回想起来却如同空设，一些情景一旦露面，便被魔术长久定格。小时候接触物事存有局限，不能一一看尽，然而相待之心细腻专注。成年后，时刻穿行，其间柳暗花明，抑或山重水复，我们却已习惯顺水流逝。

其实我并不知这是哪一日的积雪，我从乡下老屋回到小镇，它们已经存在，在楼层背阴的角落，树根，砖瓦的缝隙。它们在那里沉积，并且渐渐瓷实，它们的表面因此变成薄薄冰层，反射光芒，仿佛一些特立独行的人，“过言不再，流言不极；不断其威，不习其谋”，并不依附。

《礼记》说：“始雨水，桃始华。”这节候的物征，本以中原为主。在青藏高原，这一切都将姗姗来迟。

惊　蛰

前夜或者它的前一夜，我反复从梦中醒来。我听到一种声响，自窗棂传入。窗外有青杨、断墙、破败屋顶和枯瘦青苔，再远处，是废弃的黑烟囱和连绵山脉。起先我以为那声音来自人们送亡时吹奏的唢呐，音调悲切，断续呜咽，黄白纸钱正在黎明前的暗色中上下翻飞。听几声之后，又觉察出一些异样。那声音起先在近处的低矮墙头，后来便逃逸到瓦楞上去，在那里短暂停留，又钻入狭窄小巷，远远而去。醒来与睡去的过程是不断陷入迷魂阵，片刻清醒，觉察出四围灯火青灰，阴风森森，恐惧如同爬虫丝丝游动，片刻又沉入梦底。到后来，当一缕灰白天色浮动到纱帘，我终于明白，那是一只夜猫在叫。

我以前半夜时常听见猫叫，却不是这般状况。那往日的猫叫总带点幽微暴躁，带些小的愤怒，仿佛丢失奶嘴的幼儿，满是寻找的急迫，让人偷笑；又仿佛一些斗得眼红的顽童，正在上墙揭瓦。前夜的猫叫声竟有几分凄楚。我想象那声音该来自一只渐渐老去的猫，它有沉静的面容，威武的胡须。白天，它时常蹲在屋顶青苔旁。那是一种猫族长久延续的姿势，尽管老去，但不失优雅。有时我打开窗户，拿些食物，唤它来吃。它不为所动，蹲在那里，神情专注，眼神并不急于肯定或否定什么。观察，但不说。

说不定有些人模仿着猫生活，过去我总这样想。但是有一天，米兰·昆德拉说："在妓女的世界和上帝的世界之间，弥漫着一股刺鼻的猫尿骚味儿，如同分隔两个王国的一道河流。"我习惯将猫放置到一幅牧歌的图景中去，时光悠然，然而米兰·昆德拉关于猫的这一说，几乎带着撒旦的微笑，让人心存芥蒂。

今日早起，见得天地罩着寒烟，薄云扯成灰白一片，远处没有山峰逶迤的影子，仿佛冬天刚刚醒来，打着霜花四溅的呵欠。近处是零碎雪花，它们在地面上，刚好能印出鸡爪。午后起风，并不轰隆。这风肯定不是天风，没有浩荡，也没有剪水的老庄，"天风海水，能移我情"，也不是这样。这风只来自世间，刮着些微杂乱。

我在这一天想起"仓庚鸣，鹰化为鸠"（《礼记·月令》）这句古语。我宁愿相信鹰变化为鸠，而不是鸠替换了鹰。变化是神奇，譬如白狐俯身一变成为报恩的女子；替换充满了不确定，比方那狸猫换了太子。

春天的鱼

夜晚，憨实的鹦鹉鱼卧在水下，头塞到草丛之中，腹鳍贴着缸底，像一只猫咪。我以为鱼儿酣睡的模样便是如此乖巧。我甚至不忍惊动它，不敢在房间中轻声走动。早晨，我看见鹦鹉鱼躺在水面，已经死去。鹦鹉鱼的身体两侧各有两枚花朵，红花黑梗，仿佛用针线一点一点绣成，手法拙朴。在此之前，有人来看鹦鹉鱼，我打诳语，说那两朵花是我用颜料一笔一笔画出。那人未必全信，但她靠近鱼缸，仔细探究的模样惹人发笑。

其实我从未尝试过给一条鱼儿描上花朵，我也从不曾将我白色的猫咪染成粉红。

前一段时间翻书，见安·契诃夫在《萨哈林旅行记》中写库页岛，说它很像一条鲟鱼。后来做梦，见到库页岛，它像我家鱼缸里那条名叫奶糖的金鱼。鱼没成为大象，这个梦便失去新意。在梦里，世界地图展现在我眼前，亚欧大陆像我脖子上的蓝色桑蚕丝巾，太平洋倒是灰白，仿佛盛在碗里的一片月色。奶糖在亚欧大陆的东端，向北游动着，阿穆尔河像甩下来的一条细线，钩着它的嘴。梦里，有人问：阿穆尔河，它注入库页岛的，是鱼饵，还是氧气？

鱼缸里还有一条名叫地图的黑鱼，我不知道地图是它的品种还是名称，卖鱼的人说它叫地图，我们就叫地图。它黑色的底上长些橘红色斑纹，生了锈一般，地包天的大嘴巴，像掉完了满嘴的牙。这条黑地图在鱼缸里，像一截飘忽而来又飘忽而去的黑色念头，抓不住，但也驱除不掉。它起先吃掉另一条小而白的地图。它们是同类，怎么下得了口？我站在鱼缸前准备给它说些难听的话，比如我喜欢凛冽的西风，但不敬仰咄咄逼人的鱼之类，但没说出口。后来它撕咬像库页岛一样的奶糖，过两天，库页岛就不见了。

飞船是鱼缸中最大的鱼了，有40码的皮鞋大，白中透粉的身子，舒缓优美的两条丝鳍。它也是会认人的鱼。资料说，它性情温和。但它总是追着咬地图。时间一久，地图也就不见了，最后鱼缸被飞船独占。然而飞船不甘寂寞，开始撞缸壁，碰出大的声响。屋子里如果没有曲子回旋，总是很安静。我在书房里，忙一些不重要的事，不经意间就会被它撞出的声响吓一跳。有时我坐在鱼缸旁的沙发上翻书，偶尔一翻书页，或者一起身，也会吓得飞船在鱼缸中东奔西突。算下来，我吓飞船的次数和飞船吓我的次数也对等了。有人说，鱼最忌惊吓，我学着小心谨慎地在屋子里来去，但是它照样将鱼缸撞得咚咚响。真不明白，飞船为什么要那么狠劲地撞鱼缸呢，因为是春天到了的缘故？

鱼儿在春天会是什么状态，我不知晓。有资料说，春天，草长莺飞，鱼会纷纷外出活动，大量进食，成群游弋，活动范围极广。果真如此，我也就理解飞船了，它也许厌倦了孤家寡人的生活，想外出寻觅朋友。但有时候，我又忧心，它是不是因为看不到春天在鱼缸上的倒影，开始绝望。

三　月

三月，小镇外，我看到那么多的土地被荒芜。“被”字我不大喜欢用，这大约受了董桥的影响:“形容不太好的事情，不妨用‘被’，叙述好事避之则吉。”“女鬼被裸埋，小红被门槛绊倒，韩信被人骗走，都不错;黛玉被宝玉追求，纪晓岚的书被人传诵，都不好。”土地荒芜了，这该是怎样的不争气?!土地被荒芜了，这该是怎样的无奈?!

当然，我还看到另一些土地，在麦苗没有铺开之前，生长着其他一些事物。一群慢悠悠的羊，羊羔跟在它们身后，如同玻璃弹珠，羊羔总有快乐的事情。田埂上一只洗脸的猫咪，不久，它肯定会被爪子弄成小花脸。三三两两的雉鸡从山里跑出来，带着它们的鲜红耳羽簇和花尾巴，那样显摆。三只喜鹊，酣睡的蓝棉袄老人……三只喜鹊，正有口角之争，一群绵羊，反倒温柔和善。声势到底要造，喜鹊属于胆汁质。

从前，进了三月，虫子们开始在土壤下蠢蠢欲动，母亲就会耐不住性子，挑一个晴和日子，拿出早已选好的种子点到泥土中。种子极简单，油菜、萝卜、菠菜，还有些芫荽和葱。种类少，便于规划，五线格或田字格，一畦一样，将园子分割开来。虽是阳春，在高原，这仍属于反复无常的多变时节。天上的乱云尚未飞渡，便怕寒流突至，大雪降温，种子被冰冻。好在这种恼人天气并不多见，种子往往能自由酣畅地吮吸养分，专心孕育某一刻的突然萌发。果然，春雨会如期而至，润物无声，芽们被催促着，顶土而出。那些小嫩芽，像一张张纯净又显茫然的童稚之脸。那时候，母亲看到俏生生傻愣愣的小叶子时，是什么心情呢?而来菜园里撒尿的猫咪见到，又是什么感觉?

我大约能感觉到，然而不一定真切。母亲曾经为之年年忙碌的事情，那些泥土地上的春种夏耘，秋收冬藏，在我，竟然成为一种奢望。然而，如果果真有那么一些时候，我在泥土中，在风雨和高原的寒冷中，为一粒青稞和一棵白菜而忙得焦头烂额时，是否还会像现在这样，念念不忘呢?

我大约只能这样，忙着眼前的琐碎，却怀念着从前的事情。或者也不是我一个人念着从前的好，木心有首《从前慢》说:

从前的日色变得慢
车，马，邮件都慢
一生只够爱一个人

从前的锁也好看
钥匙精美有样子
你锁了人家就懂了

黄昏时分，阳光从窗纱斜进来。我伸出手去，发现一个指头足够将窗外的太阳遮挡，但挡不住纷纷光线。将贝多芬的《献给柏拉图式的恋人的奏鸣曲》放进播放器，吉利尔斯的录音。附在CD里的片断文字说：“这两个身材矮小的人，在音符上，似乎都为对方存活。”倒一杯蜂蜜水，坐在阳光的温热中。我身边，白色的飞船鱼和黑色的地图在水缸中游曳，铁线蕨静无声息，金橘垂在枝头，杜鹃的花瓣撒到窗台上。

我很少记录这样的时刻，因为它既琐碎，又无多少意义。但我并不因此而感到沉寂，以至厌倦。一些事物看不到，这并不等于看不到所有。总有些另外的事物，在静谧的地方，存在着。譬如一枝唐古特忍冬，一只金雕，或者一缕清冷的风，此刻，一定在目力所及的高山上，或者，雪水渐次融化的原野，生长，飞翔，流动。

杏

清代的李渔真是有意思的人。曾有人说杏子如果不结果，将处女常穿的裙子系在树上，便会结实。李渔说他开始不信，后来忍不住实验了一回，果然如此。李渔暗自高兴，并大着胆子将这种方法推而广之，说，若有不育之男，应让他穿上佳女的裤子去试试。想想，真是简便实惠的医治方法。不吃药，不打针，不做手术，还有花裤子穿。

不过杏树却从此落下个“风流树”的名声。想想还是个空名声，委实有些冤屈。一日翻寻“杏”的诗词词条，吓一跳。那些诗词句仿佛一条澄静白练，从一个幽远朦胧的年代抽出头来，浸着雾气，飘飘荡荡一路流淌来，扯不开，剪不断，浸满了古旧芬芳。

想想杏原是个庞大的古老群体，三千年前就已经成云成雾地栽植在中原大地，红一片，黄一片。说苍黄的丝绸之路也曾飘满杏的清芬，一飘就飘到了遥远的西欧。想那一翻风雨路三千的艰难行程，杏当和人一样，该有着“奴去矣，莫牵连”

的嗟叹。“情能动物，况于人乎。”再想那些诗词，也便不觉得烦琐。

“桃花能红李能白”，那应该是桃李该有的分内事，如果桃花能白李能红，那才是它们的能事。我没见过红色的李花，想来李子花只能是白色了。杏花不一样，杏花初开时绯红，开着开着，颜色便逐渐转淡，最终成为白色。颜色慢慢转白的杏花，碎花瓣挤在枝子上，仿佛蒙了一层粉尘，灰蒙蒙脏兮兮，一点不耐看。但在四月的路上行走，哪里就有刚好是初开的杏花呢。于是觉得与花与事，都不可强求。

和某人聊天，她说她们那个地方，从不将杏树栽到院子里。真是奇怪，是怕杏花开出墙头呢，还是什么原因？又有人说，她们那里从不将李子树栽到院子里。在我年幼时候，我家的院子里栽着樱桃、碧桃、祁连圆柏和李子树。李子树长得高大，开花时一树莹白，就是不结果，大约是海拔太高，气候过于寒冷的缘故，也没有杏树。杏树是更不耐寒的树木。在我稍稍长大一些的时候，母亲将几株云杉栽到墙根下。云杉长得慢，还没长大，我们就搬了家。新主人住进去不久，便将云杉连根挖掉，说是云杉不宜栽到家里。

年少时候，难得见到杏子，偶尔吃几枚，也要将杏仁取出来，交给母亲熬茶喝。母亲将杏仁放在勺子里焙出火色，用手搓去薄薄皮膜。茶是茯砖，用黑毛茶压制而成。水是从山脚下挑来的泉水。茶壶已被烟熏火燎，陈旧，难辨旧时色泽。烧开水，放进杏仁、茯砖、花椒、生姜、草果和盐，一起熬。熬到茶水颜色变成深红，倒在大瓷缸里喝。端着大瓷缸，坐在檐下台阶上，头顶清明朗阔的天，看墙外青山隐隐露一抹微翠。低头啜饮几口杏仁茶，吃出花椒的味道，生姜的味道，草果的味道，最后是杏仁的味道。竟是一壶浸满了山川草木的茶。

现在还想捧着那大瓷缸茶在院子里一坐一个黄昏。

猫

喜鹊喜欢和人居住在一起，这使得它们粗糙的巢穴，仿佛一粒粒黑色大粪球，始终挂在人家院墙外的树枝上，雪压不塌，风刮不掉。人们对此熟视无睹，出来进去，不理睬。院子里的猫，和人不一样，它倒像个小气鬼，专门与喜鹊过不去。小时候家门前一株青杨树，树头被雪压掉，长不高，只好横向发展，树干短粗，枝丫繁茂。喜鹊在那里筑起巢穴，有事无事总是喳喳。喜鹊叫，总归是好事，我们便不厌烦，这大约使得喜鹊越加任意妄为。一次几只喜鹊玩闹起劲儿，正好叫院内大花猫看见。猫瞪起眼睛，贴着地面摸出门去，顺着树干就往上扑。过程那般迅速，以至我只是一个愣怔，喜鹊就已经怪叫着，在树枝外的天空拍着翅膀惊恐未定，猫却抱着摇晃的空枝子将自己当想象中的喜鹊。

那只猫的毛色是乌云盖雪，喜鹊的黑白礼服一样经典。

后来居住的屋子窗外，一排青杨并不高大，有雨也不潇潇。树小但不影响鸟雀来往：红肚皮的啄木鸟，小麻雀，花石头雀，夜晚的长耳鸮。那时我养一只名叫林黛玉的小白猫，它的额头上有个黑色感叹号。我们大多时候叫它感叹号，林黛玉也只是个学名。感叹号无事就蹲在阳台上隔着玻璃看窗外的鸟，也看刮过地面的风。有只喜鹊大约做了母亲，一天，它看见猫在阳台上窥探，竟然朝猫扑过来，结果一头撞在玻璃上，而感叹号居然被吓得满屋子乱窜。

站在公寓楼的阴台上，低头就能看见楼下一座房子的灰色屋顶。好几次我见一只大狸猫和两只喜鹊在那里玩闹。大猫屡次弓起身子，瞄着喜鹊，来来去去做出扑食的样子；喜鹊屡次起起落落，欲飞又止。猫原是捉不到喜鹊的，喜鹊一飞就在枝子上，猫再奔忙也不如有翅膀。如此几番，谁都不气馁，反而彼此引逗得起劲。我在一旁，倒有了闲心思：黄帝丢掉玄珠，象罔给找到，是如此有心与无意的故事，其实说不定编故事也就是信手拎个葫芦的过程，结果葫芦里全是天地。

常走的一条公路两旁，密植青杨、沙棘和红柳，灌丛外有大片农田和人家院落。驱车经过，时常看见被车辆碾压死去的猫，躺在公路上，已经看不出完整形状。向一位司机询问原因，司机说，猫在夜晚走路，见到车灯亮着就要迎过来，从不知躲闪。这条公路上空，来去的喜鹊也多。喜鹊在夜晚，不知对灯光有何反应，但在白天，它穿越公路时，始终保持警惕。

我上小学时，曾经养过一只猫，晚上睡觉总在一个被窝。那时天冷，也不知我和猫谁给谁取暖。后来猫被村里的几个孩子打死。原因非常简单，因为大人说，猫有九条命。几个孩子为了验证这句话的真假，偷偷抱猫到村外旷野，用各种手段，将猫折磨致死。

一次与友人在网上说话，我说我总感觉自己的前世是只猫。友人说：猫转而为人，是作孽；人转而为猫，是造化。

（选自2016年第2期《散文》）

树的事

刘江滨

我的老家宅院里有一棵老枣树，树龄多少年了？小的时候我问过父亲，父亲说他小的时候院里头就有，估计总得有上百年了吧。而今，父亲已不在人世了，这棵老枣树依然蓬勃蓊郁，每年秋季都结出香甜的红枣。

老枣树长在窗前，树身不高，也不很粗，中间裂开一条深深的树洞，树干六十度倾斜着，像一个佝偻身躯的老人。我小时候它就这样，过了50年，它还是这样，似乎岁月在它身上停止了迁延。在我的记忆中，我家的鸡到了晚上，往往不回鸡窝睡觉，而是习惯飞到枣树上栖息。我也喜欢登着树洞爬上枣树玩耍。童年的喜好竟然与动物相同，实在有趣。这让我想起人类的童年时期，我们的远祖最早也是筑巢而居，把家安在树上的。唐尧时代有位隐士名“巢父”，即如此。

树老了，就成了“神”，许多百姓给老树蒙上红布，供之香火，叩头膜拜。《中山狼》载，东郭先生救了狼，狼却要吃他，东郭先生和狼商议要找“三老”评评理。“三老”即老牛、老翁和老树。在人们看来，老了就有通神的意思，孔子说老而不死是为贼，道家却认为活得久远是因为修炼得道而来。高寿视为人瑞，夭折或中道崩卒则视为不祥。人如此，树亦如此。

去过山西的晋祠，那里有春秋时期留下的柏树，距今快三千年了，树身皲裂得七沟八壑，形状怪异，部分还补着水泥，树根也隆起地面，像老人的手青筋暴露，但树冠如伞，葱茏沃若，新叶碧绿，如新鲜的娇娘。这是我见到的树龄最长久的古树了，也是我见到的最长久的生命体。春秋，是老子、孔子生活的年代，从生命本身来说，老子孔子早已化作尘埃烟云，被无常打扫得干干净净，不留一点痕迹了，而与他们同龄的树，“青山依旧在，几度夕阳红”，历经无数次雷击、风摧、洪淹、地震、兵燹等无妄之灾，仍好好活着，老而弥坚。

万物的寿命都有长有短，树也一样，树种不同，生命的长度也迥异。凡是易成活、长得快的树都短命。有一种树叫泡桐，几年工夫发面似的巨大粗壮，树身多汁，小时候淘气，拿小刀戳一下，汁液就流出来，像人的眼泪。这种“速成”的泡桐寿命很短，不几年就枯死了，而且质地粗疏、脆弱，不堪大用。但城市拿它做行道树倒也合适，树大叶阔，今天栽种，翌年就可享受绿荫了。寿命最长的树种应该是松树柏树了。“岁寒，然后知松柏之后凋也。”人们祝福寿星常说“寿比南山不老松”。它们多栽种在陵园墓地、祠堂寺庙、皇家园林，象征万古长青，永垂不朽。黄帝陵、避暑山庄、武侯祠、清东陵西陵等故地旧地所在多有，古意森然，平添了一份岁月感、历史感和肃穆的气息。松柏不仅常被人们赋予精神的象征意义，生活中也堪称栋梁之材，质地密实坚韧，不折不弯，盖房子做家具做寿材都是上好的木料。

最文艺的树应该是柳树了。柔媚，浪漫，伤感，多喻离别。柳树特别容易成活，插个枝不久就冒芽了。树的形状不够高大雄壮，有一种垂柳更是枝条柔软细长，婀娜婆娑，随风飘拂，颇像柔顺乖巧的女子，河边、田畴、井旁、房前屋后到处可见。从《诗经》“昔我往矣，杨柳依依。今我来思，雨雪霏霏”开始，柳树跟诗人结下不解之缘，关于柳树的名句车载斗量。诸如：“此夜曲中闻折柳，何人不起故园情。”（李白）“杨柳岸，晓风残月。”（柳永）“月上柳梢头，人约黄昏后。”（欧阳修）“春风杨柳万千条，六亿神州尽舜尧。”（毛泽东）等等。这里“杨柳”就是柳树，跟杨树没丁点关系，譬如“杨柳细腰”是说女人婀娜的腰肢，像摇摆的柳树，如果像杨树那样直挺挺，岂不大煞风景？

作为我们生活的北方平原，最家常的树是杨树、槐树、榆树、柳树、枣树、桑树、椿树，还有桃李杏梨等果树。农村长大的孩子，童年记忆的底色就是爬树攀高，抓知了，偷果子，找鸟蛋。用树杈做弹弓，用树棍做皮牛，用树枝做伪装帽。在食不果腹的饥馑年代，槐花、榆钱、树皮、树叶等都是救命的食材。树木是人类的密友，甚至是生命的孵化器，人类是从丛林中走出来的。没有树，我们所生存的地球就是荒漠。那年去澳大利亚，第一次走进热带雨林原始森林，那真是树的世界呀，密密匝匝，遮天蔽日，盘根错节，枝杈交错，仿佛走进了洪荒远古。有树的地方，就有人烟，有树的地方，就有文明。中华文明唐之前北方是中心，后来就移到南方了。为什么？据说跟树有关。唐之前，北方气候温暖，雨量丰沛，森林繁茂，不仅有母亲河黄河，河边林地还有大象出没，要不河南为什么叫“豫”呢？字里有“象”，黄河边上还出土过大象的化石。北方翠竹成林，所以才能就地取材，竹简做纸，书写青史，竹子绝对不会千里迢迢从南方运来。后来，“坎坎伐檀兮，置之河之干兮”。王朝更迭，大兴土木，战乱频仍，森林被毁，气候变得寒冷，北方不再适宜竹子生长，大象更是南迁。文明也如候鸟找寻温暖。比如宋代，大文人苏东坡、王安石、陆游、欧阳修等多是南方人。即使如今，森林覆盖率高的地方，文明程度就高，反之就低，树木稀疏，精神也荒芜了。

庾信作《枯树赋》:“昔日种柳，依依汉南。今看摇落，凄怆江潭。树犹如此，人何以堪。”由树及人，生发对生命从葳蕤到肃杀的慨叹，表达出一种无奈、伤感、苍茫的情绪。人的生命意识从来就有许多和自然界的树木联系在一起，人活一世，草木一秋，十年树木百年树人，无边落木萧萧下，不见长江滚滚来……从一树鹅黄到碧叶青青，从落英缤纷到枝丫萧条，一如人的生命年轮轨迹。生生死死，枯荣寂灭，周而复始，无穷无尽。茅盾见白杨而想起挺拔的哨兵，鲁迅把寒夜的枣树喻作孤独的战士，庄子欣赏不成材的樗安享自在，孔子在杏林筑坛授业，佛陀在菩提树下觉悟，李聃（老子）之李本就是一棵树啊。

小的时候，老师在课堂上教我们画画，让大家画一个家。大多学生的画面是这样的：一座房子，旁边有一棵树，树的下面是人，树的上方是圆圆的太阳，房子前面有一只鸡或一只狗。这就是我们的家，家园里怎么能没有树呢?

（选自 2016 年 2 月 27 日《中国财经报》）

葫芦与喜鹊

玄武

葫芦小

给小儿臭蛋种点葫芦玩，向邻居要种子，邻居给了一个葫芦。

上面刻有邻居小朋友的名字，细看，那名字还是我帮她刻上去的，那时还没臭蛋，小女孩也还不太会写字。一晃两三年，字迹历历，孩子们昼夜长着，葫芦却不长大了。

舍不得损坏葫芦，那么用小锯子从顶端锯开一点拿出种子，再用胶粘住，还给美丽的小丫头吧。

葫芦是植物界的飞贼，蹿得极快，真不知它力气从哪里来。它像金庸武侠里施吸星大法的老怪，根须将地力、水分尽数吸走。去岁见邻居家葫芦，男人中指粗的蔓子，沿竹竿盘旋而上，居然勒断竹竿。有一夜豪雨，如水般四溢的葫芦蔓子，干脆绑住了院里的笤帚。隔了院墙，我一早听到邻居媳妇快乐地大呼小叫。

南瓜是需要打蔓才能结瓜的，不知葫芦如何。掐下的嫩蔓可用来调制凉菜，其味鲜美无比。

我喜欢葫芦在高架上的样子。一个一个，或大或小排列开去，有些累累下垂，有的藏匿叶间。在他处遇到葫芦，一见便心生欣喜，油然想发一声喊。也曾多次，用指尖或随身携带的小刀在上面刻字。

这些葫芦悬在高架上，先是轻嫩的绿色，雨水沿葫芦滴答下来，有时雨大，每个葫芦，均成一条空中泻落的小喷泉。然后渐渐老绿，也渐轻。秋风一吹，满架葫芦荡悠，忽高忽低，忽上忽下。葫芦里面干透，有葫芦种子细微的沙沙摇动声。它们像一群快乐的赤身小娃。我也喜欢小娃。

古人悬葫芦于腰间，充作酒壶。那么用葫芦每天饮酒，是呈幸福的醉态状的。李白诗说：惟有饮者留其名。然而留名又有何用。

葫芦的样子，永远趔趄着，却醉而不倒。葫芦又以无用著称于汉语中。庄子希望葫芦成巨，可乘之浮海。周末我闲来写短文于此，却无端想起异史氏《聊斋自志》中的句子：得毋向我胡卢耶。

曾有旧友善在葫芦上烫画，或赳赳武夫，或飘逸神话人物，均惟妙惟肖。一些葫芦赠我，我转手送人。其中有的朋友已散。一些人错过便是错过，消失便是消失。

天迅速地黑下去，每抬头，眼前的晦暗就又厚积出许多。我四处寻空乱种，园子太小，早已种得密实。终于刨坑种完，微信发图，友人问能否给她些种子。种完啦，明年吧。

喜鹊贼

总是午后风起。阳光明亮，风猛烈地吹啊，嫩的树叶翻飞，不能终止。在院里仰观和在楼上俯瞰，翻飞之貌大有不同。楼上窗外望去，树叶似翻滚的绿的海水。有时风大，一大片海水倒下去，另一片覆压过来。午睡时我梦见，我和我的房子、院落，被吹到了一个孤零零的地方，就像世界尽头。我被孤寂攫住，心里暗念几个名字。

有时疑心，这风是阳光自行搅动所致。天擦黑时，往往风就息了，直到月光泻落，又有微风拂来，有时它仿佛就从我站着的地下升起，凉飕飕穿裆而去。

两日之内，樱桃的一树繁花辞树，被风吹得干净。固执留恋树枝不去的残瓣都朽败，而叶片大了起来。树下的地面都变白了。风也把樱桃花吹落在鱼池中，或狗的水盆里。我看见老虎喝水时瞅水面密密的一层落花，像人一样歪一下脖子皱眉头。风也吹大了樱果，它们自暗白的败花中探头来，绿而圆润，在光中发亮。

黄昏时我去看种下的丝瓜。昨天种时，一只喜鹊叽叽喳喳不肯离开，我撵它，它假装飞到邻居院子，我种瓜时它又返回，落在院门上偏头看我。懒得理它，继续干活，一会儿就忘了。

丝瓜种在狗窝前。它爬得快，是种来为老虎夏天遮阴的。酷暑天老虎是受不了的，连食量都减半。在巨盆里，我原本挖了四处小坑，每个坑放入三粒种子，因为丝瓜极不易发芽。

但是我发现，有两处小坑，被刨开了。

谁干的?

是那只昨天偷窥我的喜鹊。盆上还粘着它腹部的细羽。

几日里，它仍然常来，曳着微闪蓝光的长尾，呱呱地叫。每听到它叫，总觉得它是在得意和嘲笑我。

这家伙聪明。鸦科鸟类，的确拥有乌鸦喝水故事里那样的智商。喜鹊尤其爱偷东西，而乌鸦是可以像鹦鹉那样学人说话的。幸亏中国古来认为喜鹊报喜、乌鸦不祥，它们不受祸害，得以保全。

丝瓜我只好补种了。这一次用长竿把喜鹊、麻雀之类统统轰走，四下里看的确没有偷看的鸟，才下手种。我也不种在原来位置。

老虎是懒得管鸟的。它们是老熟人，也是玩伴。有次我亲见，那喜鹊蹦蹦跳跳哄老虎玩。老虎往前走，那喜鹊也向前，是两只鸟爪踱步式地走；老虎不走了，那喜鹊也停下，扭头来看，还往回退几步。老虎猛一冲，喜鹊扑腾翅膀飞起来，又落到院门上，张嘴呱呱叫。

（选自2016年6月23日《文学报》）

莳花四帖

周丽

蔷薇笺

爱花之心，由来已久。每有遇见高高低低的繁花缀枝，开到极致的绚烂，错落着，散乱而不失韵致，素心微漾，泛着欢喜的小涟漪；每去一处，最先绊住目光的，必是葳蕤的花花草草。与蔷薇，便是这般不期而遇。

去女友的新家，径直奔向楼顶的露天阳台。方寸天地，布置得很是别致精巧。开垦出的半小块菜地里，辣椒、番茄冉冉生长，恰似少年时。墙角一丛丛、一簇簇的绿色植物披披挂挂，婀娜的藤蔓顺壁垂下。向南的整面雕花围栏上，铺满绿色的藤蔓枝条，绿叶子紧挨着，拥挤着，茂盛得彼此间不留一丝丝空隙，喘不过气来的亲密，似乎所有的春光都是她们的。好奇地问其名姓，女友漫不经心地答道，是蔷薇啊。哦，曾经诗文里一而再相遇的蔷薇，恋上尘世的欢，与我偶遇。缘来，如此妙不可言。“不摇香已乱，无风花自飞。”诗里的蔷薇花瓣轻柔，无风自舞的柔美，而眼前的蔷薇收起娇媚的性情，独占半壁江山，浓荫如盖，陡添豪情几许。

回到家，将女友剪下的几根蔷薇枝，小心翼翼地插植于墙根下。期待着来年，葳蕤的春色扑啦啦地涨满小院。想必蔷薇是懂我心思的，也就三两年光景吧，庭院的南面围栏上爬满了蔷薇。大片大片地疯长，细长的枝干左右奔突，悬于栏外。月光下的蔷薇最为温婉，叶影参差，花影迷离，满眼的绿，满心的香。蔷薇蔷薇，用满腹的芬芳给沧桑的中年筑起一道诗意的心墙，将红尘纷扰挡隔在墙外，正应了白居易的那句诗：“始知真隐者，不必在山林。”在小小的庭院里，在葱郁的蔷薇前，我是自己江湖一隐者，清静，沉寂。和庭院里的植物一样，简单而纯粹地过活。

想起从前，那时的心像梅雨的天。蔷薇即便怒放到浓情处，也黯然、惆怅得失恋一般。落红成阵，更惹愁绪满怀。光阴荏苒，四时有序，任凭庭院里花开盛宴日日相见，任凭曾经那些绽放在文字路上的花儿，一一在小院里落户安家，任凭夜来风雨声，闻讯而开的花儿，白如雪，黄如缎，红似火的娇艳欲滴。生活的底色却是如何也调不出明丽的色彩来，浮动的暗香里，想逃离的心卧在花丛中任性地醉上一场场，欲归，忘却来时路。

年年春色，花事也年年，花草像体贴的知己，默然无语守候在身边。看荣枯有时，禅意渐参透，因而，当遥望多年的济南城画卷般缓缓铺展开来，当葱茏的蔷薇以绮丽的景观姿态，姹紫嫣红开遍在街道中央，我一下子掉进旖旎的春光里，心境柔软妥帖得纯棉一般。一直觉得蔷薇如闺秀人家，深藏庭院之间，顾影自怜娇羞的温柔。怎料到，异乡的蔷薇如雪如火，热烈奔放，一地锦缎，一城幽香。

走出趵突泉公园，候车不来，在园外护栏边歇脚。暗香缕缕沁入肺腑，才惊讶地发现，撑起头顶绿荫的，是爬满护栏的蔷薇，密密匝匝的枝丫间镶嵌着数不清的花朵，白的，粉的，小巧玲珑，惹人怜爱。

席慕容说，记忆是无花的蔷薇，永远不会败落。花开烂漫的蔷薇将是什么呢？轻轻摘取一朵白色的蔷薇花，拂去花瓣上的浮尘，掌心里反复摩挲。且以一瓣蔷薇为笺，清风作笔，月色带路，将盈盈花香寄予踮脚离去的青春。

栀子白

无意间读到这样的诗句，写得很美，读着可心，因而铭记于心：过尽春风，流年暗换。栀子花开，谁家小院？叶底缀白，枝头玉满。氤氲生鼻，妩媚在眼。暑气以清，心怀已散。幽赏正足，韶华未晚。说的，便是绽放在夏天枝头的栀子花。

繁多绚烂的夏花之中，我尤爱栀子花。

栀子花，素来是平民之花。农家小院，城市阳台，房前屋后，街道巷陌，随处可见她们的身影。六月刚掀起盖头儿，满屋满院满城已是她们淡雅的清香。多年以来，我熟悉且迷恋着这夏天的幽然体香。

小时候，生活在乡村，每遇栀子花开，下地插秧的姐姐婶婶们不忘在纽扣上发髻里别上一枝，身未动，香已飘远。年少的我掉进微醺的香气里，也缠着她们给我三两枝。如今，人各天涯远，故乡像张泛黄的旧照片，落满岁月的尘，渐渐淡出我的生活。可栀子花悠远绵长的馨香从未忘怀，故乡的水故乡的人如叶叶扁舟静泊在记忆的河里。

几年来，每有遇见喜欢的花草，燕子衔泥般搬回。去春，在前院和后阳台各栽种一株栀子花。暮春时节，听取邻居的建议，花上半天工夫，给前院盆栽的栀子树换盆添土。草木无言，却有心有情，夏至刚过，像子弹头一般的青绿色花苞，交接得默契有序，一朵接着一朵，缱绻在翠绿的叶丛中。无论见或不见，她们都在那里，默然相望，寂静欢喜。

六月的一场雨后，晨起，卷帘，推窗，忽而一股清而不淡的幽香扑面而来，栀子花商量好了似的，一夜之间，竞相绽放青春的容颜。墨绿色的叶片中间，娇嫩的白花瓣在绿色的花托里丰盈地绽露娇容，吐露芳华。醉人的馨香满溢，流淌在空气的每一个角落，就连呼吸的气息里都浸染了芬芳的香味。在众多对栀子花香描绘的诗文中，我最喜欢张晓风的那句："那种柔和的白色是大桶的牛奶里加了那么一点子蜜，在阳光的炙烤中凿出一条香味的河。"多么的诗意和有趣！纯洁甜润的花色和浓而不烈的花香，像两个本不相干的路人，经想象的手相牵，脉脉温情，融融于心。

喜欢栀子花，喜欢她的安静从容。"雨里鸡鸣一两家，竹溪村路板桥斜。妇姑相唤浴蚕去，闲着中庭栀子花。"好一个淡然的"花中禅客"！雨声，鸣声，唤声，一一过滤，素洁雅致的韵味令人心动，仿若优雅的低温女子，身着素衣白裙，隐于城市一隅，把心放低，为人，为文，不张扬，不刻意。静夜里，轻轻放逐念想，漫过深沉夜色，游向记忆的彼岸。月下相依，把盏品茗，漫行山间……一情一景，一言一行，如栀子花抹抹幽香，沁人肺腑，甘之若饴。

栀子花美，美在其形。栀子花含苞后结出呈倒卵形且有棱的绿色果实，像古时斟满美酒的卮子，卮即酒杯，故而有卮子谐音栀子之说。我更喜欢栀子诗意的谐音——执子，漫漫前路，铅华洗尽，执子之手，闲看栀子花开花落，对饮素色年华的芬芳与温暖，是何等的静美！

杏花误

春渐央，落笔为杏花，以虔诚的姿势。

为文码字几年来，花是笔下的常客，樱花、桃花、蔷薇、茑萝、忍冬、桂花、栀子……浅近的表达，藏着深深的喜爱。毕淑敏说，她喜欢爱花的女性。我猜想，感染她的可能是爱花女子由内而外散发的气质吧，心境温和柔软，心性简约朴素。花是最好的化妆品，可不是，暖暖的阳光下，在飞瀑般披挂的蔷薇花前坐，脸颊上飞上一抹绯红，人面蔷薇相映红，怎一个美字了得？无论庭院里，郊野外，还是名贵的，平民的，相遇之时，定是心动之际。姹紫嫣红，或清远幽香，皆禅意悠远。花开见佛，每一朵花都是禅语一味，淡清心，意出尘。

可是怎么就，偏偏冷落杏花了呢？

小学读书五年，从家到校，走的多是细如腰肢的田间小路。小姑家在村子的最路边，是我上学放学的必经之地。她家门前有两棵杏树，足有一人多高，粗壮茂盛，枝叶葳蕤。最为期盼的，是杏子成熟时。每每路过，小姑他们总招呼我过去，口袋里被塞上满满的杏子，一路上美滋滋地吃着，甜味一直流到心里。哪曾顾得上留意杏花，几时怒放？花开何色？花期多久？莫非，最熟悉的，真的是最容易被遗忘的吗？

一别，至盛年。

夜读，不期而遇丰子恺的字画《春日里，杏花吹满头》，寥寥数笔勾勒，浓淡之间，趣意跃然。蓝天白云下，山岚如烟如雾，山道蜿蜒曲折，三两行人悠闲地走着。道旁山石缝里，一株杏花横斜出，明媚艳丽，风起时，片片胭红随风而舞，飘落在行人的头上、肩上、地上。这才惊觉，走了这么久，最美的年华里，我与杏花彼此错过，彼此辜负。

寻寻觅觅，觅觅寻寻，而今，遇见杏花是平常。春寒料峭中，静悄悄的杏花像个清雅、素洁的闺秀，羞答答地拉开春天的序幕。漠漠轻寒，挡不住她为早春涂抹秀色的脚步，安安静静地开着，无论你看或不看，都一念执着，开出自己的精彩来。而此时的桃花和梨花呢，正行走在赶往春天的路上，踮脚张望的人们用热切的目光迎接着，期盼着。待到桃花灿若朝霞满天时，晶莹的梨花银碗里盛雪般的盛大绝美，有谁还会在意不争、不语、素净的杏花呢？

不禁为杏花鸣不平。

当读到李渔在《闲情偶寄》里写下的：“树之喜淫者，莫过于杏。”真想穿越回明清时代，和他老人家理论一番，为本就不讨巧的杏花讨个说法。早春时节，刚刚醒来的大地万物还一脸灰蒙蒙时，红杏不顾恻恻轻寒，最先绽放伸出墙外，她不为争艳，不求点赞，只是默默地点亮春天的一隅，为那些晚间行走的花儿照亮来时路。如此好意，却被误会，怎叫人不为她叫屈？

好在更多的文人对杏花是赞誉有加的。他们的笔下，杏花充满了诗情画意。你看，“牧童遥指杏花村”，酒幡飘摇的村子深处是赏不完的杏花吧；你瞧，“小巷明朝卖杏花”，江南蒙蒙烟雨里，穿着薄纱衣衫的姑娘挎着竹篮，从巷子里款款走来，篮子里是刚采摘下来的杏花，和卖花姑娘一样的芬芳可人；你听，“杏花疏影里，吹笛到天明”，这样的意境怎不令人痴迷？衣袂飘飘的佳人，在朦胧的月色里，在杏花的影影绰绰里，一直吹笛到天明，她是在等人吗？花无语，月无声，或许，没有答案就是最好的答案。

今春脚步正走来，杏花渐化作春泥。聪明的你，有误才会有悟，悟了便是值了。

菊花黄

秋风紧，更兼几场秋雨，菊悄然绽放。

菊，素是平民之花。房前屋后，农家小院，城市阳台，随处可见它们的身影。不挑地儿，不惧天寒，一朝盛开，仿若给深秋的衣襟别上美丽的胸花。

一大簇一大簇的，倚着篱笆，以最经典的姿态入世，盛开在文人的诗行里。朱淑真笔下的菊花是坚贞的：土花能白又能红，晚节犹能爱此工。宁可抱香枝头老，不随黄叶舞秋风。沈周笔下的菊是恬然的：秋满篱根始见花，却从冷淡遇繁华。西风门径含香在，除却陶家到我家。最深得世人喜爱的，是陶渊明的“采菊东篱下，悠然见南山”。就像看到茶想到杯一样，看到菊，自然想到篱，菊与篱俨然一对夫妻，念或不念，都在那里，不分不离。唐代元稹也写道：“秋丛绕舍似陶家，遍绕篱边日渐斜。”有菊，有篱，才能感觉到烟火生活的妥帖和静好。

我所喜欢的菊，是开在邻居家的院落里。浓绿的一大丛，像贪玩的孩子，趁家长不在身边，偷偷地溜出门，越过花坛的边沿，匍匐在地面，贴得紧紧的，生怕被篱笆外的月季发现去告密。枝上的小黄菊，小脸儿笑着，乐着，一副不谙世事的懵懂和纯真。相比之下，我家院子的菊花单薄柔弱得很，像营养不良的孩子，高高细细的枝干上，叶片稀疏，绽开的菊花黄黄的脸庞比去年瘦了一圈。倒也自得其乐，兀自盛开，兀自欢喜，随性又随意，像那开在郊外的野菊。

爹不疼、娘不爱的野菊，开在空旷的原野、湖畔、村旁，保持着原生态的自然美，疏影横斜，花朵硬币一般大小，这里一朵，那里一丛，花朵小巧清香，仿佛商量好了似的，开着清一色的小黄花。轻轻蹲下去，采摘一朵，凑到鼻前嗅，淡淡的清香，沁入肌骨里。儿时的记忆里，有过采摘佩戴菊花的经历。随姐姐婶婶们去田间地头，她们各自散开干活去，闲得无聊的我，钻进草丛里，见花就采，左一把，右一朵，直到手里塞得满满的，才恋恋不舍地罢手。央求弯腰干活的姐姐给我戴上，快乐得像风一样，顶着满头的菊花在田地间乱串乱叫乱笑。如今想来，羡慕那时的自己，放纵地挥霍着简单的快乐，对世间，是初相见的懵懂和憧憬。

年年秋来逛花市，盆栽的菊花是少不得要买的。周六下午，和儿子沿河骑单车。秋风像从水中洗过一般，凉丝丝地寒。马路两边的香樟树叶三三两两地飘落，这才惊觉，秋已走到了深处。绕到花鸟市场时，眼前的菊花把我迷住了，颜色多样，形状不同，红的、黄的、白的、紫的，千娇百媚，风情万种。左挑右选，最终选了一盆黄色的菊花带回小院，黄花瓣，黄花蕊，秋阳的照耀下，温暖而亲切。“季秋之月，菊有黄花”，黄色是菊花的经典颜色，看都看不够，是断然舍不得拿去做菊花枕的。据说，唐琬曾用野菊花给陆游做了个枕头，爱意为线，思念为针，将两人的柔情浪漫缝补进日日小欢喜里。可恨陆母拆散，菊花孤枕，人各天涯。

如水的凉夜，透过窗，看到月色笼罩下的菊与我无言地相望。菊，这花之隐逸者，清雅的禅心总在不经意间触动着心弦。都说韶光如梦，人淡如菊，看惯了流水光阴里的秋月春风，聚散离合，不去想走过的岁月里多少是真多少是假，花无言，人不语，再不必苦苦追问。有人说，内心的真正平静，不是避开车马喧嚣，而是在心中修篱种菊。如果有一天，将手中茶，喝到无味；耳边歌，听到无悔；枕边书，读到无字；一个人，想到无心，那么，种在心灵篱笆里的菊花就真正开了。

（选自 2016 年第 1 期《牡丹》）

碗 莲

王太生

文人案头的清供，一碗、一案、一枝莲，暗香浮动。

碗莲是一道细爱，宛若捧在手掌心怡养。清代沈复在《浮生六记》里说：“以老蓬子磨薄两头，入蛋壳使鸡翼之，俟雏成取出，用久中燕巢泥加天门冬十分之二，捣烂拌匀，植于小器中，灌以河水，晒以朝阳，花发大如酒杯，缩缩如碗口，亭亭可爱。”

这就有些老儿童的顽气，举止夸张，如一幅漫画。他把莲子两头磨尖，塞入生鸡蛋中，乘抱窝母鸡孵蛋时夹带其中，待小鸡雏出壳时取出，用燕窝泥加中药天门冬拌在一起，移放入一个钵盂，钵中舀河水，引早晨的阳光滤晒……这样，开出的碗莲，有酒杯那么大，勃勃见生机。

苏州人善治碗莲，从前有个叫卢彬士的老人，他所侍弄的碗莲，开始叫钵莲。莲花冰清玉洁，在他以为，须用定窑、钧窑烧制的精细古碗，方能养殖，碗莲由此得名。生活温润的苏州人，夏季多用碗莲，栽莳出一缕荷韵清香。

莲生池塘，惹人爱。一粒莲，放在容器中清养，像沉淀水底，一动不动的鱼，吐纳一串小气泡，方寸之地，攥一捧膏泥，萍叶暗生，莲心吐蕊，兀自开放。

居住的意境，是门前几行垂柳，屋后一片池塘，下雨的时候也不感到寂寞，有雨点在荷叶上弹唱。

倘若宅后没有池塘，爱莲人把莲用碗来种。一掬浅水，莲在碗中，亭亭玉立，枯坐案头旁，便能享受到荷塘清趣。碗莲不独是文人喜爱，有情趣的人也会养一碗莲，流露主人生活性情。我到一食品厂访友，见简易办公的房舍前养几缸荷花，屋内桌上名片缭乱，落一层灰，置一碗莲，主人忙里偷闲，一边数钱，一边看上几眼。又在一棚户民居，见有人家用旧脸盆养莲，置一屋檐下，茵茵有生气。

存于内心细细密密的爱，文人抬头望天，低头细细看碗中青莲，胸臆间有潺潺流意。

装碗莲的容器，可以是一只青瓷莲花钵，也可以是一只紫砂小盆。莲只要有一掬清水，便会有站立舒展下去的理由。

此时再添几尾小红鱼，在时间根须尾部戏游，“鱼戏莲叶东，鱼戏莲叶西”，一只碗，也因此变得生动起来。

疏疏清水碧叶，微微呼吸，这正是养碗莲所要的效果，它可以惹得文人细细地看，一眸子的欢喜，一袖子的怜爱。

中国文人向来寄情于大山水，又喜欢清新文艺小天地。养一清浅碗莲，有莲的清水里，同样也能养一碗月，莲月风雅，共映于一只宽腹青瓷大碗中。

碗莲供养的案头，最好能对着一盏木格窗。窗子是透气的，空气流动。窗子又是房子的眼睛，以窗做衬托，碗莲的视觉效果，会变得朦朦胧胧、虚虚实实。

碗莲是一个人的山水小品，它只供一个人欣赏。初夏临风，适宜朗读《爱莲说》，相看两不厌。

一只碗，经过火烧烤，慢慢冷却，沉静下来，盛过饭与粥，菜和汤，有人构思，用它来盛数片铜钱碧叶，倏地蹿出一枝荷，俏皮而灵动。

我在博物馆里，见到宋代的碗，斗笠、草帽形状，大口沿，小圈足，釉着影青、黑、酱、白诸色，纹绘婴戏、动物、植物、文字，在碗的内外壁，或碗内底心之上。

不知道周敦颐养没养过碗莲。本来，清水池塘就是一只碗。

想起九百年前，那个鸟语花香的宋朝，在一个四周长满白莲的泽畔草庐里，他对朋友说，老夫不喜欢趋炎附势，独爱莲，出淤泥而不染，经过清水的洗涤却不显得妖艳。它的茎，中间贯通，外形挺直，不牵牵连连，也不枝枝节节，香气远播，更加显得清芬，笔直洁净地竖立在水中。人们可以远远地观赏，而不可轻易地玩弄它啊。

我有一只空碗，却不知与谁种莲花。

（选自 2016 年第 7 期《南方文学》）

旧时光里的树木花草

万宁

桂花树下

院子里的大门口，有两棵桂花树。那桂花的颜色，黄中带红，不知是叫丹桂还是金桂。

树下摆放着一张木长椅。我有事没事，树下的椅子不坐，总是爬到树上，或是翻看小人书，或是从枝叶间看天上流动的云，很多时候是坐在树上发呆，看门口来来去去的人。碰到喜欢的，我会叫一声叔叔或是阿姨，他们通常先是四处张望，然后抬头寻我。我摇晃着悬空的双脚，哈哈的，还怡然自得。居高临下，观看别人迷惑寻觅的眼神，是我寂寞童年的无聊嗜好。

有阵子，桂花树下的长椅上坐着一对上访的夫妻。男的是个跛子，女的特别漂亮，抱个一两岁的娃。现在想来，我天生就是一颜控，我在树上盯着抱娃的女子看，她的好看让我迄今还念念不忘。记得那刻，我听见心里发出一声长叹，小孩子虽然不懂婚姻是精神上的门当户对，却懂得人要般配，美女配好男，我为眼前的漂亮女子嫁给一位跛子而惋惜。其实，跛子长相俊秀，如果腿没瘸，身材应是挺拔的。他腋下支撑着拐杖，左脚无力地拖在地上，因为费鞋，脚上捆着汽车轮胎胶皮，每走一步，除了拐棍着地的闷响，就是轮胎胶皮磨在地面的沙沙声。长大后，我才知道夫妻俩是湖口的，男的在“文革”的派系斗争中被对方用棍子打断了脚。他们上访过多次，终无结果。在一段时间里这对夫妻是那棵桂花树下的风景。院子里偶尔会有一群孩子朝他们喊：“跛子跛，跛上街，捡分钱，买草鞋……”孩子喊得起劲，他们却神情淡然，静静地坐在那儿，眼睛里呈现出大片的虚无。有的时候，走廊那头的周娭毑会冲过来，用棍子扑打着她的孙子，她怒号：“不到八十八，莫笑人家跛与瞎。”

食堂里给这对夫妻免费用餐。人世间的苦难，被大师傅轻松解读，他说：“打斗中别人没打断你的脚，说不定就是你打断了别人的脚，都是斗狠。”他叹息着：“人啊，这样的打斗，最好不要介入。”说得夫妻俩呆愣愣的，跛子除了呆愣，还梗着脖子红着脸，而神情与架势已在走风漏气。

桂花树下很多时光是安静的，这种安静偶尔会被突然而至的喧闹所取代。一群人，三下两下，就在树干上绑上个把人。被绑的人，多是小偷，是老百姓抓来的。那年月，凶杀案特别少，公安局里只能时不时抓到一两个小偷。对小偷的恨，来自农妇凄厉的哭声。我曾经目睹过一个场景，那是在县城唯一的百货商店，一位本要扯布的农妇，在柜台前突然一声尖叫，叫声带着刺刀的尖锐，闪着寒光，冲上空中，骤然间，仿佛在场的所有人都被刺到了，嘈杂的商店瞬间静下来，人们停止了忙碌，把脸转向农妇。农妇边号边跺脚，在身上四处摸索，边摸索边号啕大哭，哭诉说：“刚刚卖了猪的钱被贼狗子摸走了，我辛苦养了大半年的猪啊，一大家子等着这钱啊……”如同天塌下来，农妇绝望至极，顾不得围得水泄不通看热闹的人群，她瘫软在地，边哭边骂丧尽天良的小偷，继而数落自己，然后喊天喊地，念叨怎么回家啊，怎么去见公婆怎么去见男子啊，哽咽中的哭诉上气不接下气，接着她干脆把头去磕厚实的柜台。旁边的人拦着，又是一阵撕扯与尖叫。很多人跟着抹泪。我待在人群里，也抹着泪，同时，四处张望，看谁像小偷，我希望小偷听了妇人的诉说会起恻隐之心，主动把钱交出来，然而这只是一种愿望。在那一刻，人们的恨对准了小偷，咬牙切齿，把他剁成肉泥的心都有了。

那是个上午，有很好的阳光，云阳山上的云朵清晰可见，我在院子的后门口看见一群人在追一个人。食堂的陈师傅说："追小偷咧，跑在前边的是小偷。"我从后门的大铁门下钻出去，绕过水塘与稻田，跑向烈士陵园围墙外的马路。小偷与我迎面而过，我看见他大汗淋漓，脸色惨白，眼睛微闭，脚步踉跄，却硬着一口气往前跑。追在后边的人，个个气喘吁吁，步子沉沉，可是目标在跑，他们再跑不动也要追。于是，便有了马拉松式的长跑，黑压压的，尾随一大群人，很是壮观。小偷抽空回了一下头，人立马就崩溃了。穷追不舍，原来是如此厉害！小偷被击垮了，虚脱得再也无法挪动脚步，他闭着眼睛，竭尽全力手臂一甩，一道优美的弧线从人群中脱离，钱包啪的一声落进稻田里，自己则栽进田埂边的稻草垛里。后面的人终于追上，骂声带着拳头，雨点般落下。我看见小偷缩成一团，双手抱头，任凭别人拳打脚踢。

他被铐在桂花树下。过路的人，只要知道他是小偷，就冲过去打上一巴掌或踢上一脚。晚饭的时候，院子的孩子端着饭碗出来，围着小偷吃，香喷喷的饭菜对于铐在树上的小偷是一种折磨。看着这些欢笑的正在饱食的孩子，他眼里闪着绿光，冲着已经关上门的办公室哀号："我饿了，饿了。"没有一个人理他，包括面前的孩子。面对食物，他目光里散发着邪恶，他辘辘饥肠的呐喊闪着道道电流，打在了人心上。

我的心被打痛了，就觉得此刻的他可怜，全然不记得那些被偷的农妇。我想弄点吃的给他，又怕院子里的孩子说我阶级立场站不稳。我望着桂花树叹息时，走廊那头的周娭毑，迈着八字步，端着她煮的鼎罐白薯皮粥，送到小偷嘴边，细声细语地提醒："慢点喝，滚热的。"粥上腾腾的热气，洇湿了小偷的眼睛，他"姆妈姆妈"地哽咽着，周娭毑拧着眉，又训斥道："做人再穷，也不能偷！"

这个场景我记了一辈子。记着记着，人就成了影子，满树的桂花却开得真真切切，扑鼻的香气，轻轻一歙，便能闻到。

栀子花开

骨子里，我是个爱花的人。可是我从来就不觉得栀子花好，何炅唱着“栀子花开，so beautiful so white……栀子花开呀开，淡淡的清香，纯纯的爱”，竟然让我有迷失的感觉。记忆里的栀子花开得很满，盛开的花瓣，层层叠叠，仿佛总是在雨天，树下也总有几只老母鸡，蹲在树枝上，躲雨或是瞌睡，霉味四散。

留存下来有关栀子花的细节竟是如此不搭调。因为我曾经坐在客厅的圆桌旁，一抬眼，便能看到这个场景。

六岁到十一岁，我家住的房子前有一棵栀子树。这树应该有些年纪，杯口粗的树干从地里只长了尺把高就分枝了，歪脖子的树干，一歪再歪，一副没进化好的样子，一棵树没成形，便很散乱地匍匐在地上。

春末夏初，雨落得没完没了。靠阶基一米远的栀子树，叶儿绿油油的，风一吹，叶片间便有花苞露了出来。这花苞还真独特：首先是它的颜色，竟和叶子一模一样，混杂在茂密的树叶里，不仔细瞅，还真瞅不出花苞来；其次是这花苞的形状，打一开始，就是一颗子弹的形状，从小子弹长到大子弹，颜色才慢慢变白，花苞尖尖扭成波浪状，一日比一日丰腴饱满。一场雨下来，那些花瓣一片一片地打开，却没有舒展的空间，挤在一起，于是香浓扑鼻。

院子里有一些人，会摘下一两朵，插在罐头瓶子里，放在窗台上，风吹过，花香便是一丝一缕的，淡淡的，若有若无。我享受不到这份雅致。门前这棵树，羞羞答答开始后，立马就是另一种面孔，张狂至极。一朵一朵的花儿，在一夜之间，挂满枝头，花儿多得看不见叶子的绿色，远远望去，满满的，都是白。那花瓣瓷实，堆叠在一朵花里，满是委屈。这一树的栀子花，扰乱了正常的空气，香味的浓度常常让我眩晕。以至成人后，从不使用香水，不管什么牌子的，闻起来都有一种香得发晕的窒息感。浓烈的花香持续个把礼拜后，喧哗变成寂静，曾经白嫩圆润的花朵，一下子就丑陋不堪。花瓣蔫蔫的呈烟黄色，起先还恬不知耻地挂在树上，几天后，便没了气力，散落到树下，一层一层的。

花开有时日。在开花的那些日子，我家门前最热闹。有位阿姨说栀子花可以炒菜吃。因为好奇，我一直跟她到家，看她在清水里把花朵变成花瓣，然后放油放盐，清炒。炒熟了栀子花没有那么白了，也没了香味。阿姨往我嘴里夹了一筷子，仿佛没吃出什么味来，却记得有股怪怪的软软的嚼劲。

同学曾请求我带上一两朵栀子花给她。上学前，我摘上一束，毕竟是小女孩，忍不住低头去嗅，而且是用鼻子使劲吸，刚好这一幕被母亲撞到，于是骂声劈面而来，她说："你想塌鼻子啊，这样去嗅，虫子会爬进你鼻子里。"再低头，看到白色的花蕊中爬动着一只只细小的黑虫子。于是，鼻子就突然痒起来，仿佛鼻洞里有好多的虫子在爬动，那刻就担心鼻子会烂掉。

我很讨厌那些母鸡蹲在栀子树下，特别是在开花的时候。鸡是周娭驰家的，她家我家住在同一走廊里，只是隔了几张门。她的孙子周文、周静是我的小伙伴，我们坐在阶基上，说孙悟空说白骨精还说猪八戒，说着说着就成了争吵，我一个说不了他们两个，于是很是生气，便说："叫你家的鸡，不要待在我家门前。"他们说："家门前，又不是家里边，我家的鸡就要待在这里。"我说不赢，起身从家里端起一脸盆水往栀子树蔸上泼，几只鸡立马成了落汤鸡。我咯咯地笑着，它们咯咯地叫着，却往更高的树枝上爬。我起身又端来一盆水，弯腰泼了过去，水有冲力，这些鸡从树上落了下来。于是就有了一场孩子之间的恶战，惊动了院子里大大小小的人物。我被母亲恶骂，可是我却有理直气壮打架的理由：栀子树下不要鸡待着，要不，花儿都被它们弄臭了。

却不想，若干年后，有关栀子花的记忆，却总会搭上那几只鸡。

（选自 2016 年第 2 期《西部》）

稗子不会躲开

豆春明

每年端阳一过，母亲就会下田扯稗子。

稗子这东西，是个假聪明。开始时混在稻秧里，偷偷争水争肥。母亲天天从田边走过，也没发现它。但过了端阳，它就憋不住了，使劲蹿个儿，冒出头来。要是它能再憋上一段时间，说不定母亲就去干其他事情，把它忘了。等她干完事情回来，它已经扎稳了根。再去扯，会一扯一个大坑，连旁边的稻秧也跟着扯起来。那时母亲也许就会睁一只眼闭一只眼，让它长下去。可惜，它就是憋不住。

那段时间，阳光和雨水交替频繁。母亲没扯几根稗子，天就下雨了。她披上一张白油布，继续扯。雨滴砸在秧叶和稗叶上，溅起一层水雾，好像要把稗子藏起来。母亲摸着稗子，从秆一直摸到根。然后分开五指，像个筢子，往上一捞，稗子就被扯掉了。扯了七八根，拴成一把，丢在田坎上。一块田，能有十多把。母亲将它们装进背篼，背回家去。

也可能烈日当头。母亲分开稻秧，汗珠滴进水田里，叮当有声。水田光亮如玻璃，能照见她的皱纹。母亲常说：我老了。是的，她就是在那些稻谷和稗子中间变老的。

我家有三四亩田，母亲要忙两三天。扯完稗子，她会生一场病。小腿痛，牙齿痛，头也痛。这几样病，每年都在那几天等着她。她一次也没躲过。唉，吃了那么多次亏，她也不吸取点教训，想个办法躲一躲。

我心痛她，给她打电话。别扯了，让它长算了，我说。少收几斤稻谷算个啥嘛，我还说。进城多年，我早已习惯不把稻谷和稗子当回事。母亲答应了。可放下电话，又下到田里，弄得我在电话这头干着急。

我向妹妹求援。她住在县城，跟母亲只隔十几里路。她带母亲逛街，上超市。吃不吃榴梿？妹妹逗母亲。母亲点头。比屎还臭，还吃不吃？吓得母亲赶紧跑开了。这是美国苹果。母亲睁大眼睛，睁得和找稗子时一样大。那是肥牛肉。肥在哪里呢，她问妹妹，咋一点看不出来？又带去挑选花衣。老都老了，别挑花了眼，妹妹提醒她。

挑花了眼才好呢。眼花了，就看不到稗子了。第二天早上，她收拾好新买的花衣。回去扯稗子了，她说。头也不回地走了。

每年的情形，大致都是这样。多年下来，母亲的花衣装满了一柜子，但她还是把稗子看得清清楚楚。

我和妹妹拿她一点办法都没有。

有几个暑假，我回去看母亲。那时稻谷和稗子快熟了。机耕道两边，一眼望去，高的是稗子，矮的是稻谷。我扯起一根稗子，量一下，它比我还高。稗穗沉甸甸的，有半尺长。看得出来，它长得不错。大多数田里，稗子都长得不错。田的主人，像我一样进了城，没时间扯掉它们。爱咋长咋长，能收多少收多少，他们大多这样想。对于那些长得热热闹闹的稗子，他们已经没有多大兴趣。

我家田里的稗子，在村里算最少的。那是母亲用一场病换来的。扯掉稗子，今年又增产了，母亲笑着对我说。她脸黑，不笑还好，笑起来更见苍老。但母亲是真的高兴，为那些即将成熟的稻谷，也为那些被扯掉的稗子。可我实在高兴不起来。因为我的欢乐，早让城市带走了。我让母亲，在她的城里儿子面前，显得好孤单。

有一天吃中午饭时，我问，年年扯，还是很多吗？多，不扯不行，母亲回答。看来，她这一辈子，算是和稗子耗上了。一个生病，一个送命，像对仇人似的。其实，母亲和稗子是完全可以不这样的。母亲不扯稗子，起码可以少生病，多活几年。至于稗子，随便找个地方，都比长在我家田里强。如果这样，那多好。

吃过饭，母亲去沟里洗最后一次扯回来的稗子。洗得干干净净。稗子一身绿，比长在田里还水灵。嫩一点的，母亲细细切碎，拌上米糠，捧给猪吃。但两头大白猪吃惯了父亲煮的稀饭，只吃了两口。母亲又捧给鸡。鸡也不吃。母亲只好把它倒进粪堆。过了一二十天，种秋豆要肥，她拿木棍扒开一看，稗子还是绿的，还是稗子的样子。不得已，她又把粪堆封好，打算再过两三个月，拿来种冬麦。

老一些的，母亲扔在院坝里。晒几天，稗子轻飘飘的，能飞起来。有一天，我在灶上做菜，母亲帮忙烧火。她塞了一大把稗子在灶膛里。稗子不易燃，弄得满屋是烟。我躲了出去。过一阵转来，稗子燃了起来，慢慢化为灰烬。母亲让烟熏出了泪，坐在灶下揉眼睛。好像是为了某种特别重要的东西，她和稗子始终在较劲。她没输，它也没赢。到底是啥东西呢？我也不清楚。但肯定不只是那几斤多收的稻谷，也不只是那几根多长的稗子。

今年，母亲满七十岁。她也许是村里最后一个扯稗子的人。但她还会扯下去。稗子也会长下去。

吃了稗子几十年亏的她，不会躲开。

吃了她几十年亏的稗子，也不会躲开。

倒是我们这些人，好像吃了多大亏似的，躲得远远的，给自己母亲留下一个空荡荡的家，给稗子留下一个空荡荡的村庄。

（选自 2016 年第 2 期《散文百家》）

日落地方的青鸟

郭雪波

也许有人想当然，进盆地就是往下走。过去我也是这么认为的，尤其著名的柴达木盆地。多好听的名字，柴达木，直译便是白色漫湾，有人译成盐泽，也因其发白的原因。

然而，你们错了，我也错了。

先入为主，凭想象，是不可靠的，尤其对你未经历的事物。盆地这词，绝对是个误导，尤其对我这种地理课没学好的人。

车进当金山口便开始爬坡。

车过当金山进入阿尔金山南麓，还是在爬坡。我想，过了阿尔金山南麓就可能是下盆地了。我幼稚而固执地追寻着心中的盆地。

当车驶离阿尔金山南麓，进入一片一望无际的白色茫茫的盐碱荒原并且还继续往高处爬坡时，我终于疑惑了，憋不住问陪同的老黄，啥时候进盆地呢？

当时老黄的眼神肯定是怪怪的，肯定在心里揣摸他面对的是一个真无知的人，还是特会作秀的假门假事的那种人。

我的一脸真诚没让老黄的回答过分苛刻。

他说，我们已经进入柴达木盆地了，正往腹地前进。车这时继续往漫漫高原爬行。

我想叫出来，忍住了。怕老黄笑话。低声嘀咕，盆地怎么会是高原呢？

老黄给我补了地理课。柴达木盆地其实是海拔2000—3000米的高原，青海油田的最高井架竖在盆地海拔3400米处。西边的昆仑山，北边的阿尔金山，东边的祁连山，合围捧出这一个椭圆形平坦盆地，面积约25万平方公里。在这里，盆地一词是与周围三条山脉相比较而言的，千万别把它当成脸盆一样平地凹进去的洼地。

我茅塞顿开。为自己起先的想当然，把柴达木当作四川盆地一样往下走的幼稚想法而不好意思。

一只孤独的鸟，伴我们飞行。我用心地观察起它。它要去哪里呢？为何与我们飞驰的车为伴？它如此单薄而孤寂，没有其他同类伴友，难道它以为只有我们这靠轮子滚动的铁制家伙才是可信赖的伴侣？它比麻雀大，比猫头鹰小，像我们老家草原的百灵鸟，可翅膀长，颜色又微微发黑，有些铁青色，给人感觉十分坚毅和具有流线美。我叫不出它的名字，且叫它青鸟吧。因为，一是地处青海，因为只有这里的荒原才有这样的鸟，二是已故女作家星儿写过一篇叫《青鸟》的小说，以此略表悼意。

青鸟在认真地飞，我在认真地看。

它飞行得辛苦，我观看得悠闲，坐在车里。

高原的风很烈，能把骆驼吹跑，它的巴掌大的躯体尽管抖抖闪闪却聪明地贴着地面飞行，躲开那猎猎大风；车轮子扬起的尘沙如滚滚浓烟，一时把它给吞没了，以为它停下了吧，却又从那一道尘幕中飞冲了出来，像一位从银幕后闪出的明星，风采依然。

它真是一只固执的鸟，又很勇敢的鸟，我愈发地欣赏起它。

抑或是它迷路了？误认为跟随人类乘坐的汽车便可找到能生存的家园？倘若是那样，它就错矣，犯了经验主义错误。老黄已告诉我们，我们去的地方可是“天上不飞鸟，地上不长草，风吹石头跑”的三绝地。

我的担心是多余的，判断也是错误的。青鸟不是一只笨鸟。它并没有显出惊惶的样子，也不像没有目的乱飞，它的飞翔十分熟练且很有节奏，完全像一位高超的琴手在空中用双翅弹奏着一组组轻缓优美的旋律名曲。

那么，它，这只诗般飞翔的青鸟，究竟奔往何方？谜底不久便揭开了。

车队缓缓驶上又一层高地盐碱滩时，那只青鸟“啁”一声欢叫，便落下去了。准确点说是一个猛子扎下去的，就如一只鱼鹰从空中一个猛子扎进水里一般。

路旁十几米远处，有一丛植物，灰黄色，十分显眼。任你举目望去，这片白茫茫的地带，只有这丛唯一的植物，有生命力的，活着的，灰黄颜色下略带浅绿的植物！

青鸟的欢叫犹如唱着悠扬的歌，然后它便不慌不忙地叼起那丛植物的草籽和嫩叶，还有依附在上边的虫豸。

原来它是来进餐的！

有目的地来觅食，这么远距离飞行，就为了这丛唯一的植物。它，这只青鸟，真是一只精灵。显然，它的心中十分清楚，这片恐怖的戈壁荒原上哪块长有可觅食的植物，哪里可以落脚。它精明，做事心中有数，而且坚韧不拔，不屈不挠。

供青鸟食物的那丛植物叫骆驼草，也称骆驼刺，以耐旱、耐冷、又耐热以及生命力顽强而著称。也就这样的植物，才能在这片泛着白茫茫芒硝和盐碱的不毛之地扎下根，抽出绿叶，结出果籽，完成一次生命的循环。也帮助那只不屈的青鸟生存，完成它的生命延续和繁殖。它们共同演绎着一个命题，古老而永恒的命题，那就是生命的伟大，生命的永恒。

车队在此稍作停留，让大家放放水后，又启程了。

我观察青鸟。它不再随飞了，继续停留在骆驼草上休憩，养精蓄锐，以准备飞往下一个目标或住宿处。

它冲我们车队鸣啼几声，似乎在告别，又似乎在警告，提示我们前边的地方将连一棵骆驼草都没有了，鸟更不去，剩下的只有“风吹石头跑”了。

我有些留恋那只鸟了，那只精灵。哦，青鸟。

老黄告诉我们，前边的目的地——几百公里之外的“三绝地”罗斯库勒，也有一群青鸟，一群觅食的青鸟。他们在那个死亡地带寻找的“食物”叫石油。这个“食物”让地球人斗得死去活来。

由这只青鸟的生存艰辛，可以联想到那群青鸟的生存艰辛，恐怕光艰辛两字也无法表达清。我心中油然生出一种崇敬。

我们上路了，继续我们的追日之行。

哦，前边的那群青鸟，在那遥远的日落的地方。

（选自2016年8月2日《中华读书报》）

秋寒

朱立新

我说不出我对故园的秋天有一种怎样的情感。

我曾多次咏哦过小小的傍河而居的故园，当然也描绘过故园的秋日，仿佛只有大片成熟的金黄色泽才能淋漓尽致地渲染出故园的深刻和完美。事实上，故园的秋日在我印象里是极其模糊的，它远没有春季去田间偷听拔草女人们火辣辣的情歌，或者在盛夏到村外小河里嬉水捉鱼更有趣并让人记忆犹新。可是，若干年后当我远离故园的时候，面对一枚恬然飘零的枯叶，一匹静立于寂寥旷野上的老马，以及凝视一位端坐于秋日下的安详的老人……为什么会深情地遥想故园的秋景？秋天是适合回忆和冥思的季节，它只能属于沧桑岁月里一些最平实最真诚甚至最卑微的事物，就像种子只能属于大地，马蹄只能属于道路，颂歌只能属于心灵。我不知道自己的心灵愈加衰老了，还是愈加幼稚了，每当置身于这个秋季，去回忆那一年秋季里父亲佝偻的背影，我总伤感不已。它已定格在我心灵的一隅，并一度成为我回首故园寻找生命风向时的一个抒情片段。

那时，我身上依然荡漾着春天的骚动和夏天的激情，却喜欢怀揣无限明媚的憧憬坐在庭院里。金质的阳光从容地抚摸我，偶尔会有三三两两的瘦薄叶子在细碎的簌簌声里缱绻坠落，很无奈很哀怨的样子。这是我看见的这个季节里最后的一批守望者，或者倾诉者。那么谁是它们忠实的倾听者？一切生灵井然有序地忙碌着越冬的活计，谁还留意自然界稍纵即逝的或透明或黯淡的暗示？我沉默无语。自然的启迪是微妙的，我正被那个生活二十多年的故园描述着。

庭院里一派肃静。长久的慵懒坐姿使我倍感不适，就在我准备动身转换一下姿势时，父亲的身影便猝不及防地撞进了我的视线。我无法忽视那秋阳下精美如画的一幕——父亲蹲在庭院的葡萄架下，很吃力地擦拭农具上的干泥块。他的身子佝偻得很厉害，头整个地低进了怀里。有几片叶子栖落在他的脖子上，像顽皮的蝴蝶或麻雀，从上面跳到膝盖，又从膝盖蹿到地下。随着胳膊的晃动，父亲的肩胛以及后背就像秋风下沉甸甸的麦穗起伏不定，他的脚跟放着已擦过的几把铁锹、犁铧，锃亮刺目。

这是任何一个农人都有过的生活过程里一个微小细节，可以忽略不计，但那个很平常的秋日午后，我无意瞥见的那一幕如此令我怦然心动！它远远超出了劳动本身的意义。这分明是父亲细心精致地为这个季节举行的简洁的告别仪式，这是粮食送进高台上的仓廪，田间黝黑的土壤被翻晒在秋阳下，红苹果的琼浆醉倒村庄，麦草垛诗意地蹲居在房前屋后，福音与鸟群降临吉祥的天空……之后，父亲用无声的语言表达辛劳和喜悦的因果关系的一种独特方式，含蓄而生动。父亲总是如此，他的许多朴素语言仅仅表现在默不作声的劳动里。如果你不是一个地道的农家弟子，如果不领略耕耘和收获的欢愉，你就读不懂他的语言。

那个秋季里的父亲其实已经苍老了，像垂挂在树枝上的一片秋叶。苍老就意味着结束。这是生命的必然。所幸的是父亲承认了这种法则，并力所能及地把谢幕后的生活道具侍弄得如此干净而有条不紊。他的一个不经意的举动，装饰和点缀了一个季节乃至一片世界的风景，而这片风景被他走出村庄的儿子，在若干年后的同样的一个秋季里捕捉到了，他的生命从此变得纯粹和丰富起来。而此刻的父亲，徜徉在被汗浸泡的土地上，满足而平静。这应该是父亲生命中一次短暂的休整。

写下这篇文字的时候，我就置身于异地一片极不真实的秋天里，我是如此悲伤地怀念和感念着故园里寂寞的父亲。我的心灵时时被那一个秋季的片断灼伤，而父亲擦拭过的农具，却抚慰和医治着这种疼痛——那些农具，作为农业的象征物，或作为参与生活开垦生活的证据，至今悬挂在故园老屋的墙壁上，熠熠生辉，诗意宛然。

（选自 2016 年第 7 期《文学港》）

春 艳［外一篇］

文河

这个春天，没怎么看花。头脑一热，随便给自己找了个多余的事儿做，作茧自缚，好在又很快破茧而出了。真是多一事不如少一事。等缓过神儿来，忽然发现，春天已经快过去了。拿着手机，到郊外拍花朵，结果只拍到绿荫。

回来翻清人李慈铭的《越缦堂日记》说诗部分，看到“未花桃树有春红”的诗句，觉得真艳，比桃花要艳得多。桃花是含苞欲放的时候艳。小桃枝刚打骨朵时，枝梢梢儿的那一线红痕更艳。是那种骨子里的艳。

就像李商隐的某些无题诗，也有一种骨子里的艳。也可以这样说，李商隐的无题诗，有艳骨。元稹的诗，如“万树桃花映小楼”之类，也很艳，红艳艳的一片。但元稹的诗，花枝招展，是艳色，浮在外面，非常好看，就是入不了骨。入不了骨，有时就会露骨。比如他的《会真诗》中的一些句子。李商隐是春上小桃枝，元稹是桃花闲临水。

李慈铭日记里所载的诗句比李慈铭的日记好看（当然，这些诗句，无论是他自己的，还是别人的，都应该算是他日记的一部分），得费力去找。他的日记写得太自觉，目的性太强，我个人觉得不太好玩儿。最高级的东西是无目的的，自然而然的，甚至是不知其然而然的。当然，一件事，如果你用一种安身立命的态度去做，做一辈子，总会成点气候。李慈铭就是靠写日记成了气候。但我还是觉得看李慈铭的日记不如看桃花有意思。不过，谁知道呢，过段时间，在某种特定的心境中，说不定我又会觉得李慈铭的日记有意思了。我在阅读上是比较反复无常的。

只是桃花早就谢了。

春天是一个生命的美好瞬间，一种明亮生动的心情。一忽闪就过去了。

苏东坡写梨花道：“惆怅东栏一株雪，人生看得几清明。”旷达如苏东坡，也会时不时陷入自己的内心深处那一片柔软幽暗的地方，只是他很快就能出来。

因为爱惜，所以才会有惆怅，才会心有不足，意犹未尽。就像《红楼梦》里的小儿女情重愈斟情，情到深处，偏偏要无事生非起来。

《诗经》里的“子兮子兮，如此良人何”，读到此处，也会让人无端端地担心，这一对小儿女，喜欢得不知如何是好——用古小说里的话来说，“喜欢得没个入脚处”，以后可别闹起什么别扭来着。

美好的事物，可要则要，当仁不让，不能要，就不要心生妄念。只是人生在世，很多时候，却总是心不由己的。“行于所当行，止于所不可不止”，苏东坡这句写文章的老话，如果用于为人行事，“不可不”三字，最堪寻味。

本来想写一写桃花，写一写桃花诗，倒拉拉杂杂写起梨花来了。果然是心不由己。

桃红李白，好花如潮，有情风万里送潮来，无情送潮归。错过了桃花，连梨花也一并错过了。

好在现在绿树刚刚成荫，刚铺展开来的绿荫，一片明丽空灵，自有一种清艳的神韵。

以前喜欢读宋词，最近倒喜欢读宋诗了。宋词是花团锦簇，照山照水；宋诗是绿荫连绵，铺天盖地。

清晴可喜

“今朝清晴可喜。”

此句不是我的，是沈启无书简里的一句话。我读了觉得可喜。一个人遇到好天气，赶紧写信告诉自己的朋友，风雅可喜。如今，这等风雅已不存了。

可喜的东西很多，可喜的东西也不多。

几个朋友微信群里作旧体诗，风生水起，我不懂平仄，但也凑热闹即兴乱写，其中两句敝帚自珍：“好风一缕如客至，繁花初上蔷薇架。”好风，好花，都是可喜的东西，应该珍惜。

可喜的东西往往不实用，实用的东西往往不可喜。谁最擅长黑色幽默？上帝。

有时会觉得自己不合时宜，其实还是自己不够强大。若强大到绝对自信的地步，不为外物所动，不合时宜其实就是独特。红莲池里白莲开，我自倚风而笑。这样，也很可喜。

早晨，有淡淡的雾，不算清晴。有雾霾的早晨不可喜，但有雾的早晨却可喜。送孩子上学后，顺路到一个荒废的园子看了看，记得去年那架紫藤怒涛汹涌，开得着实壮观。如今，藤花早谢，藤荫郁郁，把一个斑驳开裂的大木头架子都遮严了，看上去也很可喜。

在里面站了一会儿，只赏藤荫，不思藤花。轻荫如水，是湖水。浓荫如水，是潭水。这儿的藤荫，是一泓深潭。在其中待久了，鱼龙寂寞。

那盘曲的藤条已很老了，皮开肉绽，从这么老的藤条里，一股子一股子吐出这么多繁茂的枝叶，真是不可思议。说“吐”，也许并不准确，应该是“喷”。

诗人杨万里，暮春看到树叶快速生长，也觉得不可思议，“只是向来枯树子（子：助词，无意义），知他哪得许多青”。诗人的好奇和天真，虽然很大程度上是做出来的，但毕竟还不失之为好奇和天真。这也是可喜的罢。

前几天读一位逝去的学者选注的杨万里诗集。经历过“文革”的那一批学者，学问功底的深厚，是当代绝大多数学者所没法比的，但他们动不动便在注释中谴责起古代作家的“封建思想”来。这让我有时替那些古代作家叫屈，有时又替这些学者难受。自己的思想被改造了，还得自觉或不自觉地去改造古人的思想。

作为和陆游齐名的诗人，杨万里的诗，虽然比陆游的少了点味道，但还是有很多可喜之处的。杨万里的诗，给我的印象是清癯，偶尔瘦骨嶙峋。上前敲瘦骨，犹自带铜声。

写到这儿，抬眼就看到电脑旁边这株君子兰。我养了十五年了，它只在第一年开了花，然后就只长叶，没想到今年，却如梦方醒般抽出一枝花茎，非常可喜。把一株君子兰养了十五年，并且还要继续养下去，仅仅这点，我觉得就已经很可喜了。

残夜初尽，正遇花开，可喜。听一支琴曲——《花开见佛》，没见到佛，只见到自己。人总会有那么一刻，对这个世界，可以不存芥蒂的。

好风一缕，花朵微微动了一动。人的心里，也有什么东西，微微动了一动。

（选自 2016 年第 3 期《野草》）

野草，生命语境里的名词

刘汉斌

野草是名词，在一摊芜杂的草里，呈现出生命的语境。以地埂为界，埂内的土地上庄稼富态、安闲；埂外的野草，恣意生长的同时，总是伺机将根系伸进埂内的土层。在生命的语境里，越界而生的草，依然是大地所挚爱着的子民。

放下手中的锄头，我要和这一摊野草谈谈。我手中那把锋利的锄头，一直阻挠着我接近这一摊草的美意。现在好了，我手无寸铁。放下锄头，我不再是农民，不用再以爱护庄稼的名义去伤害任何一种草的命。与一株草平等对话，不是俯下身却依然高高在上，而是在一摊草上席地而坐，感受植物与大地混杂在一起的气息。

春风立在种子的芽眼上轻轻一唤，野草的根就醒了。我已经习惯了在每个清晨被闹钟吵醒，枯朽的树桩，根烂在了土里，无论春风怎么呼唤，怎么吵闹，它都无动于衷，只顾腐朽着，老树已然习惯了不问春夏与秋冬。

田野里，所有植物聚集在一起，像碎词一样凌乱不堪，一摊萌芽的野草替土地表达着生命的本意。以浅白色的地皮为界，野草的根系向下延伸，芽就钻出了地面，露出芽尖。破土而立的草芽，根系向下，芽尖向上，它就是土地开口说出的第一句话。

我只想在奔忙的空隙里，抽身回到草地上，什么也不用做，什么也不用想，就这样安静地坐上一会儿，聊以为可以赎去我曾经对野草的残忍和屠戮。

沾染了早霜的叶子，在午间的阳光下失水泛白，像突然间苍老了的人，在秋日渐寒的上午，珍视着生命中最后的暖阳，目光呆滞，那接近于凝结的神色里，是对生命就这样终了的不甘心。

伤害是双向的，就等同于我捣你一拳，你疼我也疼，击打与承受互为动力，大自然的反抗就是顺势而来的惩罚。自然不是良药，它只是让人报以生活希望的光斑，这些光斑聚拢，就是一面镜子，它可以让人安静下来，敞敞亮亮地反观自己。

掠夺者与草谋地，杂草无处生根发芽，我的心室并不大，我愿意将之留给小草，让它们在我热血沸腾的心上生根发芽，或者开出一朵花。

凝视书桌旁吊兰那还未绽开的花蕾，花蕾便慢慢将自己打开，它就像是我在稿纸上将一堆文字码在上面。此刻，我和吊兰都心潮澎湃，书桌上的吊兰开放了，它打开了我的思绪，我在稿纸上将思绪开成了一朵花。

心中想念着一朵花，世间处处都是绽放和芬芳。轻轻地，有东西落在了我凌乱的头发上，有微弱的香味，我猜一定是花。

在四月的杏树下，一地清浅的嫩芽。放眼正是春意盎然时，杏花却落了，杏树的花季始于春也终于春，匆匆而来，匆匆而去。我抹一下头，花瓣儿翻飞，那么粉嫩的花儿，落在地上，就随了土色。

我依然在内心里抵触着那些让人感到新奇却经不起把玩的东西，我依然留恋着那些流传至今的旧物件，每一件旧物上都留存着我曾经随手挥去的光阴，而今，却都萦绕在我的心头，挥之不去。

冬日里遗落在土地上的粮食种子，来春时杳无音信，它们被严寒冻死了吗，还是被饥饿的鸟雀果腹了？土地解冻后，冰草像胡楂子一样毛茸茸地立了一地，而地里玉米却一直没有出土，我离家出走的时候，决意让我的口粮田荒芜着，我没有撒种，野草却霸占了我的土地。村里的人每看见地里长满的野草，就会立在田埂外，狠狠地骂我一顿，我的土地上，野草就肆无忌惮地长起来，生生不息。

我也想像野草那样，在生命的严冬里蛰伏，充耳不闻人世里人的数说，只等待春天将我唤醒，像一棵草一样绿着，然后在秋日枯萎的草地里昏睡过去，隐忍伤痛，将我的心放置于大地的温热的怀里，我只在春天复又醒来，以新的面目出现。

（选自2016年第7期《岁月》）

时光的陷阱

田鑫

一条坝把村庄分成上沟和下沟。上沟是一汪水，人绕着水居住。下沟是看不到头的沟壑，草木躲在那里。上沟放水的时候，下沟就有一条小溪，水不深，在水草之上流着。运气好的话，能抓到鱼。我们挽起裤腿，猫着腰，眼睛死死盯着水草，发现有动静，就猛一下子把手伸出去，手从水里出来的时候，一般掌心里会有一条两指宽的鱼。

每次下雨或者坝上放水，去下沟摸鱼就成了我们的乐趣。水不深，可要抓住滑溜溜的小鱼儿却并不容易。得有陷阱，我们在水草平坦的地方挖一个坑，在坑的边上设计一个半圆形的槽，就算是陷阱。陷阱里的水明显比周边的水深，它们只会往水深的地方游，如果鱼儿不小心游到槽里，想退回去就难了。一个下午，陷阱里会捉到半筐子鱼。

夏天摸鱼，冬天的时候，我们用陷阱抓麻雀。雪落下来的时候，就开始筹划着去哪儿设置陷阱。一定要在一个开阔的地方，最好有树或者半截墙，人就可以躲在后面，手里拉着一根绳子，绳子一头绑在半截木棍上，棍子支着一个筛子，筛子下面扔一些玉米和小麦。雪盖住村庄，筛子下面的玉米和小麦就成了唯一的粮食，也是最好的陷阱，饥不择食的麻雀看到它就激动不已。

我们屏住呼吸等着，有时候，一天都等不来一只，运气好了，不一会儿就会有一群麻雀飞来。它们躲在筛子附近，小脑袋转来转去，或者飞起来不靠近原地落下。反复几次，确定没有危险，就开始靠近筛子。第一只麻雀钻了进去，第二只，第三只……许是饿了太久，这些小家伙们刚钻进筛子里，小嘴就不停捣着地。急性子的伙伴就要下手，被摁回去了，大家齐刷刷盯着筛子，要等至少一半以上的麻雀进去。一网打尽是不可能的，狡猾的小家伙总不会傻到一股脑全部钻进去。看地面上的玉米和小麦吃得差不多了，猛地把绳子拉回来，棍子离开了筛子，几只麻雀就这样被装进了陷阱，飞走的几只，落在不远处的树上，叽叽喳喳叫个不停。我们哪能听得懂它们说什么，麻溜地包围了筛子，手伸进去掏出陷阱里的小麻雀。

有时候，陷阱还会用在小伙伴身上。把牛赶到下沟，牛闷头吃草，我们就分成两队，一队攻一队守，各自占山为王开始战斗。守是最不保险的，老是被一锅端，得想办法阻止进攻，就开始在攻击的线路上挖陷阱。一般陷阱会挖在草比较茂盛的地方，草皮铲下来，在原地挖一个能把一只脚埋进去的坑，然后用棍子把草皮轻轻支住，然后埋伏在附近，就等着对方冲上来。只要一脚踩空，这个倒霉蛋就被“活捉”。我们乐此不疲地埋伏、挖坑、活捉，以至于下沟里到处都有我们挖的陷阱，后来还把牛也陷了进去。一只前蹄踩空之后，硕大的身子随之倾倒，一头牛因此失去了一条腿，最终失去了整个生命。

鱼抓住后上游还会下来另外一些，麻雀抓住后树上还会飞下来一些，草地上挖出来的坑过不了多久就又被新长出来的草皮遮盖，牛死了再也回不来。把它陷进去的陷阱一点责任都没有一样，待在原地，我们突然开始憎恶陷阱，憎恶曾经挖出来的水槽和支起来的筛子，这些陷阱，把我们带到下沟，带到半截土墙背后，我们躲在水里躲在墙背后的时候，陷阱也躲在某一个地方盯着我们。

我们抓住过那么多鱼，抓住过那么多的麻雀，总觉得没有什么是我们所抓不住的，但是偏偏却抓不住给我们布下陷阱的时光。当我们沉迷于用陷阱抓小鱼儿和麻雀的时候，它已经把陷阱挖好，就等着我们一步一步靠近。而我们每一个人都排列整齐，朝它布下的陷阱走去，一个一个掉进去，却迟迟不见有人来收网。

（选自2016年第4期《伊犁河》）

冬天的柿子树

周凌云

入冬了，万物枯败，玉米三丘也景象迷蒙。不能因为这里出生过一个大诗人屈原，风光就一直灿烂，四季就永远如春，风景同样逃不过俗世。时间是一把刷子，走到哪儿刷到哪儿，冬天，它会把颜色乱刷一气。一坡的柏树刷了一下，绿暗了下来，蒙上一层灰色的薄膜，不过这些柏树看起来顺眼，像一个人梳着一边倒的头发，溜溜儿地，一直向着山上去，风的方向。

冬天，乐平里也还是有美好的事物和光景的。

苞谷地里，也有耀眼的景象。是柿树。冬天里格外闪亮。有些年龄了，因为树干粗壮，疙疙瘩瘩，皮鳞斑驳，巴附着干涩的绿苔，还露出几个大洞，蚂蚁虫子进进出出，偶尔也有鸟钻进去啄虫。枝干也粗大，像龙在树上纠缠。没有一片树叶了。只有柿子，红彤彤的，压得枝头沉重。风吹过，树干不动，枝条晃晃悠悠，红红的果子颤动着，像鸟儿风中翱翔。红柿裸露着，美，也裸露着，站在苞谷地里的高处，像红星照耀。有些美是深藏于事物的本质，有些美是火红而高调的。这也要感谢时间，它刚走到这儿，就把最好的色彩点到树上了。

红柿大约十一月红起来。先是橙红的，然后是鲜红的，火红的。经霜之后，红的色彩更深更艳了，这种艳不是浮夸的，咋咋呼呼的，它是沉静的，深入红柿的内部的，尤其经过寒冬之后，它的美更是向深处潜藏。这就像乐平里的女人，从一个少女到一个少妇，是要历练一些事情，内外兼修，才真正好看起来。红柿美到极致，下一场雪才好，柿子就透亮透亮的，雪遮上一层白纱，美艳艳的犹如昭君。红透了，熟透了，偶尔落下一两个，引来几只禽兽争食。鸟儿不食落下的残实，它高高在上，绕树三匝，任意在高空寻寻觅觅。鸟儿是个坏东西，盯上一颗，啄两口就飞，不去吃下一个完整的，一会儿又去啄另一颗。啄过的柿子经不起风摇，啪，落到地上了。鸟儿们骄傲，树上的都是它们的，禽兽们争食的全是它啄过几口的。粮食不是全种在地里的，空中的粮食更甜美，更艳丽，更有诗意，这就像飞翔比爬行更优美更文明一样。鸟儿过的是诗意的生活。人类的境界是上不去的，人类站在地下，只能仰望。诗意的生活是要达到一定高度的。

红柿，人喜欢吃，鸟儿喜欢吃，还有一种动物也喜欢吃，是果子狸。果子狸，村民叫它“白麋子”。白麋子嘴像野猪，眼睛像兔子，身子像狐狸，前额到鼻尖划一条白线，这让我想到戏剧里面的丑角脸谱，爪子像战国时的兵器，暗藏不露，当它挥舞出手时，我们人类要当心，不比我们的刀子差。爬树是高手，爪子是尖钩。吃红柿，最爱。它可以爬到尖端把一颗红柿送到嘴里。我们人类是没有这个本领的，我们要借助高梯，借助竹竿，才能伸长我们的手臂。白麋子爬树觅食都在黑夜，吃饱了一肚子红柿，趁天亮下树。这不地道，这相当于“小人”，不正大光明地做事儿，专挑人类的短板，人类在黑暗里是看不到的，白麋子能，它在黑夜里把生命中最重要的事情做了。人，只做一件事情，黑夜里在树根下套，白麋子下树让它刚好落入陷阱。人类吃不到的东西，你吃到了也没有好结果。动物小小的天才、特技，最终逃不过人类的大智慧和无情的手段。

红柿，是风景，是粮食，也是诱惑。动物和人类都是为粮食而斗争。

什么时候，雪飘下来，把这片土地全部覆盖呢？把这棵树装点呢？我渴望雪天的到来。

这一天终于来到了。立冬的前几天，大雪纷飞，雪完全改变了乐平里的山河。

我陪几个画家到乐平里写生、画画。雪把整个村庄都盖上了，一片宁静，云雾缥缈，一时从山脚向山上飘，一时从山这边儿向山那边儿飘，一时整座山被云雾遮盖，一股一股阳光不时穿过云雾的间隙，射向山峰，或射向沟涧。奇景变幻，丰富无穷。我们就像行走在国画之中。这棵树一时被云雾遮住，一时又被太阳照射，在雪景中灿烂夺目。画家们对着柿树画了很久。这时走过来一位老妇，对画家们说，你们画吧，这是我的树，它只能观瞻了，柿子也没人摘了。我明白老人的意思，现在年轻娃娃都外出打工去了，家里守留的不是老人，就是孩子，谁有这个本事能爬上树摘下来？红柿就让它长到天上吧，它已是风景的一个部分了。我对老人说，红柿虽长在天上，不会废弃的。我指的意思，鸟儿会来，白麋子会来。我们无法解决的，让它们来解决。有些食物可以留给它们，人类不能独占。

（选自2016年第8期《长江文艺》）

日喀则上空的半个月亮

禾素

人在旅途，汽车一直往前走，我们永远都不会知道，下一站有什么在等待自己。

又一次停车等候限时通关，土登把车子驶进路边休憩站。不知道当时气温多少，只记得太阳很大，已经下午五点多，还是燥热难当。一下车各人作鸟兽散，都往阴凉地方跑。

屋子前面有个黑壮结实的老头在卖西瓜，跑过去坐在他前面的木凳上：大叔，西瓜怎么卖？七块钱一斤。哇，好贵呀！内地七元钱可以买一个啦！姑娘，这个你就不懂了，我们家的西瓜是全世界唯一不打药水的西瓜。看着啊！老头一手从装满凉水的桶里拎起个西瓜，放在砧板上挥刀一切，西瓜汁喷了我一脸，只见瓜瓤透红，还带沙。老头指着西瓜说，看，咱家的西瓜子儿全是黑色，只有在地里熟透的瓜才会这样，懂了吧？赶忙招手呼唤各位同伴过来消消暑，一帮人稀里哗啦一下给消灭两个，这“全世界唯一不打药的西瓜”虽然有点夸张，但确实是前所未有地好吃。

闲问大叔今年多大岁数？答说七十。声若洪钟，震了我一下。七十？一点都不像啊！老头爽朗的笑声响起，哈哈，我的身体还像壮小伙呢，姑娘要不要留下来嫁给我？所有人都笑了。老头来劲儿了，我有三个厕所两个加工厂一间餐馆几十亩西瓜地上百亩青稞地三栋楼房。三个厕所一个收费三元一个收费两元一个收费一元，我每天收好多好多的钱，嗯，嫁给我？老头一口气说完，所有人都开始起哄。有些尴尬的我死撑着继续玩笑：大叔，您有那么多产业，是这里的百万富翁啊！老头估计听不大明白，侧身问了司机土登两句，扭过头摆摆身子很潮地说：NO，NO，NO！我亦睁大双眼夸张地说：千万富翁？老头又侧身问土登两句，这次更为夸张地竖起两个V字，扭头摆身唱起藏族小调来：哒哒哒，哒哒哒，留下来吧，美丽的卓玛拉。

起身告别，幽默可爱的大叔站起身做抹眼泪追车状，在一片笑声中，我们离开了旅途中最快乐的一站。前往日喀则的途中，车上这帮人乘胜追击，落井下石，说倘若方爷留下，下次来上厕所就可免费。说倘若方爷留下，坐在厕所门口收钱的形象肯定深得民心。

到达日喀则，已是藏族聚居区的黄昏。匆忙在隔壁一间藏族餐馆吃饭，燕子是不折不扣的回族，加上晕车，留酒店吃她的榨菜方便面。饭毕几个人随小帅瞎逛。小帅是个能人，满肚子的天文地理、历史典故。学的小语种，俄罗斯留学归来，本来好好在青岛带他的俄罗斯团队，上天却把他作为援藏导游派到藏区旅游集团，要说缘分就是这样子来的吧？一群原本毫不相干的人，不远千里跑到这片土地上相遇、结伴而行，几天的行程下来，已建立深厚的友谊。仿佛此行谁都不能少亦再容不下任何人。

扎什伦布寺前面公园的空地上，许多信徒在暮色中磕长头，这让我想起晨光中的大昭寺。小帅跟我们讲起扎什伦布寺，讲起好多鲜为人知历代班禅的故事。扎什伦布寺也称“吉祥须弥寺”，位于日喀则市城西的尼色日山坡上，是西藏日喀则地区最大的寺庙，为四世之后历代班禅喇嘛驻锡之地，也是藏传佛教六大寺院之一。

寺内最宏伟的建筑是大弥勒殿和历代班禅灵塔殿。塔内藏有历世班禅的舍利肉身，包括十世班禅确吉坚赞。据说十世班禅圆寂之后，真身还不断长出头发及指甲，这让扎什伦布寺又添几分神秘及庄严。日喀则这座小小的城更因此而声名远噪。

回到房间，与安子正翻看行程中精彩的照片，房门忽然被敲得拆天般响。门外说是公安局查房，门内没猫眼无法证实。我俩面面相觑，有些惶恐，大声说在没有证明他们是真警察之前，我们不能随便开门，结果门外哄笑声一片。呼叫阿磊过来确认一下，阿磊爽朗的话音一落，紧贴门边的我们已经哗一下把门打开。确实是警察，尽管刚才敲门大声了点，日喀则的警察素质还是不错，温和有礼，查对完便说不好意思打扰了，还赞扬我们先不开门是对的，随后迅速离开。

虚惊一场，两人已没了看照片的兴致。走到窗前，伸手推开窗户，一股清冽的风袭来，扎什伦布寺赫然现于眼前。黑夜无边际延伸出去，日喀则安静地在夜色里沉睡，黑暗中的扎什伦布寺仿佛具有一种神秘的力量，让浮躁的心瞬间便归于安然。在这样一座小城，远离纷繁世界的我，内心竟是从未有过的平静。而这久违的平静，让我体验到一种前所未有的幸福感觉。

窗外，一群流浪狗保持沉默，从街头结伴跑过。整座小城在黑暗中安睡，安睡。没有路灯，没有霓虹，没有歌舞升平，甚至没有一个夜归的人。整座城安静得让人心颤，这一切的美好让你禁不住眼底湿润，满怀感恩。

在高高的尼色日山下，半个白色的月亮，慢慢从日喀则上空升起。

（选自 2016 年第 9 期《民族文学》）

背阴处的雪

田君

世界之所以纷乱

有人知道，我此时会独自坐在这里。

一个小镇的商业中心，略显破败和局促的四周，让我有些疑惑。有两个流浪汉分躺在两个角落。我熟悉这里，因为我已经是第二次在这里逗留了。上一次好像是一年多前，或者是两年多前，只记得那是个夏天，我几乎是在相同的位置上长时间地检阅一大队蚂蚁的忙碌。而今天地上居然一只蚂蚁都没有。我无事可做，只好转而去审视身边匆匆而过的车辆和行人。那种匆忙让我不由得想起了上次来时的那些蚂蚁，如果换个角度和高度来看的话，一定会更加具象。而我今天只能平视，我俨然就混杂在这些或高或矮，或胖或瘦，或美或丑的路人之中，唯一不同的是我是一个观察和审视者。我没有匆忙的事情可做，尽管我也心急如焚。我突发奇想，世界之所以如此纷乱，全是因为它创造了这么多的不同、这么多的欲望和这么多的得失。试想一下，如果上帝把男人和女人都造成一个模样，一样的容颜，一样的智商，一样的好恶，那该会省去多少的麻烦啊。如果是那样的话，我此时一定不会困坐在这里。

因为有些许的风，所以便偶尔有灰尘拂过，我就坐在一棵看来是刚种不久的大树的砖砌围栏上，下午的阳光从我背后照过来，我的一部分影子和大树重叠在一起，另一部分独立地投射在地面上。我看到了自己的半个影子往南移动的过程，我已经说过，另外的半个影子和大树的影子重叠在了一起，它也在往南移动。这是一棵像脸盆一样粗的树，所以我才会说它是大树。之所以又要专门来解释它，是因为它只有树干，并没有多余的树枝和叶子，很显然，它也是一棵外来的新树。我想，它应该和我一样，在它原来的世界里，也一定没有其他的树知道，这棵树已经被独自种在了这里。

午　后

一个阳光明媚的午后，百无聊赖，我从道路宽阔的新区，漫无目的，驶入市内，最后停顿于一条繁华的商业街的路边。街上人车熙攘，我四门紧闭，一个人半卧于车内座椅之上，一卷费尔南多·佩索阿的《惶然录》在手，心情逐渐平静，并感到了某种安全和存在。

像两个小人物的对话，我的阅读充满了轻松和愉悦，初春的太阳透过车体弥漫了整个车厢，我感到了久违的温暖，身体也随之开始复苏，我知道浉河岸边的柳树已经冒出了新芽，那是一种让人怦然心动的想象和期望，如同路旁不断走过的这些脱去厚厚冬装的美丽少女，抑或少妇，我的赞美之心如同窗外的阳光，明亮而酣畅。

中途，我睡了一小会儿，一刻钟，或者是更短的时间，我不能够确定。旋即醒来，我总是无法沉睡。仿佛是害怕错过什么，事实是我只想离人群近一些而已。说是漫无目的，其实我们很多时候在潜意识里还是抱有怀想。

可能和许多人相反，我恰恰选择热闹来作为逃避，新区太过于阔大，同时也太过于寂静，待得久了，人就会无缘由地感觉无奈，继而会感到心灵的压抑甚至是失控。

很多人都是一样的，我们需要安静，却根本离不开繁华，就像我们永远无法摆脱烦恼。

冬日临近

在浉河岸边开了家西餐厅，远离闹市，自然带有个人化、理想化的情感和愿望。从盛夏走入隆冬，把所有的日子都陷入具体的事物、人物和景物，不能有片刻的心理远离。于是，便有了这几个月与浉河朝夕相处的日子。那岸边的柳树、长椅，那河中的流水、鹭鸟，还有那夜晚两岸和桥梁上通明的灯火。所有这些都让我对于这个城市和季节有了更加深刻的认识和理解。城市的变化就是从这条河开始的，也就是最近的几年，这条河才得以脱胎换骨，可以毫不夸张地说，现在沿着浉河往它的下游一路走下去，心里有了赞美和想象。

一股寒流如期而至。天气预报的精确，已经到了让我们多少有些无可奈何的地步，生活得太精确有时让我们失去了很多未知的乐趣。岸边的柳树感到了紧张，一夜之间满树的叶子全部枯黄，一阵风或者一阵雨过后，柳叶便会箭翎般飘落，从树梢到地面，像一种带翅膀的滑翔，短暂的过程唯美而又优雅，直达我内心的某个角落，最后一声叹息，归于寂静。冬天就这样真的来了，有那么一点不动声色和不容置疑的架势。特别是这河岸的夜晚，那种冷很明显要比市内来得更加直接和通透。因为冷，原本熙熙攘攘的河边，散步的人日渐稀少，即使是有零星的路人，也都是行色匆匆，大家大都目标明确。河畔的长椅在我的印象里也从来没有这么宽敞过，那曾经是年轻人的圣椅。如今的空落，仿佛被人遗弃已久。此时我一个人坐在上面，想感受一份久违的孤独。尽管我知道真正的孤独也是一种境界，并不是每一个人都能够享受得到，也许我能感受的仅仅是一份空虚。是的，那其实只是一种莫名的惆怅，带有很明显的个人化的情绪，和城市，和情感，和眼前的河水都没有太直接的关系。我坐的地方，恰是一个风口，我就那样简单地坐着。北风从耳边呼呼刮过，像是在反复吹奏一曲不知名的豫南小调，我竖起衣领，坚持着不愿离去。夜色下的河流在两岸灯火的映衬下就这样静静地流淌着，悄无声息又神秘莫测。

有一片柳叶落在我的头发上，我拈下来，放在鼻下闻了一下，居然有泥土的气息，还有白天阳光的味道。虽然那气息和味道略显干燥和焦脆，但依然让我多少有些陶醉，仿佛渴望已久，仿佛恰到好处。它应和了我此时的心境，我有一种错觉，如同被时光抽中。

夜已经很深了，我依然坐在那里，仿佛是在等待着下一片柳叶的飘临。

背阴处的雪

其他地方的雪都已经融化了，只剩下了这背阴处的一块。也许其他的地方还有很多，但只有这一处进入了我的视线和心中，成为这个季节最明亮的部分。

阳光照不到的地方，雪格外白，像是一种强调，像是保留下来的死亡和光芒，显得冰冷、锐利而又刺眼（它并不知道这些）。因此那雪未必只是因为这里没有阳光，也或许这里的雪本身就要比别处的雪对于温度的感触要迟钝一些。

和那些一天就化掉的雪相比，这里的雪已不是雪。它最终也将被融化，这没有什么悬念，就像光芒照亮光芒，水消失于水；但我至今不知道进入我视线和心中并成为这季节最明亮的部分，是由于背阴处，还是由于雪。

（选自 2016 年第 10 期《散文》）

梅花：寒冷的限度

周文瀚

古人没有 KTV，没有电影院，大冬天也没法坐飞机跑到热带海滩度假，那些寒冷的日子在心理感觉上格外漫长，而梅树在农历小寒的时候就从叶腋间冒出花来，虽然每节上只有一两朵，可一树、几株合起来总归有点粉红的色彩，散出一丝清香，足以让憋了大半个冬天的江南文人念叨个不停。

我对梅花最初的印象完全来自中学语文课，书里有元代画墨梅的王冕勤苦自学的故事，“梅花香自苦寒来”的格言就挂在教师墙上，比南宋诗人林和靖的“疏影横斜水清浅，暗香浮动月黄昏”简单好记。可惜我上学的地方是个西北小城，没办法像江南的诗人那样找个墙角“踏雪寻梅”。说到底，梅花主要是在湿润的长江流域广泛种植，那儿有些地方也会下雪，可没有北方那么彻骨的寒冷。在黄河以北梅花不大容易成活，据说最近二三十年才有植物学家培育、引种了一些适应我国东北、华北、西北严寒气候的新品，可我那时候还无缘以见。

近代以来欧洲人首先从日本了解到梅花，所以拉丁文名字里有日语发音“mume”，可日本的大多数梅花品种是公元八世纪以后从中国传去的，读音也来自汉语。1815 年植物学家克拉克·阿裨尔曾把中国的梅引入英国，但是梅花在欧洲却没有像月季、菊花、茶花那样受欢迎，这似乎是不同的审美观带来的差异：欧洲人一向喜欢花大色艳的花木，而对中国传统文人来说，小小的梅花之美不仅在于花朵本身的大小、颜色、香味，还在于梅树曲欹的姿态，以及对梅花典故的一系列联想，也就是“韵味”。比如宋人张镃就列举过可以和梅花相映衬的26种幽境雅物：淡阴、晓日、薄寒、细雨、轻烟、佳月、夕阳、微雪、晚霞、珍禽、孤鹤、清溪、小桥、竹边、松下、明窗、疏篱、苍崖、绿苔、铜瓶、纸帐、林间吹笛、膝上横琴、石枰下棋、扫雪烹茶、美人淡妆簪戴。美则美，可都孤零零清寒得很。

从现代植物学角度看，宋代诗人写的许多咏梅诗是关于蜡梅（又名雪梅、黄梅、干枝梅）的，与梅花其实有差别：梅花属蔷薇科，而蜡梅属蜡梅科，长得明显比梅树要矮，而且开的花通常是黄色，结出的果为瘦纺锤形，都与梅花不同。明代李时珍在《本草纲目》中分辩说：“此物本非梅类，因其与梅同时，香又相近，色似蜜蜡，故得此名。”

蜡梅是中国原生的植物，大约在1611—1629年期间传入日本，1766年从日本传入欧洲，由于它需要的气候条件要稍冷而又不能太冷，在欧美好像只有极零星地方有种植。奇特的是伊朗倒是有不少蜡梅树，很可能是宋元时候的波斯商人带过去的吧。

关于梅花的典故，最有意思的是南北朝时期，南朝官员范晔于元嘉七年（430年）十一月随大将檀道济北征中原，最远打到了今天的济南附近。次年早春，友人陆凯摘下一枝梅花，托邮驿赠送远在长安的范晔：“折梅逢驿使，寄与陇头人。江南无所有，聊赠一枝春。”可惜范晔他们出征并不顺利，年中就以失败告终，留下“元嘉草草”的故事。这枝梅花就算寄到了军中，想必一路奔逃的范晔也找不到瓶子保存吧。以前我曾经以为那种细细高高的“梅瓶”是专门用来插梅花的，后来才知道这是古人装酒的器皿，因为瓶颈窄小只容梅枝插入，就得到这个雅称。

几年前到成都玩的时候看过有农民在自行车后面装着一竹筐的梅枝，上面刚冒出粒粒花苞，也不知道他从哪里折来的，周围的人就围过来买，据说插在水瓶里两三天就能开。成都自古以梅花著称，陆游曾经回忆：“当年走马锦城西，曾为梅花醉似泥。二十里中香不断，青羊宫到浣花溪。”虽然科学家验证说梅花散发出的香味里含有毒化学物质苯甲醛，不建议把梅花放在家里观赏，至少也要搁在空气流通的地方，也就是说，上千年来把梅花拿来插瓶的、送人的那些诗人都中过一点毒。

可惜，现在成都的窄巷子已经改造成热闹的旅游景区，各条日益宽阔的马路上也挤满了小汽车，那样的卖花人大概快没有了吧。

（选自2016年8月25日《文学报》）

海棠花未眠［外一篇］

刘荒田

晨六时，静，连鸟声也不好意思霸占整个郊野，只在栅栏上抛下几声啾啾，那是小山雀。也许是因为两只虎皮鹦鹉没来的缘故，小山雀不必嚷嚷，单是在桉树丛中起起落落，就搅出一个小规模的雨声簌簌的世界。松鼠照例表演空中走电线，无声无息。被松鼠一路胳肢的电线反而忍不住，要变作风里的琴弦。门前的小小风铃闷声不响，风太弱了。

今天是倾倒垃圾日，我把垃圾桶推到马路旁边去，过了中午，垃圾车会开来，伸出机械臂，把一个个塑料桶清空。我的天！垃圾桶隆隆滚过，我制造了类似春雷一般的音效！

其实寂静并非从此刻开始。我也早就“自然醒”了，那时才四点。随后，静由尚笼罩鱼肚白的远山蜿蜒而来。我在灯下读川端康成散文《花未眠》，开头一段是：“昨日一来到热海的旅馆，旅馆的人拿来了与壁龛里的花不同的海棠花。我太劳顿，早早就入睡了。凌晨四点醒来，发现海棠花未眠。”于是我研究起花的睡眠来。

按川康端成在此文的界定，花开曰“醒”，海棠之外，“有葫芦花和夜来香，也有牵牛花和合欢花，这些花差不多都是昼夜绽放的”。那么，何谓“睡眠”？众所周知的例子是睡莲，睡眠时花瓣向上竖起，闭合。白天盛开，是绝美的娇媚。查网上资料，川端康成指的是“昼夜绽放”的海棠花，作息时间和人类类似，白天“醒”

时叶子上的小叶都舒展平坦，夜里就寝，小叶片成双结对地折合，酷似含羞草。蒲公英也这般。我愿意加入文学的因素，在川端康成的海棠花瓣洒上凌晨的露珠，露珠在星光或者晨曦里闪烁，这就是睁得溜圆的璀璨眸子。如此这般，“未眠”的花就神采奕奕了。当然，上述“睡”态是我们的肉眼可以见到的，如果拿上仪器做精密的检测，花朵睡与醒，表征肯定更多。据说有的花入睡后叶子的温度不一样，有的花爱午睡。

问题来了，对大多数花而言，开放就是“未眠”，那么，“睡眠”就成为伪命题。我今天在推垃圾桶之前，特地到后院去查看了。雪白的波斯菊从来没“睡”过，金黄的满天星、嫣红的虞美人和紫色的芍药也是。扶桑的花信已过，乌黑的枯瓣不是委地就是粘在枝丫，它们长睡不醒。那么，多情苏东坡为海棠花而写的“只恐夜深花睡去，故烧高烛照红妆”是多此一举了。而所谓“海棠春睡”，干脆是形容杨贵妃的惺忪之态的，和花的作息毫无干系。我从网上找出几幅“海棠春睡图”，连巨匠张大千之作在内，左看右看，找不出睡和醒的区别来。我既缺艺术的悟性，又没经植物学的专业训练，平庸之眼只及平面和表层。只是，如我这般归类为“凡俗”的人，也许占了世间多数。川端康成“凌晨四点的海棠花，应该说也是难能可贵的”一句，换为午夜一点，下午五点，任何钟点，都不成问题，直到花瓣委地。

我毫无诗意地和垃圾桶打交道时，一脑子依然是花的“睡醒之辩”。从马路旁边往回走，瞥见左边人家的前院，木樨树下，一朵白色花飘落，如此巨大，吓我一跳。定睛看，是一只白腹鸟从枝下飞下，姿势过分舒徐，引起我的误会。美丽的误会！鸟当了一回山寨版木樨花。同理，凭借好风，花也能够冒充飞鸟。如此说来，过分计较花的“睡眠”，未必不是多事。

（选自 2015 年 11 月 6 日《人民日报·海外版》）

一杯喝了十年的咖啡

我在旧金山一个住宅区徜徉。站在日落大道，往西看，太平洋的浪，远的如大青鱼的鳞片，近的呢，像老在沸腾的清水汤，似乎在咫尺间，只要有一轩窗，水花说不定会把帘子溅湿，其实在 1 公里之外。此刻是午后 3 点，已走了 30 分钟，看到的人不到一打：给车库大门油漆的亚裔女子一，跪着莳弄长满马蹄莲的前院的白种女子一，在院子前摆摊出卖扩音器、碗碟、葡萄酒架、旧衣服的白种男子一，在人行道上出售自烤曲奇小饼子的小女孩二，站在车子前谈笑的青年三——作为主宰者的“人”既寥落如此，“物”便当仁不让地成为主角。

在大街上走，一门心思是把视野内的“物”组合起来。在故土，一弯新月，一丛修竹，一两座村舍，户外一张八仙桌，两个持杯的饮者，一只蹲着的狗；一个破庙，一支牙旗，一块被练武者踩得凹凹凸凸的方场，这些景致，摄进照片，意境高低姑毋论，浑然一体是没有疑问的。然而这里，广漠而纯粹的蓝天下，移动或停着的车子，颜色五花八门的屋子，零零星星的芍药、波斯菊、薰衣草、门牌、垃圾桶、蓝色邮筒、搁在院子角落的工具，无不各自为政。不管你如何换角度、调焦距，站到第十四街的高坡动用广角镜头也好，匍匐在足球场的绿草上捕捉搬家的蚂蚁也好，都难以获得叫人产生整体感的画面。从前，读不懂前卫新诗的雅人，讥笑分行的玩意儿是“打翻的铅字架”；眼前的实物，可算“打翻的调色盘”。

我带着如此之类的无聊想头，走进一个大商场。在“联邦快递”寄一件包裹，然后走过无一不冷清、不协调的体育用品店、大型超市、邮局、成衣店、墨西哥餐馆、改衣店、果汁店——在“皮特”咖啡店前驻足。从玻璃门看进去，格局一点也没变。大柜台前三张小圆桌，靠窗一排高脚凳。三个比我老的男人，在悄悄地喝、说话。

我的口腔充满某种咖啡的味道。它的原产地，该是南美洲的哥伦比亚吧？味蕾保存着对它的鲜明记忆——电动螺丝批一般，一边旋转一边突进的力。“皮特”和“星巴克”类似，是全球连锁企业，每日供应的招牌咖啡，必须符合两个条件，一曰为多数人所接受，二曰独一无二。二者的矛盾，一如阳春白雪和下里巴人。兼得不易，只能折中。即使努力偏向中庸，对我这样的非瘾士来说，它的冲击力仍嫌太大，好在那时不忌糖分，加进三包粗砂糖，以及奶精，才没有像喝极苦涩的双份意大利浓缩咖啡“阿克斯披拉索”一样，进口即成轻度“电击”。

说到品咖啡，如果是“咖啡精品协会”的会员，便须紧扣干香、湿香、酸度、醇厚度、余味、特别风味这六个指标，一一评鉴。至于我等普通消费者，对不起，咖啡永远是配角。在哪里喝，和谁喝，喝时聊什么，看到什么，感觉如何，从来比杯中味道重要。这一杯所以叫我记了10年，是因为有同喝的人。那一次，也是春天，外面下雨，三个男人都没带雨具，只好躲在这里。专画抽象画的画家，写连续剧的剧作家和我，具体话题全忘记了，只记得满心的欣幸，在社交圈子狭窄的海外，能听内行者谈论抽象画流派、大师，电视剧制作流程、审批程序，着实难得。还记得，雨停后，檐溜儿滴答，应和着咖啡机以蒸汽管制造奶泡沫的噪音。而画家要等候进下城买菜的太太。三人坐得更久。把续杯三次到五次的纸杯子扔进垃圾桶时，已是落座三个小时以后。走进停车场，雨后的阳光，被橡树的叶子筛成丝绦。简单的一杯，放在以叱咤风云为志业的大人物身上，无关紧要。我记住一杯不可能和历史有丝毫关联的咖啡，是幸运还是自嘲？

为了纪念，不，为了延续10年前的味道，我推门进去，向瘦高的店员买一杯小号咖啡。上一次给我倒咖啡的，是年方20的女子，如今该早已从当年半工半读的旧金山加州大学毕业，当上白领，也许有了两个孩子。这一杯1.80元，上一次是1.35元。没人和我对坐，只好算外卖。一边缓缓地走，一边喝。味蕾依然识别出，这一回的味道和上一回近似。这就是老字号的聪明处，总有“旧”让回头客返回。

为了向凶猛的车流表现不羁，从马路中间穿过。在一棵尤加利树下稍停，看这一带的云和树。10年前有一消遣方式——买下咖啡以后，驾车到海边，在靠涛声最近处停下，读叔本华或者萨特。让飞溅的浪花稀释过的咖啡，味道似乎不伦不类。此刻只有双脚，且沿大街走回去，兴许能从车库前的旧物摊淘到什么。

风吹着不少的衣服和很少的头发。咖啡从口腔细水长流地进入，一般的苦味与香味。说来你不信，此刻从高坡下望，景致井井有条，一切都可以被归纳，成为秩序里的“统一”。刚才不是一盘散沙吗？哦，是因为——皮特咖啡在手，在口，“吹皱一池春水”，却不存在“干卿底事”的疑问。

不错，物都不曾互相依赖，然而，所有个体的独立，都服从至高无上的意志，加入庞大而无声的交响乐，它的主题是安宁。一辆劳斯莱斯古董车，被蓝色布覆盖着，停在车道上。这可是富豪的象征，却毫无霸气，风掀开三分之一的蓝布，露出车头前端的“飞翔女神”，女神的嘴巴玲珑地突出，有如鹰喙。它的邻居，是零星的三色堇。

刚才在车库前流连所见的一幕，没来得及体味，此刻悟出，它蕴藏着人间社交的密码：我随意地看摆在车道上的旧物，抚摸一张边角破损的三斗柜。小女孩向我打招呼：“先生，有什么喜欢的吗？”“正在看。”“珍妮！我叫你呢！”老太太在楼上吆喝。“听到了！”“我不早跟你说，有人来，你就按门铃吗？”“我知道，可是人家光看，没打算买，所以我不打扰你。”“那就好，谢谢。”老太太声音像破锣，好在够温柔。

呷一口走一段，每一步都带上沧桑感怀。咖啡，不但能够喝成生猛的爱情（尤其是“一见钟情”型的前奏），喝成恒久的友谊，而且可以喝成编年史，喝成自传。看，我的人生被咖啡标上里程。蓝天坦荡，地上没有云影。此外，所有的物都带上影子，如此清晰，意义被置于焦点。就这样，走了10年，手里的一杯，依然是上一次斟出来的。是它，把我的观照提炼、纯化。

西哲谓：生命的意义，无人能予以昭示，你只能在“不知怎么一来”的状态下获致。今天，偶然性来自咖啡。

（选自2015年第12期《山东文学》上半月）

被风吹过的山坡

田芳妮

一

一场风就足以改变所有的事物了。在腊风岭这个山坡上，一年只刮一次风。

这一次风，一刮就是一年。

住过腊风岭这道山坡的人，谁不知道这个秘密呢。从腊风岭刮回群山褶子里的人、刮回村子的人，以及从这里刮散到满世界的人，谁不记得腊风岭的风呢。

特别是冬天，还没有落雪的那五十九天，腊风岭的风一个劲儿地吹刮着。尤其熄灯铃声响起，腊风岭的冷风里就加入一股夜风。夜风是一股有着锯齿的灰色楔子。它在熄灯铃声想起的一瞬楔入冷风中，只把冷风撞得窜出好几个踉跄，差点撞碎在走廊转角。好在转角一溜子胡乱堆放的洗脸盆洗脚桶慌慌张张扶了它一把，冷风转了个凛冽的弯，从楼梯间爬升上去了。熄灯铃声的尾巴也被这股楔入夜风的冷风夹住，一溜烟刮得没影儿了，只留下走道上东倒西歪鼻青脸肿的盆桶在另一股夜风中喊疼。

夜风浩荡。北风列阵向腊风岭无声奔涌。它们先是遇上了教师宿舍西北角低矮的集体茅厕，风阵连理会一眼都来不及，阵仗只稍稍抬了一下脚尖儿，茅厕就被风压得更低矮更破败了。好在石墙外糊了厚厚一层粗粝的砂浆，风不能直接抠走石头，只是一阵一阵刮走些沙砾子，把墙角越掏越空、越削越圆。刚从矮墙顶屋瓦上操练涌下的风顺着土坎，蜂拥着奔流到操场上。操场边一棵在风中粗壮了五百年的白蜡树将这股瀑流从中劈开，哗哗作响。瀑流在白眉树妖身后奔涌聚合，夜风的锯齿重新咬合，直冲着东边一溜儿新修的土坯房刮去。白灰粉过的土墙墙皮瓷实，夜风用它的锯齿抓挠，不几阵儿夜风过后，墙皮就开始松动，墙缝儿渐渐密集，越来越深，足够风的爪子落脚了。

高空的冷风刮过古树苍劲的枝丫，它们被撕扯成一丈一丈的，挂在枝上。又一批风来了，撕碎它们，把碎片刮走。新的透明的银灰色的风帐瞬间被接踵而至的风挂了上去。那些被撕得五马分尸的碎片落到低矮的土坯房上，像牙缝里塞了青菜茎一样，这些布巾片子塞在瓦缝里，扇乎喁响。更多的碎片被随后的风缠在学生宿舍屋檐下的晾衣绳上、铁丝上。它们互相缠绕、扭系，有些经经绊绊缠成了死疙瘩，扭在铁丝上彻夜呜咽；有的巾巾绦绦揪着晾衣绳上一件忘收了的蓝色秋衣，一起被撸到系绳子的挑梁头上，扯着呼呜作响的袖子拍打着屋檐，有几次差点儿就揪下来几块沟瓦。另一些复又从铁丝上揪扯下来的丝丝绦绦，夜风随手把它扔向了寝室门。那些缕缕的丝绦夹在专爱钻空子的夜风里从地面和门的缝隙里吹到了学生寝室。黑暗中它们听到了有一个孩子躲在单薄的棉被下瑟瑟发抖，听到了被窝里偷偷讲着的悄悄话，听到了另一个孩子咳嗽了两声，自言自语地抱怨好冷啊。最后一个壮实的声音说：还在讲话啊？再讲话“请”起来在操场上跑步了啊！

孩子们想了想外面的胡踢乱蹬的风，裹紧了棉被，谁也不敢再发出一丝儿声响。

整个腊风岭被风刮没了一样静下来。

只有风一股强过一股地刮着。

二

腊风岭的孩子都静下来，在一场一刮就是一年的风里熟睡了，风开始在孩子们的熟睡中改变这个山坡上的一切。

一切都在一场风里悄悄改变。土坎上细密的泥被卷走，刮到古树皲裂的树皮里去了，几粒草籽刮到了瓦缝里，墙缝里也塞进几个茅厕上空的骚臭分子。厚实的山墙在永无止息的风里渐渐一夜比一夜变得单薄。墙皮剥落，墙头被一寸一寸刮矮。瓦片吹得只剩下一把老骨头，再掉下一粒草籽就能砸碎了它的身板儿。椽条在猛一阵儿紧一阵儿的风里嘎吱作响。报纸糊过的楼板从木板接缝处断开。

最后巡查过寝室的手电筒也被夜风吹灭。

握电筒的人咳嗽了一声，风刮走了他的咳嗽。

咳嗽的人抱着冷飕飕的胳膊，蜷着身子躺下，风从瓦片空里钻下来，吹报纸糊过的楼板，吹楼板缝儿里的灰。风把那些细密的冷和微小的尘埃吹到躺下就熟睡的人的睡梦里。在一夜一夜的熟睡里，风把打手电筒的人的头发吹得稀稀落落，吹得沾满银灰。风把很多个风中的事物吹得像那人的头发，一根一根不易觉察地落下。把事物里黑色的头发吹冷，吹得苍凉、干枯，吹得像一地白霜。在一宿一宿所有人都睡熟的夜晚，风把孩子们的喉结吹大，把小伙子的声音吹得粗哑，把小姑娘吹得越来越像新来的女老师，把女老师的线条吹得蜿蜒起伏，把老老师们吹得佝偻下腰身。

有几个夜晚，孩子们都熟睡了，从腊风岭刮过的风一下子翻过森林刮到了别的山头，满山赶岭刮个不休。有几个孩子的祖父和另几个老师的外婆就是在这样的夜风中刮成了一缕青烟，刮没了。

孩子们都熟睡了，老师也睡着的时候，腊风岭上的风就悄悄改变着夜里的事物。

有一次一股风从后山坡栎树林子刮到腊风岭，开春后一个女孩子的衬衫扣不住第四颗衣扣了。老师们说这是刮了一股邪风。女孩子的学业就被那一股邪风刮断了。

她也是被风改变的事物。

三

风吹冷山坡，吹冷一切。

刚从水泥瓮子里起出的铝饭盒，不等一层层码到木架子上，风已经把它们吹成了铝铁的冰冷。刚出锅的青菜洋芋汤，满满一盆冒着白雾，风只舔了一舌头，白雾、香味、热腾劲儿全被这一舌头打扫得干干净净，青菜洋芋汤也和汤盆一样冷冰冰了。孩子们哈出的热气还没捧到手心儿，风一把全缴走了温乎气儿，孩子搓着手中一把冷风，窸窣作响。

只有一次，即将落雪的前一天，父亲来腊风岭给我送菜，他在呼啸的风里翻找到我的背影，我正在水池边挤到水龙头前僵着手淘米。父亲大声喊我的小名儿，剑一样的寒风掀起父亲灰黑的棉衣，一把将父亲棉衣下的温热扔到了我怀里。

除了这次，冷风也有刮暖的时候。寒假过后的风刮着刮着就掺进了水分，干冷的寒风刮成湿冷的风。这种风刮过几宿，操场边儿上的古树枝丫就活泛起来，土坎上也冒出绿意。教工宿舍那排土坯房子后面已经有人开始翻田耕种。曾经在棉被下瑟瑟发抖的孩子越睡越暖和了，她终于把一场寒风熬成了暖风。

土坎上陈旧低矮的土坯房没有熬到暖风来临，孩子们只好用背篓背来一块块青砖，帮老师们搭临时的窝棚。孩子们背着竹篾背篓在腊风岭上来来回回地跑，风吹他们的脸蛋儿，吹得红红的。吹过红脸蛋儿的风越吹越暖，简直变成了暖风。暖风也吹一尺尺长高的新砖房。

风把腊风岭坡下的玉米棒子吹得鼓棱棱的时候，新的教工宿舍也清爽出落在风里。崭崭新的。

孩子们打开了窗户，在腊风岭的和风里大声朗读。搬进了新楼房的老师站在三楼走廊上笑着，看从前站在土坯房前看不到的清江河，看操场上奔跑嬉戏的学生。风吹得他们黑黝黝的头发柔韧极了，简直和风一样柔韧。柔韧的风吹着这些柔韧的事物，像吹着它们自己一样。老师们看着这些柔韧的事物，看着从古树上吹过的橙色的风，从孩子们头上吹过的赤色的风，从教学楼涂着沥青的楼顶吹过的蓝色的风……他们的眼睛亮晶晶的，一片紫色的风从他们发亮的额头上吹过去。老师们看着风里的学生，一股古灵精怪的风正围着他们吹拂。有时候，几阵顽皮的风从后面山坡上冲下来，把他们新宿舍的门啪的一声摔上，把没带钥匙的他们锁在自己宿舍门外了。

归寝铃声响过，孩子们在这段睡前的时光尽情喧哗，他们的喧哗声被窗外的风吹得满坡都是。一阵儿清凉的夜风带着他们的喧哗声，吹到了坡下，吹泼洒到白沙坪满坝满坝的青青稻田里去了。不一会儿，熄灯铃声响起，孩子们喜欢在这样的风里躺着，讲些青葱的悄悄话。总有几个晚上，几个讲得忘形的孩子被“请”起来，站在操场的风中。风把他们的睡眠吹到很远很远的地方，直到吹得他们乏了，困倦了，“请”他们起来的老师出来上了趟厕所，才让他们回到熟睡的孩子中去。

门窗也都敞开着，他们很快在缕缕清风里睡着了。

（选自2015年第11期《青年作家》）

朴素的南瓜

赵克红

南瓜，又名倭瓜。它源自乡间，源自厚厚的泥土；它朴实无华，却蕴含着浓浓的乡间情愫。

记得小时候在农村，每当春天来临，生产队便会安排人去凹凸不平的坡地上栽种南瓜。南瓜的生命力极强，浇上一瓢水，过不了几天就能发出新芽，不知不觉中这些柔弱的小苗就会长出宽大的绿色的叶子。再后来，长长的南瓜秧苗便爬满了坡地，那宽阔的叶子密密麻麻，把地面铺得严严实实的。叶子的背面，颜色浅浅的如桑麻，南瓜花往往躲藏在叶子下面。远远望去，坡地上尽是大片大片的绿了。

随着南瓜叶子的增多，它的藤蔓也一天天变得粗壮结实起来，这藤顺着坡地往上爬，它的长须见什么都想缠紧，毛茸茸的嫩尖跟着就想爬上去探个究竟，倘若旁边有水泥桩或是树木枝干什么的，它一定也会顺着枝干一直爬上顶端的。后来，我们才知道，这就叫跑藤。大人们给它掐了掐尖，是为了让它跑得有节制，它们一边跑，一边开花，一边结瓜，这时候，你若仔细欣赏它们，就像读着一幅好画，心中满是喜悦。

盛夏是南瓜苗开花的季节，起初三朵两朵的并不起眼，三四天后，无数金色的南瓜花便会迎着太阳微笑，那肥硕的花朵格外惹眼，吸引了无数的蝴蝶和蜜蜂。看着这鲜艳的南瓜花，我们几个小伙伴也想采几朵来玩，却立即被大人制止了，大人们说：“你们把花都采了，还想不想吃南瓜了？”原来，南瓜花有雌雄之分。雌花开得较早，数量也较少，花冠更大些，最明显的是雌花的花托上长着一个小小的南瓜，授粉后，花瓣枯萎，小南瓜便慢慢长大。而雄花，花托上没有小南瓜，数量多，从南瓜苗根部到尾部，星星点点全是。据说南瓜花都是晚上开的，头天黄昏还是花骨朵，第二天一大早便是黄艳艳的一片了。看着成群结队的蜜蜂和蝴蝶飞落在南瓜花的花蕊上，大人们高兴地说：“今年南瓜的收成一定不错。”果真如此，没过多久，瓜蒂处居然结出了一个又一个大小不一的南瓜。随着秋意渐浓，南瓜也越来越多越长越大。

那是个集体主义风靡的年代，打下的粮食，包括南瓜在内，都是需要严格按工分收入及人口分配的，每次将南瓜从地里拉回村子，队里便及时把南瓜分给各家各户。那时，村里种的蔬菜种类较少，最常见最普通的当属南瓜了。因此小时候，南瓜便成了家家户户餐桌上必不可少的菜肴。南瓜易于存放，尤其到了冬天青黄不接的时候，南瓜可算派上了大用场，既可炒着吃，也可蒸着、炖着吃，一家人围坐在一起，吃着热气腾腾的土豆炖南瓜，暖意融融，冬天的寒冷被驱逐得四处逃逸。我至今仍怀念那时南瓜的味道，它让人感受到平淡中的快乐和幸福。

在那个贫困的年代，南瓜的贡献不可小觑，它实实在在为人们填补了饥荒，称得上当之无愧的功臣，足见南瓜在清贫岁月中对人们的意义。如今，人们的生活富裕了，南瓜依然发挥着它的作用，甚至成为一些饭店不可缺少和替代的美味。只不过人们在做法上更加用心，更加精细，花样也不断翻新，吃腻了大鱼大肉的人们总是想着换一下胃口，吃上几块清蒸南瓜，顿觉甘爽怡人，喝上一杯富有情调的南瓜奶昔，便浪漫了整个午后。

南瓜不仅是一种美食，也成为一种装饰，不少人把个头较小的南瓜，美其名曰“金瓜”，掏空了内瓤，在外皮上雕刻雅致或者有趣的图案，装点家居；还有的家庭偏爱色泽亮丽、体态精致的南瓜，把它和其他艺术品一起摆在案头去欣赏。

南瓜以它朴实憨厚貌不惊人无私奉献的品质，给人一种温暖，一种依靠，一种扎扎实实的幸福感。而它给我带来的不仅是美味，还有童年的那段美好记忆和割舍不断的情结。

（选自 2016 年第 5 期《雨花》）

关于荞麦的风习

董华

小时候，看过一本故事书，别的内容记不住了，只记了一篇，叫《荞麦梗儿为什么是红的》。

故事说：很早以前，仙人下凡，想试一下人间品行。初冬的一天，化身为瘦弱老头儿，要过河。谁见都不管，他很无奈。这时，青葱的荞麦小伙儿大步铿锵地赶来了，背起老头儿就走。河宽，水凉，中间也深，差不多没了脖子，荞麦小伙儿不退缩，咬着牙把老人送过了河。到岸，老人将要表示酬谢，可他不容谢意表达，跑走了。受河水冷浸，他身子冻红。从那以后，原来为绿的身体就变成红的了。

故事在心里存放几十年。为何没忘，我也想不明确。

长大看了一些书，诗文对荞麦形态、用场，夸赞都很美妙。比如，白居易《村夜》："独出前门望野田，月明荞麦花如雪。"温庭筠《题卢处士山居》："日暮飞鸦集，满山荞麦花。"陆游《荞麦初熟刈者满野喜而有作》，开篇："城南城北如铺雪，原野家家种荞麦。霜晴收敛少在家，饼饵今冬不忧窄……"几首诗，诗人的表面印象很准，可我觉得还是陆游的诗句好，涉及了荞麦于灾年解忧济困的实质。

外国作家，安徒生《荞麦》童话也很有意蕴，模拟荞麦执拗性格。

天南地北，域中域外，荞麦被人喜爱。

纸上得来终觉浅。他们并非庄稼人，只说对了视觉上一半，而荞麦自身是寒苦的，农民播种它已实属无奈。

它的产量低，一亩地荞麦，打粮食顶多几十斤，解决不了温饱，农民不愿接受。

可它的优点和缺陷一样突出。并且，优点还多方面。

生长期短，只两个多月，就长成粮食。耐寒，耐旱，耐瘠薄，北方可以广泛种植。好管理，不用除草，不用施肥，也基本不受鸟兽侵害。其外，收获后耐储存。

它命运，就是心疼人来的。农谚说："头伏萝卜，二伏菜，三伏种荞麦。"为何赶在"三伏"呢，难道春天不行吗？这其中的酸悲，不便明言。大饥年景，荞麦种得少，一旦多种了，定然遭遇了当年冰雹或洪水灾害。面临颗粒无收绝境，唯一指望就在于它。收成无论多和少，总聊胜于无，这也是我赞佩陆游“饼饵今冬不忧窄”的明情所在。

“三伏”为何夕呢？又农谚：秋后有一伏。这个“伏”卡在八九月当中，立秋前后。给它恁短时间，长成大庄稼，这不是难为人吗？可荞麦像临危受命般义士勇敢，不管不顾地上场了。“疾风知劲草，板荡识忠臣”，农民是含希望、噙泪水，送它登程的呀！

荞麦争气，撒下种子，热土里卧几天，就出芽儿。再经几天，小腰板就挺起来了。再往后，“突、突、突”地猛长，一长就长到人的多半腿高。长到这时，叶是圆的，花是白的，梗和叶是绿的。挂粮食了，荞麦皮由青转为灰黑，梗儿由绿变红，就到了深秋之际。进十月底了吧？这时见荞麦梗上都顶着黑帽盔似的籽实，一嘟噜儿、一嘟噜儿地晃起了响铃。

在籽实能掐出水儿的时候，粒儿里外是绿的，硬实以后，外皮转了黑，里边就变成白的了。

荞麦花赏景，是闲人的事。“有闲既有钱”，鲁迅说的就是这样一类人。农民并不喜欢多看花。他们求实，愿意看秋后的收成。待漫坡荞麦摇铃，悬着的一颗心终于放下了。窃喜：这回“破鞋缀带儿，有襻（盼）啦”。

心真放下哪成啊，在收割之前，荞麦最怕大风。秋天风多，大风一刮，荞麦惹不起，梗上挤嚓嚓那么多铃铛，你碰我，我蹭你，最饱满的就磕落了。这多要命啊！夜里睡不踏实，听见掉了个树叶，心里都激灵一下。

赶紧割。荞麦好割。它梗儿柔，中空，间距稀，上镰刀一拉，往怀里一揽，就割倒了。秋风爽，人不出汗，天作美。

割了荞麦，当日运回。捆了捆儿，放驴驮子上驮，上筐背，各加着小心。上了场院就不怕了，竖着码好，择日脱粒。

脱荞麦，不必上碌碡轧。靠摔打。麻石头上也行，筐子篓子的外帮也行，抄起一绺儿，朝下一摔，粒儿就下来。然后，将甩净的梗儿捆好，留待处理成肥料。

荞麦挺身而出，它是以完完全全的牺牲精神，来挽救人类、挽救生灵的。荞麦花，是蜜蜂的最后一道蜜源，采过这场蜜，就彻底休息了。荞麦花蜜，也是蜜蜂过冬的保命食。人的吃粮最主要，它容易碾，不费劲，碾出了外皮，粒儿不碎，把皮儿簸出来，就是实实在在的粮食。粮食是好东西，皮儿也不赖，用它填枕头，松软、舒适、吸汗，就不知荞麦皮枕头，中国人使用了多少年，多少辈。

我小的时候，过的也是穷日子。过年盼望吃饺子，可饺子皮有黑有白。那白皮的是白面，黑皮的是荞麦面。白的少，黑的多，我就看盘儿里的白面饺子馋，想多吃几个，荞麦面糙，剐嗓子呀！童蒙无知，对于荞麦能够度荒年的真实性，真的不理解。

现在，我佩服荞麦的卓荦不群。那么多种粮食，长的、短的、扁的，都有圆的成分，而圆粒的又最多。唯独它个性突出，不随圆就方，永生保持自己棱角，以三棱形蔑视三维外的圆滑，翘立于种属之群。生的笃挚，持的清坚，一脉相承，真了不得！

气节使然。世间万物，凡能够保留个性的，皆不尚苟活，“千夫诺诺，不如一士谔谔”，其心其表，显示高贵的气节。起源于中国荞麦，老早的农书、药书上就有记载。考古发掘陕西成阳杨家湾四号汉墓和甘肃武威磨嘴子两汉墓，分别出土了荞麦实物。这段历史两千多年。律吕调阳，天道回环，荞麦风骨不变，这一点使人恻然：今人啥都不缺，真正缺的就是气节！

人世上的伤心，伤不过来。我伤心，伤在与我出身一样，却“变脸”的同类。现今，还有人提起一则谣谚，谓——“狗蹬荞麦”。省略的下半句为“小事一桩”。这情景很好想象：狗进了荞麦地，荞麦梗儿柔弱，垄儿稀，狗怎么跑不绊脚，很随意。如此比喻，够形象，可我总转不过弯，总感觉欺侮了仁仁义义的荞麦。闻人大言炎炎，我也有一句先辈流传的话等着，谓——“整吞鞋帮，心里有底。”我想提醒他：别忘了自个儿是一个“庄稼孙”！

当世人享福享多了，杂病丛生，尽管忘记了自己身世，忘记了荞麦的心量，在择食上却百般亲近保健元素众多的荞麦。“都记筷子打人，不记筷子夹肉”，这是遭了上天惩罚的症候。

我刻骨铭心记忆的，是母亲当年为我蒸做“碗坨儿”。那个情景和口味我好想啊！如何做法呢？将兑了五香粉的一碗荞麦面和好，稀溜溜儿上屉蒸。冒出长时间热气后，掀开，拿根筷子扎一扎，看碗坨儿是否蒸实。蒸实，碗坨儿就熟了。熟了的碗坨儿出锅晾。在晾的过程，泼芥末。母亲把调好的芥末装入纱布袋儿，夹起一块红煤渣，把湿芥末袋儿放煤渣上燏，上边扣个碗，一燏一捂，原始的辣辛味就发散出来了。芥末再调一调，即着手切碗坨儿。用筷子把芥末和切片拌匀，浇适量的醋蒜汁，就用个盘子给我端上来了。母亲青丝满头，见我吃得欢喜，鼻子尖沁汗儿，她的发丝都挑着喜气。

昔年烟景绕目，我仍喜欢吃荞麦碗坨儿，但手艺没有母亲细致，吃着也不像先前适口了。

九十岁的母亲，如今还算硬朗。住进了养老院。还能再支使母亲给我做碗坨吗？那个美味，我只能从梦里想了。

（选自 2016 年第 4 期《湖南文学》）

图书在版编目(CIP)数据

2016中国年度精短散文 / 葛一敏，乔叶选编 .
— 桂林 : 漓江出版社, 2017.1
ISBN 978-7-5407-8018-0
Ⅰ. ①2… Ⅱ. ①葛… ②乔… Ⅲ. ①散文集 - 中国 - 当代
Ⅳ. ①I267
中国版本图书馆CIP数据核字(2016)第317344号

2016 ZHONGGUO NIANDU JINGDUAN SANWEN
2016中国年度精短散文
选编者：葛一敏　乔叶

责任编辑：张谦　刘红果
书籍设计：石绍康
责任监印：杨东

出版人：刘迪才
漓江出版社有限公司出版发行
广西桂林市南环路22号　邮政编码：541002
网址：http://www.lijiangbook.com
全国新华书店经销
销售热线：010-85893190
大厂聚鑫印刷有限责任公司印刷
[河北省廊坊市大厂回族自治县西大街　邮政编码：065300]
开本：710mm × 960mm　1/16
印张：16.75　字数：276千字
2017年1月第1版　2017年1月第1次印刷
定价：42.00元

如发现印装质量问题，影响阅读，请与承印单位联系调换
[电话：0316 - 8836866]